羊男的迷宮

PAN'S LABYRINTH

吉勒摩·戴托羅、柯奈莉亞·馮克——著　亞倫·威廉斯——繪
呂玉嬋——譯

各界好評推薦

吉勒摩・戴托羅和柯奈莉亞・馮克保留了這個故事的黑暗之美，用富有想像力的細節、複雜的角色，以及人類的邪惡來完成這個充滿愛和歷史悲痛的故事。

——美國圖書館協會《書目雜誌》

這讓我想起了最好看的童話故事，每一章都是一顆寶石，當光芒閃爍時，會重新構築我們如何看待周遭世界的方式。

——《紐約時報》暢銷作家／柔沙妮・可士

無畏而動人的改編，也是一部華麗的、充滿情感的、令人恐懼的寓言，展現在戰爭的殘酷中年輕女性的勇氣。

——《紐約時報》暢銷作家／麥克・葛蘭特

吉勒摩．戴托羅和柯奈莉亞．馮克不僅描述電影，而是優雅地重製了電影，黑暗而迷人。

——寇克斯評論

讓人想起《納尼亞傳奇》和《愛麗絲夢遊仙境》，這個富有創意的神秘故事將吸引那些喜歡幻想的讀者。

——校園圖書館期刊

故事豐富，融合了童話般的魔法和歷史悲劇，好看到令人眼前一亮！

——童書中心告示牌月刊

獻給阿方索·富恩特斯和他的手下，加州發生伍爾西大火時，
他們救了我的家、我的樹、我的驢，以及我的記憶和筆記。

—— C.F. ——

獻給所有謎題的解答、走出迷宮的正道：K。

—— G.D.T. ——

CONTENTS

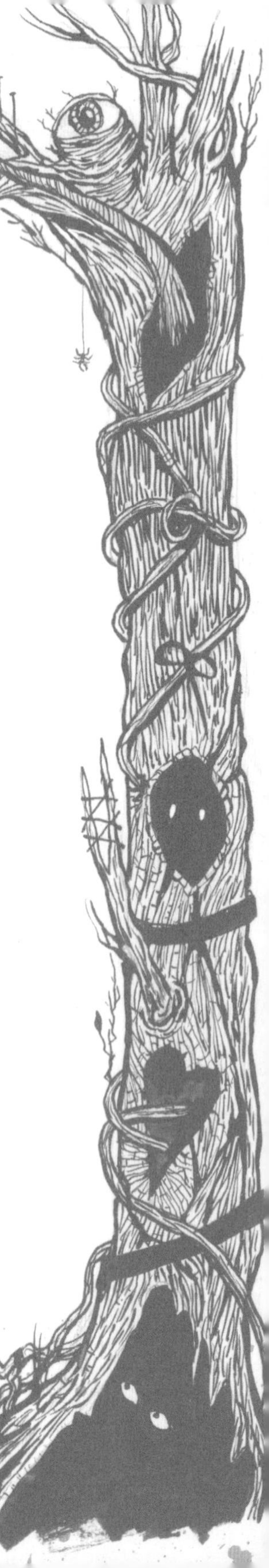

序幕

傳說，很久很久以前，地下王國住著一位公主，她嚮往著人類的世界。地下王國沒有謊言，亦沒有痛苦，但是這位莫娜公主嚮往一碧千里的藍天和浩瀚無邊的雲海，嚮往陽光、綠草和雨水的滋味……於是，有一天，公主避開守衛，溜到了我們的世界。陽光很快抹去她全部的記憶，她忘了自己是誰，忘了自己從何處來。她在地上徘徊遊蕩，忍受寒冷、疾病和痛苦的折磨。最後，她死了。

但她的父親並沒有放棄，仍舊尋尋覓覓，因為他知道莫娜的靈魂永遠不死，期盼她有一日能回到自己身邊。

用另一個身體，在另一個時間，也許於另一個地方。

他會一直等待。

直到嚥下最後一口氣。

直到時間的盡頭。

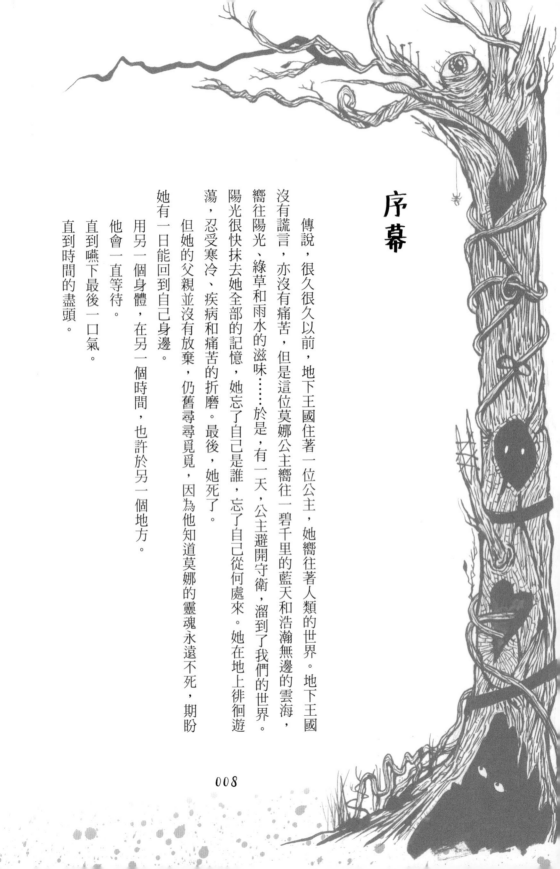

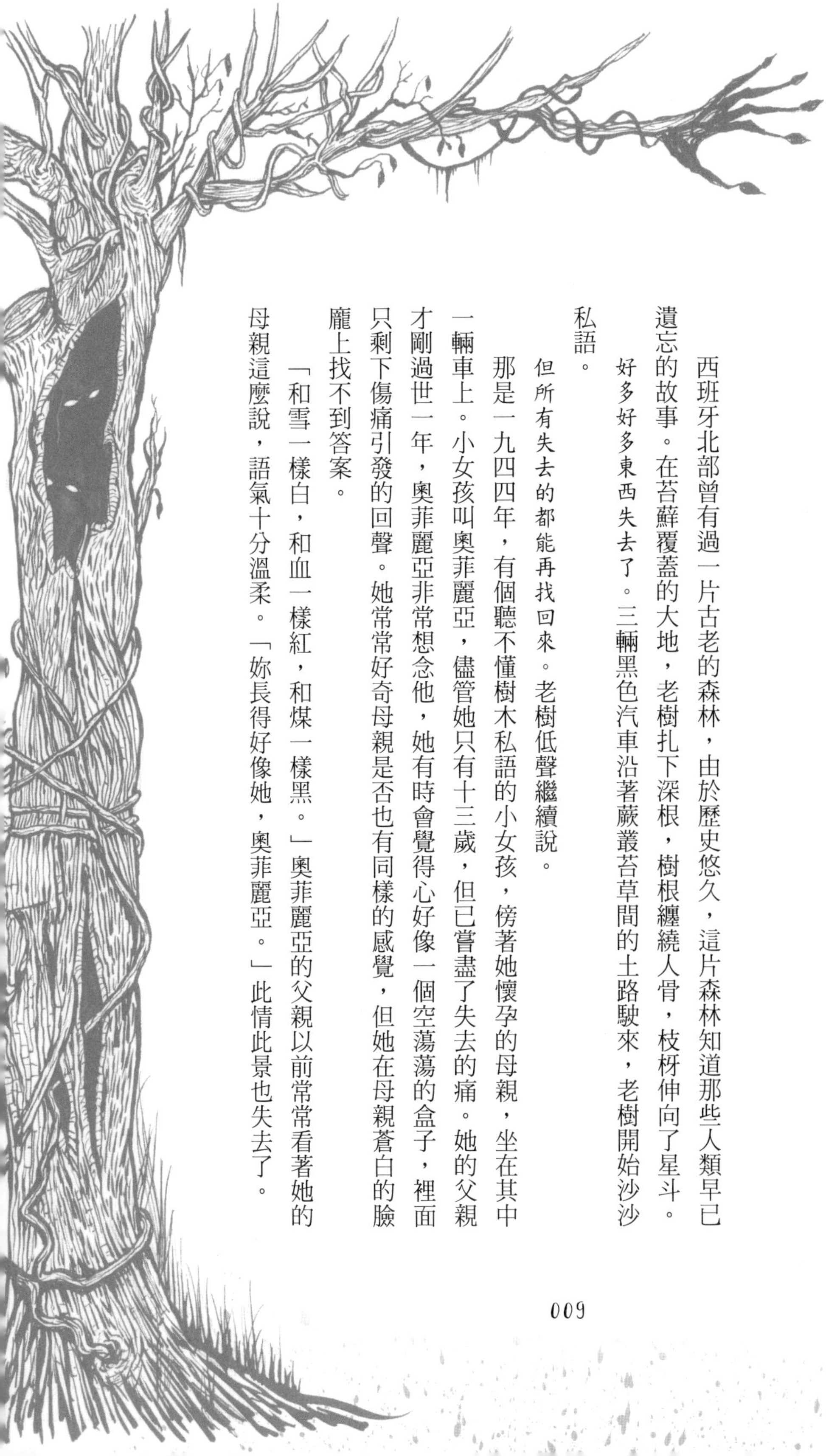

1 森林和精靈

西班牙北部曾有過一片古老的森林，由於歷史悠久，這片森林知道那些人類早已遺忘的故事。在苔蘚覆蓋的大地，老樹扎下深根，樹根纏繞人骨，枝枒伸向了星斗。*好多好多東西失去了。*三輛黑色汽車沿著蕨叢苔草間的土路駛來，老樹開始沙沙私語。

*但所有失去的都能再找回來。*老樹低聲繼續說。

那是一九四四年，有個聽不懂樹木私語的小女孩，傍著她懷孕的母親，坐在其中一輛車上。小女孩叫奧菲麗亞，儘管她只有十三歲，但已嘗盡了失去的痛。她的父親才剛過世一年，奧菲麗亞非常想念他，她有時會覺得心好像一個空蕩蕩的盒子，裡面只剩下傷痛引發的回聲。她常常好奇母親是否也有同樣的感覺，但她在母親蒼白的臉龐上找不到答案。

「和雪一樣白，和血一樣紅，和煤一樣黑。」奧菲麗亞的父親以前常常看著她的母親這麼說，語氣十分溫柔。「妳長得好像她，奧菲麗亞。」此情此景也失去了。

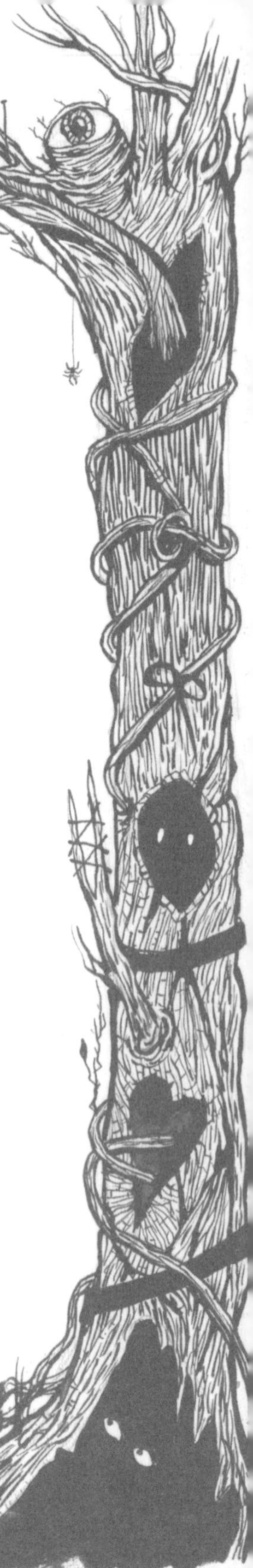

為了到母親給奧菲麗亞找的新爸爸那裡，她們坐了好幾個小時的車子，離奧菲麗亞所熟悉的一切越來越遠，這片永無止境的森林也越來越深。奧菲麗亞管那個男人叫「狼」，她不願想到那個人，可就連樹林也彷彿在低喚他的名字。

奧菲麗亞只能從家裡帶走幾本她的書，她緊緊抓著膝上的那一本，撫摸著書的封面。她打開書，在籠罩森林的陰影烘托下，白色書頁顯得十分明亮，上頭的文字帶給她保護和安慰。一個個的字母像是雪地裡的腳印，白雪皚皚的開闊風景不曾受到痛苦的汙損，也不曾受到記憶的傷害——記憶太黑暗了，無法留住，但也太甜蜜了，無法放手。

「奧菲麗亞，妳為什麼帶這麼多書來呢？我們可是要去鄉下！」長途車程令母親的臉色更加蒼白，除了坐車以外，讓她不舒服的還有肚裡的孩子。她搶走奧菲麗亞手中的書，所有給予安慰的文字都沉默了下來。

「奧菲麗亞，妳長大了，不適合讀童話故事了！妳應該開始多看看這個世界！」母親的嗓音像一口破鐘，奧菲麗亞不記得父親在世時她發出過這樣的聲音。

「糟糕，我們要遲到了！」母親歎了口氣，拿起手帕按住嘴唇。「他要不高興的。」

他……

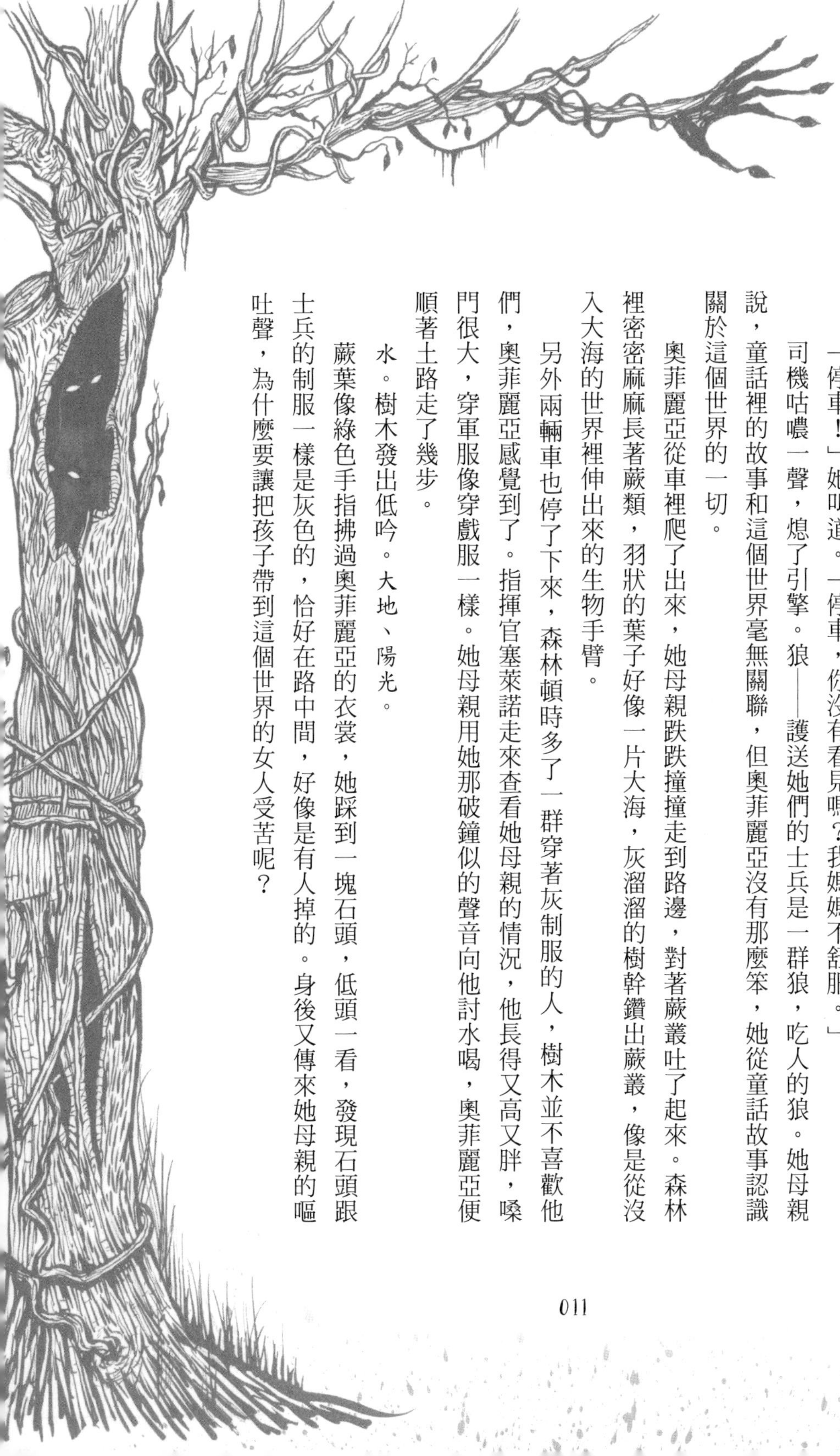

母親呻吟起來，奧菲麗亞靠向前側，抓住司機的肩膀。

「停車！」她叫道。「停車，你沒有看見嗎？我媽媽不舒服。」

司機咕噥一聲，熄了引擎。狼——護送她們的士兵是一群狼，吃人的狼。她母親說，童話裡的故事和這個世界毫無關聯，但奧菲麗亞沒有那麼笨，她從童話故事認識關於這個世界的一切。

奧菲麗亞從車裡爬了出來，她母親跌跌撞撞走到路邊，對著蕨叢吐了起來。森林裡密密麻麻長著蕨類，羽狀的葉子好像一片大海，灰溜溜的樹幹鑽出蕨叢，像是從沒入大海的世界裡伸出來的生物手臂。

另外兩輛車也停了下來，森林頓時多了一群穿著灰制服的人，樹木並不喜歡他們，奧菲麗亞感覺到了。指揮官塞萊諾走來查看她母親的情況，他長得又高又胖，嗓門很大，穿軍服像穿戲服一樣。她母親用她那破鐘似的聲音向他討水喝，奧菲麗亞便順著土路走了幾步。

水。樹木發出低吟。大地、陽光。

蕨葉像綠色手指拂過奧菲麗亞的衣裳，她踩到一塊石頭，低頭一看，發現石頭跟士兵的制服一樣是灰色的，恰好在路中間，好像是有人掉的。身後又傳來她母親的嘔吐聲，為什麼要讓把孩子帶到這個世界的女人受苦呢？

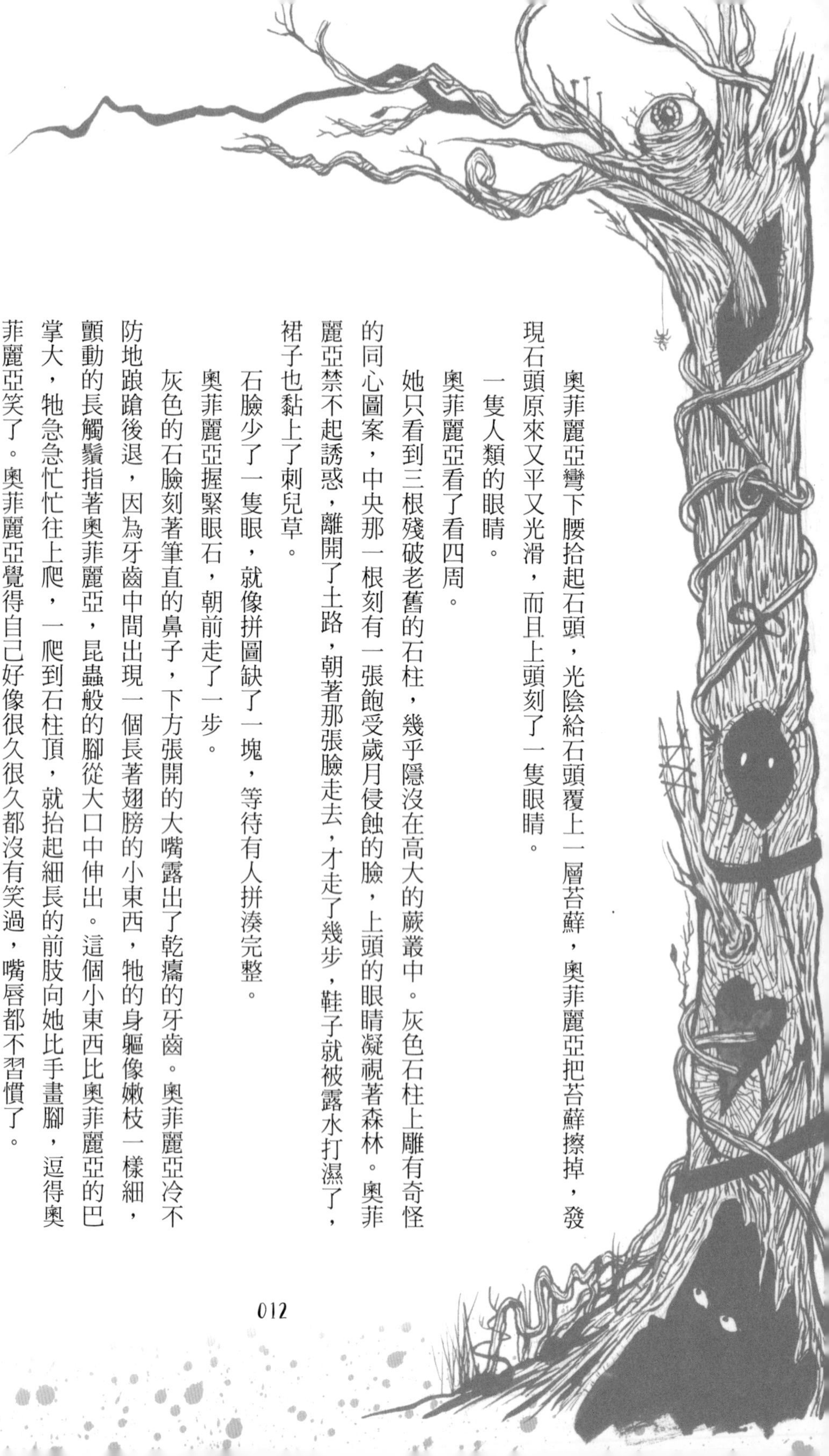

奧菲麗亞彎下腰拾起石頭，光陰給石頭覆上一層苔蘚，奧菲麗亞把苔蘚擦掉，發現石頭原來又平又光滑，而且上頭刻了一隻眼睛。

一隻人類的眼睛。

奧菲麗亞看了看四周。

她只看到三根殘破老舊的石柱，幾乎隱沒在高大的蕨叢中。灰色石柱上雕有奇怪的同心圖案，中央那一根刻有一張飽受歲月侵蝕的臉，上頭的眼睛凝視著森林。奧菲麗亞禁不起誘惑，離開了土路，朝著那張臉走去，才走了幾步，鞋子就被露水打濕了，裙子也黏上了刺兒草。

石臉少了一隻眼，就像拼圖缺了一塊，等待有人拼湊完整。

奧菲麗亞握緊眼石，朝前走了一步。

灰色的石臉刻著筆直的鼻子，下方張開的大嘴露出了乾癟的牙齒。奧菲麗亞冷不防地踉蹌後退，因為牙齒中間出現一個長著翅膀的小東西，牠的身軀像嫩枝一樣細，顫動的長觸鬚指著奧菲麗亞，昆蟲般的腳從大口中伸出。這個小東西比奧菲麗亞的巴掌大，牠急急忙忙往上爬，一爬到石柱頂，就抬起細長的前肢向她比手畫腳，逗得奧菲麗亞笑了。奧菲麗亞覺得自己好像很久很久都沒有笑過，嘴唇都不習慣了。

「你是誰？」她小聲問。

小東西再次揮舞前肢，發出幾聲悅耳的嗒嗒聲。也許是一隻蟋蟀吧，但蟋蟀是長這樣子的嗎？或者是一隻蜻蜓？奧菲麗亞不能確定，她在城裡長大，周圍的牆是石頭砌成的，沒有眼，沒有臉，更沒有張開的大嘴。

「奧菲麗亞！」

小東西展開翅膀，奧菲麗亞用目光追隨牠，看著牠逐漸飛遠了。她母親停在幾步路遠的路上，旁邊站著塞萊諾指揮官。

「看看妳的鞋子！」母親用認命的軟弱口氣責備她，她現在常常用這種語氣說話。奧菲麗亞低頭一看，她鞋子不只濕了，還沾滿了泥巴，不過她仍然感覺到自己的嘴角掛著笑意。

「我想我撞見了一個精靈！」她說。沒錯，那個小東西是精靈，奧菲麗亞可以肯定。

但是她母親聽了並不相信。她叫卡門．卡多索，才三十二歲就守了寡。她忘了什麼是平常心，現在面對事物的反應不是鄙夷，就是害怕，她只看到世界奪走她的所愛嚼成稀泥。卡門．卡多索很疼女兒，非常非常疼她，所以她再婚了。這個世界由男人統治——她的女兒還不明白這一點——只有跟著一個男人才能保證她們兩人的安全。奧菲麗亞的母親不知道，她自己其實也相信童話故事，而且還是最危險的情節——王子一定會來拯救她。

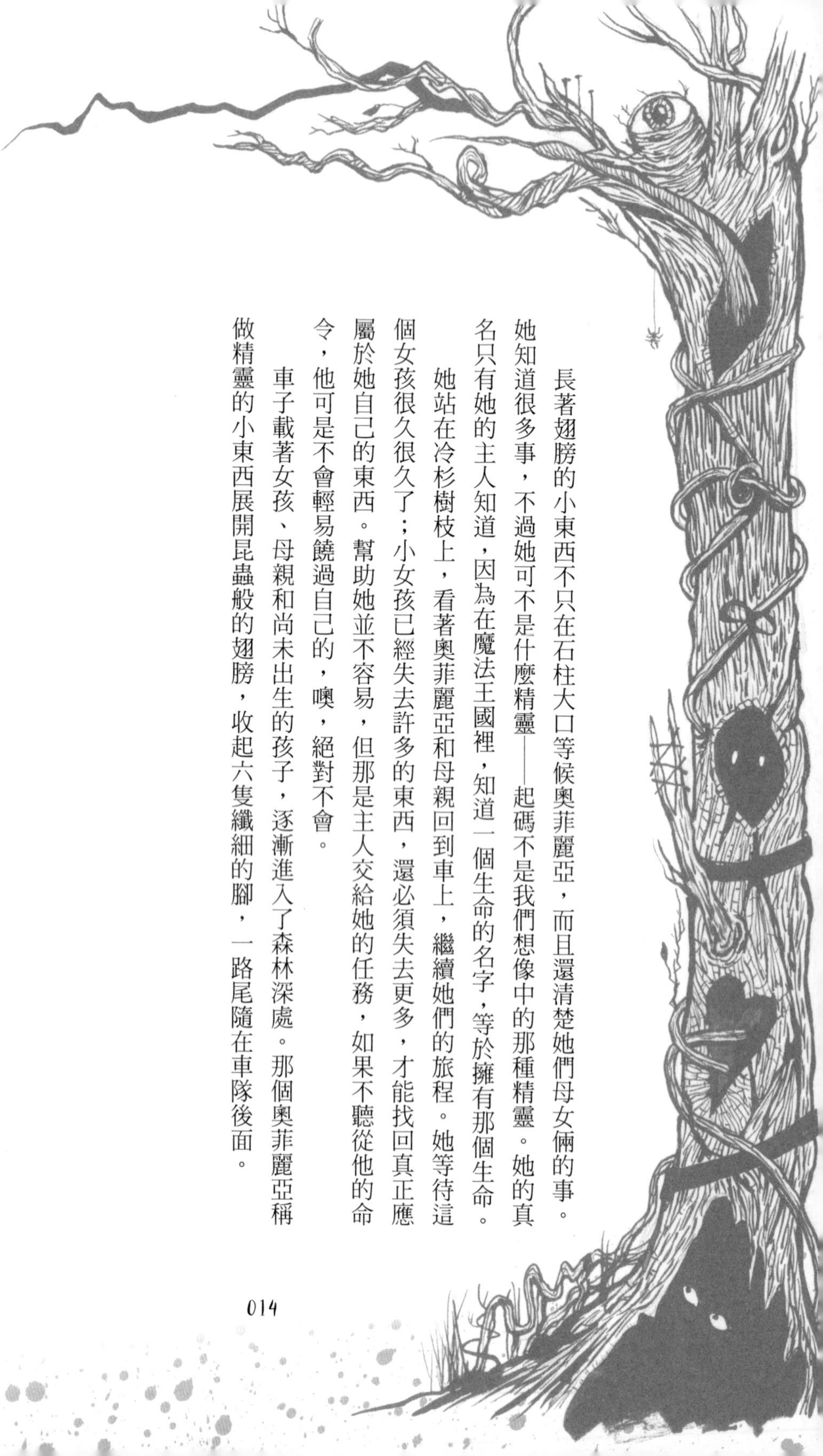

長著翅膀的小東西不只在石柱大口等候奧菲麗亞，而且還清楚她們母女倆的事。她知道很多事，不過她可不是什麼精靈——起碼不是我們想像中的那種精靈。她的真名只有她的主人知道，因為在魔法王國裡，知道一個生命的名字，等於擁有那個生命。

她站在冷杉樹枝上，看著奧菲麗亞和母親回到車上，繼續她們的旅程。她等待這個女孩很久很久了；小女孩已經失去許多的東西，還必須失去更多，才能找回真正應屬於她自己的東西。幫助她並不容易，但那是主人交給她的任務，如果不聽從他的命令，他可是不會輕易饒過自己的，噢，絕對不會。

車子載著女孩、母親和尚未出生的孩子，逐漸進入了森林深處。那個奧菲麗亞稱做精靈的小東西展開昆蟲般的翅膀，收起六隻纖細的腳，一路尾隨在車隊後面。

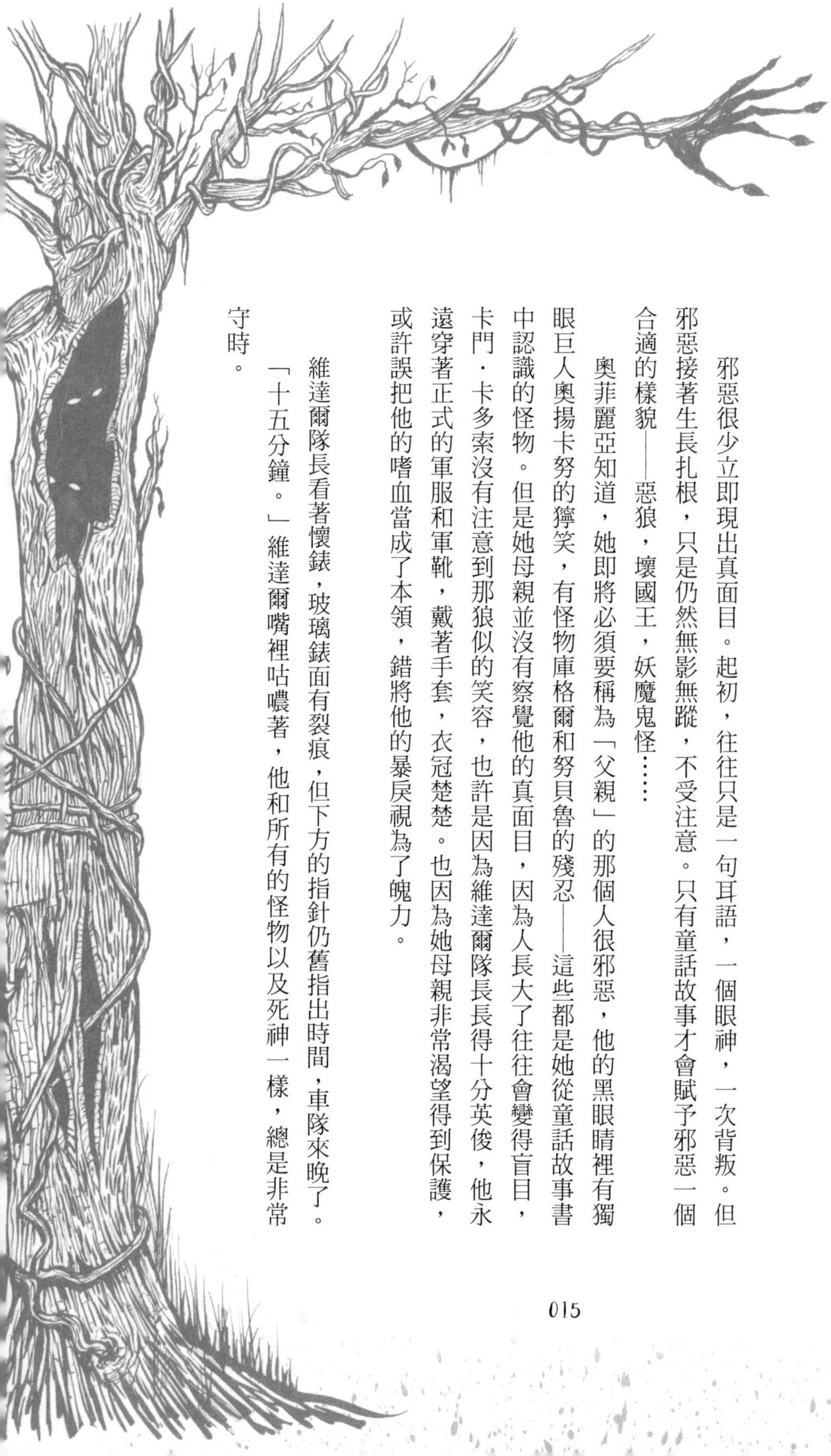

2 邪惡的千面萬貌

邪惡很少立即現出真面目。起初，往往只是一句耳語，一個眼神，一次背叛。但邪惡接著生長扎根，只是仍然無影無蹤，不受注意。只有童話故事才會賦予邪惡一個合適的樣貌——惡狼，壞國王，妖魔鬼怪……

奧菲麗亞知道，她即將必須要稱為「父親」的那個人很邪惡，他的黑眼睛裡有獨眼巨人奧揚卡努的獰笑，有怪物庫格爾和努貝魯的殘忍——這些都是她從童話故事書中認識的怪物。但是她母親並沒有察覺他的真面目，因為人長大了往往會變得盲目，卡門．卡多索沒有注意到那狼似的笑容，也許是因為維達爾隊長長得十分英俊，他永遠穿著正式的軍服和軍靴，戴著手套，衣冠楚楚。也因為她母親非常渴望得到保護，或許誤把他的嗜血當成了本領，錯將他的暴戾視為了魄力。

維達爾隊長看著懷錶，玻璃錶面有裂痕，但下方的指針仍舊指出時間，車隊來晚了。

「十五分鐘。」維達爾嘴裡咕噥著，他和所有的怪物以及死神一樣，總是非常守時。

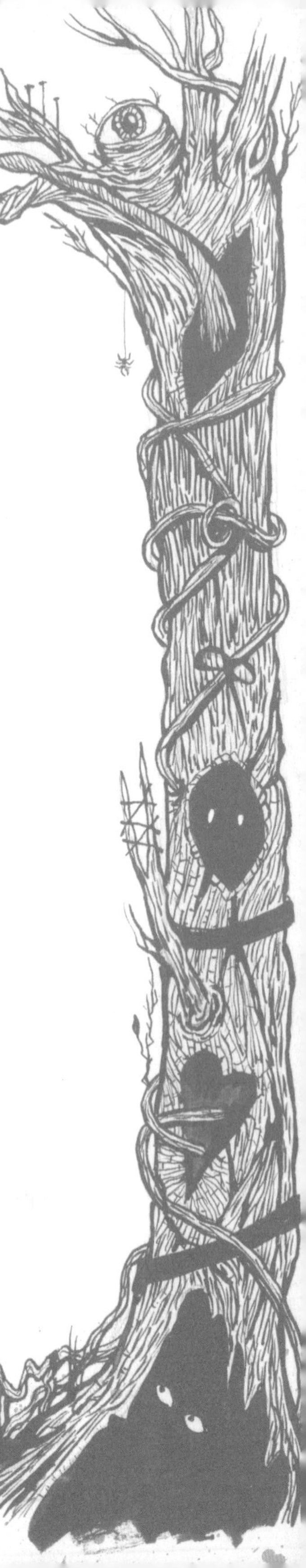

沒錯，正如卡門所擔心的，當車隊終於開到被維達爾選為總部的古老磨坊時，她們確實遲到了。維達爾非常討厭森林，舉凡不守秩序的東西他都討厭，況且那些樹多麼樂意藏匿他要捉拿的目標——那些人正對抗著維達爾所效忠和欽佩的黑暗勢力，他到這片古老森林就是要殲滅他們。沒錯，奧菲麗亞的繼父喜歡打斷被他認為是弱者的人的骨頭，讓他們受傷流血，給他們混亂悲慘的世界帶來新秩序。

他迎接車隊，臉上掛著笑容。

可奧菲麗亞看出了他眼神中的輕蔑。他在塵土飛揚的院子裡歡迎她們，很久很久以前，這裡原是一棟磨坊，附近村子的農民會把穀物送來加工。她的母親對著狼微微一笑，讓他摸摸她隆起的肚皮，裡面的孩子是他的。狼要她坐上輪椅，彷彿她是破布娃娃一般，而她竟然也就屈從了。奧菲麗亞留在汽車後座看著這一切，母親囑咐著要她主動向狼伸出手，可她根本不想這麼做。不過她終究還是鑽了出來，因為她不希望母親和他單獨待在一起，奧菲麗亞把她的幾本書抱在胸前，好像抱著一面由紙和文字做成的盾牌。

「奧菲麗亞。」狼的兩片薄唇像是要嚼碎她的名字，讓她的名字變得像她母親那樣殘破不堪。他盯著她伸出的左手。

「應該是另一隻手，奧菲麗亞。」他輕聲說。「記住了。」

他戴著黑色皮手套，像獵人的陷阱那樣兇猛抓住了奧菲麗亞的手，手套發出嘎吱嘎吱的聲音。他隨即轉身背對奧菲麗亞，彷彿已經把她給忘了。

「默西迪絲！」他對一個正在幫助士兵從車上卸下東西的女人喊道，「把她們的行李拿來！」

默西迪絲瘦削蒼白，髮色烏黑，一雙黑眼睛水汪汪的。奧菲麗亞覺得她像是假扮成農夫女兒的公主，也可能是女巫，只是奧菲麗亞不確定她是善良的還是邪惡的女巫。

默西迪絲和士兵把她母親的行李搬進了磨坊。奧菲麗亞覺得磨坊看起來又失落又悲傷，好像懷念著碾磨新鮮穀物的日子。現在磨坊裡到處都是士兵，他們像蝗蟲一樣，成群結隊在殘破的石牆四周活動，院子周圍是馬廄、穀倉和磨坊，而士兵的帳篷和卡車到處都是，塞滿了寬敞的院子。

灰色的軍服，悲傷的老屋，鬼影幢幢的森林……奧菲麗亞好想回家，這份渴望讓她連呼吸都感到困難。但是，她的父親走了，家也就不存在了。正當她覺得眼眶要泛出淚水時，突然注意到幾英尺外的麻袋堆之間，有一雙彷彿用薄如紙的玻璃做成的翅膀在陽光下閃閃發亮。

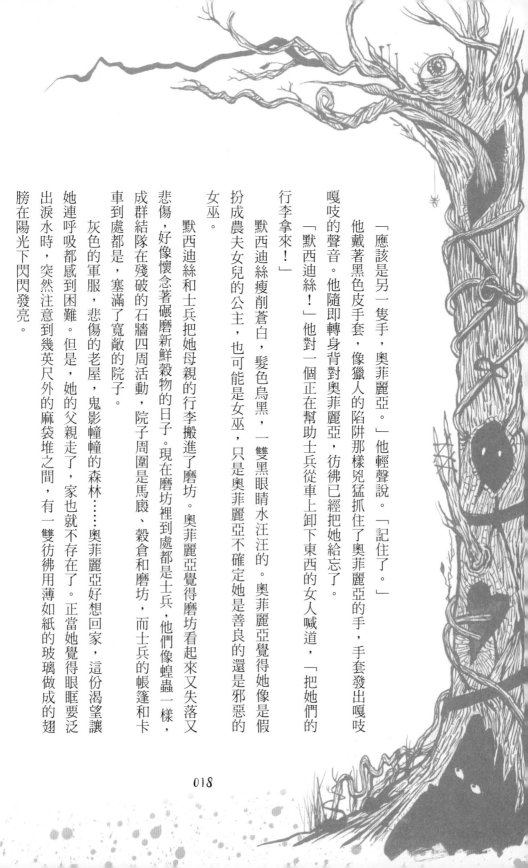

是那個精靈。

精靈徑直飛向磨坊後方的樹林，奧菲麗亞也頓時拋開悲傷，追了上去。這個小東西飛得真快，奧菲麗亞追著追著，絆了一跤，把所有的書都掉在地上。奧菲麗亞把書撿起來，抹去書皮上的泥土，卻瞥見精靈停在不遠處一株樹的樹皮上——她在等她。

沒錯，她確實是在等她，她必須確定小女孩緊跟著自己。

哎呀，等等，不！她又停下了腳步。

樹木間赫然出現一座巨大拱門，橫跨在兩堵古牆之間的缺口上方。奧菲麗亞凝視著拱門，拱門上有個長角的腦袋，兩隻空洞的眼睛俯視下方，張大的嘴好像要吞下整個世界。那對眼睛的目光似乎讓一切都消失了，磨坊、士兵和狼消失了，甚至連奧菲麗亞的母親也不見了。進來！搖搖欲墜的古牆好像正這麼說著。奧菲麗亞注意到那顆腦袋的下方刻著一行模糊不清的字，但她不明白它的意思。

那句話是這樣的：In consiliis nostris fatum nostrum est.

「選擇決定命運。」

精靈已經不知去向，奧菲麗亞跨過了拱門，拱門朝她的皮膚投下一抹冰冷的陰

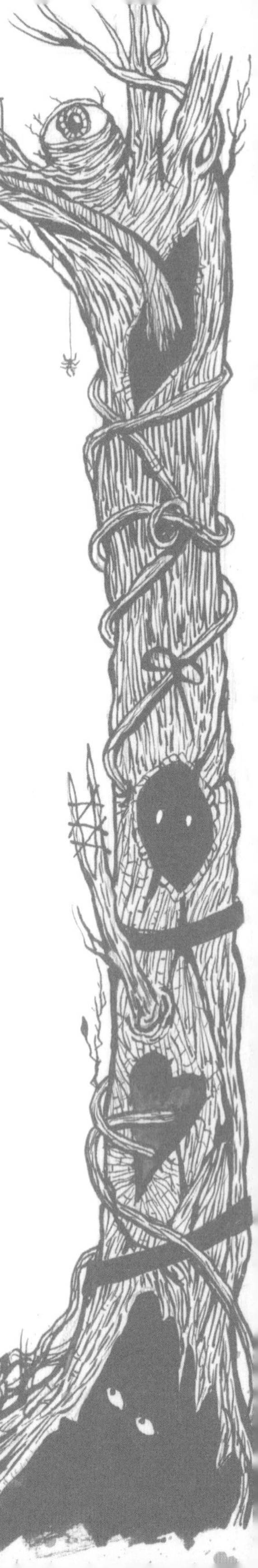

影。轉身！她的心裡有個什麼發出了警告，但她沒有聽從。有時傾聽內心的聲音是對的，有時卻不盡然，況且奧菲麗亞不能肯定自己是否還有選擇的餘地，她的雙腳便不由自主地一步步向前走。走了幾步，拱門後的走廊開始變窄，後來奧菲麗亞只要張開雙臂，就能摸到兩側的牆。她繼續走著，兩手滑過老舊的石頭，儘管白天有太陽照射，石頭仍舊非常冰涼。又走了幾步，她到了一個轉角，轉過去之後，面前出現另一條長廊，先是向左，接著向右延伸，通往另一個轉角。

「這是一座迷宮。」

奧菲麗亞急忙轉過身去。

默西迪絲站在那裡，披在肩頭的披肩好像是她用羊毛質地的葉子織成的。如果她真是女巫，那麼也是一個美麗的女巫，而不像奧菲麗亞的書中多數女巫那樣老朽憔悴。不過她讀過故事，知道女巫往往不會以真面目示人。

「只是一堆古老的石頭。」默西迪絲說。「非常古老，比磨坊還古老，這些牆一開始就有了——早在磨坊蓋好以前就存在了。妳不該到這裡來，可能會迷路，以前就有人在這裡迷路過，妳要想聽這個故事，改天我說給妳聽。」

「默西迪絲！上尉找妳！」一個士兵從磨坊後方發出嚴厲的命令。

「來了！」默西迪絲高聲回應。

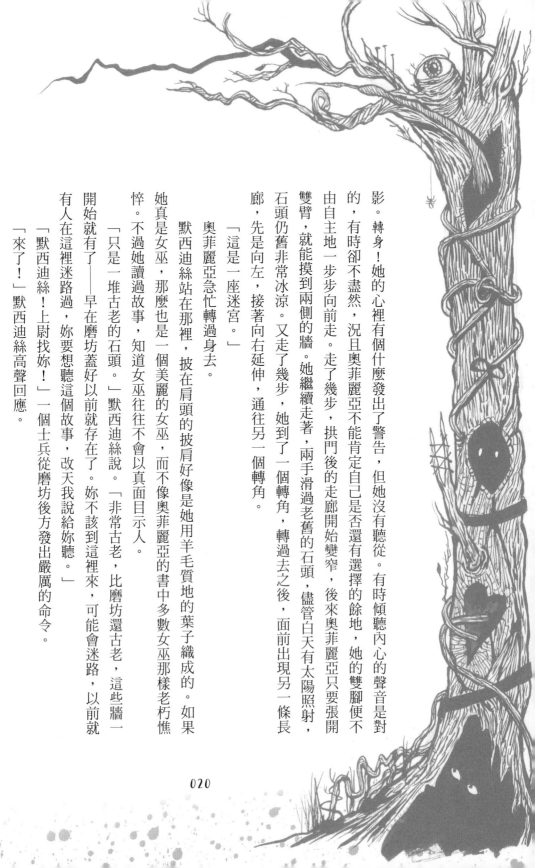

她對奧菲麗亞微微一笑，她的笑中有秘密，但奧菲麗亞喜歡她，非常喜歡她。

「妳聽見了，妳爸爸找我。」默西迪絲開始走回拱門。

「他不是我爸爸！」奧菲麗亞在她的身後喊道。「他不是！」

默西迪絲放慢了腳步。

奧菲麗亞跑到她的身邊，兩人從拱門底下走過，留下了冰冷的石頭、長角的腦袋和那雙空洞的眼睛。

「我爸爸是裁縫。」奧菲麗亞說。「他在戰爭中犧牲了。」

眼淚又迸出來了，奧菲麗亞只要講起他，就一定會流下眼淚。她沒辦法。

「他幫我做裙子，幫媽媽縫衣服，他做的衣服最漂亮，比我的書裡那些公主穿的還漂亮！維達爾上尉不是我爸爸。」

「妳說得很清楚了。」默西迪絲輕聲說，摟住她的肩膀。「但快走吧，我帶你去找妳媽媽，我相信她已經在找妳了。」

她的手臂很溫暖，也很強壯。

「我媽媽很漂亮吧？」奧菲麗亞問。「小寶寶害她身體不舒服，妳有弟弟嗎？」

「有。」默西迪絲回答。「等著瞧吧，妳一定會很喜歡妳的小弟弟，非常非常喜歡，就是不禁要喜歡他。」

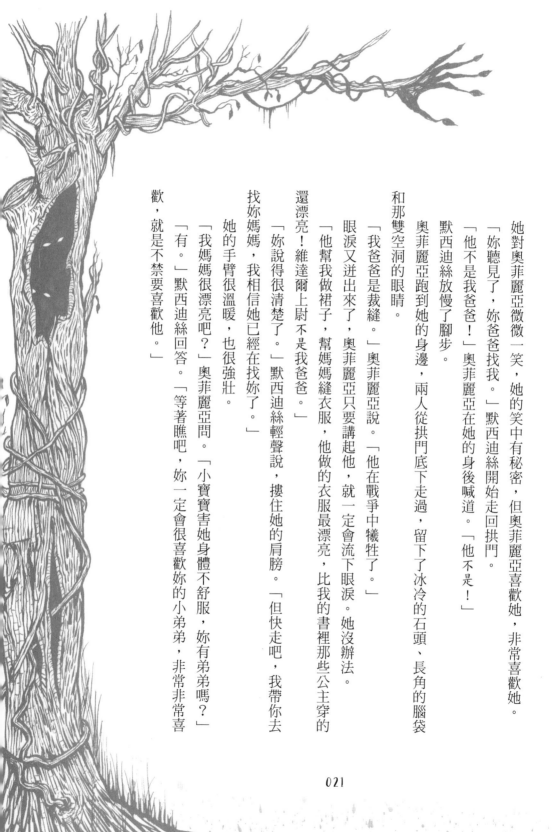

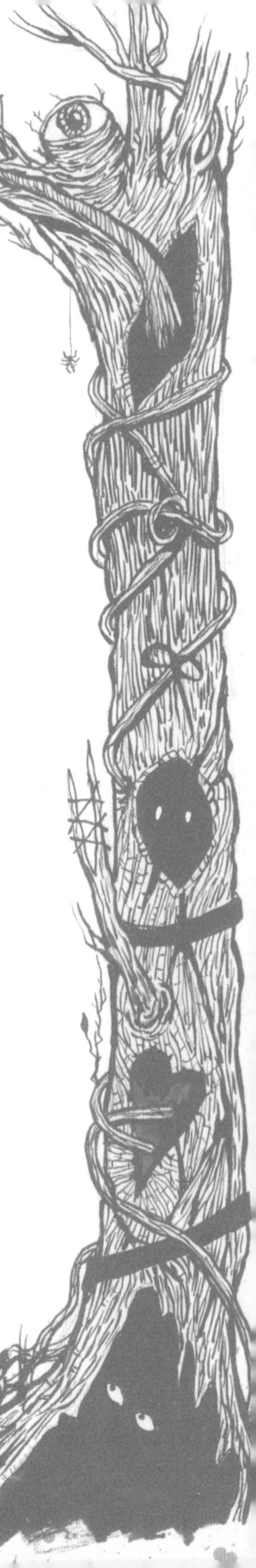

她再一次露出了笑容，眼神中卻有些許悲傷，奧菲麗亞看到了，默西迪絲似乎也懂得失去心愛東西的感受。

小精靈棲息在石拱上，望著她們並肩走回磨坊：女人和女孩，春天和夏天。

小女孩一定會再來這裡的。

小精靈一定會讓她回來。

就在不久的將來。

如她的主人所盼望那樣。

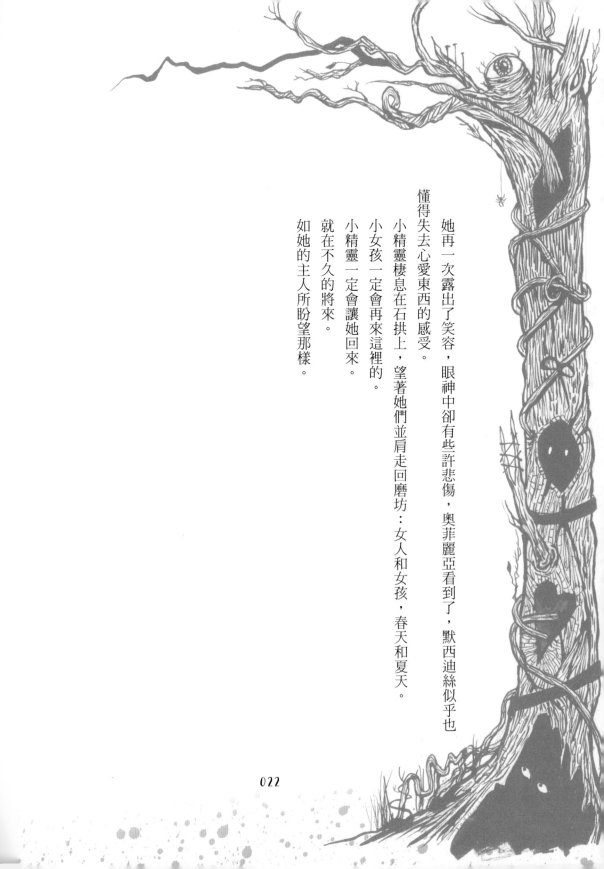

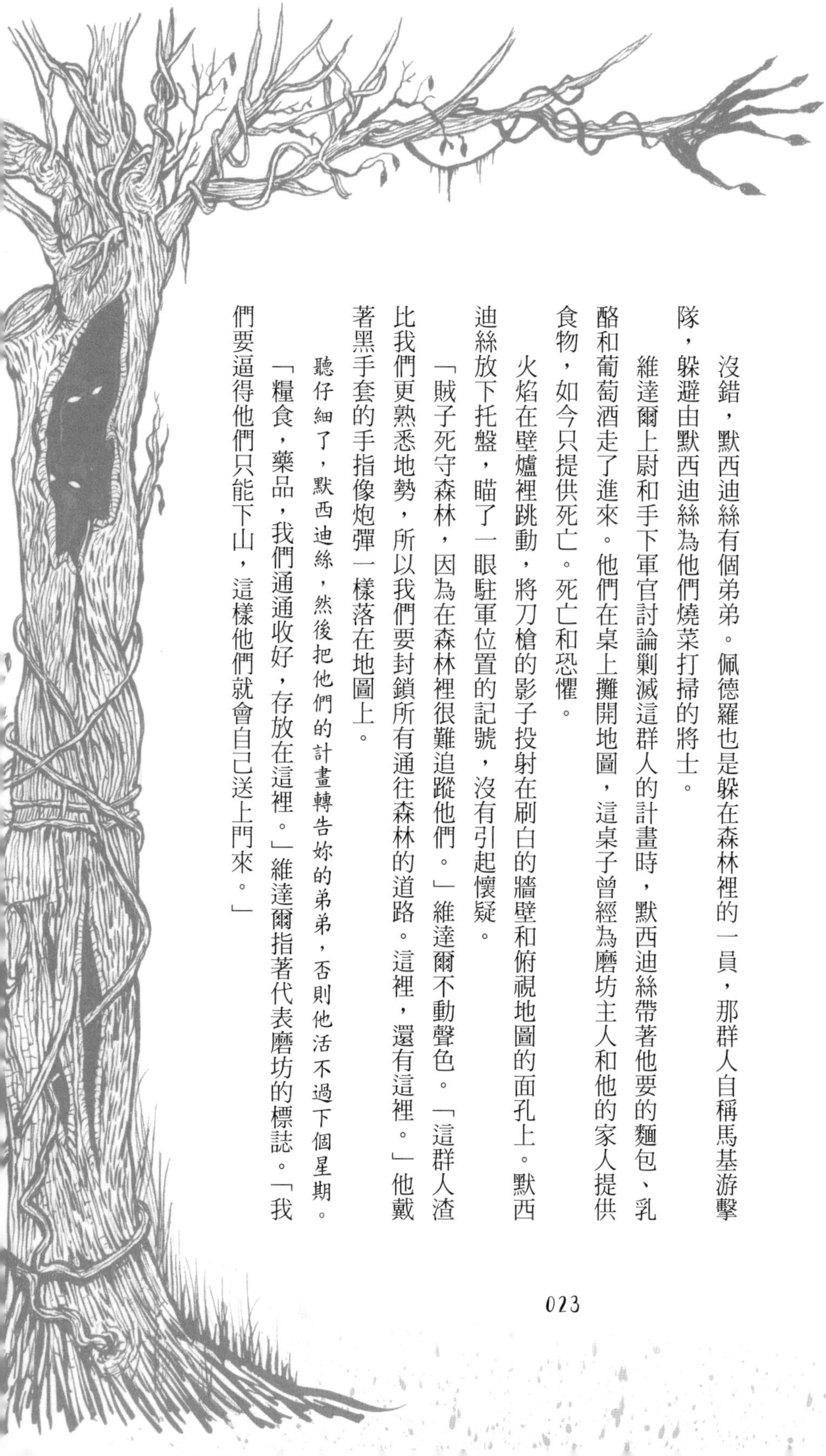

3 不過是一隻老鼠

沒錯，默西迪絲有個弟弟。佩德羅也是躲在森林裡的一員，那群人自稱馬基游擊隊，躲避由默西迪絲為他們燒菜打掃的將士。

維達爾上尉和手下軍官討論剿滅這群人的計畫時，默西迪絲帶著他要的麵包、乳酪和葡萄酒走了進來。他們在桌上攤開地圖，這桌子曾經為磨坊主人和他的家人提供食物，如今只提供死亡。死亡和恐懼。

火焰在壁爐裡跳動，將刀槍的影子投射在刷白的牆壁和俯視地圖的面孔上。默西迪絲放下托盤，瞄了一眼駐軍位置的記號，沒有引起懷疑。

「賊子死守森林，因為在森林裡很難追蹤他們。」維達爾不動聲色。「這群人渣比我們更熟悉地勢，所以我們要封鎖所有通往森林的道路。這裡，還有這裡。」他戴著黑手套的手指像炮彈一樣落在地圖上。

聽仔細了，默西迪絲，然後把他們的計畫轉告妳的弟弟，否則他活不過下個星期。

「糧食，藥品，我們通通收好，存放在這裡。」維達爾指著代表磨坊的標誌。「我們要逼得他們只能下山，這樣他們就會自己送上門來。」

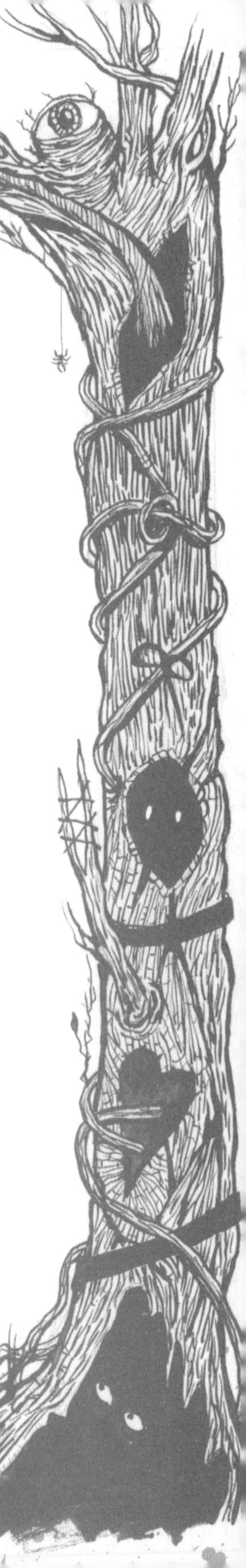

這裡，默西迪絲，他們要把東西都存放在這裡！

她從容不迫地把食物擺到桌上，慶幸他們沒把自己放在眼裡。她不過是個女傭，不過是房間的一部分，和椅子柴火沒有兩樣。

「我們加設三個崗哨，這裡，這裡，還有這裡。」

維達爾在地圖擺上青銅標誌物。默西迪絲目不轉睛盯著他戴著手套的指頭，這才是她的真實身分：他們追捕兔子，而她是兔子的耳目，如鼠般無聲無形。

「默西迪絲！」

黑手套抓住她的肩膀時，她險些忘了呼吸。

維達爾疑心地細瞇起眼。他沒有一刻不疑神疑鬼的，默西迪絲。她一面告訴自己，一面讓狂跳的心平靜下來。他喜愛看到別人在他的注視下露出驚懼的表情，但這遊戲她時常玩，不會露出馬腳。她不過是一隻老鼠，不會被放在眼裡。要是他認為她是一隻母貓或雌狐，那麼她就完了。

「叫費雷羅醫生下來。」

「是，先生。」

她低下頭，讓自己顯得更渺小，多數男人不希望看到高大的女人，維達爾也不例外。

三個崗哨。糧食和藥品存在磨坊。

嗯，有用的情報。

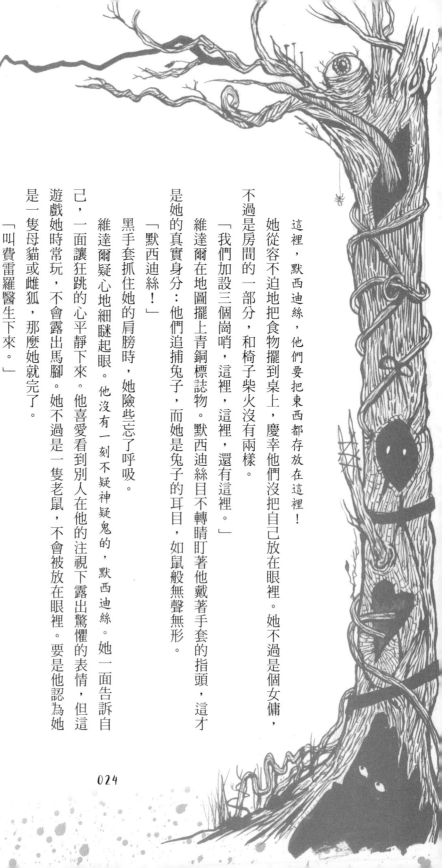

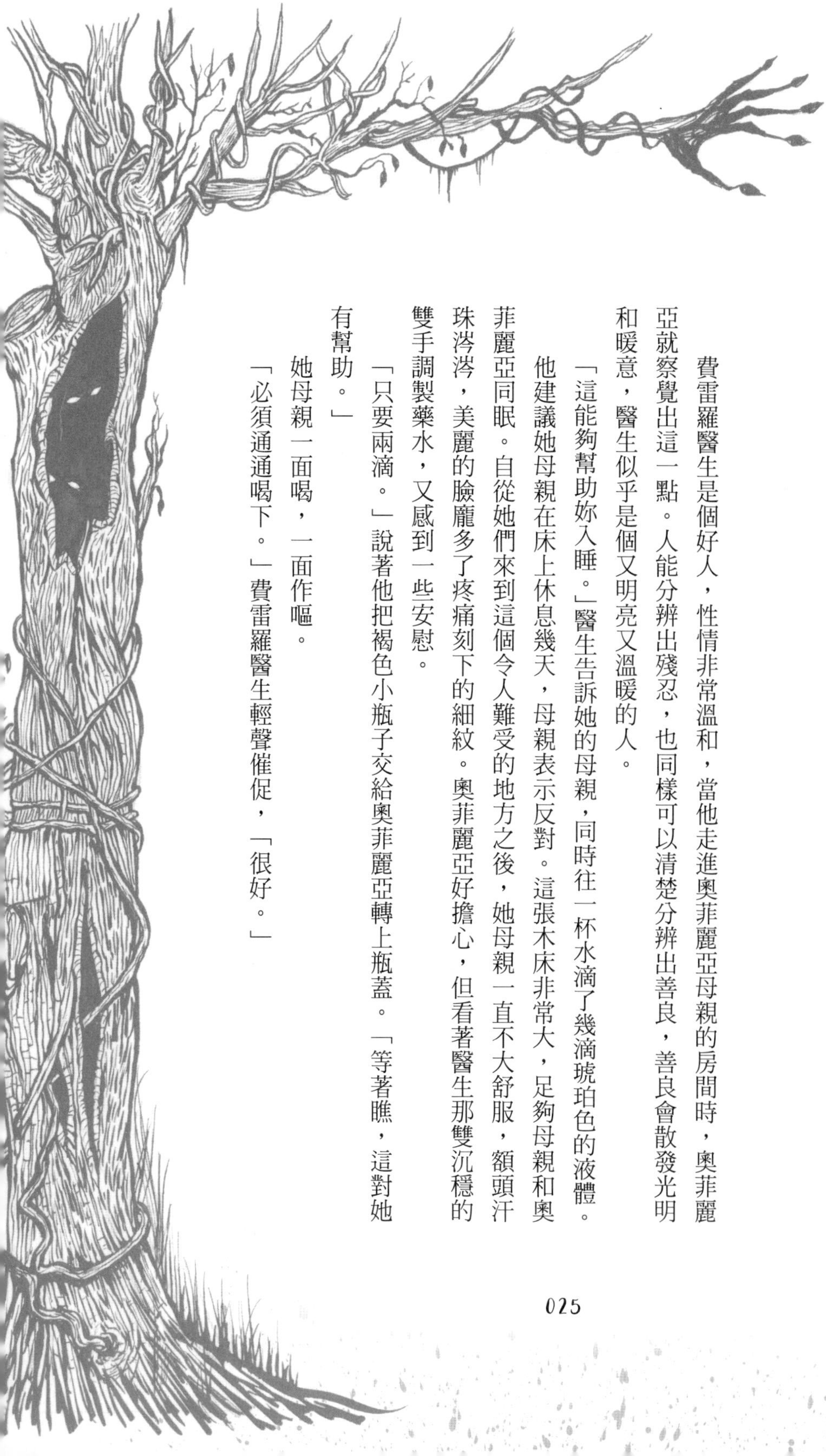

4 黑暗山上的玫瑰

費雷羅醫生是個好人，性情非常溫和，當他走進奧菲麗亞母親的房間時，奧菲麗亞就察覺出這一點。人能分辨出殘忍，也同樣可以清楚分辨出善良，善良會散發光明和暖意，醫生似乎是個又明亮又溫暖的人。

「這能夠幫助妳入睡。」醫生告訴她的母親，同時往一杯水滴了幾滴琥珀色的液體。

他建議她母親在床上休息幾天，母親表示反對。這張木床非常大，足夠母親和奧菲麗亞同眠。自從她們來到這個令人難受的地方之後，她母親一直不大舒服，額頭汗珠涔涔，美麗的臉龐多了疼痛刻下的細紋。奧菲麗亞好擔心，但看著醫生那雙沉穩的雙手調製藥水，又感到一些安慰。

「只要兩滴。」說著他把褐色小瓶子交給奧菲麗亞轉上瓶蓋。「等著瞧，這對她有幫助。」

她母親一面喝，一面作嘔。

「必須通通喝下。」費雷羅醫生輕聲催促，「很好。」

他的語氣與床上的毯子一樣溫暖，奧菲麗亞奇怪母親怎麼沒有愛上醫生這種男人，他令她想起了已故的父親，淡淡地想起來。

奧菲麗亞一坐到床畔，默西迪絲就走進房間。

「他要你下樓去。」她對費雷羅醫生說。

他。沒人會說出他的名字，維達爾，這個名字聽起來像把一顆石子扔向窗戶，每個音都是一塊碎玻璃。上尉，大多數人喊他上尉，不過奧菲麗亞還是認為「狼」更適合他。

「有事儘管叫我。」醫生闔上了他的醫療包，同時告訴她的母親。「白天還是夜晚都沒關係，不管是妳還是妳的小護士需要我都可以。」他加了一句，對著奧菲麗亞微微一笑。

接著，他跟著默西迪絲離開了，在這棟散發出寒冬和過往人們所留下的悲傷氣味的老宅，這是奧菲麗亞第一次和母親單獨相處。她喜歡和母親獨處，她一直與母親相依為命，可是後來狼出現了。

母親把她拉到身邊。

「我的小護士。」她把手放在奧菲麗亞的胳膊下，露出疲憊卻滿足的微笑。「寶貝，去把門關上，也把燈熄了吧。」

雖然有母親在身邊，但一想到要睡在這個陌生的房間裡，奧菲麗亞就覺得害怕，不過她還是照著母親的話去做。拉上門栓時，她瞥見醫生與默西迪絲站在樓梯平臺。他們沒有看到奧菲麗亞，奧菲麗亞也不想偷聽，只是還是忍不住聽了。傾聽……畢竟傾聽是小孩的本能，而得知大人的秘密代表領悟了大人的世界——以及在這個世界的生存之道。

「醫生，你一定要幫幫我們！」默西迪絲低聲說。「跟我去看看他，傷口一直好不了，他的腿傷越來越嚴重。」

「我只能弄到這些。」醫生悄聲說著，並交給默西迪絲一個褐色小紙包。「很抱歉。」

默西迪絲收下包裹，她絕望的表情嚇到了奧菲麗亞，默西迪絲看上去是那麼堅強，在這幢充滿孤獨和老幽靈的屋子裡，她像是能夠保護她的人。

「上尉在他的辦公室裡等你。」默西迪絲挺直了背脊，沒有看著費雷羅醫生走下樓。醫生腳步沉重，彷彿因為離開默西迪絲那張絕望的臉而心感內疚。

奧菲麗亞無法移動腳步。

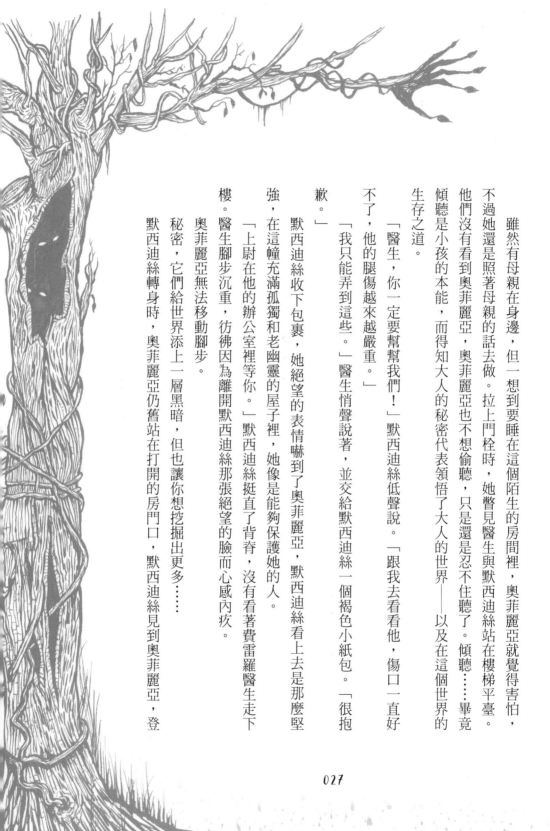

秘密，它們給世界添上一層黑暗，但也讓你想挖掘出更多……

默西迪絲轉身時，奧菲麗亞仍舊站在打開的房門口，默西迪絲見到奧菲麗亞，登

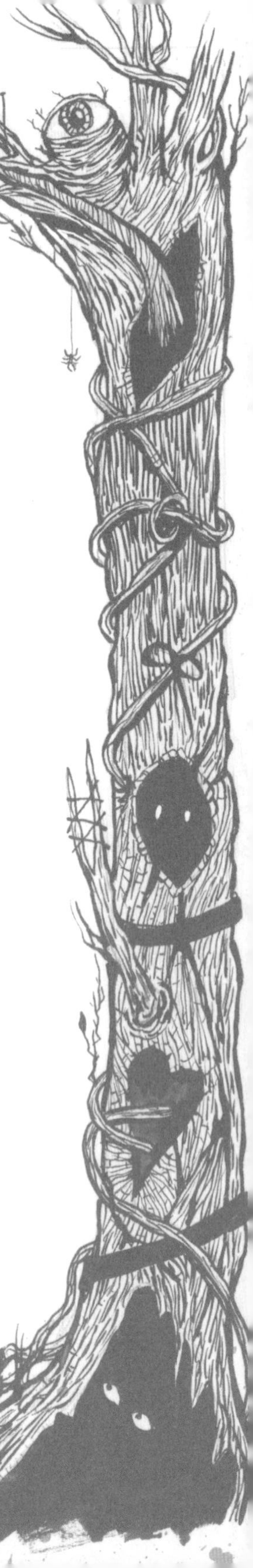

時睜大了眼睛，眼中充滿著恐懼。她匆匆將包裹藏在披肩下，這時奧菲麗亞的腳總算聽話了，她退回去把門閂上，希望默西迪絲會忘了她看到了她。

「奧菲麗亞！過來！」母親在床上喊她。

至少火堆讓幽暗的房間多了些許的光亮，壁爐上也有兩根閃爍搖曳的蠟燭。奧菲麗亞爬上床摟住母親。

就只有她們兩人，為什麼這樣還不夠呢？弟弟還要來踢一踢母親的肚子。萬一他像他的父親呢？走開！奧菲麗亞在心裡說。不要打擾我們，我們不需要你，因為她有我，我會照顧她。

「天哪，妳的腳……冷冰冰的！」母親說。

母親的身體好溫暖，可能有點太溫暖了，但醫生似乎不怎麼擔心她發燒。

磨坊在她們周圍發出咯吱咯吱的聲音，好像呻吟一樣。它不想要她們，它想要的是磨坊主人回來。或許它想獨自與森林為伍，任由樹根穿透牆垣，樹葉覆蓋屋頂，最後砌石和屋梁又化為森林的一部分。

「怕嗎？」母親低聲問。

「有一點。」奧菲麗亞低聲回答。

古老的牆壁又發出一陣呻吟，她們上方的橫梁也發出歎息，好似有人正在扳折它

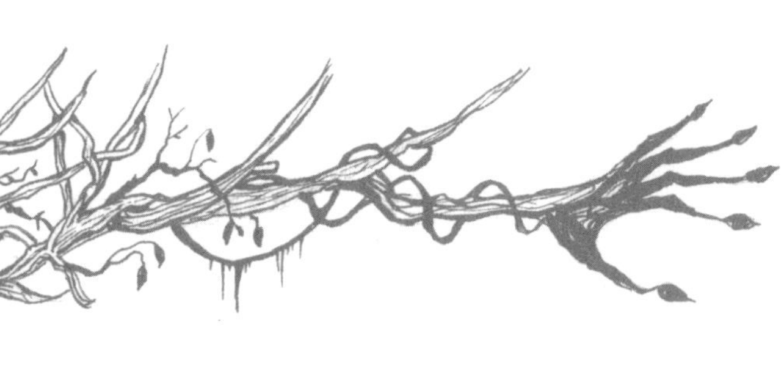

們。奧菲麗亞往母親身上靠得更緊，母親吻了一下奧菲麗亞的頭髮，母女都有一頭烏黑的頭髮。

「沒事，寶貝，沒事，只是風而已。這裡的夜晚很不一樣，在城市裡妳會聽到汽車、聽到電車的聲音，而這裡的房子非常老舊，所以才會發出嘎吱嘎吱的聲音……」

沒錯，那聲音又來了，這一回兩人都靜下來傾聽著。

「聽起來好像牆壁在說話，對不對？」自從得知自己懷孕之後，奧菲麗亞的母親還不曾這樣擁抱過奧菲麗亞。「明天，明天我要給妳一個驚喜。」

「驚喜？」奧菲麗亞抬頭望著母親蒼白的臉龐。

「對。」

在母親的懷抱中，奧菲麗亞感到無比安全，這還是頭一次，自從……從什麼時候之後？從父親去世之後，從母親遇見了狼之後。

「是書嗎？」她問。她父親經常送她書，有時還替書製作書衣。他說：這是亞麻布，可以保護封皮，奧菲麗亞，現在人都用很便宜的布來裝訂書本，亞麻布比較耐用。

奧菲麗亞非常思念他，有時思念到覺得自己的心在淌血，而只有再見到他，心頭的傷口才會癒合。

「書？」母親輕聲笑了。「不是，不是書！比書更棒的東西。」

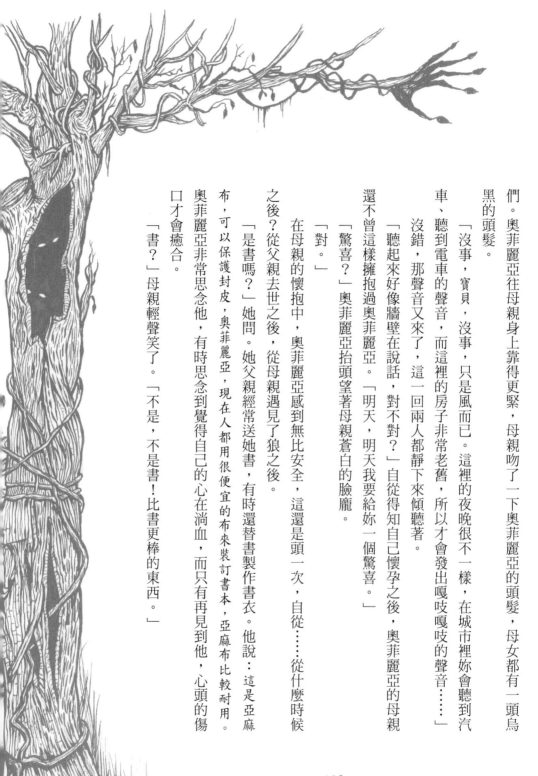

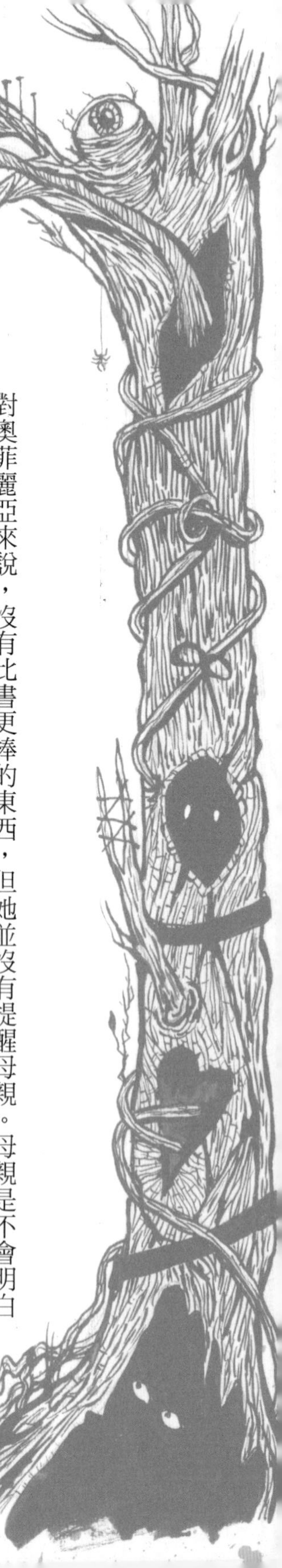

對奧菲麗亞來說，沒有比書更棒的東西，但她並沒有提醒母親。母親是不會明白的，她不把書看作避風港，也不允許書把她帶往另一個世界。她只看得到這個世界，而且奧菲麗亞認為她偶爾連這個世界也看不清楚。母親的悲傷有部分來自受困在塵世之中，而書可以告訴她許多這個世界的事，還有遙遠的地方的事，讓她認識動物和植物，甚至是星星的故事！書可以為她開啟門窗，可以像紙飛機一樣帶她飛到遠處。或者她母親只是忘了怎麼飛，也或許她從來沒有學過。

卡門已經閉上了眼。好歹在做夢的時候，她看到的不會只有這個世界吧？奧菲麗亞感到好奇，把臉頰貼在母親的胸口上。母女倆貼得這麼近，身體彷彿融為一體，就像她還在母親的肚子時那樣。奧菲麗亞聽到母親的呼吸起伏，她心臟規律地輕輕跳動，好像有個節拍器正在敲著骨頭。

「妳為什麼要結婚呢？」奧菲麗亞低聲問。

這句問題脫口而出後，她有點希望母親已經睡著了，但是答案來了——

「親愛的，我已經孤單太久了。」她母親一面說，一面盯著頭頂上方的天花板，粉刷出現裂痕，結滿了蜘蛛網。

「可妳有我！」奧菲麗亞低聲說。「妳不孤單，我會一直陪著妳。」

母親繼續盯著天花板，突然似乎變得非常遙遠。「妳長大後就會明白了，這對我

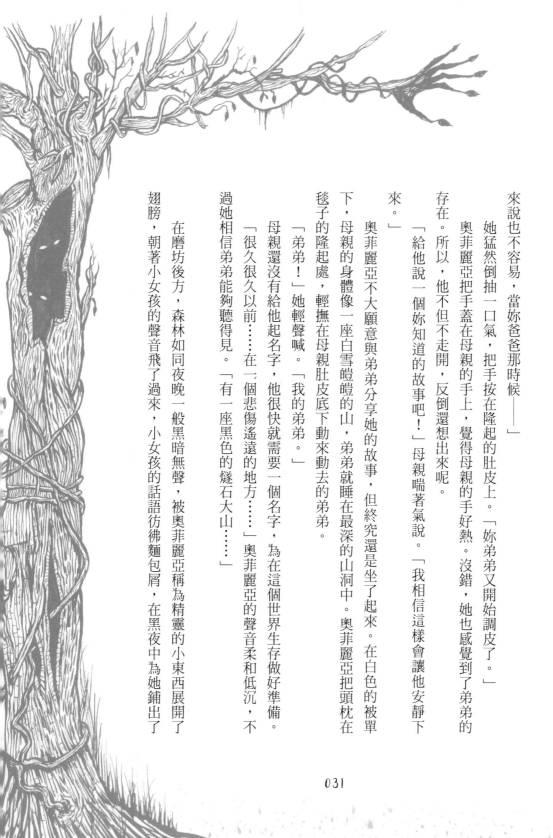

來說也不容易，當妳爸爸那時候——」

她猛然倒抽一口氣，把手按在隆起的肚皮上。「妳弟弟又開始調皮了。」

奧菲麗亞把手蓋在母親的手上，覺得母親的手好熱。沒錯，她也感覺到了弟弟的存在。所以，他不但不走開，反倒還想出來呢。

「給他說一個妳知道的故事吧！」母親喘著氣說。「我相信這樣會讓他安靜下來。」

奧菲麗亞不大願意與弟弟分享她的故事，但終究還是坐了起來。在白色的被單下，母親的身體像一座白雪皚皚的山，弟弟就睡在最深的山洞中。奧菲麗亞把頭枕在毯子的隆起處，輕撫在母親肚皮底下動來動去的弟弟。

「弟弟！」她輕聲喊。「我的弟弟。」

母親還沒有給他起名字，他很快就需要一個名字，為在這個世界生存做好準備。

「很久很久以前……在一個悲傷遙遠的地方……」奧菲麗亞的聲音柔和低沉，不過她相信弟弟能夠聽得見。「有一座黑色的燧石大山……」

在磨坊後方，森林如同夜晚一般黑暗無聲，被奧菲麗亞稱為精靈的小東西展開了翅膀，朝著小女孩的聲音飛了過來，小女孩的話語彷彿麵包屑，在黑夜中為她鋪出了

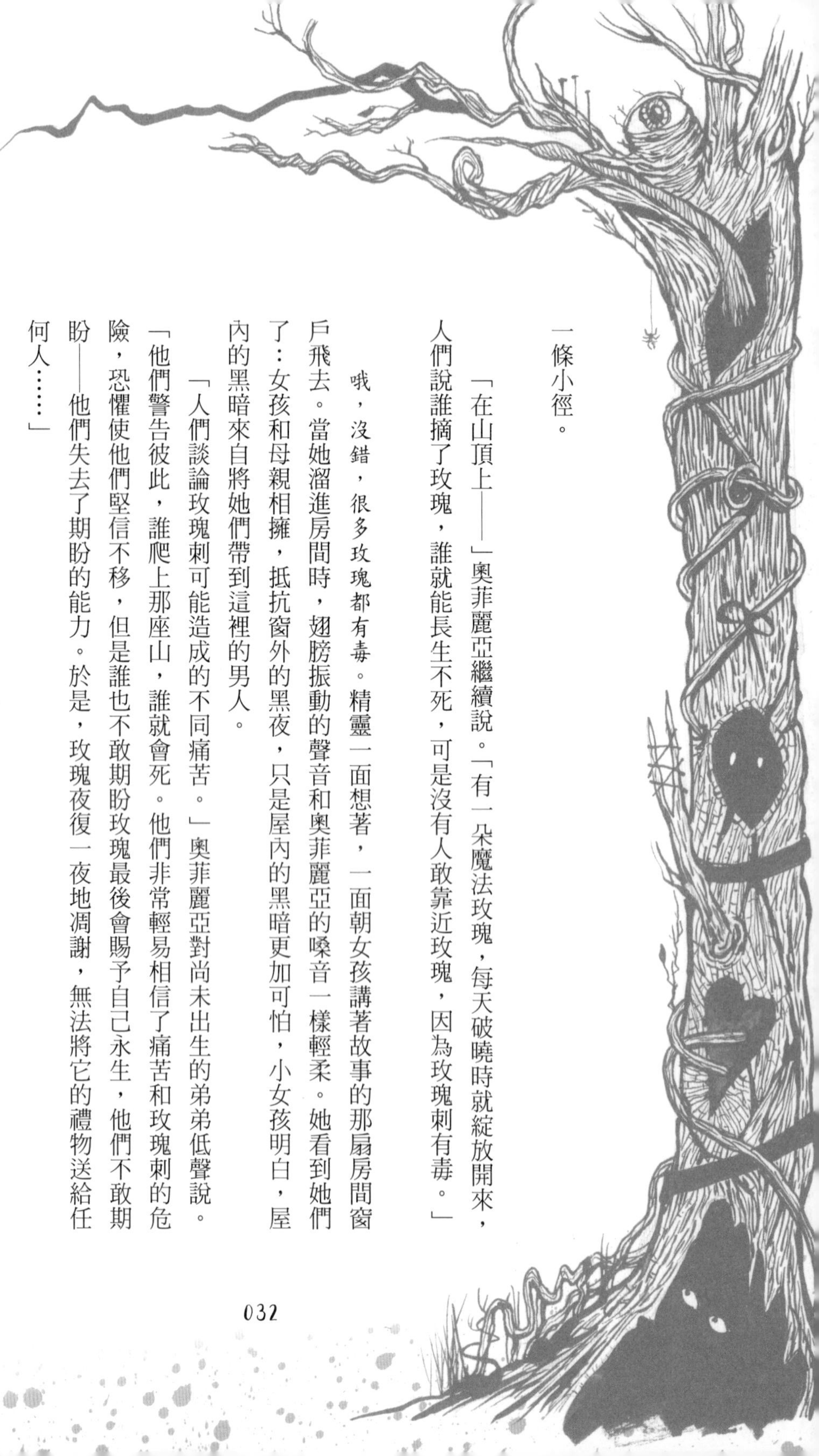

一條小徑。

「在山頂上——」奧菲麗亞繼續說。「有一朵魔法玫瑰，每天破曉時就綻放開來，人們說誰摘了玫瑰，誰就能長生不死，可是沒有人敢靠近玫瑰，因為玫瑰刺有毒。」

哦，沒錯，很多玫瑰都有毒。精靈一面想著，一面朝女孩講著故事的那扇房間窗戶飛去。當她溜進房間時，翅膀振動的聲音和奧菲麗亞的嗓音一樣輕柔。她看到她們了：女孩和母親相擁，抵抗窗外的黑夜，只是屋內的黑暗更加可怕，小女孩明白，屋內的黑暗來自將她們帶到這裡的男人。

「人們談論玫瑰刺可能造成的不同痛苦。」奧菲麗亞對尚未出生的弟弟低聲說。「他們警告彼此，誰爬上那座山，誰就會死。他們非常輕易相信了痛苦和玫瑰刺的危險，恐懼使他們堅信不移，但是誰也不敢期盼玫瑰最後會賜予自己永生，他們不敢期盼——他們失去了期盼的能力。於是，玫瑰夜復一夜地凋謝，無法將它的禮物送給任何人……」

精靈坐在窗臺聆聽，她很高興女孩知道玫瑰花刺的事情，因為她和她的母親來到

一座非常黑暗的山，而統治這座山的男人——哦，沒錯，精靈對他也瞭如指掌——他正坐在樓下的辦公室裡，也就是磨坊磨輪後方的房間，擦拭著他父親——另一個在戰爭中犧牲的父親——留下的懷錶。

「最後，玫瑰完全被人遺忘了。」說著奧菲麗亞把臉頰貼在母親的肚子上。「永遠孤獨地留在那寒冷黑暗的山頂，直到時間的盡頭。」

奧菲麗亞不知道，她給弟弟說的正是他父親的故事。

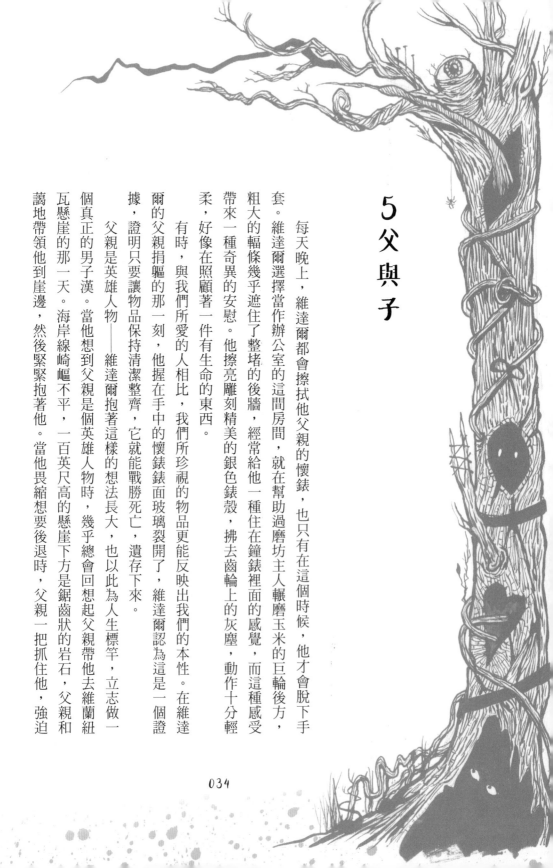

5 父與子

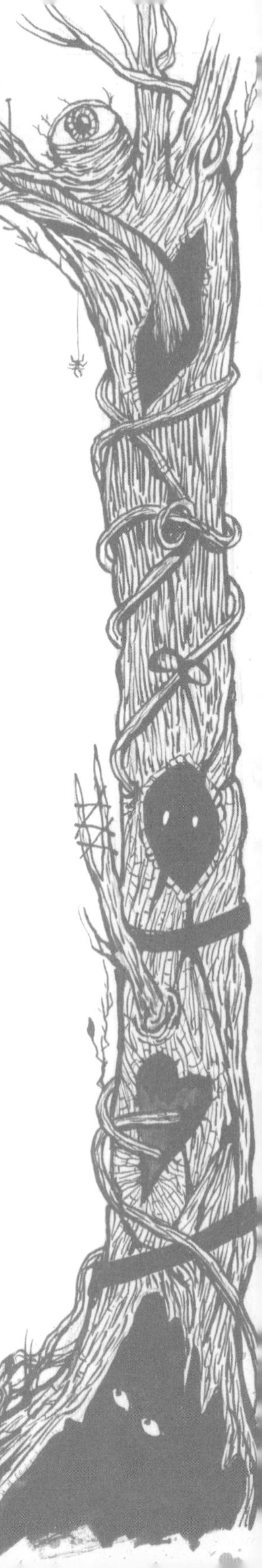

每天晚上，維達爾都會擦拭他父親的懷錶，也只有在這個時候，他才會脫下手套。維達爾選擇當作辦公室的這間房間，就在幫助過磨坊主人輾磨玉米的巨輪後方，粗大的輻條幾乎遮住了整堵的後牆，經常給他一種住在鐘錶裡面的感覺，而這種感受帶來一種奇異的安慰。他擦亮雕刻精美的銀色錶殼，拂去齒輪上的灰塵，動作十分輕柔，好像在照顧著一件有生命的東西。

有時，與我們所愛的人相比，我們所珍視的物品更能反映出我們的本性。在維達爾的父親捐軀的那一刻，他握在手中的懷錶錶面玻璃裂開了，維達爾認為這是一個證據，證明只要讓物品保持清潔整齊，它就能戰勝死亡，遺存下來。

父親是英雄人物——維達爾抱著這樣的想法長大，也以此為人生標竿，立志做一個真正的男子漢。當他想到父親是個英雄人物時，幾乎總會回想起父親帶他去維蘭紐瓦懸崖的那一天。海岸線崎嶇不平，一百英尺高的懸崖下方是鋸齒狀的岩石，父親和藹地帶領他到崖邊，然後緊緊抱著他。當他畏縮想要後退時，父親一把抓住他，強迫他俯視深淵。「感覺到恐懼嗎？」他父親問。「永遠不要忘記這個感覺，每當你想忘記你是在為你的祖國和你的人生職責效忠時，每當你面對死亡或榮譽時——只要你變得軟弱，一定會有這樣的感覺。如果你背叛你的國家、你的姓名或你的傳承，就像是向前邁步縱身而下，你雖然看不見深淵，但它同樣真實，永遠不要忘記這種感覺，兒子……」

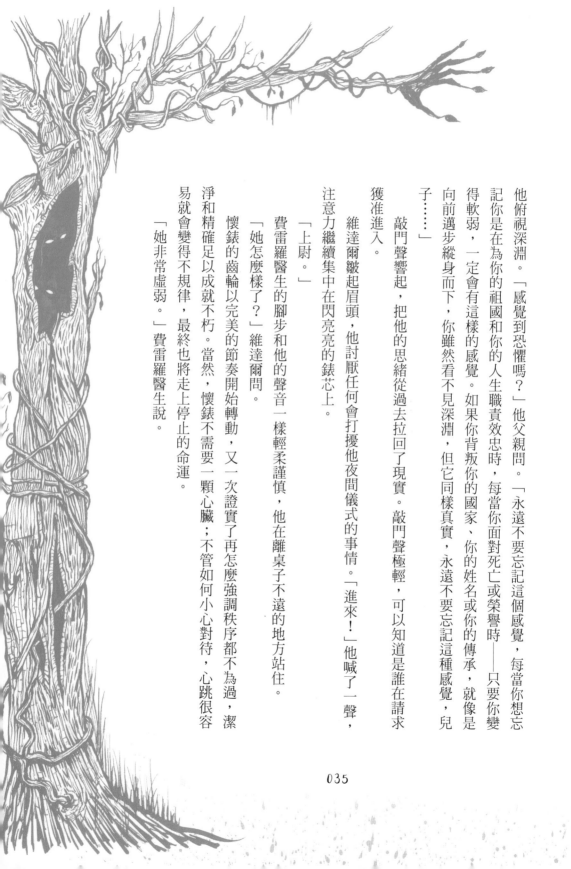

敲門聲響起，把他的思緒從過去拉回了現實。敲門聲極輕，可以知道是誰在請求獲准進入。

維達爾皺起眉頭，他討厭任何會打擾他夜間儀式的事情。「進來！」他喊了一聲，注意力繼續集中在閃亮亮的錶芯上。

「上尉。」

費雷羅醫生的腳步和他的聲音一樣輕柔謹慎，他在離桌子不遠的地方站住。

「她怎麼樣了？」維達爾問。

懷錶的齒輪以完美的節奏開始轉動，又一次證實了再怎麼強調秩序都不為過，潔淨和精確足以成就不朽。當然，懷錶不需要一顆心臟；不管如何小心對待，心跳很容易就會變得不規律，最終也將走上停止的命運。

「她非常虛弱。」費雷羅醫生說。

對，輕柔，好醫生就該輕柔。輕柔的衣服，輕柔的聲音，輕柔的眼神。維達爾確信，他不費吹灰之力就能扭斷他的脖子，就像扭斷兔子的脖子一樣。

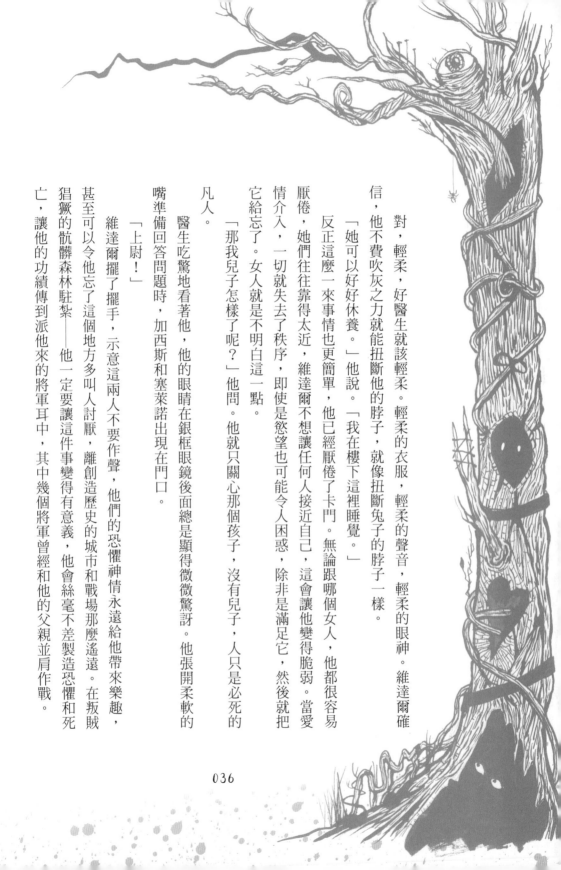

「她可以好好休養。」他說。「我在樓下這裡睡覺。」

反正這麼一來事情也更簡單，他已經厭倦了卡門。無論跟哪個女人，他都很容易厭倦，她們往往靠得太近，維達爾不想讓任何人接近自己，這會讓他變得脆弱。當愛情介入，一切就失去了秩序，即使是慾望也可能令人困惑，除非是滿足它，然後就把它給忘了。女人就是不明白這一點。

「那我兒子怎樣了呢？」他問。他就只關心那個孩子，沒有兒子，人只是必死的凡人。

醫生吃驚地看著他，他的眼睛在銀框眼鏡後面總是顯得微微驚訝。他張開柔軟的嘴準備回答問題時，加西斯和塞萊諾出現在門口。

「上尉！」

維達爾擺了擺手，示意這兩人不要作聲，他們的恐懼神情永遠給他帶來樂趣，甚至可以令他忘了這個地方多叫人討厭，離創造歷史的城市和戰場那麼遙遠。在叛賊猖獗的骯髒森林駐紮——他一定要讓這件事變得有意義，他會絲毫不差製造恐懼和死亡，讓他的功績傳到派他來的將軍耳中，其中幾個將軍曾經和他的父親並肩作戰。

「我的兒子！」他重複問題，不耐煩的語氣像剃刀一樣鋒利。「他怎麼樣？」

費雷羅仍然一臉困惑地看著他。*我遇過你這樣的人嗎？*他的眼睛似乎在問。「目前沒有理由要擔心。」他回答。

維達爾伸手拿了菸和軍帽。「很好。」說著他把椅子往後一推，意思是：*你可以走了。*

但是醫生仍然站在桌子前面。

「上尉，你的妻子不應該舟車勞頓，她快臨盆了，不該這麼折騰。」

真是個蠢蛋，綿羊居然敢對狼這麼說話。

「這是你的看法？」

「我專業的看法，上尉，是的。」

維達爾腋下夾著軍帽，緩緩踱到桌前。他自然比費雷羅高大，費雷羅個頭小，頭髮日漸稀疏，亂蓬蓬的鬍子讓他看上去又老又可憐。維達爾喜歡用鋒利的剃刀把下巴剃得乾乾淨淨，對於費雷羅這種人，他只覺得可鄙，在一個殺戮的世界，誰要治痛療傷？

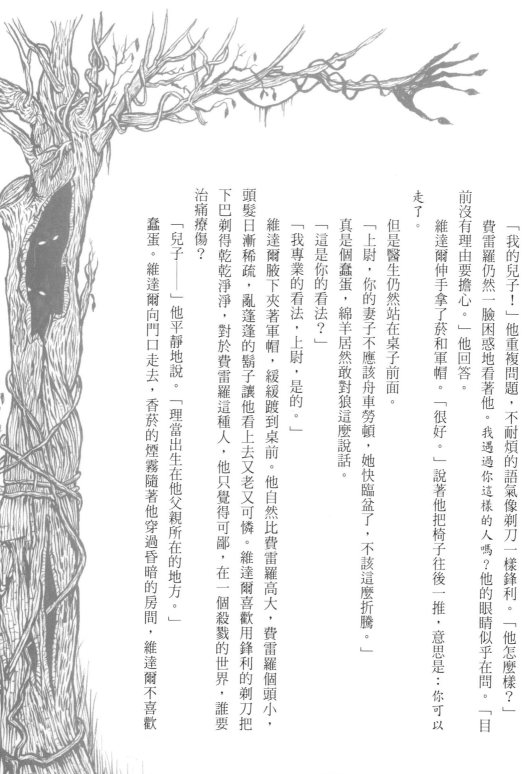

「兒子——」他平靜地說。「理當出生在他父親所在的地方。」

蠢蛋。維達爾向門口走去，香菸的煙霧隨著他穿過昏暗的房間，維達爾不喜歡

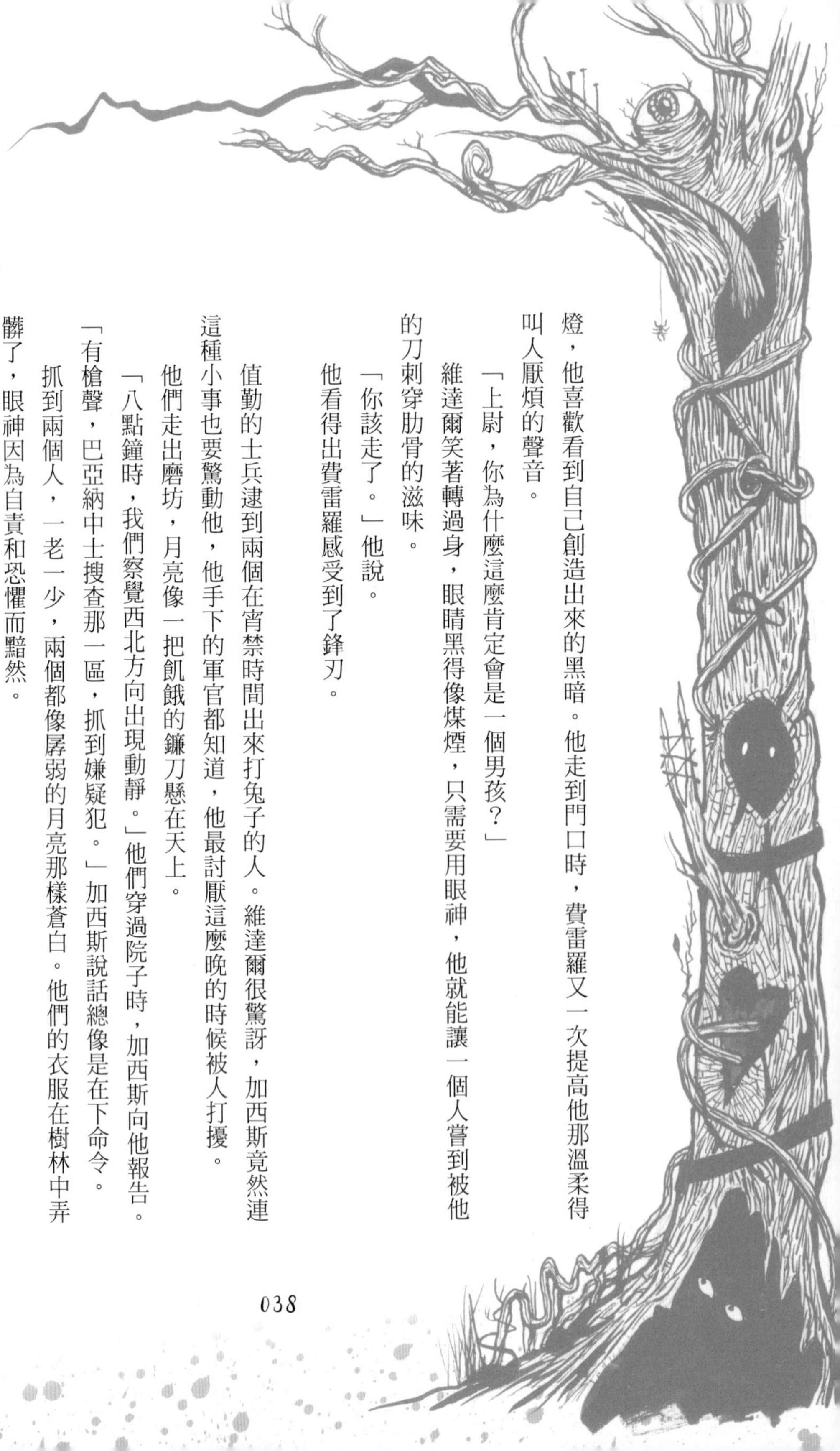

燈，他喜歡看到自己創造出來的黑暗。他走到門口時，費雷羅又一次提高他那溫柔得叫人厭煩的聲音。

「上尉，你為什麼這麼肯定會是一個男孩？」

維達爾笑著轉過身，眼睛黑得像煤煙，只需要用眼神，他就能讓一個人嘗到被他的刀刺穿肋骨的滋味。

「你該走了。」他說。

他看得出費雷羅感受到了鋒刃。

值勤的士兵逮到兩個在宵禁時間出來打兔子的人。維達爾很驚訝，加西斯竟然連這種小事也要驚動他，他手下的軍官都知道，他最討厭這麼晚的時候被人打擾。

他們走出磨坊，月亮像一把飢餓的鐮刀懸在天上。

「八點鐘時，我們察覺西北方向出現動靜。」他們穿過院子時，加西斯向他報告。「有槍聲，巴亞納中士搜查那一區，抓到嫌疑犯。」加西斯說話總像是在下命令。

抓到兩個人，一老一少，兩個都像孱弱的月亮那樣蒼白。他們的衣服在樹林中弄髒了，眼神因為自責和恐懼而黯然。

「上尉。」維達爾一語不發打量他們，小個子說：「這是我父親。」他指了指老

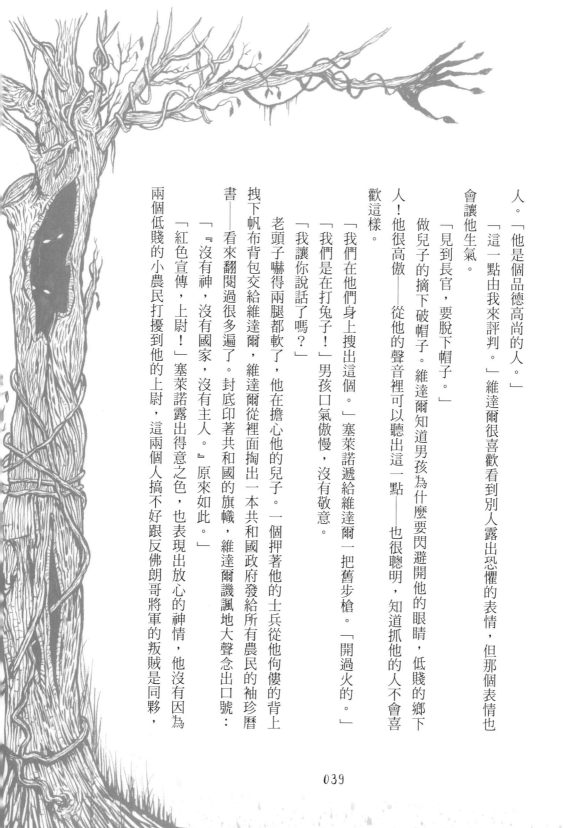

人。「他是個品德高尚的人。」

「這一點由我來評判。」維達爾很喜歡看到別人露出恐懼的表情，但那個表情也會讓他生氣。

「見到長官，要脫下帽子。」

做兒子的摘下破帽子。維達爾知道男孩為什麼要閃避開他的眼睛，低賤的鄉下人！他很高傲——從他的聲音裡可以聽出這一點——也很聰明，知道抓他的人不會喜歡這樣。

「我們在他們身上搜出這個。」塞萊諾遞給維達爾一把舊步槍。「開過火的。」

「我們是在打兔子！」男孩口氣傲慢，沒有敬意。

「我讓你說話了嗎？」

老頭子嚇得兩腿都軟了，他在擔心他的兒子。一個押著他的士兵從他佝僂的背上拽下帆布背包交給維達爾，維達爾從裡面掏出一本共和國政府發給所有農民的袖珍曆書——看來翻閱過很多遍了。封底印著共和國的旗幟，維達爾譏諷地大聲念出口號：

「『沒有神，沒有國家，沒有主人。』原來如此。」

「紅色宣傳，上尉！」塞萊諾露出得意之色，也表現出放心的神情，他沒有因為兩個低賤的小農民打擾到他的上尉，這兩個人搞不好跟反佛朗哥將軍的叛賊是同夥，也就是他們來這座該死的森林捉拿的那幫人。

「這不是宣傳！」做兒子的抗議。

「噓。」

士兵們在維達爾的嘶聲警告中聽到了威脅，可惜這個愚蠢的小孔雀太急於保護他的父親，愛有許多讓人賠上性命的方式。

「不過是一本老舊的曆書，上尉！」

哦，這少年還不肯閉嘴。

「我們只是普通的農民。」他的父親說，試圖把維達爾的目光從兒子身上引開。

「繼續說。」維達爾喜歡看人向他求饒。

「我去林裡打兔子，為了我的兩個女兒，她們都病了。」

維達爾從老人的背包拿出一個瓶子嗅了嗅，是水。做這種事必須保持冷靜，才能享受其中的樂趣。

秩序，哪怕是處理這種事，也要講求秩序。

「兔子……」他說。「真話？」

他知道那個兒子會落入圈套，是的，他知道怎麼讓他落入圈套。那些將軍實在不該讓他在這片林子裡浪費他的才幹，他可以創下了不起的功勛。

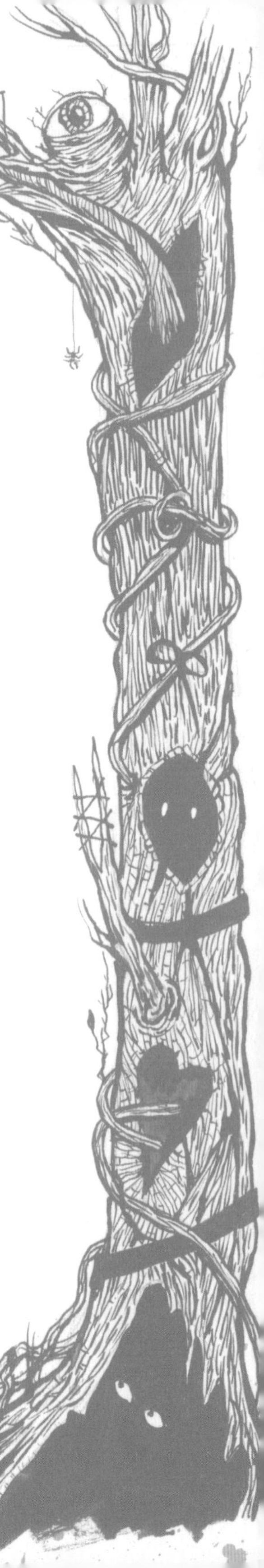

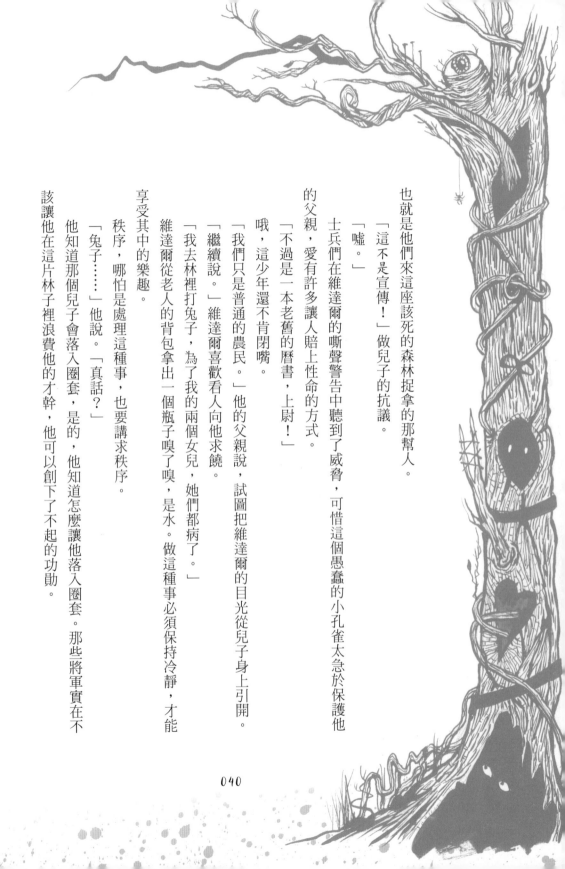

「上尉，無冒犯之意。」兒子說。「我父親說他在打兔子，那就是在打兔子。」

他把傲慢藏在低垂的眼瞼底下，可惜他的嘴唇背叛了他。

冷靜，他必須保持冷靜。

維達爾舉起那瓶水，用力往小孔雀的臉上一砸，接著拿起玻璃碎片戳進他的眼，戳了一下又一下。讓憤怒為所欲為吧，不然它會反過頭來吞噬你。玻璃割破了皮，搗爛了肉，留下血淋淋的肉泥。

父親的哀號比兒子的慘叫還要響亮，他骯髒的臉龐涕淚縱橫。

「你殺了他！你殺了他！兇手！」

維達爾朝那位父親的胸膛開槍，那胸膛瘦得不成樣，子彈輕而易舉找到了他的心臟，兩發子彈穿過了骯髒的破衣與紙板般單薄的骨架。

兒子的身軀還在抽動，他的雙手緊緊捂著臉上綻裂的傷口，讓自己的鮮血給染紅了。真是一團糟，維達爾也向他開了槍，在蒼白如鐮刀的月亮底下。

森林和他的士兵不出聲地看著這一幕。

維達爾戴著手套的雙手往帆布背包抹了幾下，然後把背包翻過來往地上一倒。紙，都是紙，還有兩隻死兔子。他拎起兔子，兩團骨瘦如柴的小東西，幾乎只剩骨頭和皮，也許還是可以拿去燉一燉吧。

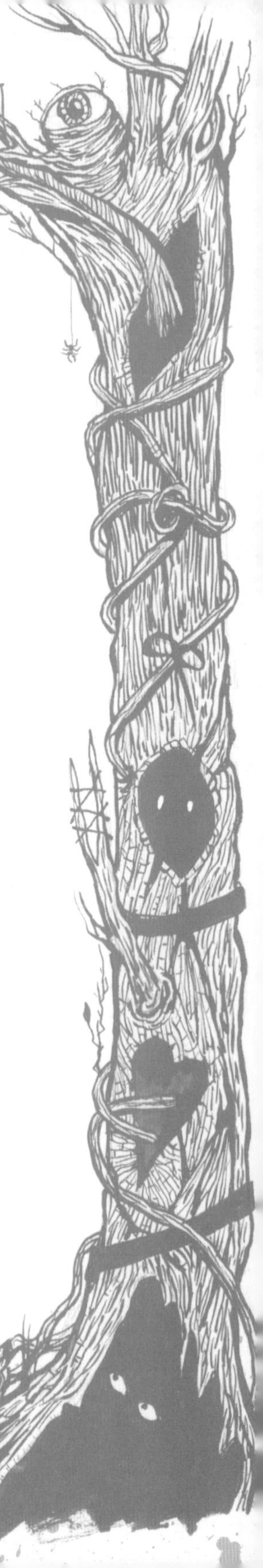

「也許下次你能學會怎麼好好搜索這些混蛋。」他對塞萊諾說。「然後再來敲我的門。」

「遵命，上尉。」

他們這一群人站得多麼僵硬。

怎樣？維達爾用眼神挑釁他們，他就是脾氣暴躁。他們現在盯著腳下兩個死人，心裡想著什麼呢？想著他們的父親兄弟也是農夫？想著他們也愛自己的子女？想著他們早晚會對他們做出同樣的事？

或許吧。

我們都是狼，他想對他們說，跟我多學著點。

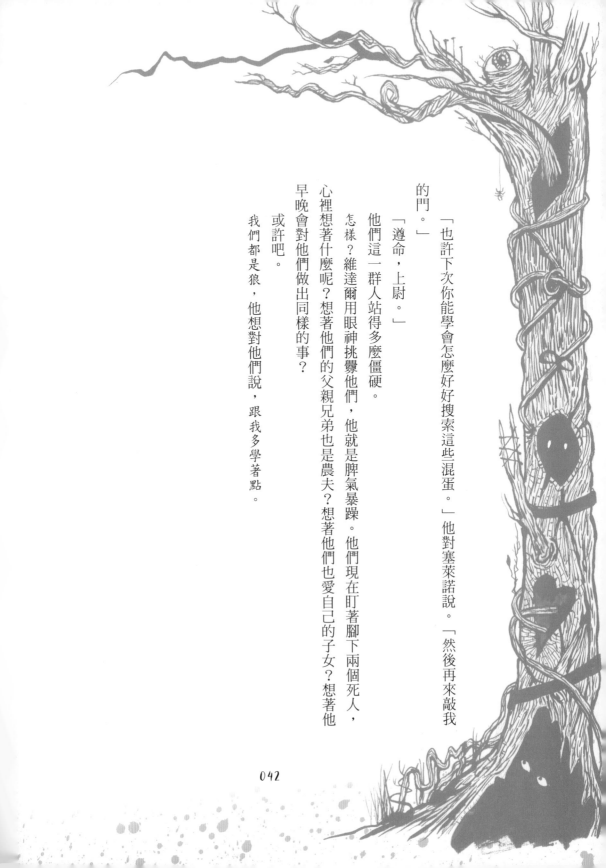

雕刻家的承諾

很久很久以前，有個年輕的雕塑家叫辛托勒，他在連陽光和月光都照不進去的地下王國替國王工作。他用紅寶石刻出的花朵，和用孔雀石雕出的噴泉裝飾皇家花園，也為國王和王后做了栩栩如生的半身像，所有人都堅信可以聽見雕像的呼吸。

國王和王后的獨生女莫娜公主喜歡觀看雕塑家工作，但是辛托勒始終沒有機會為她塑像。「我沒辦法一直靜靜坐著。」她說。「要做的事太多，要看的東西也太多。」

後來有一天，莫娜離開了。辛托勒還記得她經常詢問他有關太陽和月亮的事，還有那些纏繞著她臥室天花板的無數樹根，露出地面的部分是什麼樣子。

國王和王后為此傷心欲絕，地下王國迴盪著他們的歎息，他們的眼淚如露水打濕了雕刻家雕刻的花朵。在地下王國，羊男是國王王后對於野獸和神聖事物的顧問，羊男派出他的信使——蝙蝠、精靈、兔子和烏鴉——去將莫娜帶回來，但是所有信使的眼睛都找不到她。

公主離開三百三十年以後，一個晚上，羊男走進雕刻家辛托勒的工作室，發現

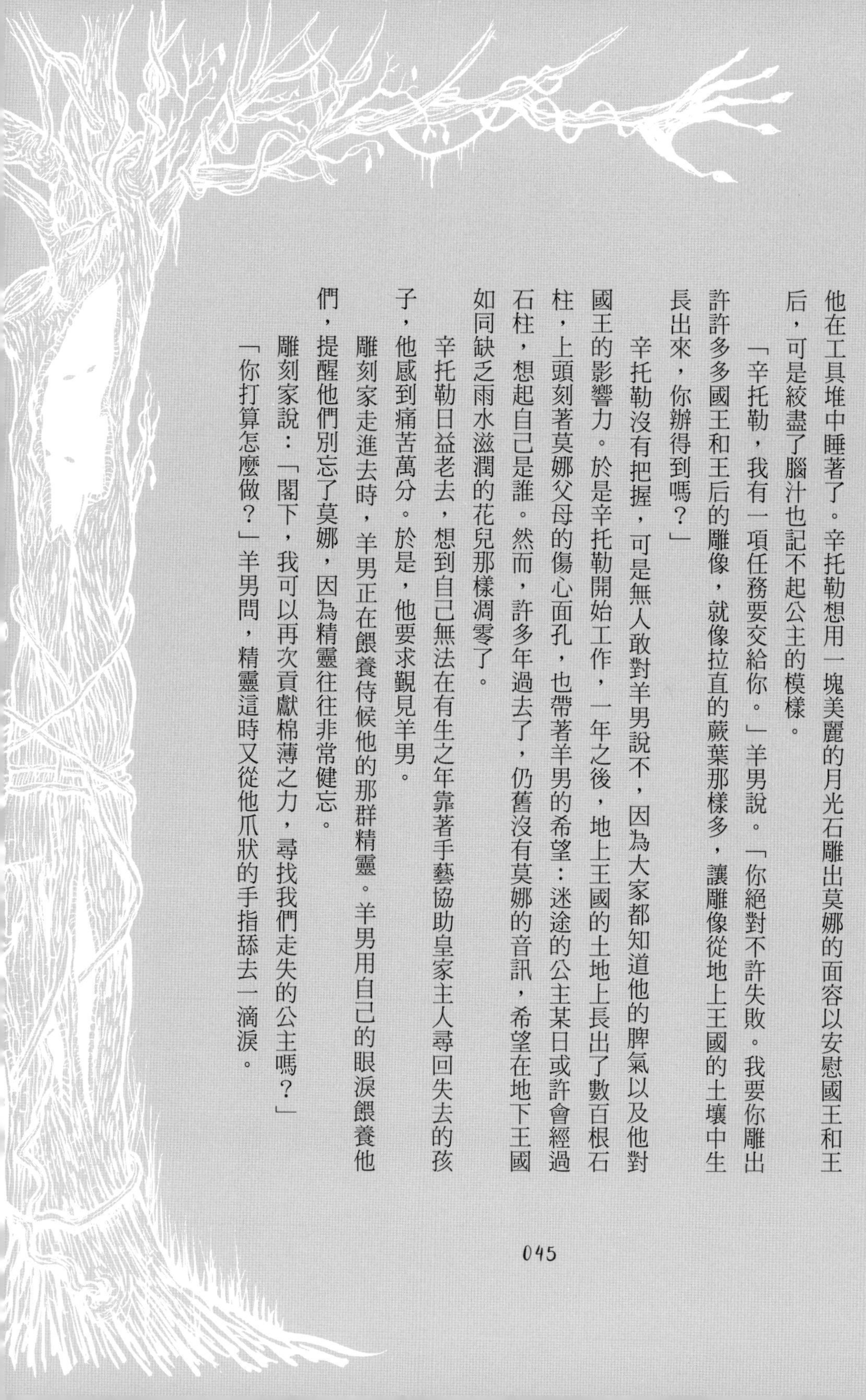

他在工具堆中睡著了。辛托勒想用一塊美麗的月光石雕出莫娜的面容以安慰國王和王后，可是絞盡了腦汁也記不起公主的模樣。

「辛托勒，我有一項任務要交給你。」羊男說。「你絕對不許失敗。我要你雕出許許多多國王和王后的雕像，就像拉直的蕨葉那樣多，讓雕像從地上王國的土壤中生長出來，你辦得到嗎？」

辛托勒沒有把握，可是無人敢對羊男說不，因為大家都知道他的脾氣以及他對國王的影響力。於是辛托勒開始工作，一年之後，地上王國的土地上長出了數百根石柱，上頭刻著莫娜父母的傷心面孔，也帶著羊男的希望：迷途的公主某日或許會經過石柱，想起自己是誰。然而，許多年過去了，仍舊沒有莫娜的音訊，希望在地下王國如同缺乏雨水滋潤的花兒那樣凋零了。

辛托勒日益老去，想到自己無法在有生之年靠著手藝協助皇家主人尋回失去的孩子，他感到痛苦萬分。於是，他要求覲見羊男。

雕刻家走進去時，羊男正在餵養侍候他的那群精靈。羊男用自己的眼淚餵養他們，提醒他們別忘了莫娜，因為精靈往往非常健忘。

雕刻家說：「閣下，我可以再次貢獻棉薄之力，尋找我們走失的公主嗎？」

「你打算怎麼做？」羊男問，精靈這時又從他爪狀的手指舔去一滴淚。

「請允許我不回答你的問題。」辛托勒說。「我還不知道我的雙手是否能夠創造出我腦海中看到的東西，儘管我不能解釋原因，希望你仍舊願意做我的模特兒，讓我為你塑像。」

「我？」辛托勒的請求讓羊男感到驚訝，但羊男在老人的臉龐上看到了熱情和耐心，還有絕望之際最難能可貴的美德──希望。所以他暫時放下所有的工作──羊男負責許多事──端起耐心為雕刻家當模特兒。

辛托勒沒有採用石頭，而是用木頭雕出了羊男的模樣，因為木頭永遠不會忘記自己曾經是一棵有生命的樹，並同時在兩個王國呼吸，一個王國在地上，一個王國在地下。

辛托勒花了三天三夜的功夫完成了雕塑，當他告訴羊男可以從椅子站起來時，羊男的木像也站了起來。

「閣下，命令它去找她吧。」雕刻家說，「我保證，在尋獲公主以前，它不會休息，也不會死去。」

羊男露出笑容，因為他在老人的臉龐察覺另一種罕有的特質：信念。他相信他的藝術，也相信他的藝術所能完成的任務。這麼多年以來，羊男頭一次燃起了希望。

可是，地上王國的道路縱橫交錯，雕刻家雕出的木像穿過森林和沙漠，走過平原

與山脈，還是尋覓不著走失的公主，實現不了它的創造者的承諾。辛托勒傷心欲絕，當死神前來敲打他工作室的大門時，他非但沒有將她趕走，反而還主動跟著她，希望在湮沒的國度忘卻自己的失敗。

辛托勒的作品彷彿承受了一陣劇痛，感應到了他的死亡。經歷了風吹雨打和長途跋涉的尋覓之後，它的木頭身體早已老了，現在因為悲傷而僵硬了，一步也走不動了。在它走過的小徑兩旁，兩根長柱從蕨類中升起，上頭有著國王和王后的愁容，木像找了他們的女兒那麼久，終究徒勞無功。木像決心要完成任務，因此挖出自己的右眼，置於森林的小徑中。接著，它僵硬地步入蕨叢，停在它所辜負的國王和王后身旁，張口發出最後一聲歎息，然後化為了巨石。

而那隻始終見證老雕刻家手藝的眼睛，在潮濕的土地度過了無數的日夜。一個午後，三輛駛入森林的黑色汽車在老樹旁停了下來，有個女孩爬到車外。她沿著小徑走來，最後踩到了辛托勒雕刻的眼睛。她撿起了眼睛，環顧四周，想知道它是從哪裡來的。她發現了那三根備受風雨侵蝕的柱子，可是認不出上頭所刻的面孔，畢竟已經那麼多年過去了。

然而，她發現其中一根柱子少了一隻眼睛。她穿過蕨叢，停在由辛托勒雕刻的羊男木像所變成的石柱前，發現從小路撿來的眼睛恰好可以放在那張飽經風霜之臉的缺

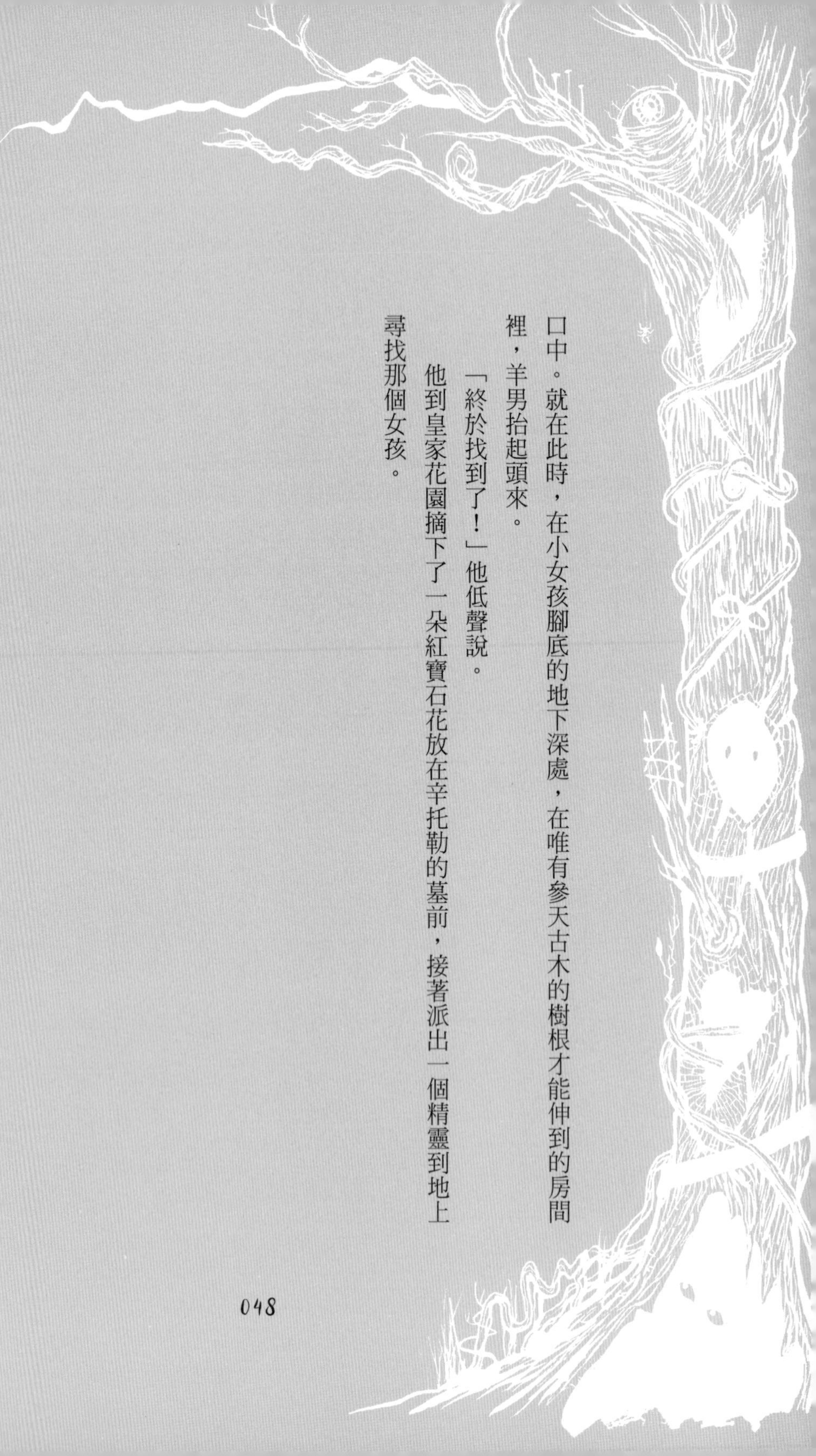

口中。就在此時，在小女孩腳底的地下深處，在唯有參天古木的樹根才能伸到的房間裡，羊男抬起頭來。

「終於找到了！」他低聲說。

他到皇家花園摘下了一朵紅寶石花放在辛托勒的墓前，接著派出一個精靈到地上尋找那個女孩。

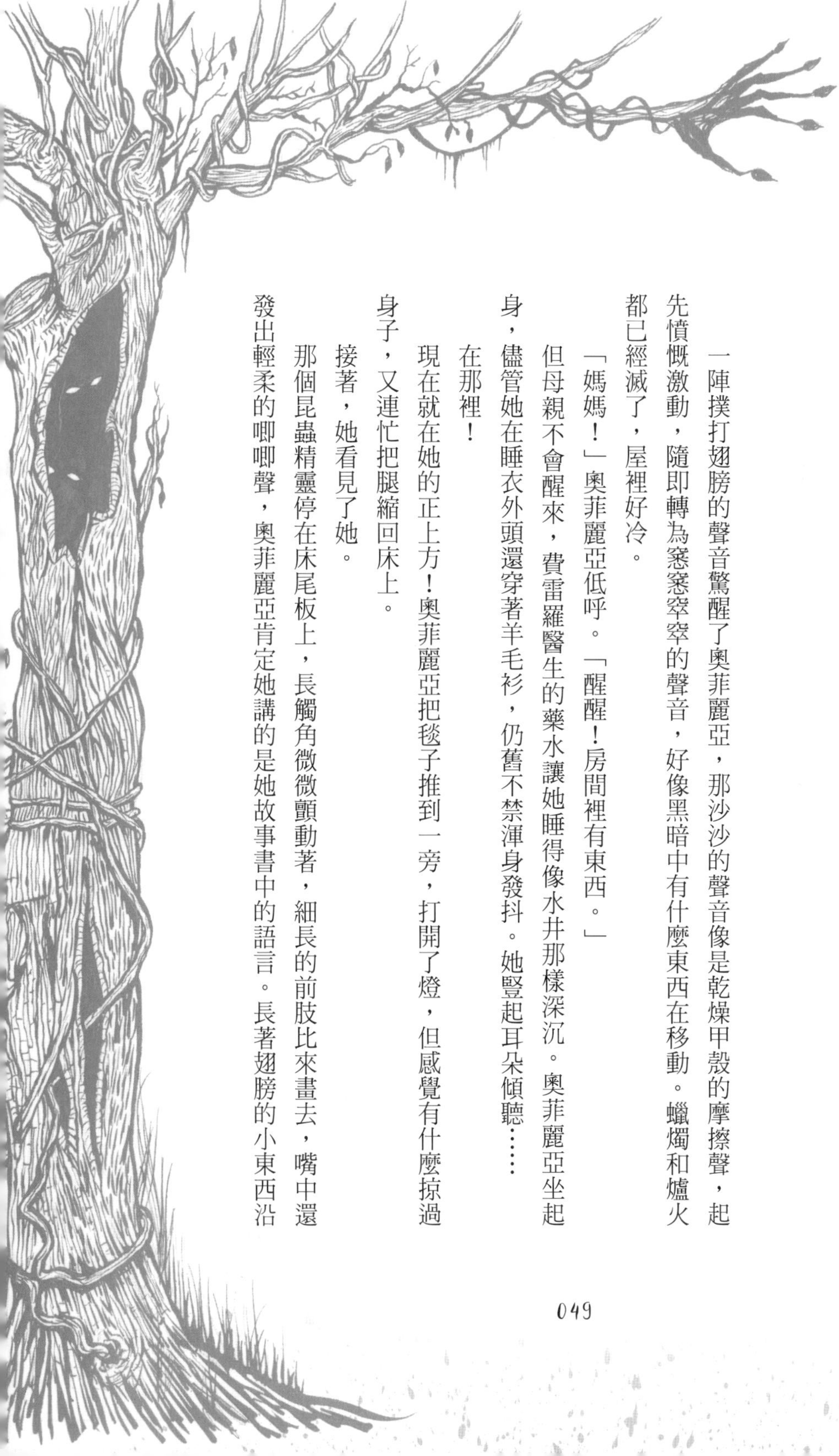

6 進入迷宮

一陣撲打翅膀的聲音驚醒了奧菲麗亞，那沙沙的聲音像是乾燥甲殼的摩擦聲，起先憤慨激動，隨即轉為窸窸窣窣的聲音，好像黑暗中有什麼東西在移動。蠟燭和爐火都已經滅了，屋裡好冷。

「媽媽！」奧菲麗亞低呼。「醒醒！房間裡有東西。」

但母親不會醒來，費雷羅醫生的藥水讓她睡得像水井那樣深沉。奧菲麗亞坐起身，儘管她在睡衣外頭還穿著羊毛衫，仍舊不禁渾身發抖。她豎起耳朵傾聽……

在那裡！

現在就在她的正上方！奧菲麗亞把毯子推到一旁，打開了燈，但感覺有什麼掠過身子，又連忙把腿縮回床上。

接著，她看見了她。

那個昆蟲精靈停在床尾板上，長觸角微微顫動著，細長的前肢比來畫去，嘴中還發出輕柔的唧唧聲，奧菲麗亞肯定她講的是她故事書中的語言。長著翅膀的小東西沿

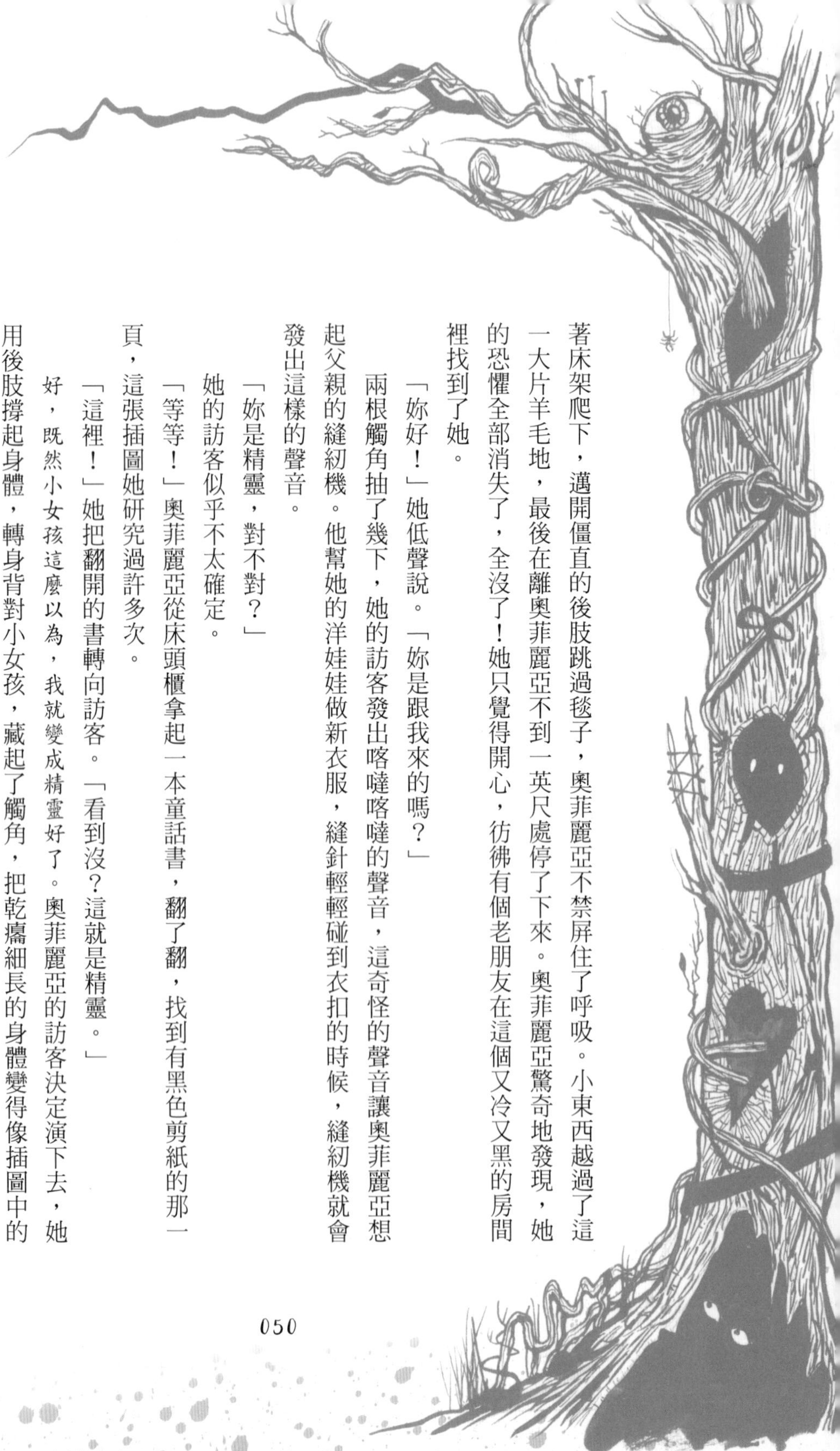

著床架爬下，邁開僵直的後肢跳過毯子，奧菲麗亞不禁屏住了呼吸。小東西越過了這一大片羊毛地，最後在離奧菲麗亞不到一英尺處停了下來。奧菲麗亞驚奇地發現，她的恐懼全部消失了，全沒了！她只覺得開心，彷彿有個老朋友在這個又冷又黑的房間裡找到了她。

「妳好！」她低聲說。「妳是跟我來的嗎？」

兩根觸角抽了幾下，她的訪客發出喀噠喀噠的聲音，這奇怪的聲音讓奧菲麗亞想起父親的縫紉機。他幫她的洋娃娃做新衣服，縫針輕輕碰到衣扣的時候，縫紉機就會發出這樣的聲音。

「妳是精靈，對不對？」

她的訪客似乎不太確定。

「等等！」奧菲麗亞從床頭櫃拿起一本童話書，翻了翻，找到有黑色剪紙的那一頁，這張插圖她研究過許多次。

「這裡！」她把翻開的書轉向訪客。「看到沒？這就是精靈。」

*好，既然小女孩這麼以為，我就變成精靈好了。*奧菲麗亞的訪客決定演下去，她用後肢撐起身體，轉身背對小女孩，藏起了觸角，把乾癟細長的身體變得像插圖中的小少女。在變形的過程中，她也稍微改變了翅膀的形狀，讓翅膀更像樹葉。接著，她

舉起已經變成人類雙手的前肢，用新長出來的手指搔了搔尖尖的耳朵，再次拿自己的模樣和插圖相比較。很好，變形成功。在不朽的生命中，她其實變化過許多的樣貌，但這個新身體或許會成為她的最愛。變化是她的天性，變身是她魔法的一部分，也是她最喜歡的遊戲。

不過該是時候完成她被派來磨坊的任務。她朝著小女孩拍打新翅膀，激動地嘰嘰喳喳，跟我來！她打了個手勢，這個訊息透露出她的主人下達的是一個緊急命令，而且他不是一個很有耐心的人。

「妳要我跟著妳？出去？哪裡？」

怎麼這麼多問題，人類什麼事都問他們，不過他們尋找答案的能力還不及人類的一半呢。精靈朝著門飛去，樹葉翅膀真好使，只是對這具新身軀她仍有疑慮，昆蟲的肢體飛起來還是比較輕巧敏捷。

不過這不要緊，主人正在等著呢。

奧菲麗亞穿上鞋子，尾隨精靈走出屋子，進入了黑夜，心中仍舊沒有一絲的恐懼。奧菲麗亞感覺這幾乎像是自己曾經跟著她走過一樣，而就算她是在三更半夜冒出來，又有誰會去懷疑一個精靈呢？她們大概總是在半夜才會出現，而你就得跟著她

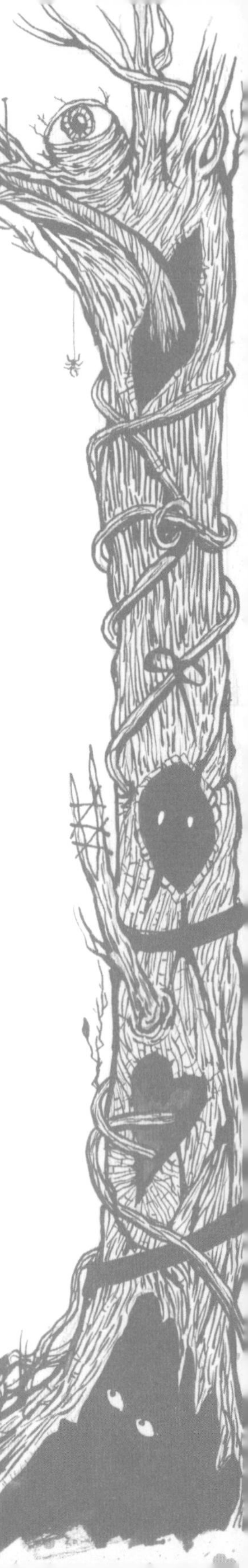

們。書上都是這麼寫的，難道書中的故事不比大人假裝的世界更加真實嗎？只有書本會談論大人不希望小孩問的所有問題——生與死，善與惡，還有生命中其他真正重要的事。

石拱門逐漸從黑暗中浮現，奧菲麗亞一點也不覺得驚訝。

精靈繞著拱門飛舞，這一次默西迪絲不在身邊，無法阻止奧菲麗亞走進去。古老的迷宮石牆矗立在左右兩側，引導她越走越遠，越走越深，進入無止境的迴旋。每一次奧菲麗亞走到一個轉角，猶豫了起來，精靈就會催促她繼續前進，跟我來！跟我來！奧菲麗亞相信她的唧唧喳喳就是這個意思。她時而飛到奧菲麗亞的頭頂上方，時而就在她的身邊。

走了多久？奧菲麗亞不知道。夜空襯托著古老的牆壁，蜿蜒的通道滿是苔痕，苔上的露水打濕了她的鞋子。這一切宛如是場夢，而夢中沒有時間存在。忽然，眼前豁然開朗，奧菲麗亞走進一個大院子。院子中央有座巨大的石井，一條樓梯通往井底，奧菲麗亞數不清有多少階梯，黑暗吞噬了所有臺階，那看起來像是個無底井。一股潮氣從井底衝上來，奧菲麗亞心中再度湧起了恐懼，卻又感覺到一股冒險的衝動。

精靈在前面嘰嘰喳喳，飛上飛下，她跟著精靈走下臺階，一步步走入地底。臺階盡頭是井底，但那裡沒有水，只有一塊她在森林看過的那種巨型石雕，看來同樣古老，只是這一座高多了，四周還有深深嵌入地面的石溝，構成一個與地上迷宮相仿的迷宮。巨石後方的暗影裡傳來沙沙的聲響，像是有什麼巨物正在移動。奧菲麗亞這時已經怕極了，但精靈仍舊催促她繼續往前走。最後，她跟著她走完最後幾級臺階，來到了井底。

「有人嗎？」奧菲麗亞喊道。「哈囉！」

她的跫音在井裡迴盪時，她覺得自己聽到了淙淙的流水聲。

「有回音呢！」精靈繞著石柱飛舞，奧菲麗亞喊了一聲：「回音——」驅走了寂靜。

精靈在一截枯死的樹幹上停了下來，或者只是看起來像枯木的東西。長著翅膀的小傢伙用觸鬚撫摸粗糙的樹皮，那東西居然開始顫動起來。奧菲麗亞誤以為是曲蟠老樹殘枝的那個東西動了動，慢慢拉直起來，而且還——轉了過來。

不管是什麼，牠是個龐然大物，笨重的腦袋上長著一對巨大的彎角，用貓一般的眼睛端詳著奧菲麗亞。奧菲麗亞從未見過這樣的臉，下巴長著山羊鬍子，臉頰和額頭上有著和石柱雕紋相同的圖案。這東西掙脫了讓牠隱身在牆邊的那一大片苔蘚枯藤後，奧菲麗亞發現牠的身體有五分像人，又有五分像羊。牠移動四肢，昆蟲和泥塊紛紛從牠的皮毛上掉落，一身的骨頭嘎啦嘎啦響，好像牠在暗影中待了很久很久。

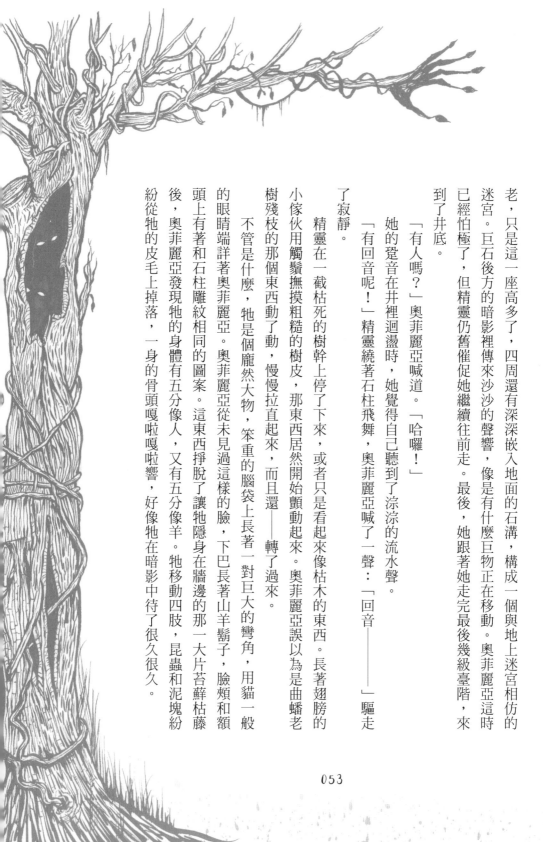

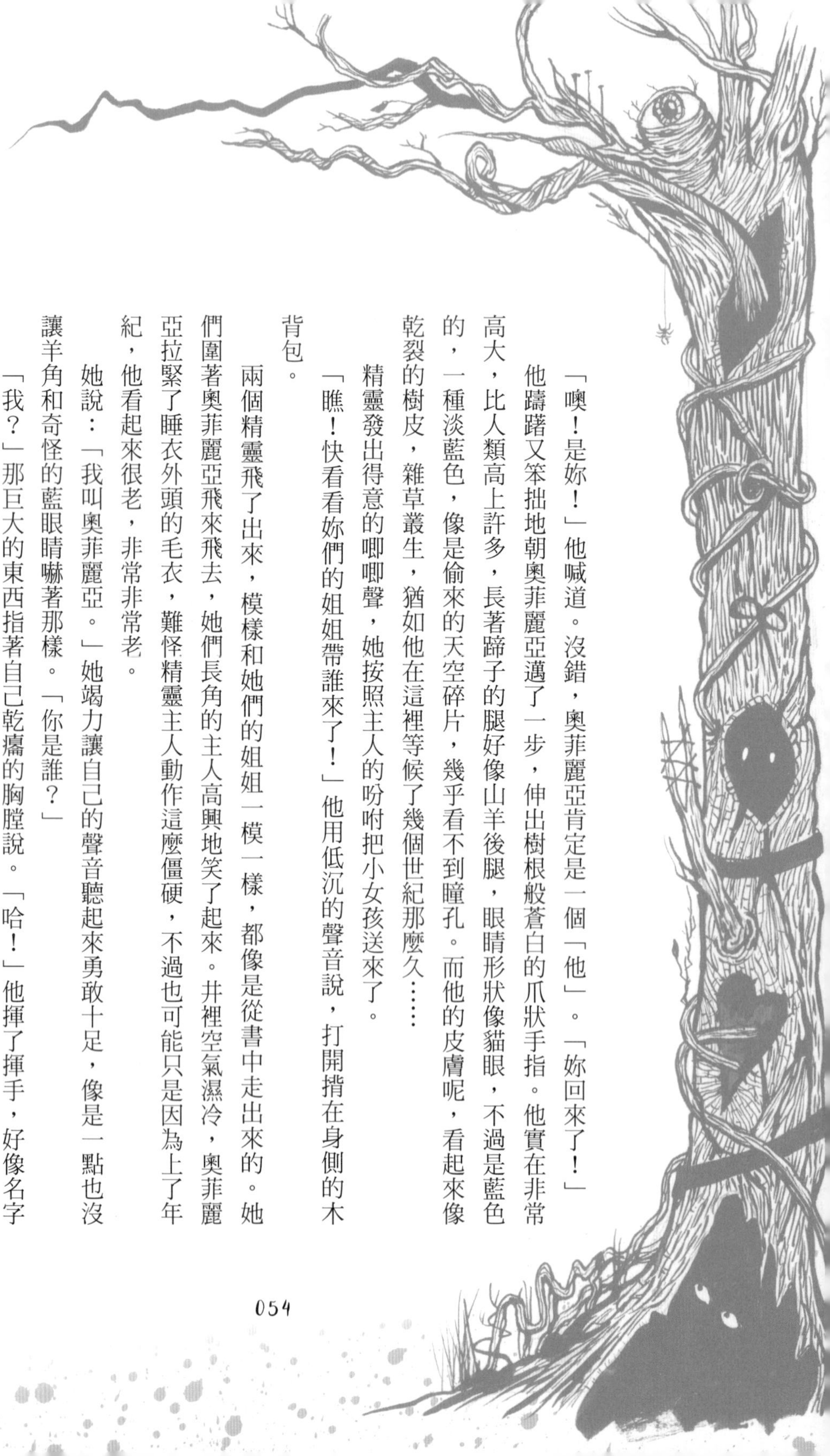

「噢！是妳！」他喊道。沒錯，奧菲麗亞肯定是一個「他」。「妳回來了！」

他躊躇又笨拙地朝奧菲麗亞邁了一步，伸出樹根般蒼白的爪狀手指。他實在非常高大，比人類高上許多，長著蹄子的腿好像山羊後腿，眼睛形狀像貓眼，不過是藍色的，一種淡藍色，像是偷來的天空碎片，幾乎看不到瞳孔。而他的皮膚呢，看起來像乾裂的樹皮，雜草叢生，猶如他在這裡等候了幾個世紀那麼久……

精靈發出得意的唧唧聲，她按照主人的吩咐把小女孩送來了。

「瞧！快看看妳們的姐姐帶誰來了！」他用低沉的聲音說，打開揹在身側的木背包。

兩個精靈飛了出來，模樣和她們的姐姐一模一樣，都像是從書中走出來的。她們圍著奧菲麗亞飛來飛去，她們長角的主人高興地笑了起來。井裡空氣濕冷，奧菲麗亞拉緊了睡衣外頭的毛衣，難怪精靈主人動作這麼僵硬，不過也可能只是因為上了年紀，他看起來很老，非常非常老。

她說：「我叫奧菲麗亞。」她竭力讓自己的聲音聽起來勇敢十足，像是一點也沒讓羊角和奇怪的藍眼睛嚇著那樣。「你是誰？」

「我？」那巨大的東西指著自己乾癟的胸膛說。「哈！」他揮了揮手，好像名字是世上最不要緊的東西。「有人叫我羊男，但我有許許多多的名字！」他僵直地走了

幾步。「只有風和樹才說得出的古老名字……」

他消失在巨石的後方，但奧菲麗亞還是聽得到他的聲音，他的聲音嘶啞，令人著迷。

「我是山，我是森林，我是大地，我是……呃……」他再次出現在她面前，像一隻山羊喋喋不休，看起來又老邁又青春。「我是——」他像老公羊咆哮著，手腳晃來晃去。「——牧神！而且，不管是過去、現在、還是未來，我也永遠是妳最卑微的僕人，公主殿下。」

他低下長角的腦袋，深深地鞠了一躬。奧菲麗亞說不出話來，公主殿下？哦，不，他把她誤認成別人了！一定是這樣，她早該想到了！否則精靈為什麼來找她？她不過是一個裁縫的女兒。

「不是！」她一步步往後退，好不容易開了口。「我不是……」

羊男抬起頭，挺直僵硬的背部。

「妳是莫娜公主……」

「不是，我不是！」奧菲麗亞堅決地說。「我是——」

「地下王國國王的女兒。」羊男打斷她的話。

他在說什麼？比起黑夜，比起遠離了被母親身軀溫暖的被窩的這個地方，他的話更使奧菲麗亞害怕。我們可能希望魔法成真，但真正的魔法讓人膽怯。

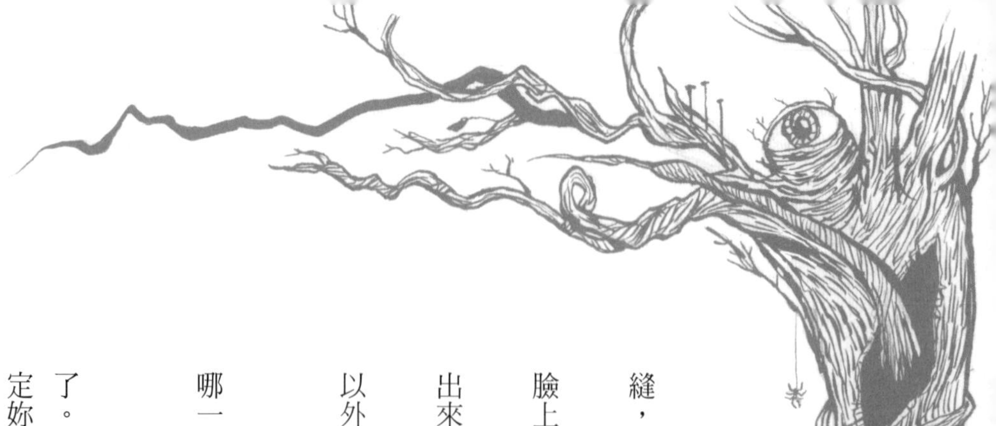

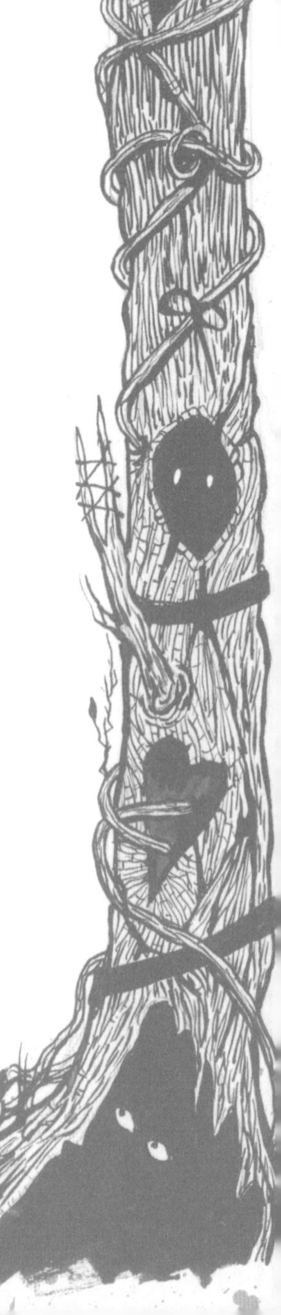

「不是！不是！」她再次聲明。「我叫奧菲麗亞，我媽媽是裁縫，我爸爸也是裁縫，你要相信我。」

羊男果斷地搖著長角的腦袋，奧菲麗亞感受到了他的不耐，但也在他有著圖紋的臉上看出一絲的興味。

「胡說，公主殿下，妳——」他用爪狀手指指著她。「——不是從人的子宮裡生出來的，是月亮生下了妳。」

精靈一個勁兒地點著小腦袋，一束月光射入井裡，除了像是也想替羊男的話作證以外，也給精靈翅膀鍍上一層銀輝。

「檢查妳的左肩。」羊男說。「妳會發現一個印記，證明我說得沒錯。」

奧菲麗亞盯著自己的左肩，卻不敢拉開衣服露出皮膚來。她不知道自己比較害怕哪一個：羊男說的是真話，還是他撒了謊。

一個公主！

「妳的親生父親要我們在世界各地為妳開啟回家的大門，這是最後一個入口了。」羊男指了指他們所在的空間。「不過，在妳獲准重返他的王國以前，我們要確定妳還保有完整的靈性，沒有變成凡人。而要證明這一點……」他再一次將手伸進小背包。「在月圓以前，妳要完成三項任務。」

他拿出一本書，這本書大得背包似乎不可能裝得下，書皮是褐色皮革製成的。

「這是《抉擇之書》。」說著羊男把沉甸甸的書交給奧菲麗亞，他額頭上的花紋開始旋轉，好像風浪的圖案。「只有在妳一個人的時候才能打開……」

接著，他給了奧菲麗亞一個小囊。奧菲麗亞搖了幾下，小囊發出嘎啦嘎啦的聲響，但羊男沒有告訴她小囊的作用，只是用淺藍色的眼睛看著她。

「這本書會向妳展示妳的未來。」說著說著，他退回到了陰影中。「還有妳必須要做的事。」

好大的一本書，奧菲麗亞幾乎拿不住，好不容易翻開了，書又差一點從手中滑落。

她翻了幾頁，全是空白。

「裡面什麼也沒寫！」她說。

可是，當她抬起頭時，羊男已經不見蹤影，精靈也離開了，陪伴她的只剩頭上的夜空，以及腳下的迷宮圖案。

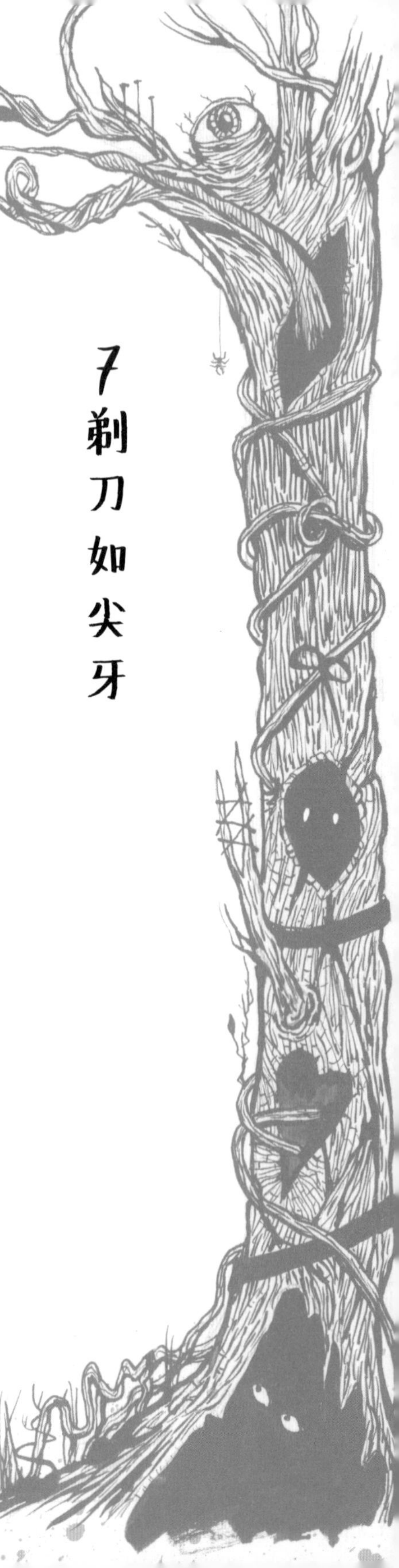

7 剃刀如尖牙

維達爾的剃刀是一件神奇的東西，刀片閃閃發光，比狼牙還鋒利，手柄為象牙質地，鋼材是德國製造。巴塞隆納有一家高級男士用品專賣店，販售旅行包、修容組、菸斗、鋼筆和玳瑁梳子，這家店被打劫後，維達爾擅自從櫥窗拿走了這把剃刀。可對維達爾來說，這把剃刀從來不只是一件修容工具，更是他逞兇逞勢的工具。剃刀是他的爪，是他的牙。

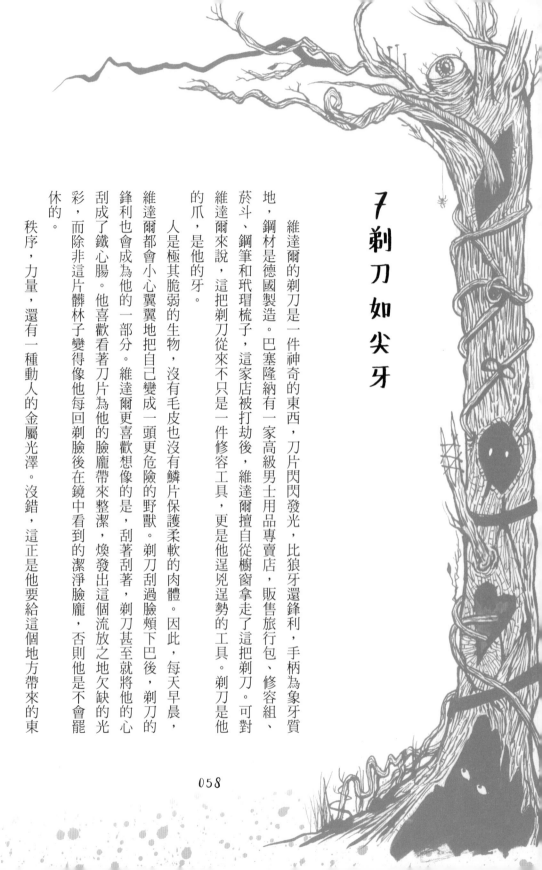

人是極其脆弱的生物，沒有毛皮也沒有鱗片保護柔軟的肉體。因此，每天早晨，維達爾都會小心翼翼地把自己變成一頭更危險的野獸。剃刀刮過臉頰下巴後，剃刀的鋒利也會成為他的一部分。維達爾更喜歡想像的是，刮著刮著，剃刀甚至就將他的心刮成了鐵心腸。他喜歡看著刀片為他的臉龐帶來整潔，煥發出這個流放之地欠缺的光彩，而除非這片髒林子變得像他每回剃臉後在鏡中看到的潔淨臉龐，否則他是不會罷休的。

秩序，力量，還有一種動人的金屬光澤。沒錯，這正是他要給這個地方帶來的東

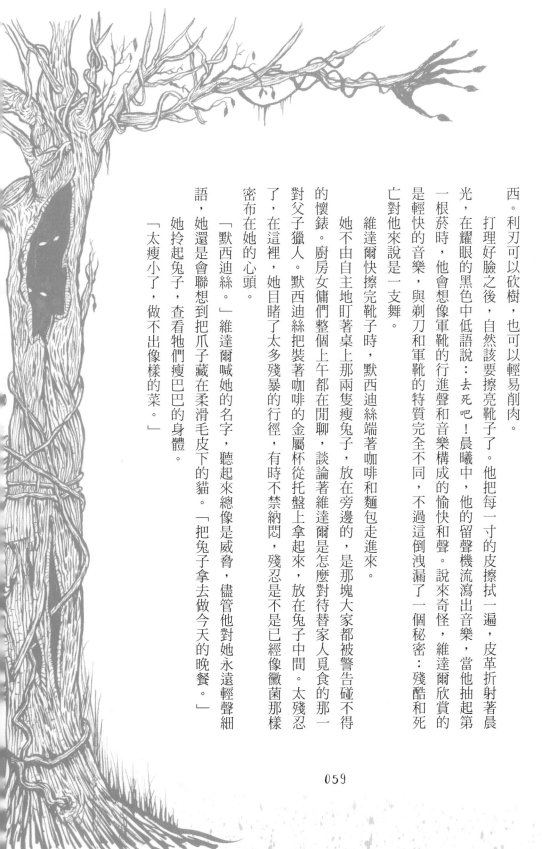

西。利刃可以砍樹，也可以輕易削肉。

打理好臉之後，自然該要擦亮靴子了。他把每一寸的皮擦拭一遍，皮革折射著晨光，在耀眼的黑色中低語說：去死吧！晨曦中，他的留聲機流瀉出音樂，當他抽起第一根菸時，他會想像軍靴的行進聲和音樂構成的愉快和聲。說來奇怪，維達爾欣賞的是輕快的音樂，與剃刀和軍靴的特質完全不同，不過這倒洩漏了一個秘密：殘酷和死亡對他來說是一支舞。

維達爾快擦完靴子時，默西迪絲端著咖啡和麵包走進來。

她不由自主地盯著桌上那兩隻瘦兔子，放在旁邊的，是那塊大家都被警告碰不得的懷錶。廚房女傭們整個上午都在閒聊，談論著維達爾是怎麼對待替家人覓食的那一對父子獵人。默西迪絲把裝著咖啡的金屬杯從托盤上拿起來，放在兔子中間。太殘忍了，在這裡，她目睹了太多殘暴的行徑，有時不禁納悶，殘忍是不是已經像黴菌那樣密布在她的心頭。

「默西迪絲。」維達爾喊她的名字，聽起來總像是威脅，儘管他對她永遠輕聲細語，她還是會聯想到把爪子藏在柔滑毛皮下的貓。「把兔子拿去做今天的晚餐。」

她拎起兔子，查看牠們瘦巴巴的身體。

「太瘦小了，做不出像樣的菜。」

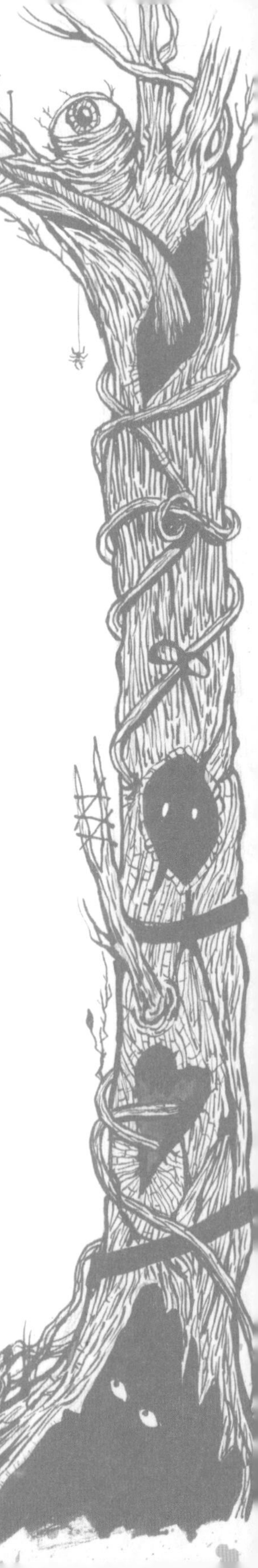

他們原本要餵飽的生病女孩在哪裡？她很想知道。在外頭的院子，有個士兵在模仿老人求上尉饒兒子一命的模樣，邊笑邊描述維達爾是怎麼殺了他們兩人。這些殺人放火的士兵，難道天生就是這麼殘忍的嗎？他們曾經也是像奧菲麗亞那樣的孩子啊。默西迪絲擔心奧菲麗亞，這個女孩天真無邪，無法應付這個地方，她的母親也沒有足夠的力量保護她——她是那種在男人身上尋找力量，而不是從自己內心汲取力量的女人。

「那好吧。」維達爾說。「就燉一小鍋，把後腿肉燒一燒。」

「知道了，先生。」默西迪絲強迫自己直視他的眼睛。她害怕維達爾會在她眼中看到仇恨，可是當維達爾從椅子站起來時，她並沒有放低目光。不過，就算她垂下了頭，維達爾可能會認為是心虛和恐懼，這更危險，心虛會使他生疑，恐懼則是助長他的渴望。

「這咖啡有點焦了。」他喜歡站得離她很近。「妳自己喝喝看。」

默西迪絲左手端起黑色金屬杯，右手仍然拎著那兩頭兔子。死掉的小東西，她的心低聲說：默西迪絲，妳很快就會跟牠們一樣斷氣了，如果妳繼續做妳正在做的事情。

維達爾看著她。

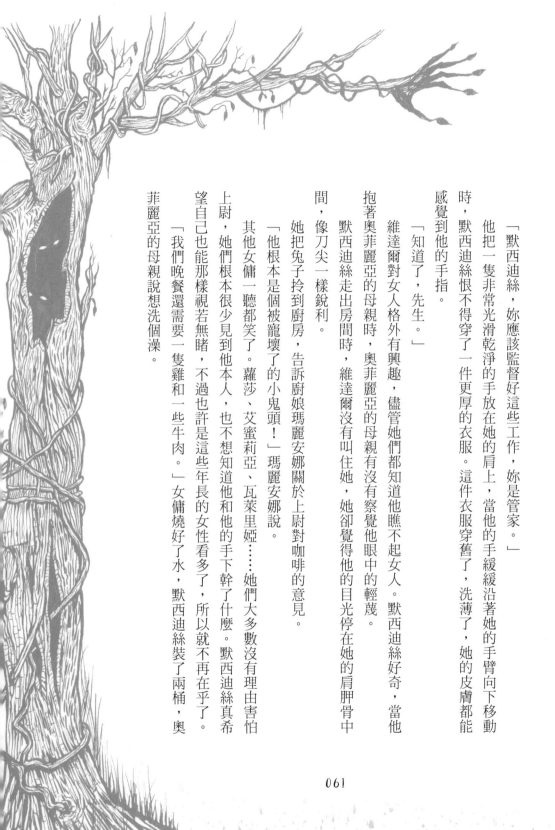

「默西迪絲，妳應該監督好這些工作，妳是管家。」

他把一隻非常光滑乾淨的手放在她的肩上，當他的手緩緩沿著她的手臂向下移動時，默西迪絲恨不得穿了一件更厚的衣服。這件衣服穿舊了，洗薄了，她的皮膚都能感覺到他的手指。

「知道了，先生。」

維達爾對女人格外有興趣，儘管她們都知道他瞧不起女人。默西迪絲好奇，當他抱著奧菲麗亞的母親時，奧菲麗亞的母親有沒有察覺他眼中的輕蔑。

默西迪絲走出房間時，維達爾沒有叫住她，她卻覺得他的目光停在她的肩胛骨中間，像刀尖一樣銳利。

她把兔子拎到廚房，告訴廚娘瑪麗安娜關於上尉對咖啡的意見。

「他根本是個被寵壞了的小鬼頭！」瑪麗安娜說。

其他女傭一聽都笑了。蘿莎、艾蜜莉亞、瓦萊里婭……她們大多數沒有理由害怕上尉，她們根本很少見到他本人，也不想知道他和他的手下幹了什麼。默西迪絲真希望自己也能那樣視若無睹，不過也許是這些年長的女性看多了，所以就不再在乎了。

「我們晚餐還需要一隻雞和一些牛肉。」女傭燒好了水，默西迪絲裝了兩桶，奧菲麗亞的母親說想洗個澡。

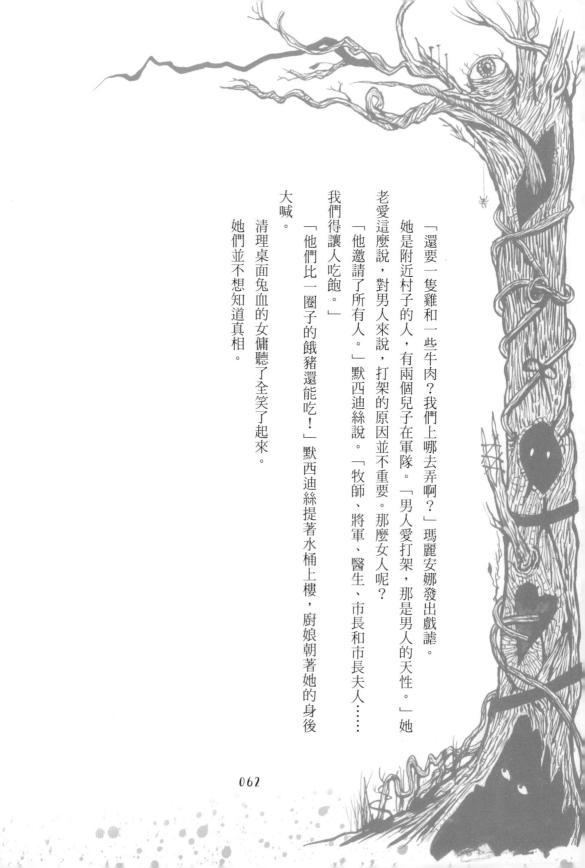

「還要一隻雞和一些牛肉？我們上哪去弄啊？」瑪麗安娜發出戲謔。

她是附近村子的人，有兩個兒子在軍隊。「男人愛打架，那是男人的天性。」她老愛這麼說，對男人來說，打架的原因並不重要。那麼女人呢？

「他邀請了所有人。」默西迪絲說。「牧師、將軍、醫生、市長和市長夫人……我們得讓人吃飽。」

「他們比一圈子的餓豬還能吃！」默西迪絲提著水桶上樓，廚娘朝著她的身後大喊。

清理桌面兔血的女傭聽了全笑了起來。

她們並不想知道真相。

8 一個公主

奧菲麗亞沒有告訴母親迷宮和羊男的事。精靈來接她之前，她覺得和母親非常親近，可是爬回溫暖的被窩後，奧菲麗亞躺在黑暗中看著母親的臉，羊男的話在腦海中迴盪，她開始懷疑自己到底是不是她的女兒。

新月。母親。

白茫茫的曙光從蒙著灰塵的窗子射進來了，母親對她微微一笑，又吻了吻她的額頭，好像她想用吻來驅走那些念頭。奧菲麗亞感到非常內疚。

不要背叛她！奧菲麗亞對自己說。這時，默西迪絲和另一個女傭在隔壁浴室，將浴缸倒滿了熱騰騰的水。她是那麼孤獨！像我一樣孤獨……這個浴缸看上去像某人從城裡一棟更富麗堂皇的房子裡搬來的，戰爭摧毀了許多那樣的房子，也帶走她父親的性命。奧菲麗亞常常和朋友到廢墟玩耍，假裝是過去住在廢棄房間裡的孩子的鬼魂。

「洗澡水不是為我準備的，這是給妳準備的，奧菲麗亞！起床了！」

她母親笑盈盈地看著她，但奧菲麗亞知道這個笑容是為了狼。她要女兒為狼打扮

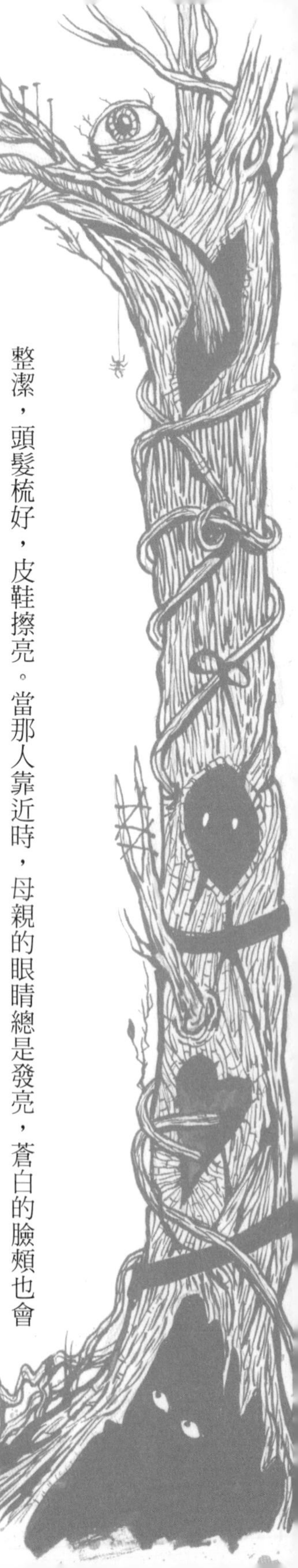

整潔，頭髮梳好，皮鞋擦亮。當那人靠近時，母親的眼睛總是發亮，蒼白的臉頰也會泛起紅暈，可是他幾乎不怎麼留意她。

奧菲麗亞真想把羊男的事告訴默西迪絲，也許是因為她曾經警告她別進入迷宮，也許是因為默西迪絲自己也藏著秘密。默西迪絲的眼神流露出對世界的洞察力，這是奧菲麗亞在母親眼中找不到的。

「奧菲麗亞！」

她母親今天早上穿著白色連身裙，看起來像新娘一樣。她又坐上了輪椅，好像狼偷走了她的腳，害她成了跛子。以前母親燒菜時，常常在廚房裡跳舞，奧菲麗亞的父親總是愛看她跳舞，奧菲麗亞也會爬上父親的腿，父女倆一塊欣賞她。

「爸爸今晚要舉辦宴會，瞧瞧我為妳做了什麼！」

她母親拿起一件像森林一樣綠的連身裙。

「喜不喜歡？」她輕輕撫摸著絲綢般的布。「我像妳這麼大的時候，要是有一件這麼漂亮的衣服，不知道會開心到哪裡去！我還為它做了一條白圍裙。還有，看看這雙鞋！」

那雙鞋像士兵的靴子又黑又亮，不適合在森林裡穿。裙子也是，雖然它是綠色的。

「妳喜歡嗎？」母親興奮得睜大了眼睛，像是一個遭到責罵又急於討好別人的小女孩。奧菲麗亞為她感到難過，也覺得尷尬。

「喜歡，媽媽。」她喃喃說。「喜歡，好漂亮。」

她母親露出謹慎的眼神。*幫幫我吧*，她的眼神發出了懇求，*幫我討好他吧*。這令奧菲麗亞突然覺得冷，好像又到了迷宮，迷宮牆壁投下的暗影讓她的心變得黯然。

「快去吧。」她母親垂下目光，眼皮因為失望而顯得沉重。「趁水涼了之前快去洗澡吧。」

一針一線的功夫……

卡門花了好多時間縫製那件衣服，她不想從女兒的眼中看到真相——她不是替奧菲麗亞做那件衣服，而是為了那個她要女兒喊他「爸爸」的男人，可真正擁有這個稱號的男人已經死了。

我們都在創造自己的童話故事。*這件連身裙會使他喜愛我的女兒*，這是卡門．卡多索告訴自己的故事，儘管她內心明白維達爾只關心他尚未出世的親生孩子。為了一份新的愛，背叛了自己的孩子，這是可怕的罪。奧菲麗亞的母親顫抖著手指，解開了衣服扣子，依然強顏歡笑，假裝她的人生和愛情就是她所要的模樣。

浴室蒸氣瀰漫，白濛濛的一片，奧菲麗亞進去之後把門關上，皮膚感覺又溫暖又

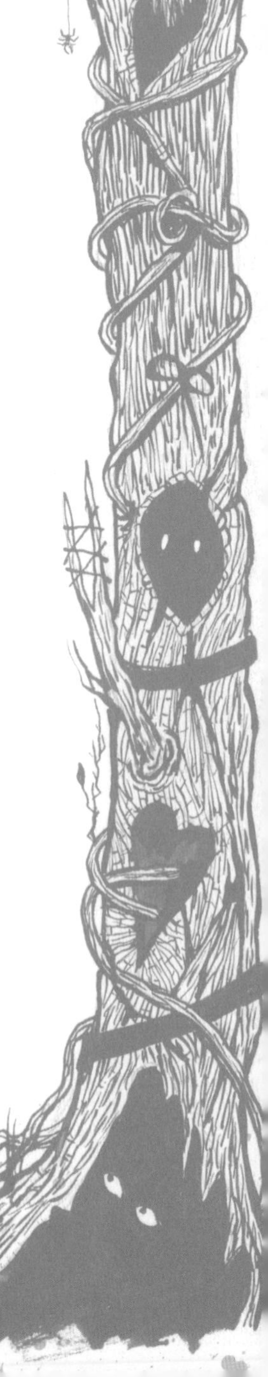

濕潤。浴缸好像一艘預備出發登上月球的白瓷船，讓人很想趕緊跳進去。不過，洗個熱水澡不是奧菲麗亞急著獨處的理由。

昨夜，怕母親發現，她把羊男的書和小囊藏在浴室的暖爐後方。這是她的秘密，除了母親並不喜歡書以外，她也擔心別人如果看到或摸了羊男的禮物，禮物就會失去魔法。

她坐在浴缸邊緣，腿上的書重得幾乎拿不住。皮革製的書皮好像飽受風吹雨打的樹皮，書頁依然一片空白，但是她不知怎麼，就是相信那不會永遠是空白的，因為真正重要的事都是肉眼看不到的。奧菲麗亞年紀還小，所以知道這一點。

果不其然，奧菲麗亞摸了一下空白的書頁，紙張就開始滲出褐色和淺綠色的墨水。右頁出現一幅癩蛤蟆插圖，接著出現一隻手和一座迷宮。書緣綻放出花朵，書頁中心逐漸長出一棵盤曲纏結的老樹，光禿禿的樹枝像獸角一樣彎曲，裂開的樹幹中間是空心的。

有個小女孩跪在書裡，看著書外的奧菲麗亞。她光著腳，不過穿著一件綠色連身裙，上頭繫著白圍裙，和奧菲麗亞的母親所做的衣裳一模一樣。右頁的插圖全部浮現後，左邊那一頁就開始出現深褐色的字母，一行接著一行，字體古老，好像有個隱形的書稿彩飾師正拿著貂尾毛毛筆寫字一樣。好美的字，奧菲麗亞欣賞讚嘆了一會兒，

才開始讀出上頭的文字：

很久很久以前，當樹林年輕的時候
這裡是百獸萬物的家，
牠們具有魔力，奇妙非凡。

「奧菲麗亞！」母親來敲門了。「動作快點！我想看看妳穿上這件衣服好不好看，我希望妳打扮得漂漂亮亮去見上尉。」

背叛……

奧菲麗亞站到鏡子前面，玻璃覆滿水氣，她的倒影變得模糊。奧菲麗亞從左肩拉下浴袍。

「妳看起來一定像一個公主！」她母親隔著門喊道。

奧菲麗亞凝視著自己的倒影。

她看到了：在三顆星星的圍繞下，有一個鐮刀狀的新月。清楚得就像有人拿那填滿書頁的深褐色墨汁畫在皮膚上一樣，羊男沒有說謊。

「一個公主。」奧菲麗亞低聲說。

她看著自己的倒影。

接著露出了笑容。

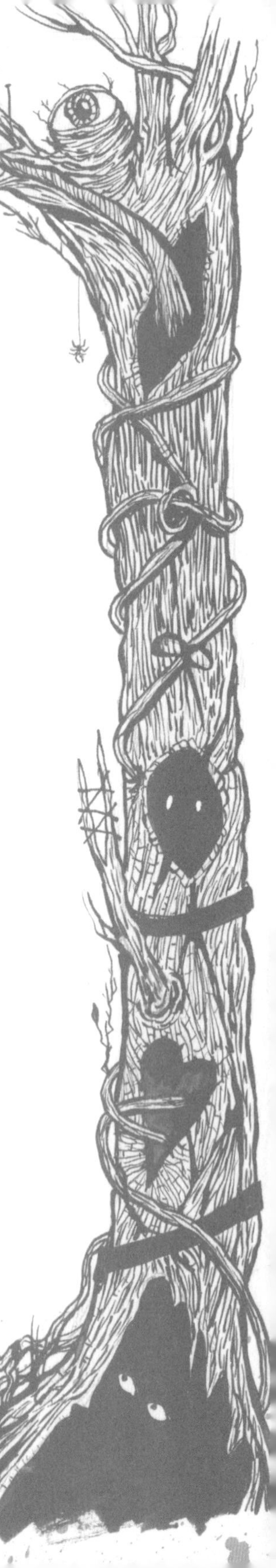

9 牛奶和藥

他們當然有足夠的食物招待上尉的晚宴賓客，這一點他的士兵可以保證，而廚房裡的每個人也都明白他們是怎麼辦到的。縱使幾個當地人家將會餓上幾天，可是當士兵敲響農夫家的門，索討他們為孩子藏起來的最後一隻雞或幾顆馬鈴薯時，他們又能說什麼呢？默西迪絲和其他女傭一起切菜時，覺得羞愧難當，這就是刀子對女人的用處：用她們的刀子替殺人的男人切菜剁肉……而男人殺了女人的丈夫兒女。

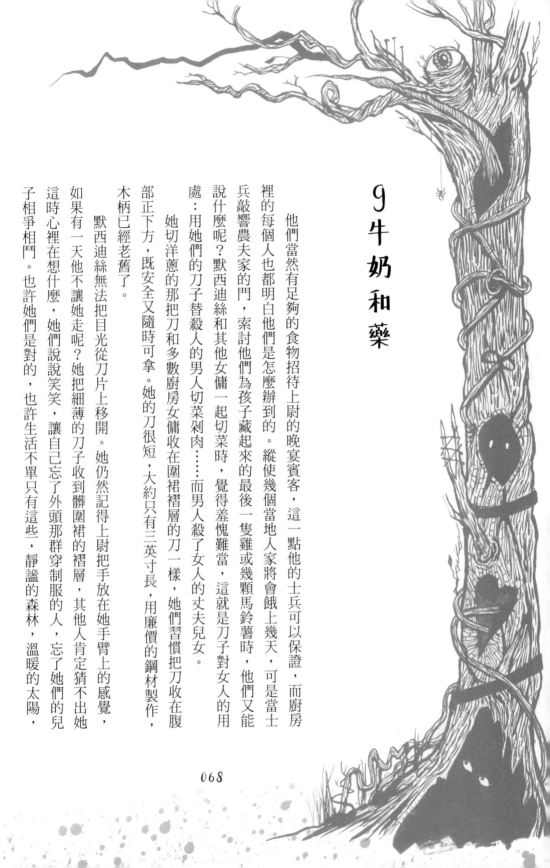

她切洋蔥的那把刀和多數廚房女傭收在圍裙褶層的刀一樣，她們習慣把刀收在腹部正下方，既安全又隨時可拿。她的刀很短，大約只有三英寸長，用廉價的鋼材製作，木柄已經老舊了。

默西迪絲無法把目光從刀片上移開。她仍然記得上尉把手放在她手臂上的感覺，如果有一天他不讓她走呢？她把細薄的刀子收到髒圍裙的褶層，其他人肯定猜不出她這時心裡在想什麼，她們說說笑笑，讓自己忘了外頭那群穿制服的人，忘了她們的兒子相爭相鬥。也許她們是對的，也許生活不單只有這些，靜謐的森林，溫暖的太陽，皎潔的月亮，這些都依然存在。默西迪絲渴望融入她們的笑語，只是她的心太累了，她提心吊膽太久了。

「雞一定要洗乾淨。」她說。「也別忘了豆子。」

她本來沒準備用這麼嚴厲的口吻說話，不過其他人根本也沒有注意到她，她們正含笑看著奧菲麗亞。她站在廚房門口，穿著綠裙子，繫著白圍裙，奧菲麗亞的母親悉心縫了這身衣服，默西迪絲也用心熨平了它們。換上這身衣服，小女孩好像從默西迪絲幼時喜愛的一本書中走出的人物，默西迪絲的母親常常帶書回家給她和弟弟，她是一個教師，只是當士兵放火燒了他們的村子時，母親那麼多的藏書也保護不了她。火焰吞噬了她的母親和她的書。

「孩子，妳看起來真漂亮！」廚娘驚呼。「太美了。」

「是啊！這條裙子好漂亮！」蘿莎說，由於心生愛憐，臉龐線條也變得溫柔了。她有個與奧菲麗亞年紀相仿的女兒，這個小女孩讓所有人想起自己的兒孫——想起自己的小時候。

「回去工作！不要浪費時間。」默西迪絲斥責她們，雖然她的心裡也感到一陣疼惜。

她走到奧菲麗亞身邊，輕輕地整了整她的衣領。她母親的裁縫功夫確實了得，她為女兒做的這件衣服在老磨坊的廚房短暫施展了魔力——衣服和孩子發亮的臉龐宛如

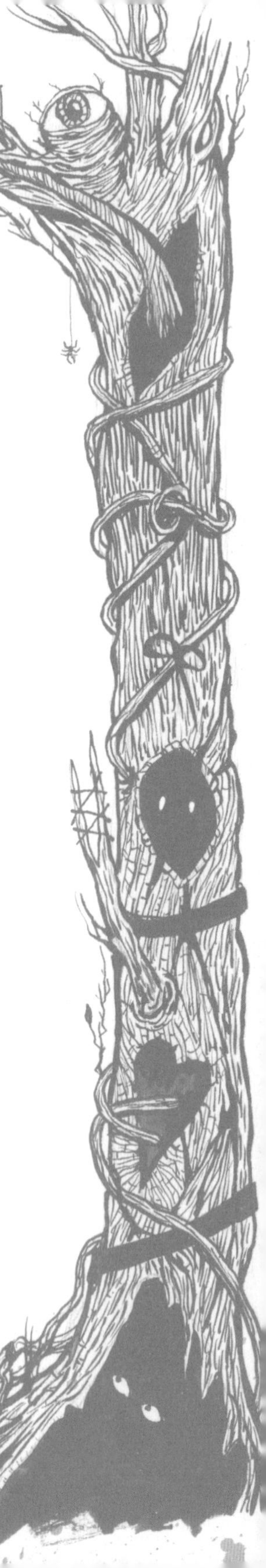

初綻的鮮花，洋溢著幸福和美。的確，在這一刻，這讓她們每個人都相信世界會再一次和平完整。

「想不想喝摻了蜂蜜的牛奶？」

奧菲麗亞點點頭，默西迪絲帶她到外頭。一頭褐色乳牛站在樹下，乳房脹滿了乳汁，默西迪絲拿來了桶子開始擠奶，暖洋洋的白色乳汁從她的指尖流下。

「後退一點。」她輕聲對奧菲麗亞說。「我們不能讓妳的裙子沾到牛奶，妳穿這樣看起來像個公主呢。」

奧菲麗亞猶豫地後退了一步。

「默西迪絲，妳相信世界上有精靈嗎？」她撫摸著乳牛光滑的腹部問。

默西迪絲又擠了擠乳牛的乳頭。「我不相信，不過我小時候相信，我當時相信很多我現在不信的事。」

乳牛不耐地哞哞叫著，牠想餵小牛，不是餵人。默西迪絲用雙手和幾句細語安撫牠。

忘了衣服不能沾到牛奶的奧菲麗亞，走到了默西迪絲的身邊。

「昨天晚上有一個精靈來找我。」她輕聲說。

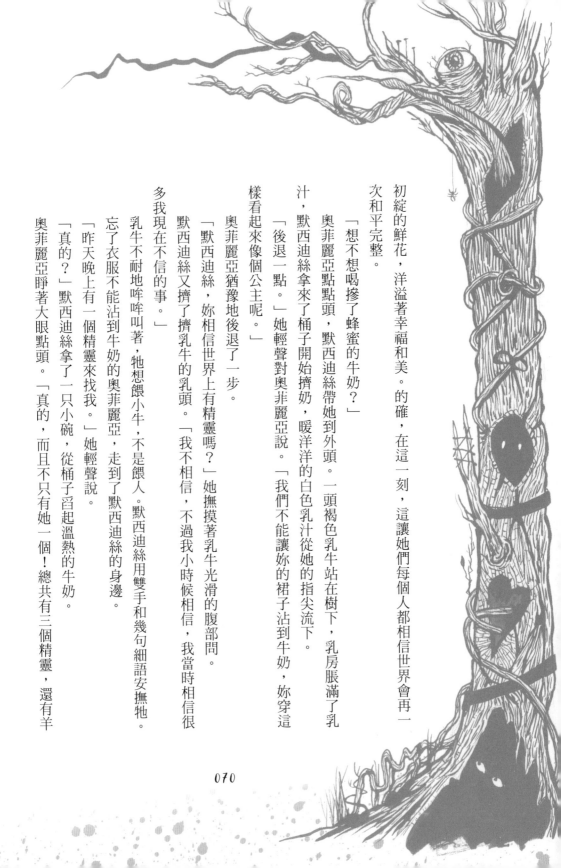

「真的？」默西迪絲拿了一只小碗，從桶子舀起溫熱的牛奶。

奧菲麗亞睜著大眼點頭。「真的，而且不只有她一個！總共有三個精靈，還有羊

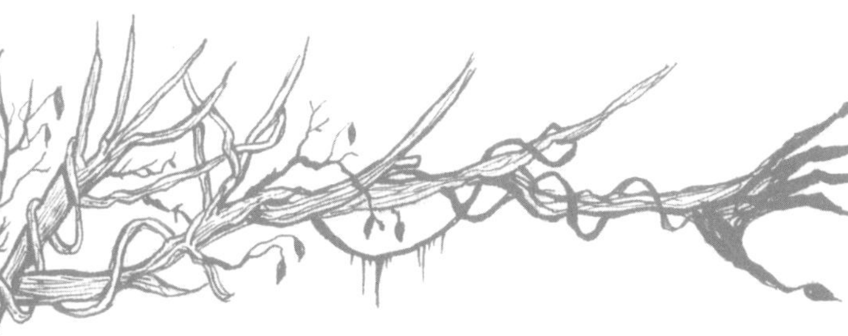

男！」

「羊男？」默西迪絲直起身子。

「對，他好老……又高又瘦。」奧菲麗亞用手在空中勾畫出一個巨大的身影。「看起來很老，聞起來也很老……有股霉味，像下雨天的泥土的味道，也有點像這頭牛。」

我想讓妳知道，請相信我，默西迪絲！她的眼神似乎這麼說著。擁有無法分享的秘密，或是相信別人不想看到的真相，都是很難受的事，這種感受默西迪絲最是清楚。

「羊男。」默西迪絲重複說著。「我媽媽提醒我要小心羊男，有時他們是好人，有時不是……」

回憶——回憶和小女孩——讓她的嘴角露出笑容，但看見上尉朝她走來，身邊還跟著一個軍官，她的笑容消失了，世界頓時暗影重重。

「默西迪絲！」

他完全無視小女孩的存在，默西迪絲有一瞬間險些相信奧菲麗亞並不在身旁。

「跟我來，我要妳去穀倉。」

她和他一道走了，這是當然的，只是她其實很想留在小女孩身邊，享受溫熱的牛奶與乳牛呼在她皮膚上的氣息。

幾個士兵正從停在穀倉前的卡車上卸下貨物。

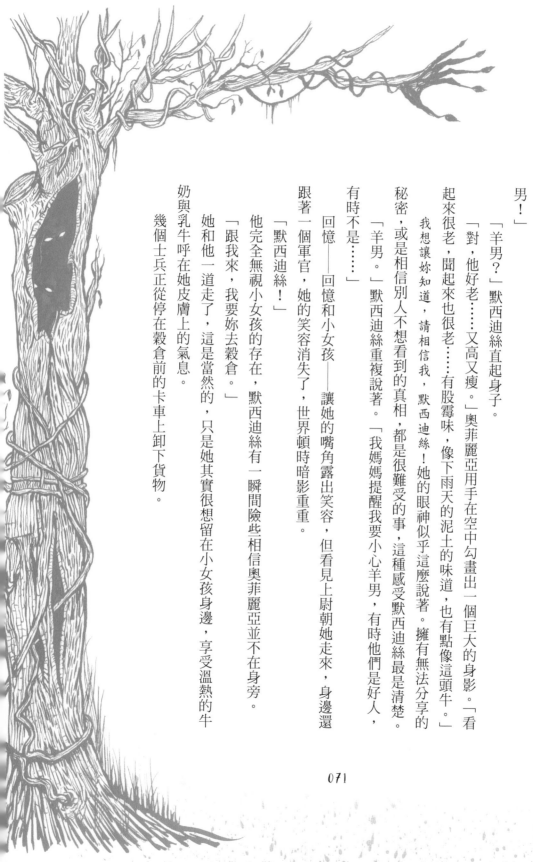

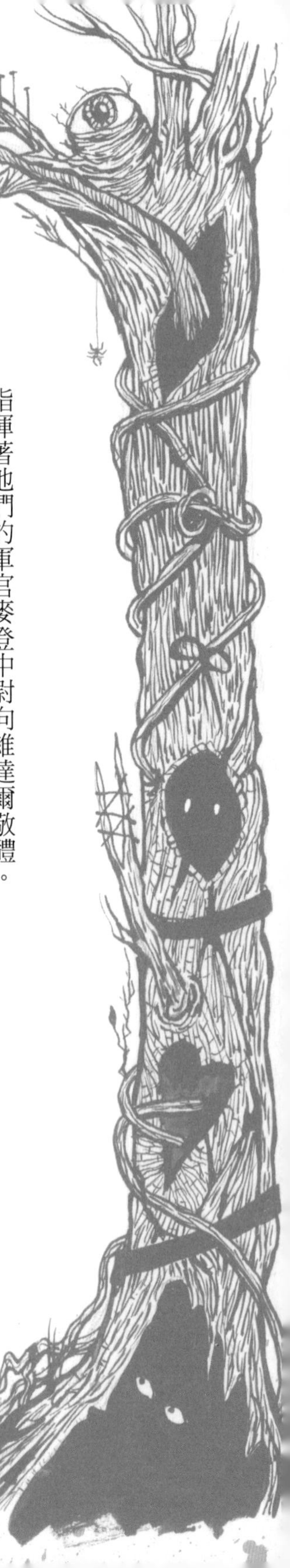

指揮著他們的軍官麥登中尉向維達爾敬禮。

「上尉，東西按照說好的都搬來了。」中尉的制服像玩具士兵的衣服一樣硬挺乾淨。「麵粉、鹽、油、藥。」他一面細數，一面帶路走進穀倉。「橄欖、培根……」他自豪地指著成堆的簍筐和紙箱，積了灰塵的架子也擺滿包裹和罐頭。

維達爾拿起一個褐色小紙包聞了聞，他喜歡他的菸草，也喜歡他的酒。

「這是配給卡。」麥登中尉交給維達爾的幾十張紙是珍貴的財產，戰火燒毀了莊稼，軍隊控制剩餘的糧食，即便是農民也餵不飽自己的孩子，而麥登的手下搬來磨坊的箱簍卻可以養活不只一個村莊的人。默西迪絲並沒有注意裝著糧食的箱子，她在一堆有紅十字標誌的箱子前停下來。藥品，幾乎各種傷都能治，包括腿傷。

「默西迪絲。」維達爾正在檢查穀倉的門鎖。「鑰匙。」

她從口袋掏出一串鑰匙，取下一把交給他。

「只有這一把？」

她點了點頭。

「從現在起，放在我這裡。」

又是那個眼神，他知道什麼？

「上尉！」軍官加西斯從外頭喊，他瘦得像黃鼠狼，對女傭總是面帶微笑。

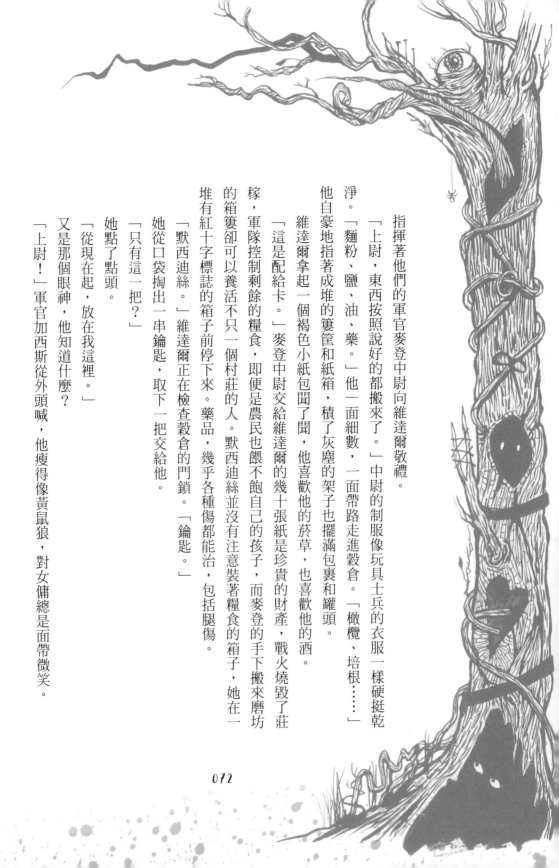

維達爾沒理會他，繼續看著默西迪絲，手上拿著鑰匙，那眼神又威脅又挑逗，他在玩他最愛的遊戲：恐懼遊戲。

*他知道了。*她腦中又浮現這個念頭。*不，他還不知道，默西迪絲，他看誰都是這樣。*當他總算轉身走出去後，她深深吁了一口氣。保持呼吸，默西迪絲。

維達爾走到加西斯身邊，加西斯正拿著雙筒望遠鏡察看森林。

「也許沒什麼，上尉。」他把望遠鏡遞給維達爾，默西迪絲聽到了他的話，但她用肉眼就看到了：一縷幾乎無法察覺的細煙從森林樹冠裊裊上升，在藍天畫出一條線。

維達爾放下雙筒望遠鏡。「不，一定是他們，我有把握。」

他們立刻翻上馬背，默西迪絲望著他們向森林疾馳而去。只有人類才會生火，只有士兵追捕的目標才會生火。

保持呼吸，默西迪絲。

迷宮

很久很久以前，有個名叫弗朗西斯科・阿尤索的貴族，他喜歡在宮殿附近的林裡打獵。那是一座古老的森林，非常非常的古老，所以他走在林間時會覺得自己非常年輕。

有一天，阿尤索帶著手下追獵一頭罕見的雄鹿，牠的皮毛如月光般銀光閃閃。到了一間老磨坊附近，他的手下追丟了鹿，於是阿尤索下了馬背，到磨坊池洗把臉休息一下。這時，他發現有個年輕女子躺在水田芥和龍百合之間的地上沉睡，她的頭髮像烏鴉羽毛一樣黑，皮膚白皙得猶如阿尤索皇宮花園中最白的玫瑰花瓣。

他伸手碰了碰女子的肩膀，女子立刻驚醒，跑去躲在一棵樹的後面，好像他的獵狗所追趕的鹿。阿尤索費了一番工夫，才讓她相信他並無惡意。女子看起來好幾天沒進食，所以他叫他的人拿食物給她。問她叫什麼名字，她告訴他們她不記得了，因此一名士兵懷疑她可能是從白皮怪人那裡逃出來的。白皮怪人是個怪物，在這一帶遊蕩，從四周村子偷走孩子，拖到他的地下巢穴。

據說，只有兩個被抓走的孩子逃離了白皮怪人的魔掌，他們回去後，告訴村人怪物活吃孩子的恐怖故事，聽了故事的人都不敢睡覺，怕會夢見怪物。然而，當阿尤索向年輕女子問起白皮怪人的事時，她只是搖頭，一臉茫然，阿尤索擔心再問下去會喚起她遺忘了的記憶，便沒有再多說什麼。

女子顯然無家可歸，所以阿尤索邀請她到宮殿，給了她一個房間和新衣，還替她取名為「阿爾巴」，這名字的意思是「白」，因為她的記憶如白紙一樣空白。不久，阿爾巴開始到他的花園散步，欣賞他的玫瑰。幾天後，他們只想要對方的陪伴。

三個月後，弗朗西斯科．阿尤索向阿爾巴求婚，阿爾巴答應了，因為她愛阿尤索就像阿尤索愛她一樣。一年後，阿爾巴生下一個兒子，她對孩子的愛就像對丈夫的愛那樣深，但每回看著孩子時，她就悲從中來，因為她無法告訴孩子她是誰，她從哪裡來。她越來越快快不安，開始在森林流連，而且一徘徊就是好幾個小時，不然就是坐在老磨坊的池子邊。

離磨坊不遠的地方，住著一個叫蘿西歐的女人，大家都說她是一個女巫。她帶著一雙兒女住在空心樹旁的小屋，據說這棵樹的樹根中間住著一隻毒蛤蟆。大家暗地裡說，蘿西歐的魔藥能讓人獲得真愛和長生不老，如果要的話，也可以讓敵人送命。不過大多數來找她幫忙的，都是懷了不想生的孩子的婦人，因為她們幾乎連已經生下的孩子也養不活。

阿尤索暗地派了一個士兵尾隨阿爾巴，在森林中保護她的安全。一個下午，士兵

回來報告說阿爾巴去找蘿西歐。阿尤索非常生氣，質問阿爾巴這件事，阿爾巴懇求阿尤索不要誤會，她只是去請求蘿西歐幫助她弄明白自己究竟是誰。蘿西歐告訴她，只有月圓的時候，在一座用附近村莊的石頭蓋成的迷宮中，她問題的答案才能揭曉。自從有三個孩子被白皮怪人帶走後，蘿西歐指的那座村莊就成了廢墟。

阿尤索愛阿爾巴勝過世上任何東西，所以派人請來了女巫蘿西歐，想問清楚建造迷宮的正確方法。蘿西歐帶他到她預卜的迷宮位置，以石頭標示出四個角落，再拿柳枝在泥土上畫出牆壁的布局。她告訴阿尤索，他必須在中央建造一口井，井裡要有一道通向井底的樓梯。阿尤索不喜歡她看著自己的眼神，她彷彿能看見他最隱密的慾望——就像他的心是玻璃做的那樣一目了然。她讓他恐懼，他因此鄙夷她。

「我就照妳說的去做。」他說。「但妳要是愚弄我，讓我的妻子找不回她失去的東西，我會要妳溺死在磨坊池裡。」

蘿西歐笑著回答他。

「我知道。」她說。「但我們都得扮演好各自的角色，不是嗎？」

她接著回去了她的小屋。

興建迷宮用了兩個月的時間，阿尤索的工匠按照女巫指示，只使用廢村子搬來的石頭，也根據女巫的描繪建造出牆壁、水井和樓梯。

阿爾巴足足等了七個晚上，才等到月亮如一枚銀幣升到竣工的迷宮上方，工人精心搭建的拱門投下暗影，長長的影子從入口一路延伸到滿地苔痕的森林。在拱門上，他們裝飾了一顆角神科爾努諾斯的頭，科爾努諾斯是這片樹林裡昔日受人崇拜的異教神，據說蘿西歐仍會向祂祈禱。

那天晚上，從傍晚到黎明，儘管襁褓中的幼子在房裡哭著要喝她的奶，阿爾巴始終待在迷宮，走著蜿蜒的小徑。阿尤索沒有跟著她，他擔心有他在的話，迷宮就不會揭曉妻子巴巴渴望著的答案。他在迷宮前方等了一整夜，當阿爾巴終於出來時，一看她的表情，阿尤索就知道她沒有找到她所尋找的東西。

在接下來的十二個月，每逢滿月之夜，阿爾巴就會重返迷宮。可是，在石牆之間，她所找到的只有沉默。她的悲傷與日俱增，到了十一月一個沒有月亮的夜晚，她病倒了，沒能等到下一個月圓之日，便香消玉殞。在她咽下最後一口氣的一個小時後，阿尤索派了五名士兵去女巫小屋，把蘿西歐拖入了森林。不顧磨坊主人懇求別用這種行徑給磨坊帶來詛咒，士兵們把蘿西歐丟進磨坊池裡，三個大男人用盡力氣才得以將她淹死。他們把她的屍體丟在睡蓮叢中漂浮，任由魚群啃食她的肉。

十五年後，阿尤索的兒子走進迷宮，期盼在那裡找到他的母親，結果再也沒有人見過他。又過了兩百二十三年，女巫的預言終於成真，迷宮揭示了他母親的真名——他的母親以一個叫奧菲麗亞的小女孩的身分，再次走入了古老的曲徑。

10 巨樹

奧菲麗亞聽到身後傳來馬蹄聲時，人已經走到了森林深處，不過那群人並沒有朝她的方向騎來，樹木的沙沙聲也隨即蓋過了漸漸遠去的馬蹄聲。奧菲麗亞一面走，一面讀著羊男那本書上浮現的文字，文字在樹下讀起來更迷人，雖然捧著一本打開的書走路並不容易，她還是一遍又一遍地讀著：

很久很久以前，當樹林年輕的時候
這裡是百獸萬物的家，
牠們具有魔力，奇妙非凡。

奧菲麗亞的腳步跟隨著這些語句的節奏，彷彿它們勾畫出一條無形的蹊徑。

百獸萬物互相庇護，
磨坊附近的小山有棵無花果樹，
牠們就睡在這株巨木的蔭下。

奧菲麗亞從書上抬起頭，看到了小山，不是很陡，她幾步路就能爬上去。不過長在上面的那棵樹要五個人手拉手才能環抱住，樹幹裂開了，跟書上畫的一模一樣。

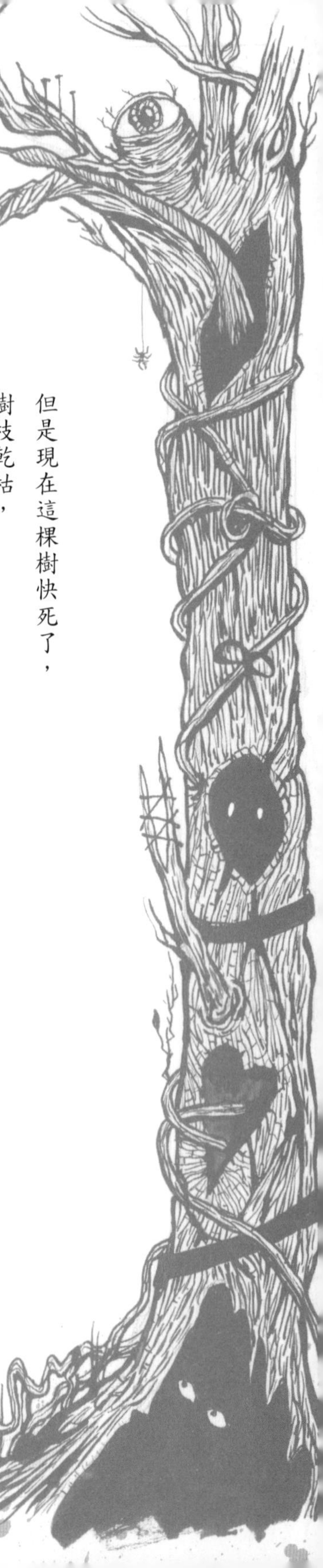

但是現在這棵樹快死了，
樹枝乾枯，
樹幹老朽盤曲。

她抬頭望著樹幹上長出來的兩根巨枝，它們像羊男的角一樣彎曲，一片葉子也沒有。

書上還有更多描述，奧菲麗亞低聲唸出，目光順著淺褐色的墨水在書頁上移動。

一隻醜惡的癩蛤蟆住在樹根裡，
巨樹因此不再繁茂。
妳必須把那三個魔法石放進癩蛤蟆的嘴裡。

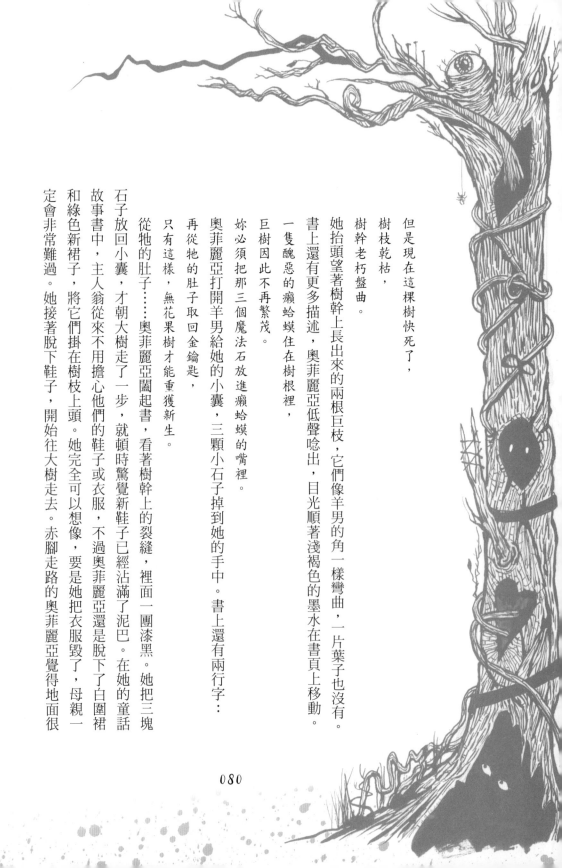

奧菲麗亞打開羊男給她的小囊，三顆小石子掉到她的手中。書上還有兩行字：

再從牠的肚子取回金鑰匙，
只有這樣，無花果樹才能重獲新生。

從牠的肚子……奧菲麗亞闔起書，看著樹幹上的裂縫，裡面一團漆黑。她把三塊石子放回小囊，才朝大樹走了一步，就頓時驚覺新鞋子已經沾滿了泥巴。在她的童話故事書中，主人翁從來不用擔心他們的鞋子或衣服，不過奧菲麗亞還是脫下了白圍裙和綠色新裙子，將它們掛在樹枝上頭。她完全可以想像，要是她把衣服毀了，母親一定會非常難過。她接著脫下鞋子，開始往大樹走去。赤腳走路的奧菲麗亞覺得地面很

冰冷，風吹得穿著單薄襯裙的她瑟瑟發抖。樹幹上的裂縫夠高，奧菲麗亞可以直接跨進去，不過後方的隧道狹窄，她必須跪地用爬的。

外頭的風扯著她新衣的緞帶。

當心，風低聲說。

當心，奧菲麗亞，飄動的緞帶也呼呼說著。

不過奧菲麗亞已經鑽進了隧道，進入垂死大樹那濕漉漉的木頭腸肚裡。她的雙手雙膝隨即沾滿了黏糊糊的泥巴，泥水濕透了白襯裙，把衣服染成了大地的顏色。她的四周都是樹根，樹根在潮濕的泥土中縱橫交錯，像某個木頭巨獸的爪子那樣探入地底。老鼠一般大的團子蟲爬上了奧菲麗亞的手臂，手底的泥巴吧唧吧唧響著，好像大地渴望將她吞沒。

隧道和樹根迷宮彷彿沒有盡頭，但奧菲麗亞不想回頭，如果她想向自己和羊男證明他是對的——她就是莫娜公主，雖然死神已經讓她相信她失去了父親，但是她的父親正在等著她——她就必須在月圓以前完成羊男的任務。因為她如果不是莫娜，還能是誰呢？難道當狼的女兒嗎？那人偷走了母親的心，光靠眼神就能殺人。奧菲麗亞停了一會兒，傾聽大地的聲音和自己劇烈跳動的心臟。然後，她又一次把手浸入泥漿，在無止境的隧道繼續爬行。

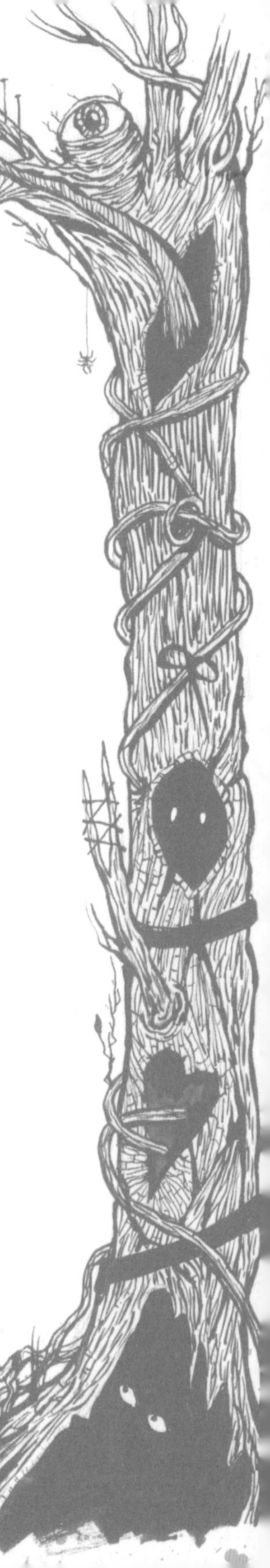

11 森林裡的叛賊

維達爾率領部下，不多久就找到了火堆餘燼，賊子裊裊上升的炊煙就是出自這裡。他翻下馬背，跪到了火堆旁，枝杈仍在冒煙。他脫下手套，把手拿到餘燼的上方，尚且感覺得到餘溫。

沒錯，他們離開還不到二十分鐘。

這幫叛賊肯定聽到他們來的聲響，一定是的。維達爾盯著樹林，恨不得自己能如狼那樣悄無聲息地追捕，如此一來，現在就能把他們大卸八塊，舔舐他們濺到用來掩埋灰燼的苔蘚上的鮮血。

加西斯也在上尉身邊跪下。維達爾就喜歡加西斯忠心耿耿的眼神，他細聽自己嘴巴吐出的每一個字，虔誠得就像聖壇侍從在諦聽牧師的彌撒。

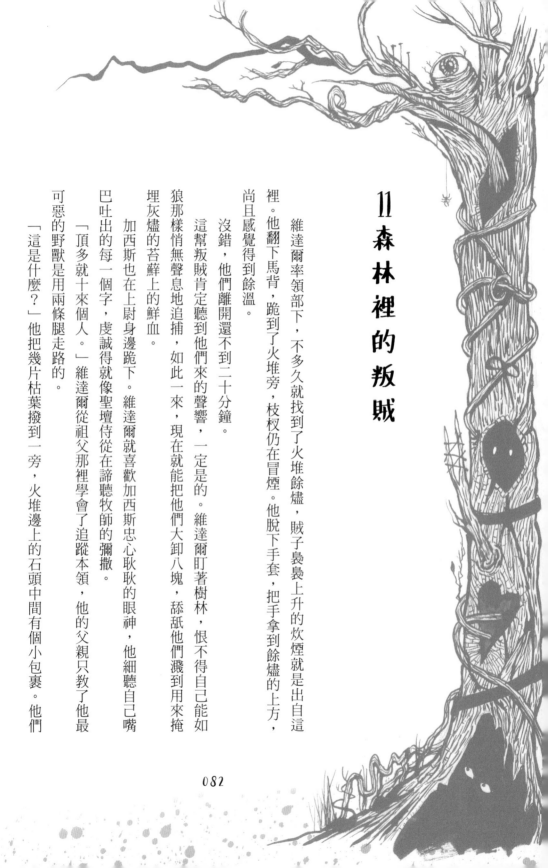

「頂多就十來個人。」維達爾從祖父那裡學會了追蹤本領，他的父親只教了他最可惡的野獸是用兩條腿走路的。

「這是什麼？」他把幾片枯葉撥到一旁，火堆邊上的石頭中間有個小包裹。他們

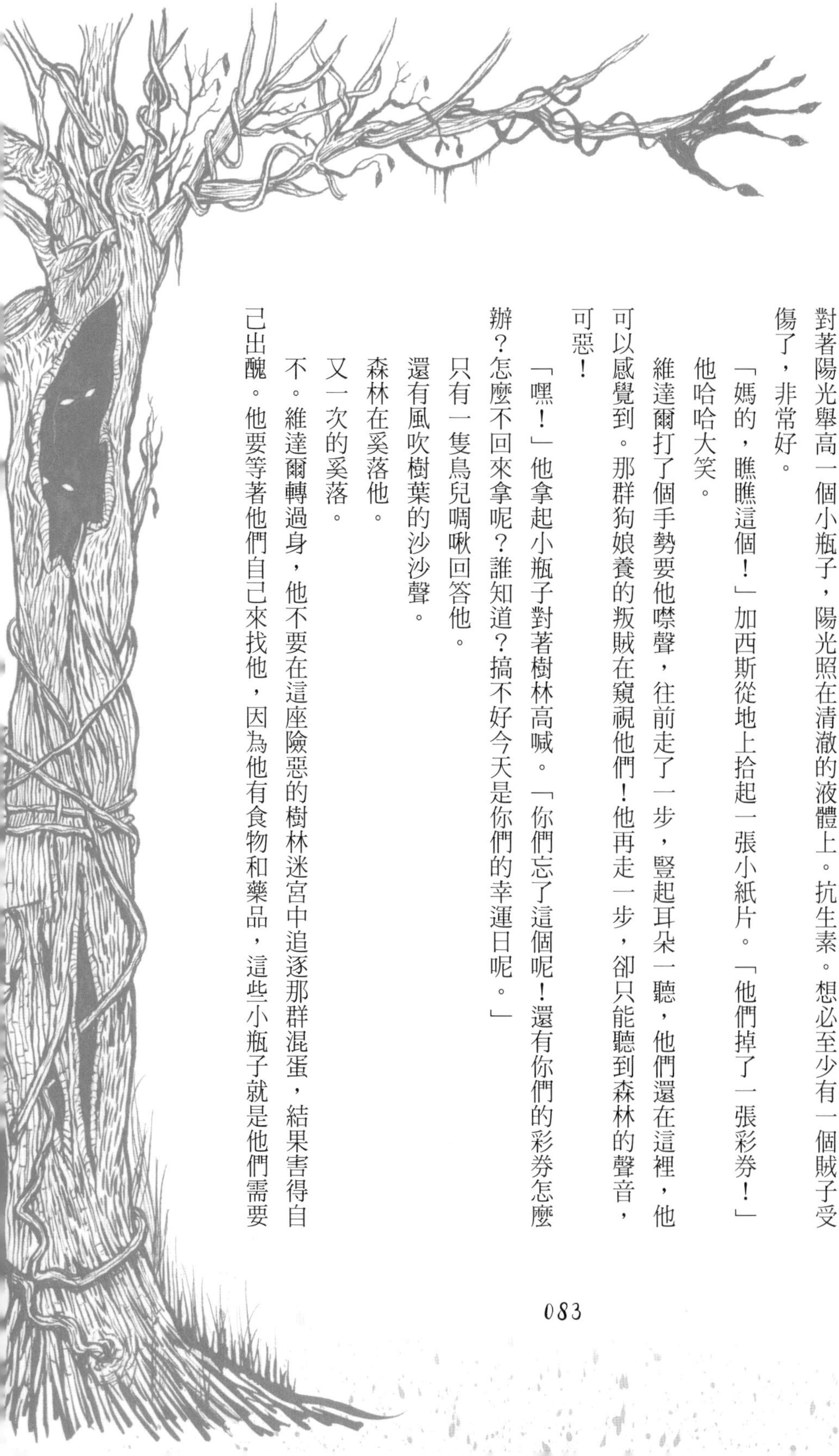

果然走得很匆忙。牛皮紙小心翼翼包著三個小玻璃瓶，看起來很眼熟。維達爾站起來，對著陽光舉高一個小瓶子，陽光照在清澈的液體上。抗生素。想必至少有一個賊子受傷了，非常好。

「媽的，瞧瞧這個！」加西斯從地上拾起一張小紙片。「他們掉了一張彩券！」他哈哈大笑。

維達爾打了個手勢要他噤聲，往前走了一步，豎起耳朵一聽，他們還在這裡，他可以感覺到。那群狗娘養的叛賊在窺視他們！他再走一步，卻只能聽到森林的聲音，可惡！

「嘿！」他拿起小瓶子對著樹林高喊。「你們忘了這個呢！還有你們的彩券怎麼辦？怎麼不回來拿呢？誰知道？搞不好今天是你們的幸運日呢。」

只有一隻鳥兒啁啾回答他。

還有風吹樹葉的沙沙聲。

森林在奚落他。

又一次的奚落。

不。維達爾轉過身，他不要在這座險惡的樹林迷宮中追逐那群混蛋，結果害得自己出醜。他要等著他們自己來找他，因為他有食物和藥品，這些小瓶子就是他們需要

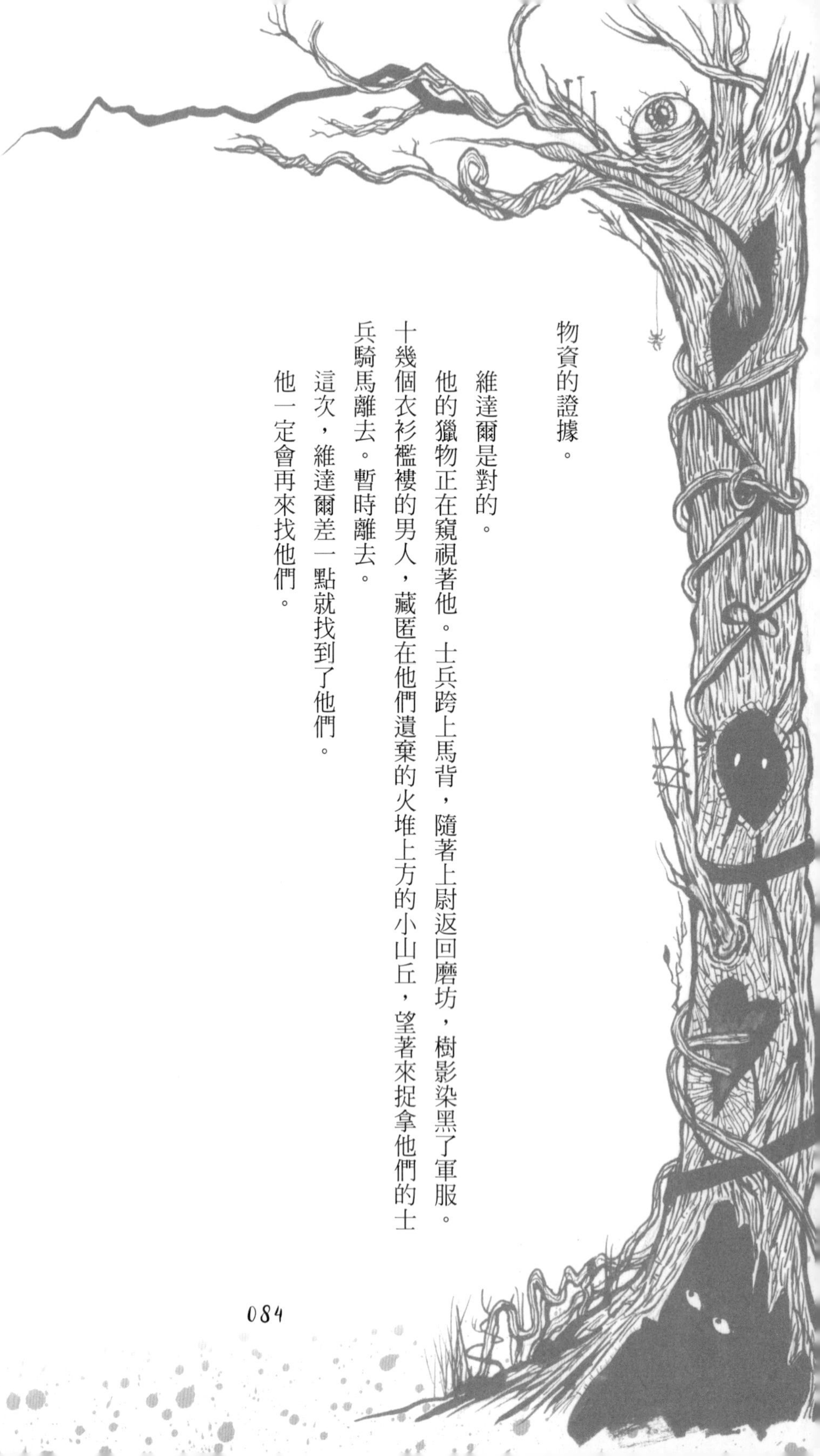

物資的證據。

維達爾是對的。

他的獵物正在窺視著他。士兵跨上馬背，隨著上尉返回磨坊，樹影染黑了軍服。十幾個衣衫襤褸的男人，藏匿在他們遺棄的火堆上方的小山丘，望著來捉拿他們的士兵騎馬離去。暫時離去。

這次，維達爾差一點就找到了他們。

他一定會再來找他們。

12 癩蛤蟆

奧菲麗亞的手臂和臉龐沾滿了厚厚的泥巴，她不再試圖拂掉爬到她身上的團子蟲。她覺得自己好像將永遠在大地的腸道中爬行，如果羊男是對的，那麼她就是正在尋找地下王國的迷途公主了。

她感覺呼吸越來越困難，爬到了這裡，隧道仍舊是一片漆黑。除了黑暗以外，就只有樹根和爛泥了。還有大軍過境般的團子蟲，牠們是為誰效命呢？奧菲麗亞才問了自己這個問題，就聽到身後出現了動靜，有個沉重碩大的東西在移動。

她從滿是泥濘的肩膀上方回頭一看，發現有隻巨大的癩蛤蟆就在身後幾英尺的地方。牠的身體長滿疣子，有一頭牛那麼大，堵住了整個隧道。牠跟羊男那本書上畫得如出一轍，只是在插圖中牠看起來要小得多！

「你——你好。」奧菲麗亞結結巴巴。「我是莫娜公主，我……」她深吸了一口氣。「我不怕你的。」

那當然不是真話，但願癩蛤蟆看不懂人的表情。奧菲麗亞倒是確定自己看不懂牠

的表情，那肥腫的身體發出嗝嗝嗝的叫聲，一對金眼珠子眨啊眨，好像這隻龐然巨物難以相信，這個不堪一擊的沒毛東西竟然可以一路爬進牠的巢穴。

奧菲麗亞打開小囊，讓三塊石子掉到掌心裡，眼睛同時持續盯著那個怪東西。周圍的泥土裡爬滿了團子蟲。

「你難道不覺得害臊嗎？」她問話的聲音抖得比她疼痛的膝蓋還要厲害。「住在底下吃了那麼多的蟲子，只顧自己長胖，卻讓樹快要死了？」她從手臂上拍落了一隻蟲子，另一隻爬過她的臉頰。

癩蛤蟆嗖的一聲回答了。牠伸出黏糊糊的舌頭，抽了奧菲麗亞的臉蛋一下，黏走了蟲子，留下她滿臉的口水。但是還有更糟的——她不小心鬆開手指，羊男的石頭掉了！

癩蛤蟆把舌頭縮回到大嘴，奧菲麗亞拚命在爛泥裡找石子。

癩蛤蟆對這個沒毛的東西很是生氣。

牠確信是巨樹派她來的，牠喉頭發出了憤怒的聲音，張開了大口，向侵入的敵人噴出大量的毒黏液，正是這些黏液一點一滴吃掉了巨樹的木心。沒錯，牠一定也要吞掉這個沒毛的不速之客。癩蛤蟆非常滿意自己。

雖然毒黏液讓她的臉頰和手臂發燙，奧菲麗亞卻沒有放棄。她張開顫抖的手掌，

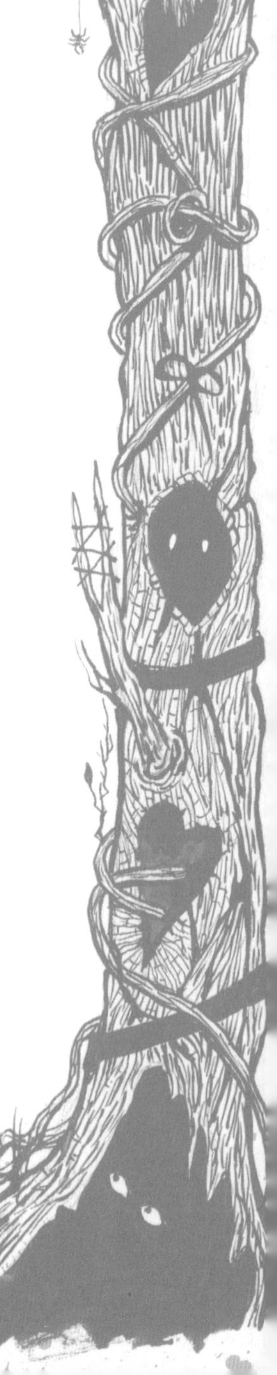

發現自己除了從爛泥中挖出石子外，還抓到了幾隻團子蟲，蟲子在她的手心裡，有的舒展，有的蜷縮，當牠們縮成一團時，看起來就像是石子。

「嘿！」她握著亂爬的蟲子舉起手一喊，但願除了團子蟲以外，她挖到了正確的石頭，因為泡了泥漿，所有的石頭看起來都一樣。

癩蛤蟆舔著嘴，金色的眼睛盯著她伸出的手。

總算有所表現！

侵入的敵人至少表現出了些許的尊重，供品很差，但牠非常高興。癩蛤蟆喜歡吃掉他的僕人，牠用無牙的牙齦咬碎牠們時，那嘎吱嘎吱的聲音非常令人滿足。

好，他接受這個供品。

巨舌像鞭子一樣從半空中甩過來，奧菲麗亞沒有動搖。舌頭緊緊裹住她的手，她還以為這隻手會被癩蛤蟆扯斷。可是舌頭縮回去後，她的手還在——奧菲麗亞看著她滴著口水的手指——而團子蟲和石子都不見了。

癩蛤蟆花了一點時間把食物吞下消化，這點時間對奧菲麗亞來說非常漫長，長得她相信自己撿錯了石頭，或者羊男的禮物沒有作用。

可此時癩蛤蟆張開了嘴。

牠的嘴越張越大，越張越大。

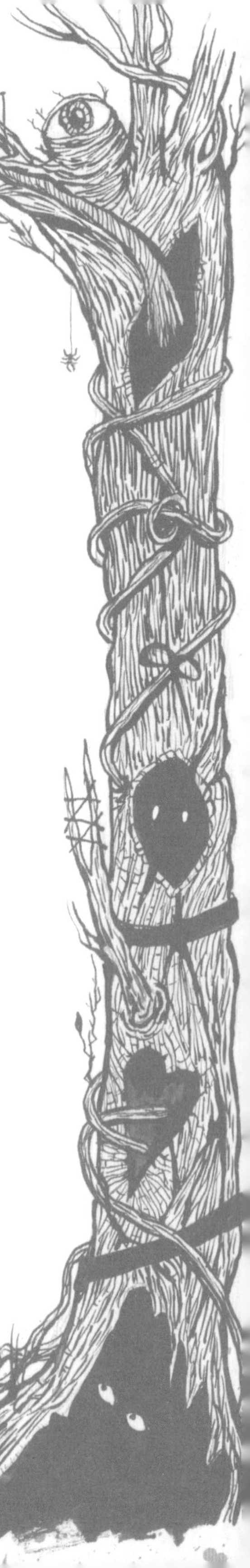

噢，牠的腸子像在燃燒一樣！

好像裡面充滿了牠自己的毒液！

還有皮膚……起了雞皮疙瘩，好像所有的團子蟲都來吃牠了！呼，牠真該用舌頭把那個白皮膚的東西勒死的！牠這時才恍然大悟她來的目的，牠在她狡黠的眼裡看到了答案，牠的黃金寶藏！可惜這個領悟來得太晚了。在咽下最後一口氣的同時，牠乾嘔了一口，把自己的胃給吐了出來。吐出這一團跳動著的琥珀色肉塊後，牠巨大的身體像破氣球似地癟了下去，只留下一堆毫無生氣的皮囊。

那團肉的樣子與氣味都讓奧菲麗亞感到噁心，但她仍舊爬了過去。找到了！羊男要她來拿的鑰匙就黏在癩蛤蟆的內臟上，旁邊還有幾十隻正在抽動的團子蟲。奧菲麗亞伸手去拿，包覆在鑰匙上的黏液如同閃閃發光的蛛絲一樣伸展開來，但它們終究還是放開了鑰匙。

鑰匙比奧菲麗亞的手還長，十分美麗。單手爬行並不容易，但奧菲麗亞還是緊緊抓著鑰匙，穿過無盡的隧道。當她終於跌跌撞撞走出枯樹時，天色已經暗了，大雨從樹冠傾盆而下。她進去了多久？此時，完成任務和取得鑰匙的喜悅瞬間全部消失了，奧菲麗亞想到了晚宴！想到了她的新衣！

奧菲麗亞踉踉蹌蹌走到掛衣服的樹枝旁。

但是那條連身裙不見了，圍裙也沒了。

她感到一陣揪心的恐懼，那幾乎與在癩蛤蟆地道中感受到的恐懼一樣可怕。她抽抽噎噎在森林中搜尋，把鑰匙貼在胸口，由於沾了爛泥、淋到雨水，她的胸口感覺很冷。好不容易，她在離樹不遠的地方找到了衣服，綠色衣料上都是泥塊，白圍裙則髒得在黑暗中幾乎看不見。頭頂上的樹枝在風中吱嘎作響，奧菲麗亞覺得自己聽到了母親心碎的聲音。

這時，滂沱大雨沖掉了奧菲麗亞臉龐和手腳上的大部分爛泥，彷彿黑夜也想要安慰她。絕望之下，奧菲麗亞對著雨簾拿起裙子和圍裙，但即使是一百萬滴冰冷的雨，也無法讓它們恢復成原本的綠色和白色。

13 裁縫的妻子

維達爾幾乎就像討厭森林那樣討厭雨水，要是雨水沾到了身體、頭髮和衣服，他會覺得自己很脆弱，只是凡人。

大約一小時前，他就讓士兵列隊站好，但是他的賓客通通遲到了，他的下屬看起來像是濕淋淋的稻草人。很好，維達爾盯著錶，他們遲到了。破碎的錶面除了告訴他這一點，還告訴他其他的事情——他在錯誤的地方、父親的陰影仍然讓自己像他追捕的那票人一樣不起眼、雨水和森林遲早會打敗他。

不。他望向院子，水坑倒映著逐漸變圓的月亮。不。不。雖然雨水髒了他一塵不染的制服，還使他擦得明亮亮的靴子沾滿泥巴，但他不會讓這個地方打敗他。兩臺車的前燈穿過夜色，彷彿是某個喜歡維達爾這種迷惘又扭曲的靈魂的冷酷之神所發出的回應。他的部下衝上前替車上的貴賓打傘遮雨。全來了，自認在這個該死的地方舉足輕重的人全來了：將軍帶了一個指揮官、市長偕同妻子、自一九三五年就是法西斯黨的富孀、牧師和費雷羅醫生。沒錯，維達爾也邀請了這位好醫生，他自然有他的道理。

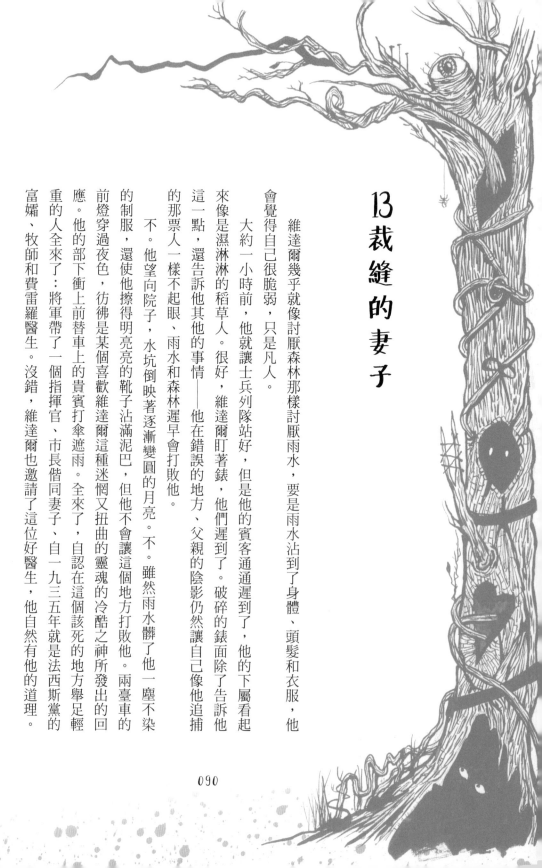

他把自己的傘給了市長夫人，領她進屋。

默西迪絲推著輪椅，將奧菲麗亞的母親送到樓下。默西迪絲覺得卡門好像一個自小被教導不要忤逆父親的孩子，長大後也不敢冒犯丈夫，就算不是坐著輪椅，她也顯得十分渺小卑微。

「妳去庭院找過她了嗎？」默西迪絲推卡門進房間時，卡門低聲詢問。女傭再一次把戰情室改成了餐廳。

「找過了，太太。」

默西迪絲四處尋找奧菲麗亞，去了穀倉和馬廄，連古老的迷宮也沒放過。在另一個女人的眼中，她看到了恐懼，但那不是因為擔心她自己的孩子，不是，而是害怕惹新丈夫生氣。磨坊裡每個人都相信，維達爾娶她只是為了那個尚未出世的孩子，默西迪絲在賓客的臉上看到相同的看法。

「各位，請容我介紹我的妻子卡門。」

維達爾掩飾不了他以她為恥。他邀請的女賓穿著打扮華麗許多，與她們身上的首飾相比，奧菲麗亞母親的耳環就像廉價的兒童玩具珠寶。市長夫人用燦爛的笑容掩飾她的輕蔑，但富孀懶得費神，她的表情說：瞧她那模樣，他是在哪裡認識她的？她活似一個不起眼的灰姑娘，不是嗎？

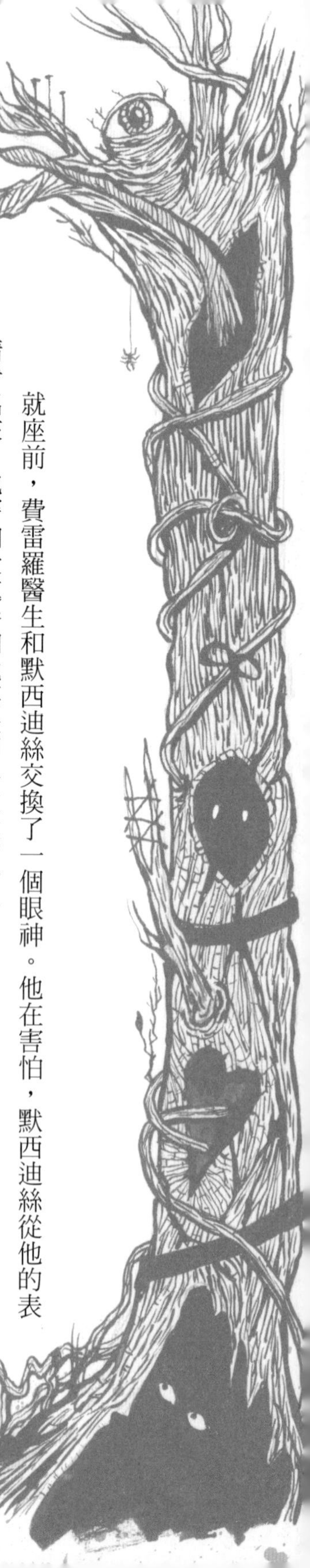

就座前，費雷羅醫生和默西迪絲交換了一個眼神。他在害怕，默西迪絲從他的表情看出來，他害怕受邀參加晚宴是因為維達爾知情了。默西迪絲暗自祈禱他的恐懼不會出賣他們兩人，她不知道她現在是在向誰祈禱，向森林，向黑夜，向月亮……？肯定不是向桌邊這群男人祈禱的那個神，那個神時常拋棄她。

「就一張？」維達爾遞出一疊配給卡，牧師抽了一張，把剩餘的傳給其他人。

「我看恐怕不夠，上尉。」市長說。「連最基本的食物也持續短缺，民眾怨聲載道了。」

「大家節省一點。」牧師急忙開口幫維達爾解圍。「一張配給卡也就夠了。」

牧師喜歡討好軍隊，每逢週日還上教堂的女傭告訴默西迪絲，牧師在講道壇上歌頌服從和秩序，佈道時罵林裡的男人是異教徒和共產黨，比魔鬼好不了多少。

「我們現在的食物當然是夠的。」維達爾說。「但不能讓人有多的能夠拿去養賊子，他們節節敗退，還有一個人受傷。」

費雷羅醫生拿起餐巾擦擦嘴，遮掩微微顫動的嘴角。「受傷？」他用漫不經心的口吻問。「你怎麼能這麼肯定呢，上尉？」

「因為我們今天差一點就抓到他們，而且還找到了這個。」維達爾舉起他們在林裡找到的其中一只小瓶子。

默西迪絲注意到費雷羅又瞅了她一眼，她挺直腰背，竭力不流露出一絲憂慮的表情以便給他打氣，只是她也嘗到了自己的恐懼，那滋味像酸醋。

「但願上帝拯救他們迷失的靈魂，至於他們的肉體有什麼遭遇，這對上帝並不重要。」牧師將叉子插入烤馬鈴薯。

「上尉，我們會設法協助你。」市長說。「我們知道你不是自願到這裡來的。」

維達爾在椅子上坐直身子，這是他覺得受到冒犯時的習慣——發動攻擊的預備動作。

「其實你錯了，先生。」他帶著僵硬的微笑說。「到這裡來是我的選擇，因為我希望我的兒子生在一個嶄新乾淨的西班牙，我們的敵人——」他停下來，逐一看向賓客。「他們誤以為人生而平等，但敵我之間存在一個很大的區別：他們輸掉了這場戰爭，我們贏了。如果我們必須斬草除根才能證明這一點，那麼我們就這麼做吧，除去他們每一個人。」他舉起酒杯。「敬選擇！」

賓客紛紛舉起酒杯，費雷羅醫生也握緊酒杯，加入敬酒的行列。

「敬選擇！」眾人聲音在房間裡迴盪，默西迪絲溜出了門，回到廚房，慶幸不用聽到那些人說話。

她吩咐女傭：「煮咖啡吧。」又加了一句：「我再去搬些柴火來。」然後從廚房

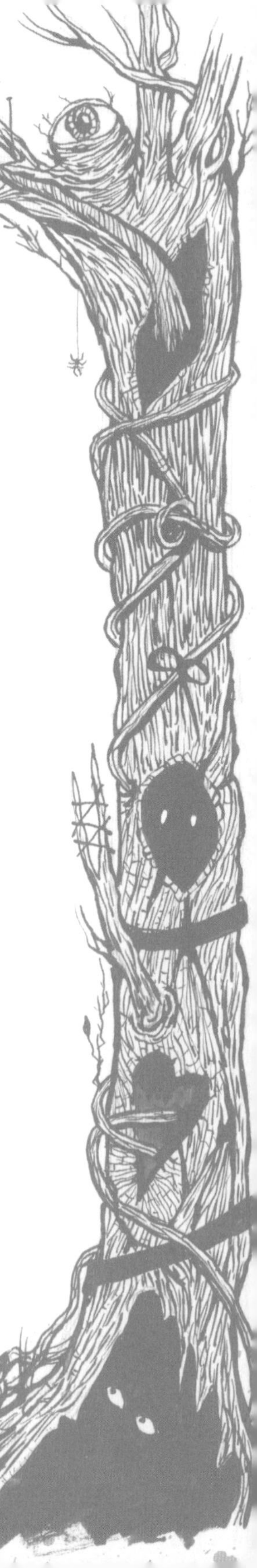

門邊掛鉤取下她的外套。

所有人不作聲看著她，她點燃一盞提燈——手中的火柴明顯在顫抖——然後走進了雨中。

她低著頭，走過汽車和顧車的士兵身邊，希望他們如往常一樣對她視若無睹，她不過是一個女傭。但是控制不了，她的腳步越走越快，*因為我們今天差一點就抓到他們了*。

走到森林邊緣，默西迪絲停下腳步，又回頭看了一看，確定樹枝擋住了守衛的視線。接著，她舉起提燈，把手放在火光的前方上下移動——一次，兩次，三次。到目前為止，這個打信號的方法都很管用，弟弟通常會派個人監視磨坊，以防她有什麼口信或情報要通知他們。當默西迪絲放低提燈，轉身預備返回屋子，才留意到林裡有一個小身影，那小小的身子穿著濕衣服，正在瑟瑟發抖。

「奧菲麗亞？」

小女孩的身體冷得像冰，黑眸由於恐懼而睜得老大，但是那眼神中還有其他的東西：她母親缺少的自豪和力量。奧菲麗亞的手裡還攥著東西，但默西迪絲沒有問是什麼，也沒問她去了哪裡，因為她再明白不過了——秘密最好留在心中。她摟著奧菲麗亞發顫的肩膀，帶她回到磨坊，希望小女孩的秘密不會像她的秘密那樣危險。

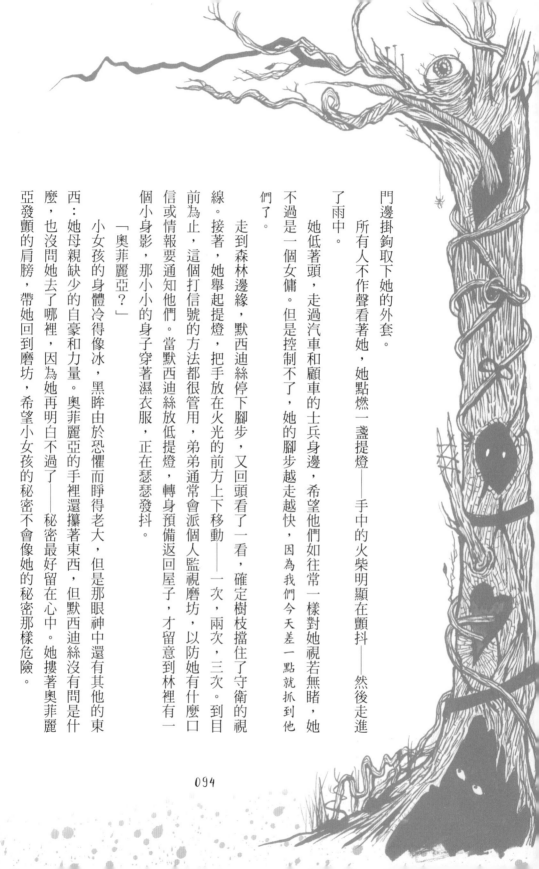

「你們兩人是怎麼認識的呢？」市長夫人面露笑容，奧菲麗亞的母親一時間忘了其他賓客臉上的輕蔑，她不該這般糊塗的，當你感覺脆弱渺小時，保持沉默和低調才更安全。但這是她的童話故事，卡門多麼希望它有一個美好的結局。

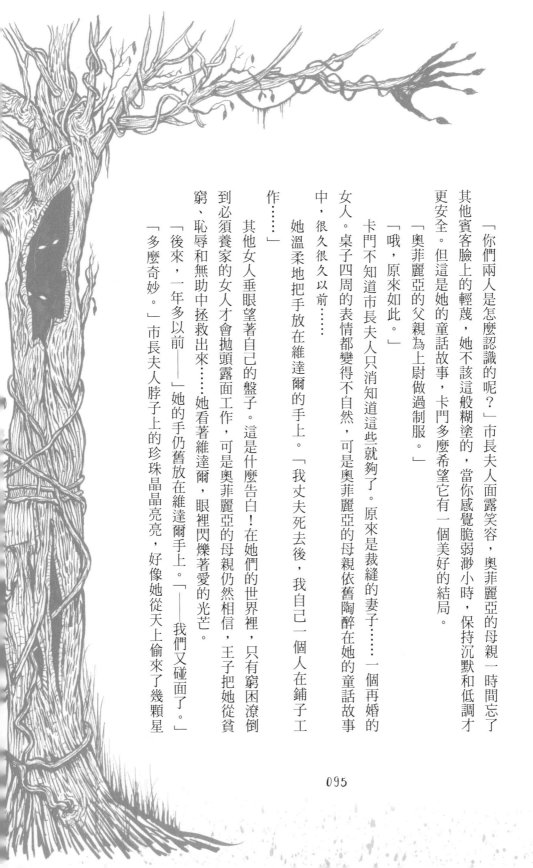

「奧菲麗亞的父親為上尉做過制服。」

「哦，原來如此。」

卡門不知道市長夫人只消知道這些就夠了。原來是裁縫的妻子……一個再婚的女人。桌子四周的表情都變得不自然，可是奧菲麗亞的母親依舊陶醉在她的童話故事中，很久很久以前……

她溫柔地把手放在維達爾的手上。「我丈夫死去後，我自己一個人在鋪子工作……」

其他女人垂眼望著自己的盤子。這是什麼告白！在她們的世界裡，只有窮困潦倒到必須養家的女人才會拋頭露面工作，可是奧菲麗亞的母親仍然相信，王子把她從貧窮、恥辱和無助中拯救出來……她看著維達爾，眼裡閃爍著愛的光芒。

「後來，一年多以前——」她的手仍舊放在維達爾手上。「——我們又碰面了。」

「多麼奇妙。」市長夫人脖子上的珍珠晶晶亮亮，好像她從天上偷來了幾顆星

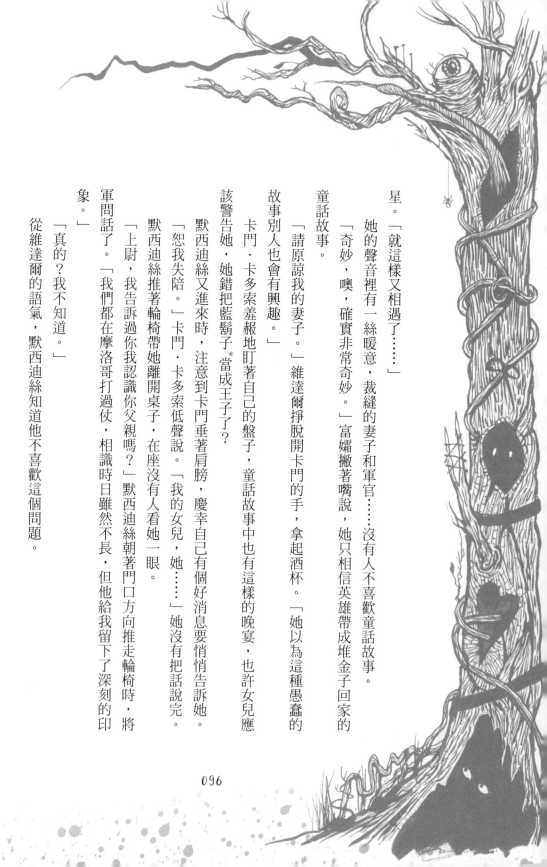

星。「就這樣又相遇了……」

她的聲音裡有一絲暖意，裁縫的妻子和軍官……沒有人不喜歡童話故事。

「奇妙，噢，確實非常奇妙。」富孀撇著嘴說，她只相信英雄帶成堆金子回家的童話故事。

「請原諒我的妻子。」維達爾掙脫開卡門的手，拿起酒杯。「她以為這種愚蠢的故事別人也會有興趣。」

卡門．卡多索羞赧地盯著自己的盤子，童話故事中也有這樣的晚宴，也許女兒應該警告她，她錯把藍鬍子★當成王子了？

默西迪絲又進來時，注意到卡門垂著肩膀，慶幸自己有個好消息要悄悄告訴她。

「恕我失陪。」卡門．卡多索低聲說。「我的女兒，她……」她沒有把話說完。

默西迪絲推著輪椅帶她離開桌子，在座沒有人看她一眼。

「上尉，我告訴過你我認識你父親嗎？」默西迪絲朝著門口方向推走輪椅時，將軍問話了。「我們都在摩洛哥打過仗，相識時日雖然不長，但他給我留下了深刻的印象。」

「真的？我不知道。」

從維達爾的語氣，默西迪絲知道他不喜歡這個問題。

將軍繼續說：「他的下屬說，維達爾將軍在戰場上犧牲時，為了讓他的兒子知道他死亡的確切時間，拿起銀懷錶砸在岩石上，也為了讓他知道勇士如何面對死亡。」

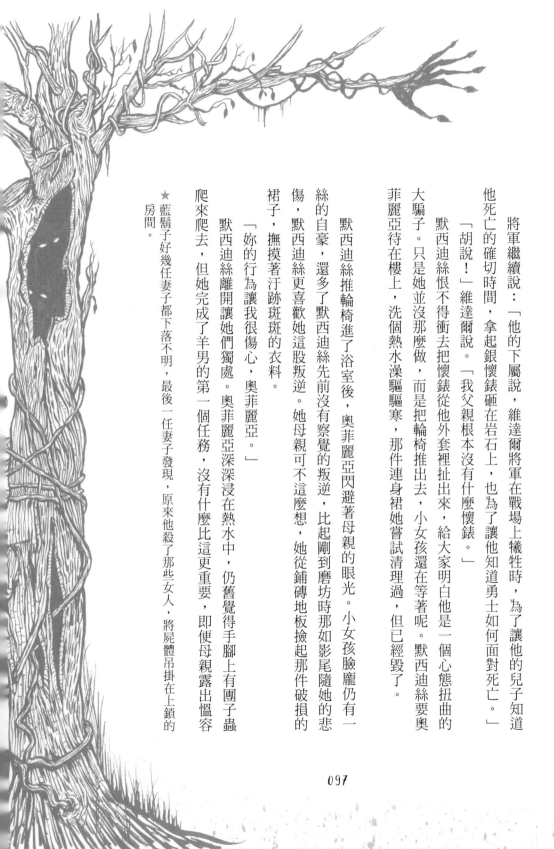

「胡說！」維達爾說。「我父親根本沒有什麼懷錶。」

默西迪絲恨不得衝去把懷錶從他外套裡扯出來，給大家明白他是一個心態扭曲的大騙子。只是她並沒那麼做，而是把輪椅推出去，小女孩還在等著呢。默西迪絲要奧菲麗亞待在樓上，洗個熱水澡驅驅寒，那件連身裙她嘗試清理過，但已經毀了。

默西迪絲推輪椅進了浴室後，奧菲麗亞閃避著母親的眼光。小女孩臉龐仍有一絲的自豪，還多了默西迪絲先前沒有察覺的叛逆，比起剛到磨坊時那如影尾隨她的悲傷，默西迪絲更喜歡她這股叛逆。她母親可不這麼想，她從鋪磚地板撿起那件破損的裙子，撫摸著汙跡斑斑的衣料。

「妳的行為讓我很傷心，奧菲麗亞。」

默西迪絲離開讓她們獨處。奧菲麗亞深深浸在熱水中，仍舊覺得手腳上有團子蟲爬來爬去，但她完成了羊男的第一個任務，沒有什麼比這更重要，即使母親露出慍容

★藍鬍子好幾任妻子都下落不明，最後一任妻子發現，原來他殺了那些女人，將屍體吊掛在上鎖的房間。

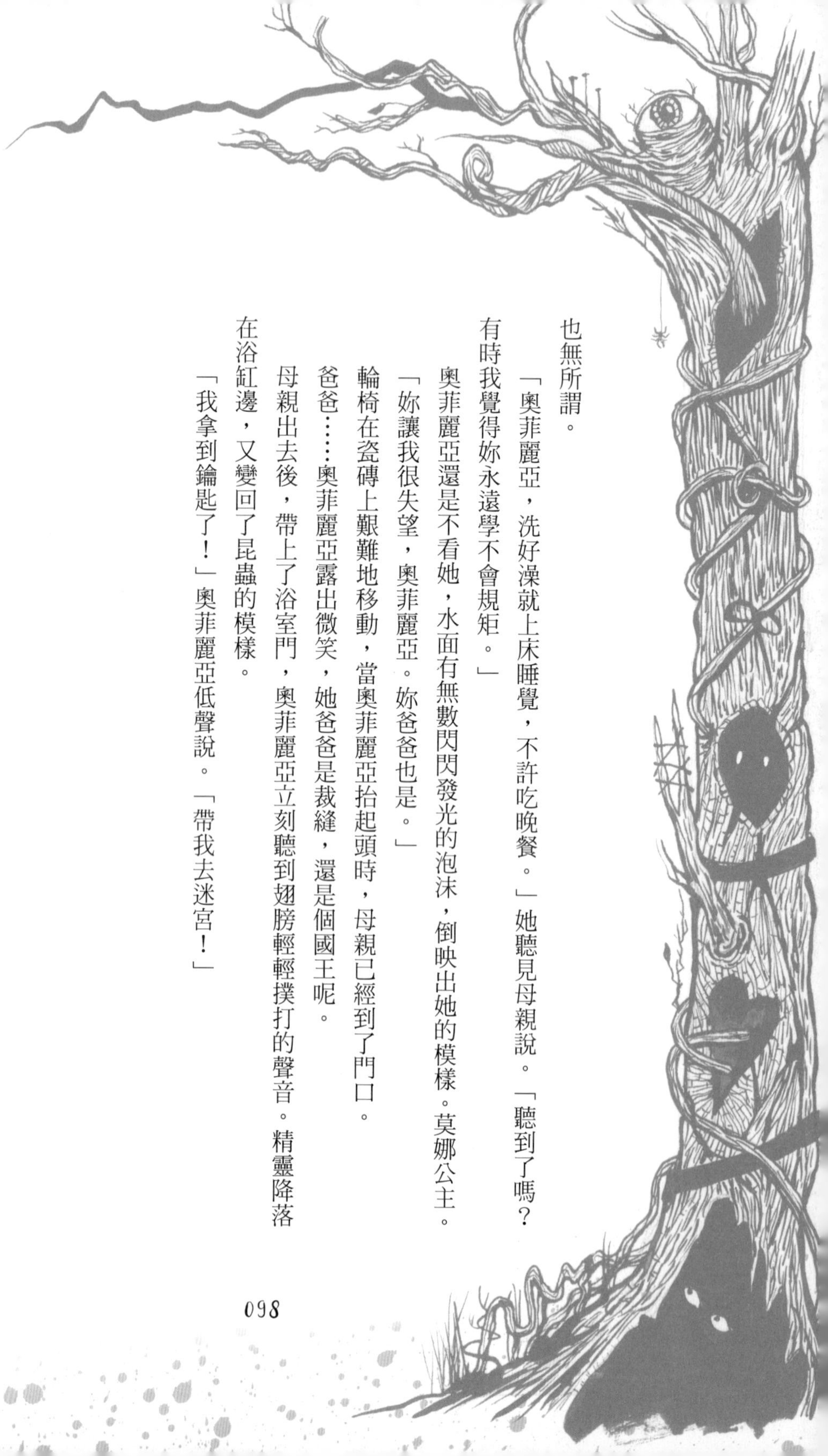

也無所謂。

「奧菲麗亞，洗好澡就上床睡覺，不許吃晚餐。」她聽見母親說。「聽到了嗎？有時我覺得妳永遠學不會規矩。」

奧菲麗亞還是不看她，水面有無數閃閃發光的泡沫，倒映出她的模樣。莫娜公主。

「妳讓我很失望，奧菲麗亞。妳爸爸也是。」

輪椅在瓷磚上艱難地移動，當奧菲麗亞抬起頭時，母親已經到了門口。

爸爸……奧菲麗亞露出微笑，她爸爸是裁縫，還是個國王呢。

母親出去後，帶上了浴室門，奧菲麗亞立刻聽到翅膀輕輕撲打的聲音。精靈降落在浴缸邊，又變回了昆蟲的模樣。

「我拿到鑰匙了！」奧菲麗亞低聲說。「帶我去迷宮！」

沒了池子的磨坊

很久很久從前，魔法不像現在徹底藏於人類的視線之外，當時的森林中間有一座磨坊。據說，有個貴族手下的士兵在磨坊池中淹死了一個女巫，磨坊因此遭到了詛咒。每逢女巫的忌日，磨坊就會磨出黑麵粉，貓咪能讓老鼠不敢靠近農夫的玉米，卻也不敢靠近這些麵粉。於是磨坊主人哈維爾把壞了的麵粉丟到森林，翌日早晨那些麵粉總是消失無蹤，好像樹木用根將麵粉大口吃掉似的。

這樣的事連續發生了七年。女巫死在一個霧濛濛的十一月天，當第八年的忌日到來時，新雪覆蓋了磨坊後方，一片雪白。磨坊主人撒在結凍森林地面上的麵粉似乎比前一年更黑，彷彿黑夜從天降下，讓了位置給白晝。

一如往常，隔天早上麵粉不見了，只是這一次地上多了一行沾了黑粉的足跡。磨坊主人跟著腳印，一路走到磨坊池前。池面的薄冰裂了，黑麵粉像灰燼浮在水面上。

磨坊主人的心中充斥著碎冰般冰冷的恐懼，他從池邊一步步往後退，險些被自己的腳給絆倒。八年前，他親眼目睹蘿西歐溺斃的情景，貴族的士兵離去之後，他曾

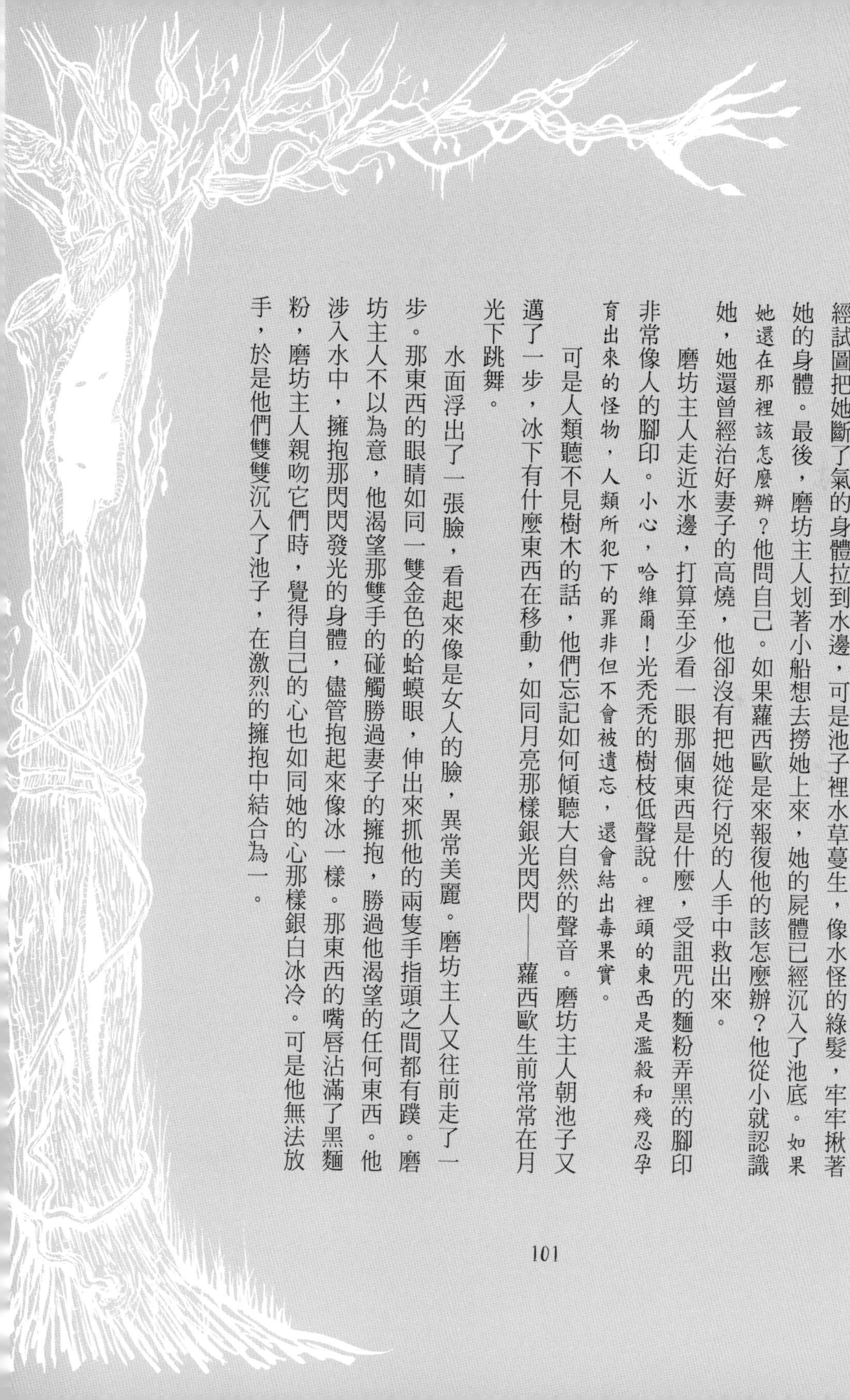

經試圖把她斷了氣的身體拉到水邊，可是池子裡水草蔓生，像水怪的綠髮，牢牢揪著她的身體。最後，磨坊主人划著小船想去撈她上來，她的屍體已經沉入了池底。如果她還在那裡該怎麼辦？他問自己。如果蘿西歐是來報復他的該怎麼辦？他從小就認識她，她還曾經治好妻子的高燒，他卻沒有把她從行兇的人手中救出來。

磨坊主人走近水邊，打算至少看一眼那個東西是什麼，受詛咒的麵粉弄黑的腳印非常像人的腳印。小心，哈維爾！光禿禿的樹枝低聲說。裡頭的東西是濫殺和殘忍孕育出來的怪物，人類所犯下的罪非但不會被遺忘，還會結出毒果實。

可是人類聽不見樹木的話，他們忘記如何傾聽大自然的聲音。磨坊主人朝池子又邁了一步，冰下有什麼東西在移動，如同月亮那樣銀光閃閃——蘿西歐生前常常在月光下跳舞。

水面浮出了一張臉，看起來像是女人的臉，異常美麗。磨坊主人又往前走了一步。那東西的眼睛如同一雙金色的蛤蟆眼，伸出來抓他的兩隻手指頭之間都有蹼。磨坊主人不以為意，他渴望那雙手的碰觸勝過妻子的擁抱，勝過他渴望的任何東西。他涉入水中，擁抱那閃閃發光的身體，儘管抱起來像冰一樣。那東西的嘴唇沾滿了黑麵粉，磨坊主人親吻它們時，覺得自己的心也如同她的心那樣銀白冰冷。可是他無法放手，於是他們雙雙沉入了池子，在激烈的擁抱中結合為一。

當天稍晚，磨坊主人的妻子察覺丈夫沒有回來，就出門找他。她循著兩組腳印——一組是她丈夫的——走進了樹林，來到池邊。她對著黑漆漆的水面呼喊丈夫的名字，但得不到回應，於是跑去父母居住的村子，在市集上大喊：池裡的女巫把我的丈夫吃了。

隨即一群人帶了漁網、乾草叉和棍棒，怒氣沖沖朝池子走去。他們走到水邊，磨坊主人最後的足跡到了這裡也消失了。池子深處有什麼東西閃閃爍爍，好像沉入水中的銀器。村民於是忘了磨坊主人的妻子的眼淚，腦中只想著銀子。他們用魚網打撈，撈不起來，便把棒棍與周圍結凍地面上找得到的樹枝都點燃丟進去，最後池面成了一片火海，池水化成了白霧。

村民不停放火，把周圍樹木全砍下來燒，燒到池子最後只剩死魚和被煤煙燻黑的鵝卵石。死魚中間出現一團銀塊，狀似一對融為一體的情人。

村民往後退開，磨坊主人的妻子一面哭喊，一面跪倒在地，因為在相吻融合的兩張臉中，她認出了丈夫的那張臉。無人敢去碰那塊銀，磨坊主人的妻子跟著其他人返回村子，再也沒有回來過。

從此以後，磨坊便荒廢了，因為少了池子，磨坊怎麼運轉呢？接著，過了大約九十年後，一個男人搬了進來，傳聞說他是遠方大城馬德里的馳名鐘錶匠。他養了一群狗，無論男女老少，只要靠近磨坊，就會被狗趕走。有人甚至說他有一群食人狼保

護著。有一回，一個打兔子的獵人趴在窗口往裡窺看，走了運，沒有被撕咬成碎片，他拿著獵到的兔子去賣給屠夫時，說磨坊新主人從乾涸的池子搬出了那塊銀，正在將銀子熔化，準備用來做錶。

14 留著鑰匙

迷宮中央看起來並沒有改變，還是世界底部一個被遺忘已久的地方，但這一次走下通往石柱的臺階時，奧菲麗亞的腳步更遲疑了——發現新事物往往比面對已知的事物更容易。

樓階兩側的牆壁有許許多多的壁龕，奧菲麗亞頭一次來時並未注意到，它們看起來像供品臺，等待有人為一個被遺忘的神祇獻上供品，也像是一座沉陷的高塔用磚封堵的窗子。迷宮裡的每一樣東西都在訴說被遺忘的故事……只是這些故事或許並沒有遭到遺忘，也許只是放在安全的地方。

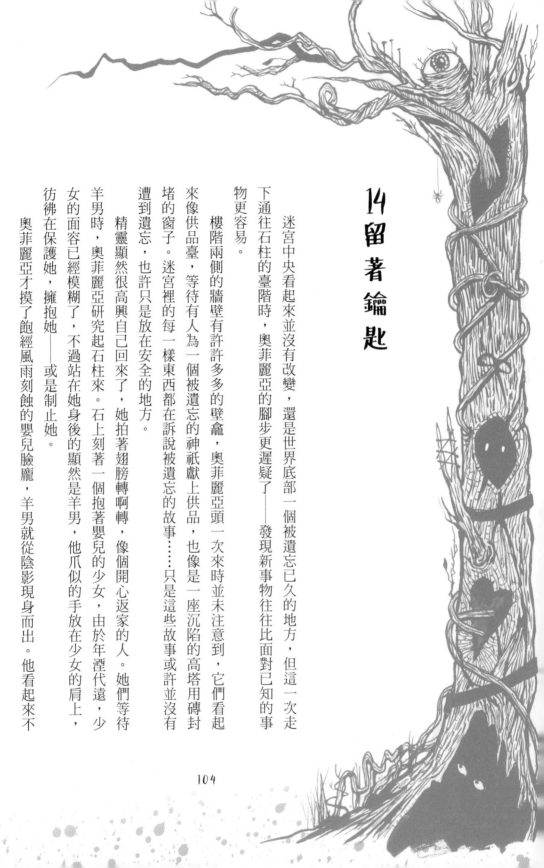

精靈顯然很高興自己回來了，她拍著翅膀轉啊轉，像個開心返家的人。她們等待羊男時，奧菲麗亞研究起石柱來。石上刻著一個抱著嬰兒的少女，由於年湮代遠，少女的面容已經模糊了，不過站在她身後的顯然是羊男，他爪似的手放在少女的肩上，彷彿在保護她，擁抱她——或是制止她。

奧菲麗亞才摸了飽經風雨刻蝕的嬰兒臉龐，羊男就從陰影現身而出。他看起來不

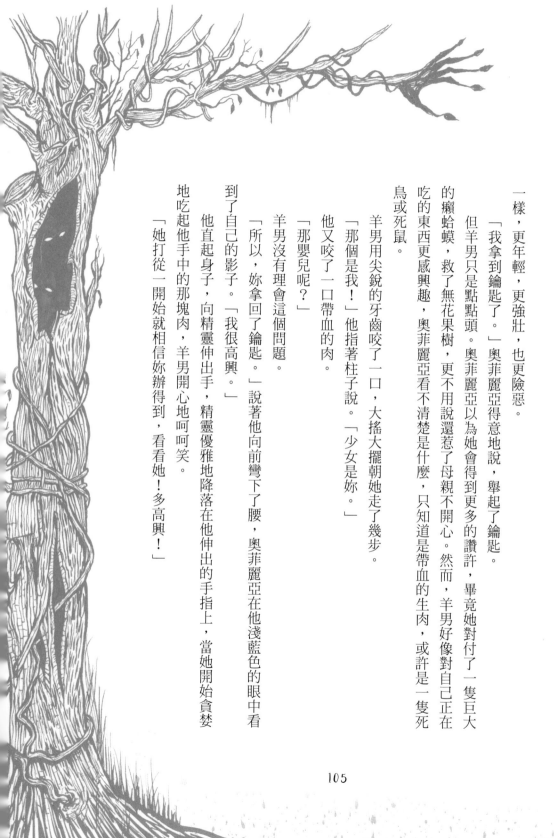

一樣，更年輕，更強壯，也更險惡。

「我拿到鑰匙了。」奧菲麗亞得意地說，舉起了鑰匙。

但羊男只是點點頭。奧菲麗亞以為她會得到更多的讚許，畢竟她對付了一隻巨大的癩蛤蟆，救了無花果樹，更不用說還惹了母親不開心。然而，羊男好像對自己正在吃的東西更感興趣，奧菲麗亞看不清楚是什麼，只知道是帶血的生肉，或許是一隻死鳥或死鼠。

羊男用尖銳的牙齒咬了一口，大搖大擺朝她走了幾步。

「那個是我！」他指著柱子說。「少女是妳。」

他又咬了一口帶血的肉。

「那嬰兒呢？」

羊男沒有理會這個問題。

「所以，妳拿回了鑰匙。」說著他向前彎下了腰，奧菲麗亞在他淺藍色的眼中看到了自己的影子。「我很高興。」

他直起身子，向精靈伸出手，精靈優雅地降落在他伸出的手指上，當她開始貪婪地吃起他手中的那塊肉，羊男開心地呵呵笑。

「她打從一開始就相信妳辦得到，看看她！多高興！」

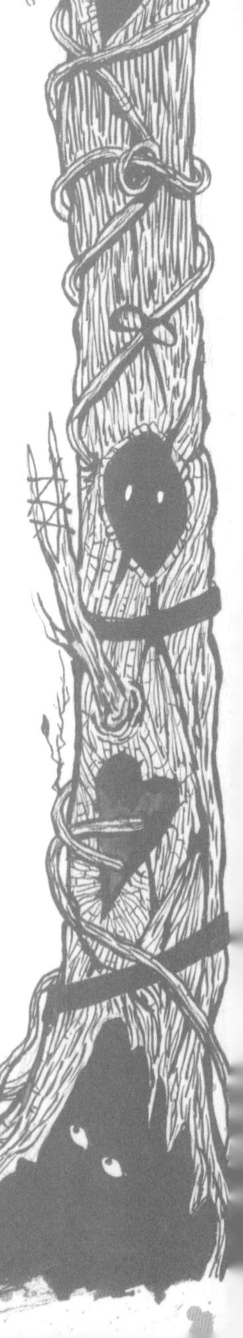

精靈翩翩飛了起來，羊男的目光追隨著她，和藹得像是瞧著自己淘氣孩子的父親。「妳辦到了，所以她開心得不得了！」

他笑了幾聲，但轉過來面對奧菲麗亞時，奧菲麗亞發現他的表情變得嚴肅。

「留著鑰匙，妳很快就會用到它。」他的長手對著黑夜做了一個警告的手勢。他總是借助手指來強調他的話，比如攤開手掌、指點比劃、勾勒看不見的符號，這些手勢似乎比他的唇舌更能傳達他的意思。「還有這個。」他交給奧菲麗亞一根白粉筆。「妳也會需要！還有兩項任務，月圓之夜很快就要到了。」

羊男伸出爪狀的手指撫摸她的臉龐，奧菲麗亞不禁打了個寒顫。

「公主，要有耐心。」他低頭笑著對她說。「我們很快就會走在妳宮殿的七環花園，在瑪瑙和雪花石膏鋪成的蜿蜒小徑上散步……」

他那雙貓眼閃著狡黠的神色，奧菲麗亞不確定他們頭次見面時他是否流露過這樣的神情，也許是她沒有注意到。

「我怎麼知道你說的是真的呢？」

羊男搖了搖他長角的頭，彷彿她深深侮辱了他。「我這樣一個可憐卑微的羊男，為什麼要對妳撒謊呢？」

他的手指沿著布滿紋路的臉頰往下滑，像是有一滴看不見的淚珠滾落，可他的眼珠像一隻潛伏的貓，隨時準備撲上獵物。

奧菲麗亞後退了一步，心怦怦直跳。不是因為恐懼，不是，而是更糟糕的原因。她看著手中的金鑰匙——它究竟是寶物，還是一個負擔？她突然覺得自己不能相信任何人，世界上沒有任何人可以相信，她母親為了取悅狼而背叛了她，她又怎麼能認為她可以信賴羊男呢？

15 血

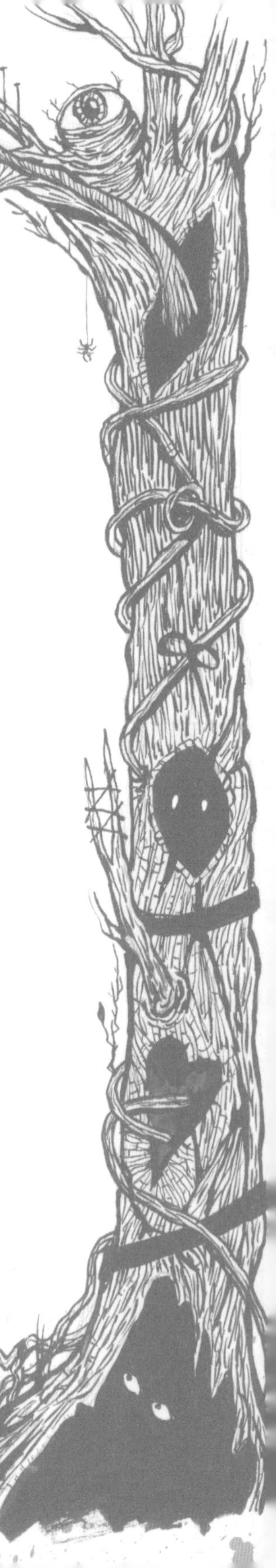

維達爾用來開啟穀倉的鑰匙不是黃金打造的，可是對於在破舊的門扉前等候的農民來說，這把鑰匙開啟了比黃金更加珍貴的寶藏的門。天才剛亮，已有一大堆人在院子排隊，許多人還帶著孩子。饑餓是他們餐桌上的常客，和家人一樣尋常；麵包、鹽、豆子或馬鈴薯等字眼，聽在他們的耳裡，比兒時讀的童話故事中描述的金銀財寶都更有魔力。

維達爾派兩名士兵守著穀倉門，第三個士兵坐在他們從屋裡搬來的桌子後方檢查配給卡。

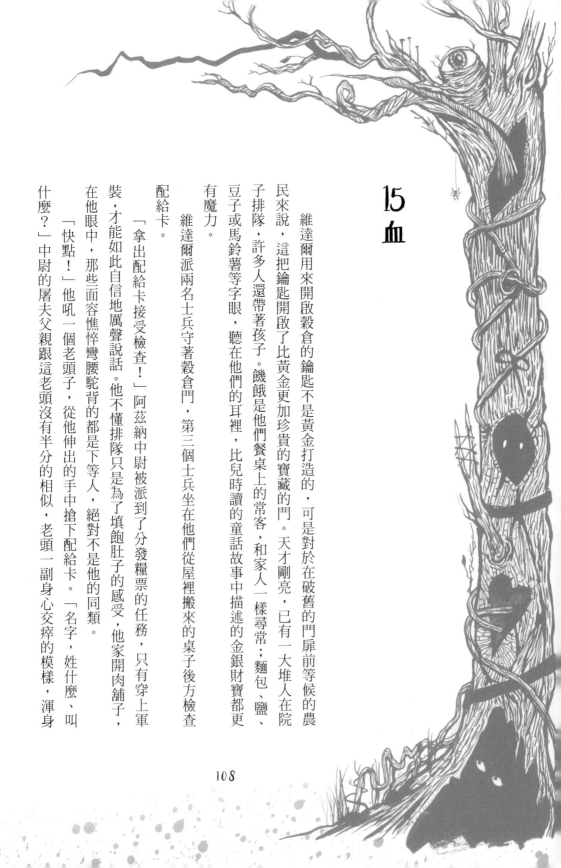

「拿出配給卡接受檢查！」阿茲納中尉被派到了分發糧票的任務，只有穿上軍裝，才能如此自信地厲聲說話。他不懂排隊只是為了填飽肚子的感受，他家開肉舖子，在他眼中，那些面容憔悴彎腰駝背的都是下等人，絕對不是他的同類。

「快點！」他吼一個老頭子，從他伸出的手中搶下配給卡。「名字，姓什麼、叫什麼？」中尉的屠夫父親跟這老頭沒有半分的相似，老頭一副身心交瘁的模樣，渾身

都是為生活掙扎的痕跡。

「納西索．佩納．索里亞諾……為您效勞。」老人說。他們都在為他們效勞，一輩子都在效勞。

阿茲納揮手放他進了穀倉。

「名字！」他繼續喊著，隊伍靜靜移動。

默西迪絲和另外兩個女傭拿出裝滿新鮮麵包的籃子，將所有物資搬到磨坊的麥登中尉從默西迪絲的籃子拿起一條麵包。

「在佛朗哥統治下的西班牙，我們天天吃這種麵包！」他的聲音響徹整個院子。「安全放在磨坊，那些赤色分子撒謊，他們說我們讓你們餓肚子……」

麥登的話飄進奧菲麗亞和母親一起睡的房間，將她從睡夢中喚醒。她不停夢見羊男和癩蛤蟆，還夢到那把鑰匙可以開啟……開啟什麼？奧菲麗亞不確定自己是否願意知道。

說話聲不停從屋外傳進來。

「……在統一的西班牙，沒有一個家……」

為了不驚醒母親，奧菲麗亞悄悄從床上爬了起來。家……

「……沒有一個家會缺少柴火或麵包！」

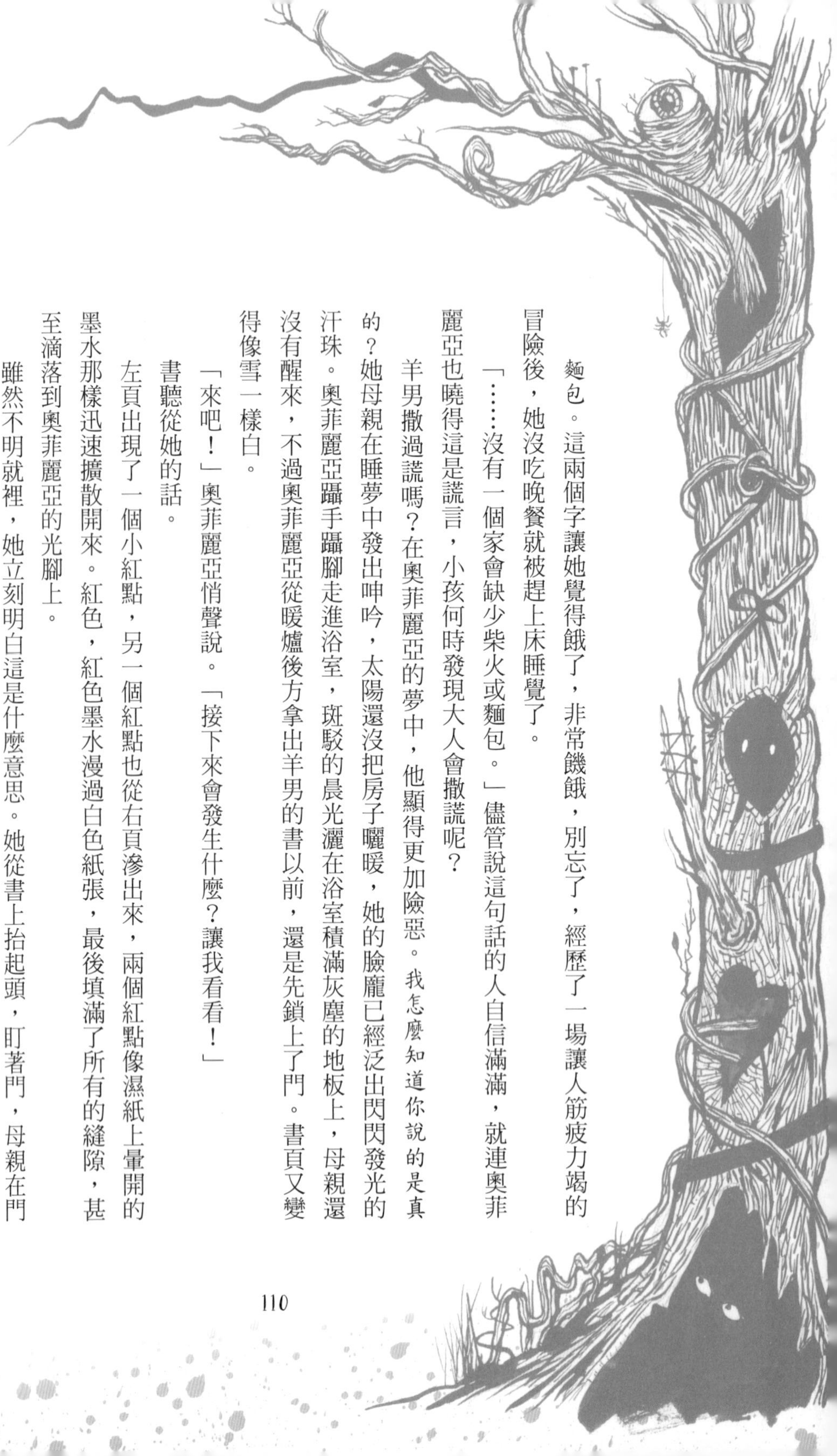

麵包。這兩個字讓她覺得餓了，非常饑餓，別忘了，經歷了一場讓人筋疲力竭的冒險後，她沒吃晚餐就被趕上床睡覺了。

「……沒有一個家會缺少柴火或麵包。」儘管說這句話的人自信滿滿，就連奧菲麗亞也曉得這是謊言，小孩何時發現大人會撒謊呢？

羊男撒過謊嗎？在奧菲麗亞的夢中，他顯得更加險惡。我怎麼知道你說的是真的？她母親在睡夢中發出呻吟，太陽還沒把房子曬暖，她的臉龐已經泛出閃閃發光的汗珠。奧菲麗亞躡手躡腳走進浴室，斑駁的晨光灑在浴室積滿灰塵的地板上，母親還沒有醒來，不過奧菲麗亞從暖爐後方拿出羊男的書以前，還是先鎖上了門。書頁又變得像雪一樣白。

「來吧！」奧菲麗亞悄聲說。「接下來會發生什麼？讓我看看！」

書聽從她的話。

左頁出現了一個小紅點，另一個紅點也從右頁滲出來，兩個紅點像濕紙上暈開的墨水那樣迅速擴散開來。紅色，紅色，紅色墨水漫過白色紙張，最後填滿了所有的縫隙，甚至滴落到奧菲麗亞的光腳上。

雖然不明就裡，她立刻明白這是什麼意思。她從書上抬起頭，盯著門，母親在門後方睡覺。

一聲朦朧的尖叫從染紅的書頁傳出來。

奧菲麗亞丟下書，衝到門口，伸手一推，發現母親捂著肚子沉沉倚著床架。她的白睡衣上全是血。

「奧——奧菲麗亞！」她結結巴巴，嗓音沙啞。她舉起手發出懇求，指頭上都是鮮紅色的血。「幫幫我！」

然後，她倒到了地上。

在院子裡，維達爾拿出懷錶查看時間，還用黑色皮手套把碎裂的錶面遮起來。發個糧食竟然要這麼久，就是因為這些農民不能信賴，才浪費了這麼多時間。維達爾敢用自己的軍階打賭，他們裡面還是有人會把分到的糧食拿去森林，給加入叛賊的親戚或情人填飽肚子，他真希望自己能像對付打兔子的獵人，讓他們統統斃命。

「上尉！」

他轉過身。

這小女孩瘋了嗎？竟然穿著睡衣朝他跑來，她平日可是都躲著他，就像知道最好保持隱身的小動物。他本來提議暫時把小女孩留給她的祖父母照顧，但她母親不願意，這個女兒是她的弱點，也是她唯一敢和他爭論的事，可他並無意撫養一個死裁縫的孩子。

維達爾朝女孩走去，氣到腳步都僵硬了，但他停在奧菲麗亞的面前時，發現她臉上的恐懼不是他引起的。

「快來！」她哭著說。「求求你！」

這時，維達爾才注意到她的衣服上有血跡，顯然不是小女孩的。恐懼在他的內心深處翻騰，除了恐懼，還有憤怒。愚蠢的女人，她真叫他失望，真叫他給她的孩子失望。他大聲喝令塞萊諾把醫生叫來。

天空裂了一個大口，再次把世界浸在雨中。費雷羅醫生穿過院子報告病人的情況，天氣與他的心情非常匹配。

他看到維達爾站在穀倉前，目不轉睛看著他帶來磨坊的帳篷和卡車。費雷羅覺得，在高聳的冷杉映襯下，帳篷和卡車像是被遺棄的玩具。他穿上外套，袖子有些血漬。

「你的妻子需要休息，不要打擾她，在她分娩以前，大部分時間都應該靜養。」

你不該把她帶到這裡來，他在心中暗自多加了一句，你不應該讓她女兒見到她這樣。

但他只是說：「讓那個小女孩睡在別的地方，我會待到孩子出世為止。」

維達爾仍然盯著院子那一頭。

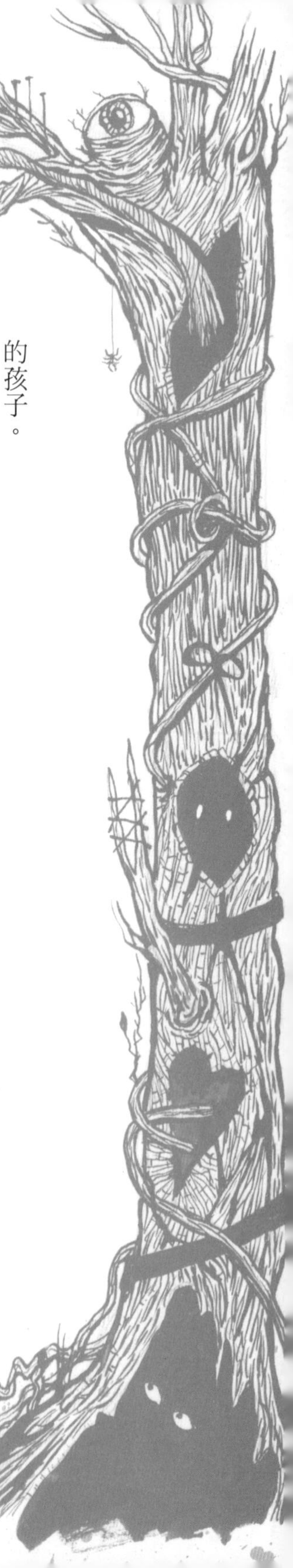

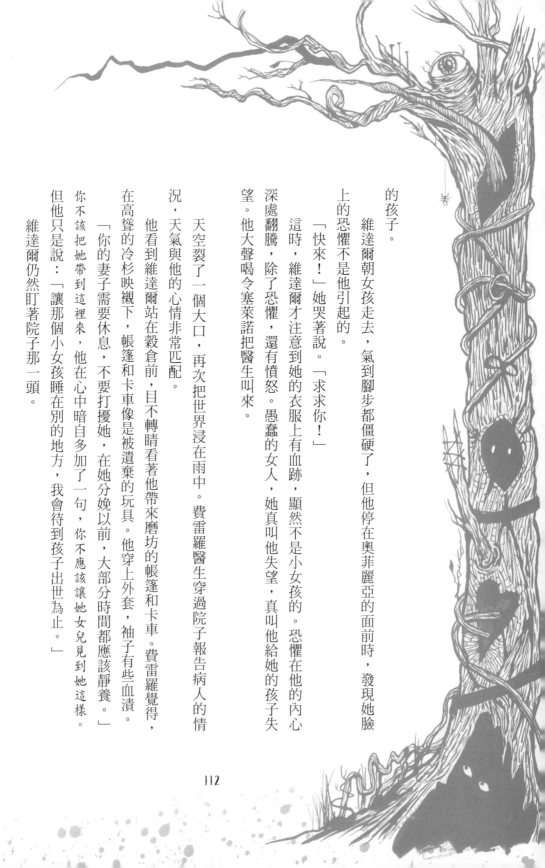

「讓她好起來。」他眼睛始終盯著雨。「我不在乎要花多少錢，也不管你需要用什麼。」

當他最後轉頭面向費雷羅時，臉部肌肉由於憤怒變得僵硬。他在氣什麼？費雷羅感到好奇，氣人生嗎？氣自己將有孕在身的妻子帶到這裡來嗎？不對，維達爾這種人絕對不會自責，他氣的大概是他未來孩子的母親，因為她證明自己是如此的脆弱。

「讓她好起來。」維達爾重複一遍他的話。「治好她。」

這是一道命令，也是一句威脅。

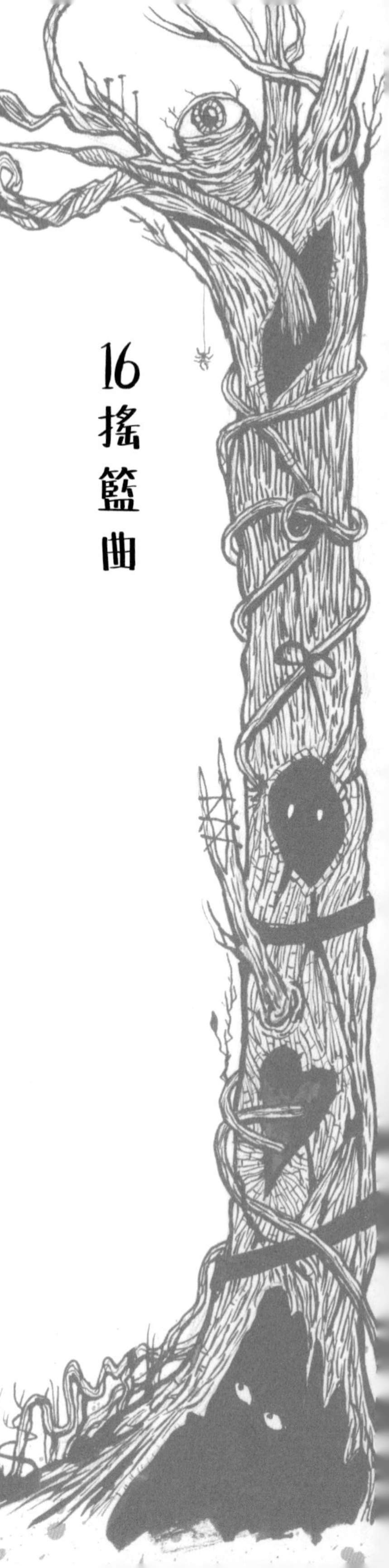

16 搖籃曲

默西迪絲吩咐女傭把閣樓的房間收拾收拾，給奧菲麗亞當作睡房。這間房牆上開了一個圓窗，好像滿月的臉蛋，可是比奧菲麗亞原先和母親共用的臥室更加淒涼，四隅堆滿了儲物箱和家具，長年無人問津，上頭的罩子像幽靈一樣，已經都泛黃了。

「想吃幾口晚餐嗎？」默西迪絲問。

「不用了，謝謝。」奧菲麗亞搖了搖頭。

默西迪絲帶了另一個女傭上來，她給床鋪上乾淨的床單，擺上乾淨的枕頭。深色木頭床架讓白色織物像雪一樣，磨坊的家具都是用這種木料製作，有那麼一會兒，奧菲麗亞幻想磨坊四圍的樹爬起來，撞塌了圍牆，替被砍下做成床鋪桌椅的兄弟報仇。

「妳一口東西都沒吃呢。」默西迪絲說。

她怎麼吃得下？她滿腹憂愁。奧菲麗亞默默把她的書放到床頭櫃，然後坐在毯子上。毯子也是白色的，從現在起，只要是白色的東西，都會讓她想起紅色。

「別擔心。」默西迪絲的手從床鋪上方伸過來，碰了碰奧菲麗亞的肩膀。「妳媽媽很快就會好起來，一定的，生孩子是一件很麻煩的事。」

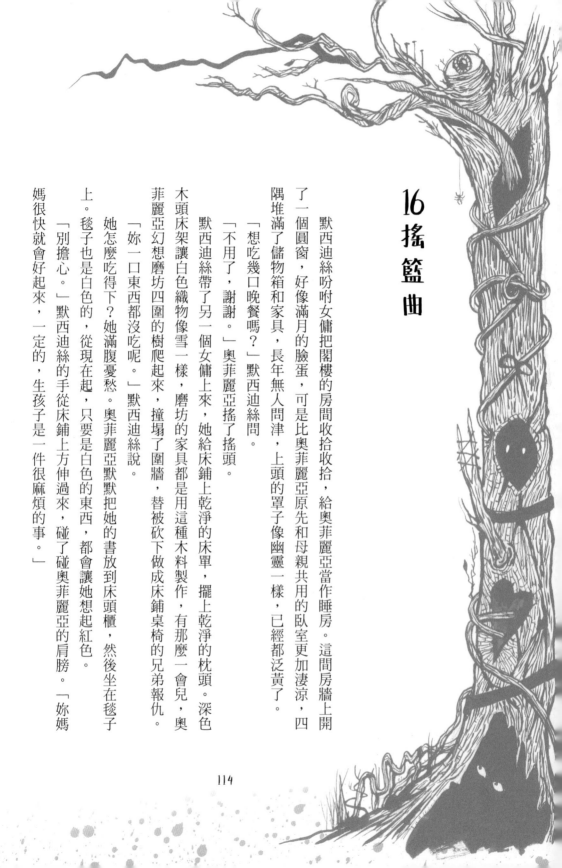

「那麼我永遠都不要生小孩。」

從發現母親渾身是血到現在，奧菲麗亞還沒掉過一滴淚，但是默西迪絲的溫言暖語讓淚珠終於滾落了臉頰，像漫過羊男那本書上的鮮血般縱橫交流。書怎麼沒有及時警告她？為什麼要讓她知道一定會發生的事呢？因為這本書是殘酷的，奧菲麗亞心底有個小小的聲音說，就像它狡猾的主人一樣殘酷，連那個精靈也是殘酷的。

對，她很殘酷。奧菲麗亞想起精靈用力撕咬羊男那塊帶血的肉，不禁打了個冷顫，她書中的精靈可沒有那樣的牙齒吧？

默西迪絲在奧菲麗亞的身邊坐下來，摸了摸她的頭髮，她的頭髮和她母親的一樣黑。和煤一樣黑，和雪一樣白，和血一樣紅……

「妳在幫助森林裡的那些人，對嗎？」奧菲麗亞低聲說。

默西迪絲抽回了手。

「妳告訴過別人嗎？」

奧菲麗亞注意到默西迪絲不敢看著她。

「沒有，我誰都沒說，我不希望妳遇到不好的事。」

她把頭枕在默西迪絲的肩膀，閉上了眼睛。她想躲進默西迪絲的懷抱裡，躲開世界，躲開鮮血，躲開那頭狼，躲開羊男。根本不存在她可以逃難的地下王國，都是騙人的，世界只有一個，而且它非常非常黑暗。

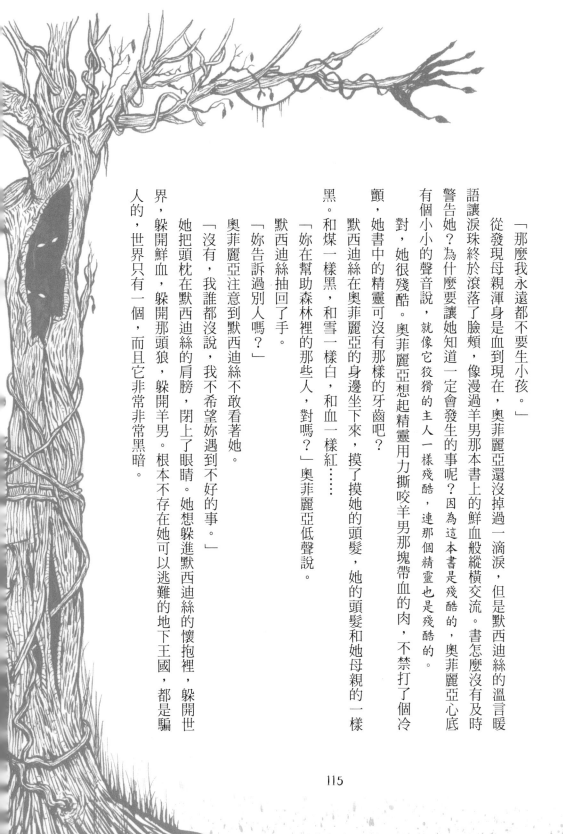

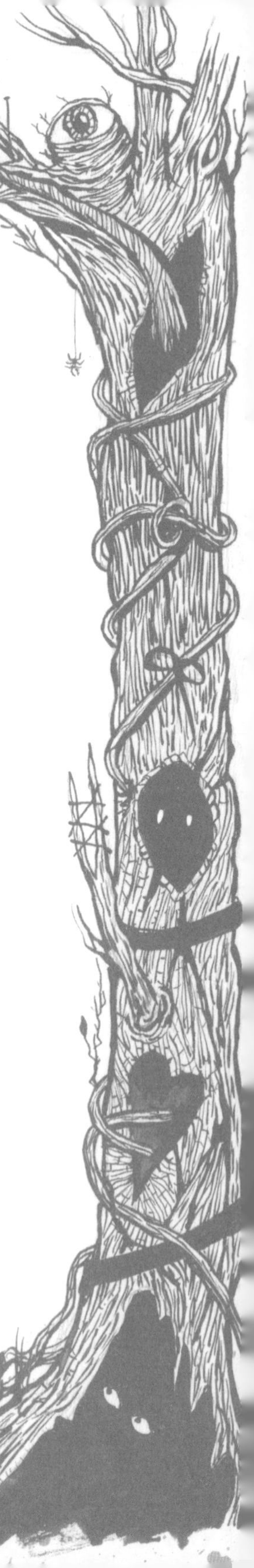

默西迪絲尚且年輕，還在生育的年齡，但她並不習慣抱小孩。當她終於將女孩摟到懷中時，心中泛起的柔情嚇了她自己一跳，在這個世上，心軟是危險的。

她心裡還有一個聲音警告她不要過於心軟，但她仍舊溫柔地抱著奧菲麗亞，低聲回答：「我也不希望妳遇到不好的事！」她自己也曾經期盼生個女兒，只是戰爭讓她忘了，戰爭讓她忘了許多事。

「妳會唱搖籃曲嗎？」奧菲麗亞喃喃地說。

她會嗎？會……

「只會一首，但歌詞記不得了。」

「沒關係，我還是想聽。」奧菲麗亞抬起頭，用懇求的目光看著她。

於是默西迪絲閉上眼睛，抱著另一個女人的孩子輕輕搖晃，哼起了昔時她母親唱給她和弟弟聽的搖籃曲。無詞的曲調讓她和小女孩都感受到了甜蜜的愛，猶如唱給世界頭一個新生兒的頭一首歌。曲調歌頌愛以及愛所帶來的痛，也吟唱著在最深沉的黑暗也存在的力量。

默西迪絲哼著搖籃曲，哼給小女孩聽，也哼自己聽。

搖籃曲安息了她們的恐懼。

只是平靜不會持久。

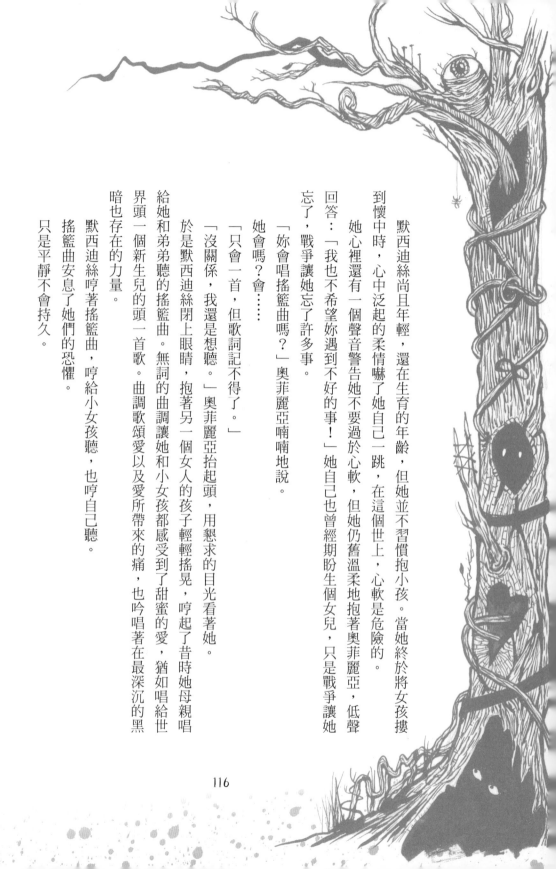

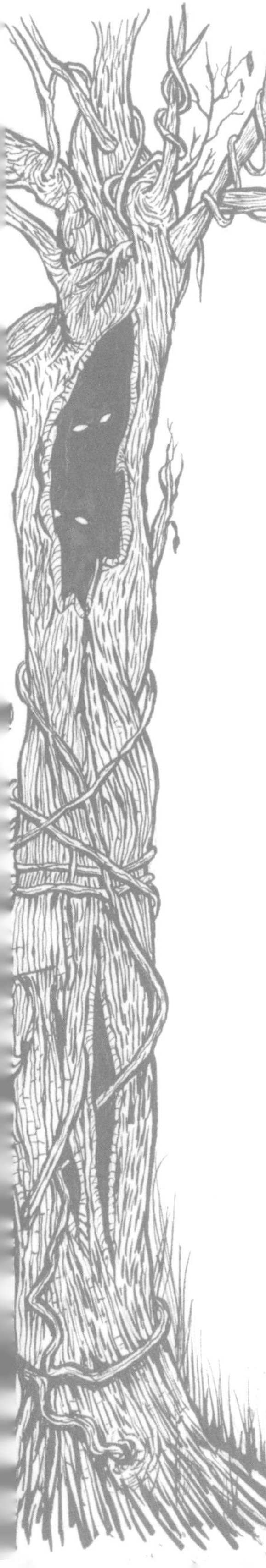

17 姐弟

默西迪絲陪著奧菲麗亞，直到她睡著為止。儘管奧菲麗亞非常擔心母親，儘管恐懼如黑麵粉的粉塵瀰漫著古老的磨坊，她終究還是睡著了。

默西迪絲偷偷下樓時，磨坊靜悄悄的，除了外面的哨兵，所有人都睡了。哨兵留意森林的動靜，沒見到她跪在廚房的地上，撥開地磚上的沙子，掀起一塊地磚。她藏在下方的那捆信件還在，還有一個罐子，裡面裝著她為躲在林中的人所準備的東西。正當她把東西都裝進小背包時，樓梯響起了腳步聲，她嚇得不敢亂動。

「是我，默西迪絲。」費雷羅醫生低聲說。

他緩緩走下樓梯，彷彿很不樂意終於要去做他和默西迪絲計畫多日的事。

「你準備好了嗎？」請說準備好了，默西迪絲用眼神發出懇求，我一個人做不來。

費雷羅點點頭。

默西迪絲帶路。她涉水過溪，以免留下蹤跡。月色透過森林照了下來，溪水化為融化的白銀。

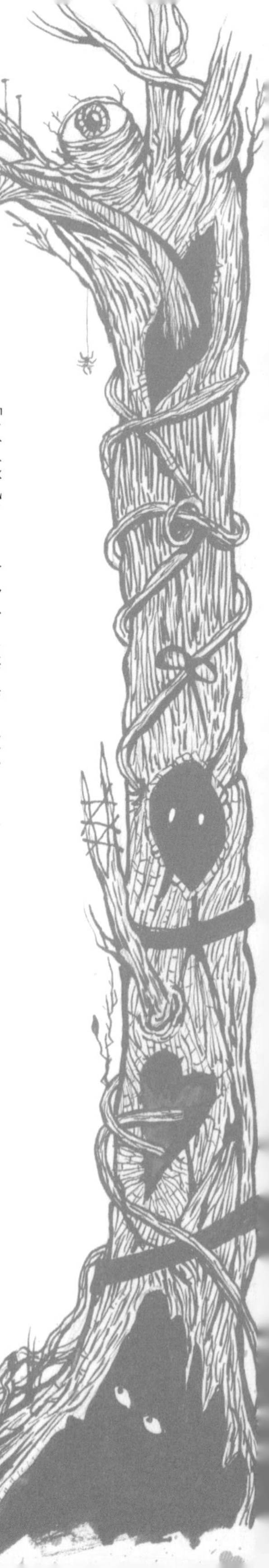

「真是瘋了。」費雷羅喃喃地說，沁涼的溪水灌進他的鞋子。「如果他知道我們在做什麼，會把我們都殺了。」他們兩人自然都知道他指的是誰。「但我猜你已經想清楚了？」

她想過什麼別的嗎？

默西迪絲傾聽黑夜的聲音。「你就這麼怕他？」

費雷羅不禁笑了。她是這般美麗，她的勇氣在她肩頭披上一襲高貴的斗篷。

「我不怕。」他如實回答。「至少不會為了我自己——」默西迪絲警惕地把手指舉到嘴邊，他立刻住了嘴。

森林裡有動靜。

一個年輕人悄悄地從樹木後方走出來，像漸圓的月兒朝生苔地面投下影子那樣渺無聲息。一頂黑帽子遮住他的黑髮，衣服透露他顯然在林裡待上了一段時日，他大步跨過蕨草朝他們走來，默西迪絲的視線始終停留在他的身上。弟弟只比她小幾歲，但當他們還小的時候，相差幾歲就差了很多。

「佩德羅！」他停在默西迪絲的面前，她溫柔撫摸那張心愛的臉，她老忘了他已經長得這麼高大。

弟弟抱著她久久不放。從前他需要她的保護，只是為了迴避母親的嚴格管教，或

是自己魯莽行為的後果。如今做一個關心弟弟的姐姐危險許多，佩德羅偶爾好希望姐姐別這麼勇敢了，多多照顧自己一些。他甚至告訴姐姐，不要再幫助他們，但默西迪絲並不理會別人要她做什麼或不做什麼，他的姐姐制定自己的規則，默西迪絲一直是這種人，打小就是。佩德羅非常敬愛她。

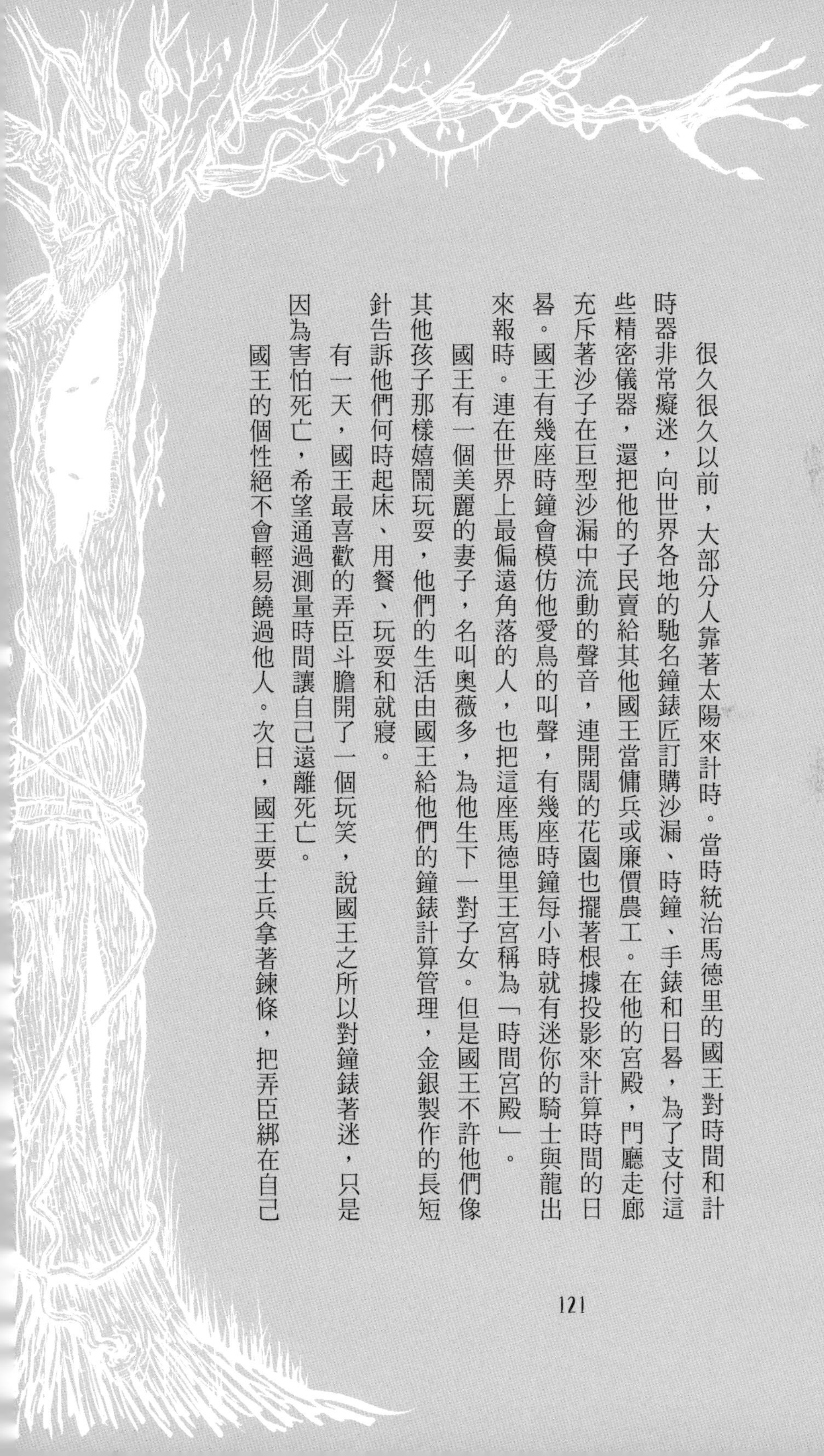

鐘錶匠

很久很久以前，大部分人靠著太陽來計時。當時統治馬德里的國王對時間和計時器非常癡迷，向世界各地的馳名鐘錶匠訂購沙漏、時鐘、手錶和日晷，為了支付這些精密儀器，還把他的子民賣給其他國王當傭兵或廉價農工。在他的宮殿，門廳走廊充斥著沙子在巨型沙漏中流動的聲音，連開闊的花園也擺著根據投影來計算時間的日晷。國王有幾座時鐘會模仿他愛鳥的叫聲，有幾座時鐘每小時就有迷你的騎士與龍出來報時。連在世界上最偏遠角落的人，也把這座馬德里王宮稱為「時間宮殿」。

國王有一個美麗的妻子，名叫奧薇多，為他生下一對子女。但是國王不許他們像其他孩子那樣嬉鬧玩耍，他們的生活由國王給他們的鐘錶計算管理，金銀製作的長短針告訴他們何時起床、用餐、玩耍和就寢。

有一天，國王最喜歡的弄臣斗膽開了一個玩笑，說國王之所以對鐘錶著迷，只是因為害怕死亡，希望通過測量時間讓自己遠離死亡。

國王的個性絕不會輕易饒過他人。次日，國王要士兵拿著鍊條，把弄臣綁在自己那座最大的鐘的齒輪上，國王看著齒輪輾碎他昔時頭號寵臣身上的每一根骨頭時，沒有流露出半分的憐憫。後來，宮僕盡了最大的努力，也洗不去齒輪上的血，那座鐘於是被叫做「紅鐘」。大家竊竊私語說，這座鐘滴答滴答反覆說著死去弄臣的名字。

許多年過去了，王子和公主長大成人，而國王的鐘錶收藏也令全世界羨慕不已。在弄臣被處死即將滿十年之際，有一天一個不知名的人送了一份禮到王宮，玻璃匣中置著一塊美麗的懷錶，翻開的銀錶蓋內側刻有國王名字的縮寫，兩根細長的銀針從一分鐘走到下一分鐘，滴答聲宛如蜻蜓的腳步那樣隱約不可聞。

國王從匣中拿出懷錶，發現底下有一張仔細摺疊、用蠟封妥的字條。上頭的字跡剛勁挺拔，國王一讀，臉色頓時變得煞白：

陛下：

這塊錶停止走動之日，即是你的死期。它知道你會死於幾時幾分幾秒，因為我已經把你的死亡鎖在裡面。別妄想破壞它，否則你的生命終點只會來得更快。

鐘錶匠 敬上

國王盯著手中的錶，感覺指針每走一格都像是往他的心刺一下。他不能活動，他不能吃喝，連覺也睡不好了。短短幾日內，他的髮鬚白了，他唯一能做的事就是繼續盯著錶。

王子派父親的士兵出去尋找送來致命禮物的信差，他們在附近的村子找到了他，但信差不知道鐘錶匠的名字，發誓自己是在古老森林的廢棄磨坊拿到錶匣。他領著國王的士兵去了那裡，他們在那裡只看到一座荒廢的工作坊，擱架和工作檯都空了，獨獨留下一碗血，血中站著一個銀製小雕像，刻的是一個正在跳舞的弄臣。士兵趕回城堡報告他們的調查發現，只是太遲了，國王已經死去。他仍舊坐在寶座上，冰冷的手緊握著懷錶，錶針恰好就停在弄臣死去的時間。

王子這時才想起，弄臣也有一個兒子。

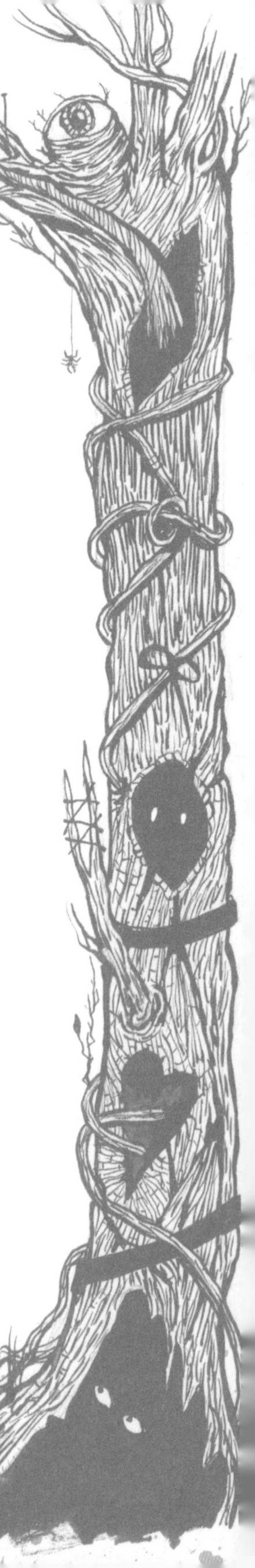

18 第二個任務

這一次，精靈在黑暗中振翅飛翔的嗡嗡聲沒有吵醒奧菲麗亞，那個聲音短暫進入了她的夢境，讓她懷疑森林闖入了她的房間。不過她坐起來時，羊男站在床腳邊，手腳猶如風中的老樹枝幹，吱吱嘎嘎地作響。

「妳還沒有去執行下一個任務。」他咆哮道。

他看起來又不一樣了，更強壯，更年輕……貓樣的眼睛，渾圓的耳朵，越看越像鬃毛的淺黃色長髮，這些特徵這回令奧菲麗亞聯想到一隻發威的獅子。他像獅子、山羊和人類，卻又不是獅子、山羊或人類，只能說他是……羊男。

「我沒辦法！」奧菲麗亞為自己辯護。「我媽媽病了！非常嚴重！」

「不要為自己的疏忽找藉口！」羊男咆哮，在夜色中用手勢展現憤怒。「嗯……」他頓了一下又說。「暫且先原諒妳吧，我帶了一樣可以幫助妳媽媽的東西。」

他拿起一塊蒼白的塊根，體積比他的拳頭還大，奧菲麗亞覺得那東西正在伸展扭曲的手腳，好像是停滯在生產過程中的啼哭胎兒。

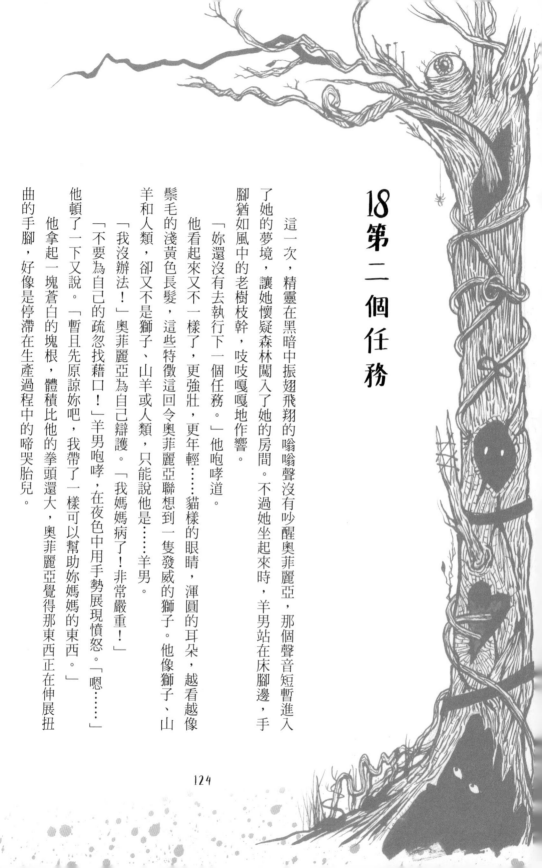

「這是曼德拉草的根。」羊男一面解釋，一面把那個怪東西交給奧菲麗亞。「這種植物夢想成為人類，把它泡在一碗新鮮的牛奶中，放到妳媽媽的床底下，每天早上餵它兩滴血。」

奧菲麗亞不喜歡塊根的味道，也不喜歡它那奇怪的人形，好像一個天生只有嘴巴的嬰兒，沒手也沒腳。

「快去！不要再拖了，沒時間可以浪費！」羊男拍了拍手。「月圓之日就快到了。啊，對了。」他脫下他的木頭背包。「差點忘了！妳需要我的寵物的指引。」

他把背包放在奧菲麗亞的毯子上，奧菲麗亞聽到精靈在裡頭嘁嘁喳喳。

「好的，妳要去的是一個非常危險的地方。」羊男舉起一根指頭發出警告，他額上的紋路像無底河的漩渦盤旋著。「比上次那裡危險許多，所以要很小心！」

有那麼一刻，他聽起來像是真的在擔心她。

「在那個地方沉睡的東西——」他晃了晃長角的腦袋，嫌惡地皺起了眉頭。「看起來可能像人，但不是人，它很老了，十分狡詐殘忍——而且非常飢餓。」

他伸手一抓，憑空變出一個大沙漏，拋到奧菲麗亞的床上。

「拿去，這個妳也會用上。妳會看到一桌山珍海味，但千萬別吃也別喝，什麼都不行碰！」這一次，他的雙手在夜色中畫出一個警告標誌。「絕對不行！」

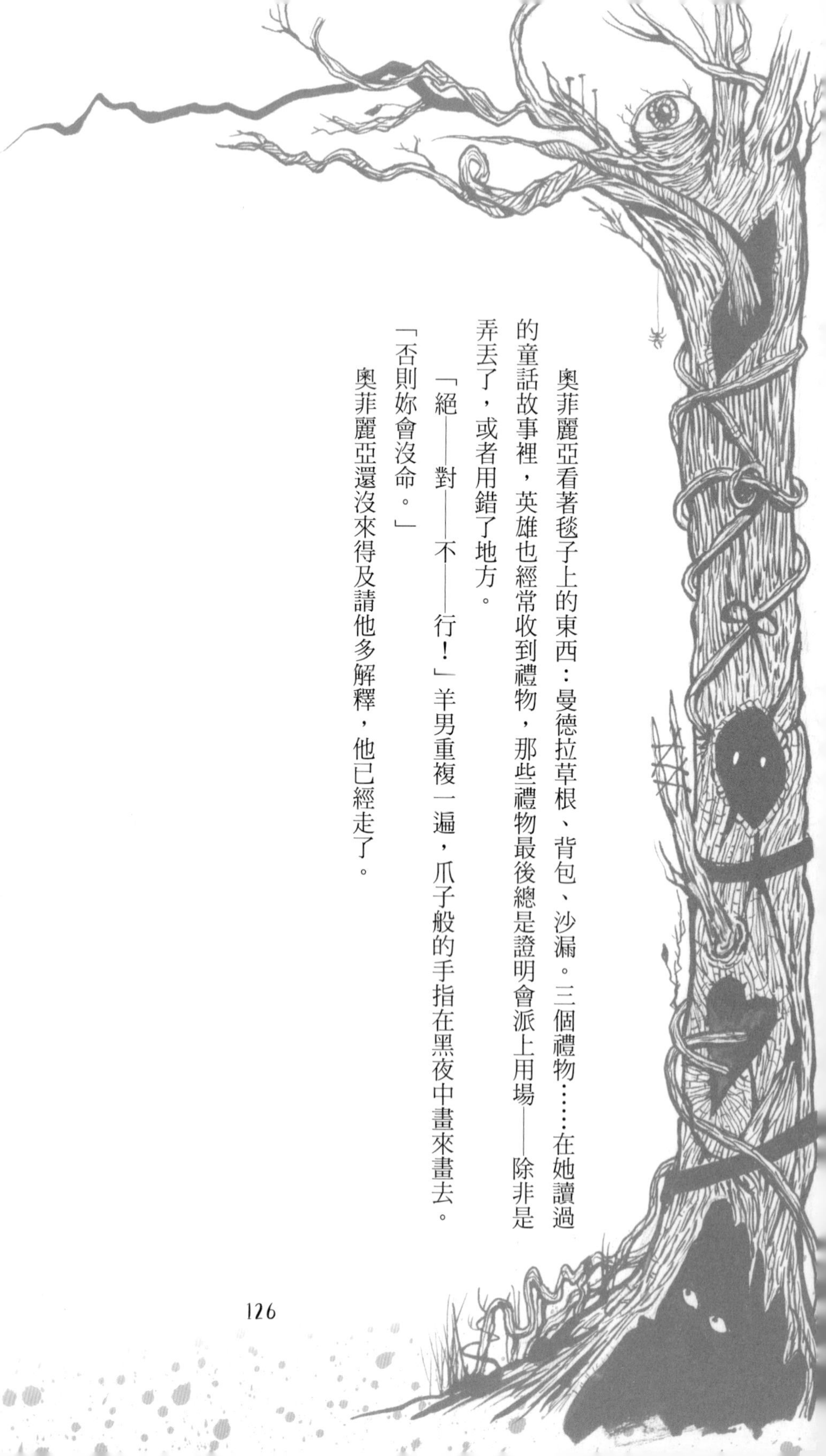

奧菲麗亞看著毯子上的東西：曼德拉草根、背包、沙漏。三個禮物……在她讀過的童話故事裡，英雄也經常收到禮物，那些禮物最後總是證明會派上用場——除非是弄丟了，或者用錯了地方。

「絕——對——不——行！」羊男重複一遍，爪子般的手指在黑夜中畫來畫去。「否則妳會沒命。」

奧菲麗亞還沒來得及請他多解釋，他已經走了。

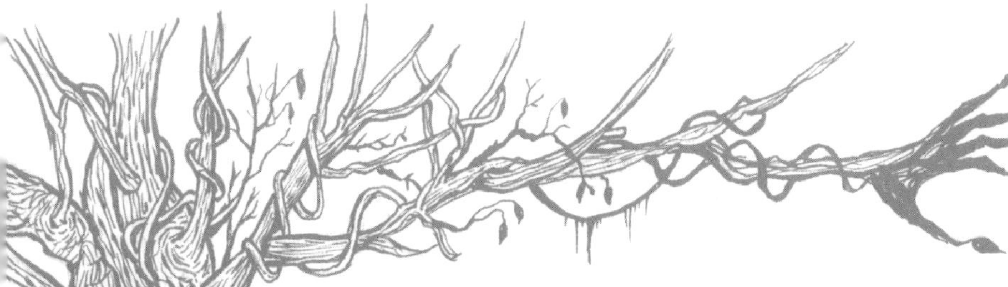
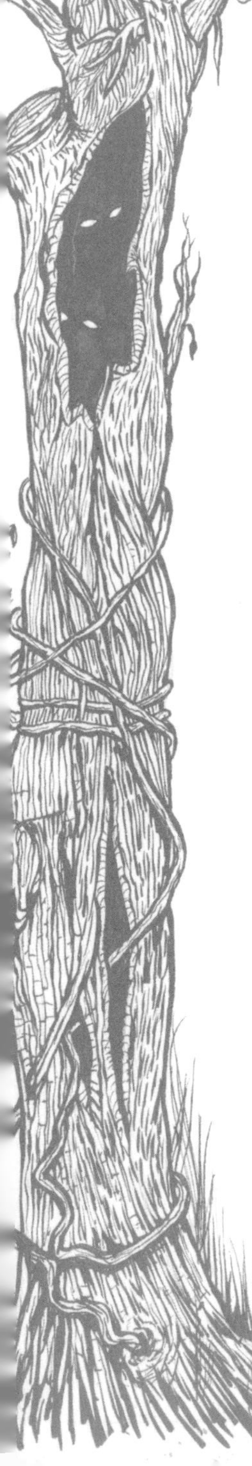

19 林中洞穴

游擊隊躲在離磨坊半小時路程的山洞，樹木巧妙地遮掩了洞口，洞內空間恰好容得下十來個人和他們的隨身物品，包括幾捆舊衣，一堆破書，還有單薄得無法禦寒的毯子。這群男人在這裡苟延殘息，因為他們不願穿上行軍靴，不認同佛朗哥的「乾淨的西班牙」。追求自由，代價昂貴。

「我帶了一些果渣白蘭地。」默西迪絲從小背包拿出一瓶維達爾最愛的酒。「還有菸草和乳酪，郵件在這裡。」

收到信的人用顫抖的雙手接過信封，走到山洞裡面，閱讀親人愛人的來信。有人嘴饞地聞著默西迪絲偷來的乳酪，香味讓他們回想起美好的昔日時光，他們用自己養的山羊製作乳酪，自由不是用恐懼和痛苦換來的奢侈品。

默西迪絲帶費雷羅來看一個傷患，他躺在老舊的行軍床上，頭枕著睡袋，正在讀一本破破爛爛的書。其他人都叫他弗萊切，他的眼鏡是他從過去家當中搶救下來最有價值的私人物品。費雷羅醫生俯身檢查他打著繃帶的腿時，他也沒有從書本上

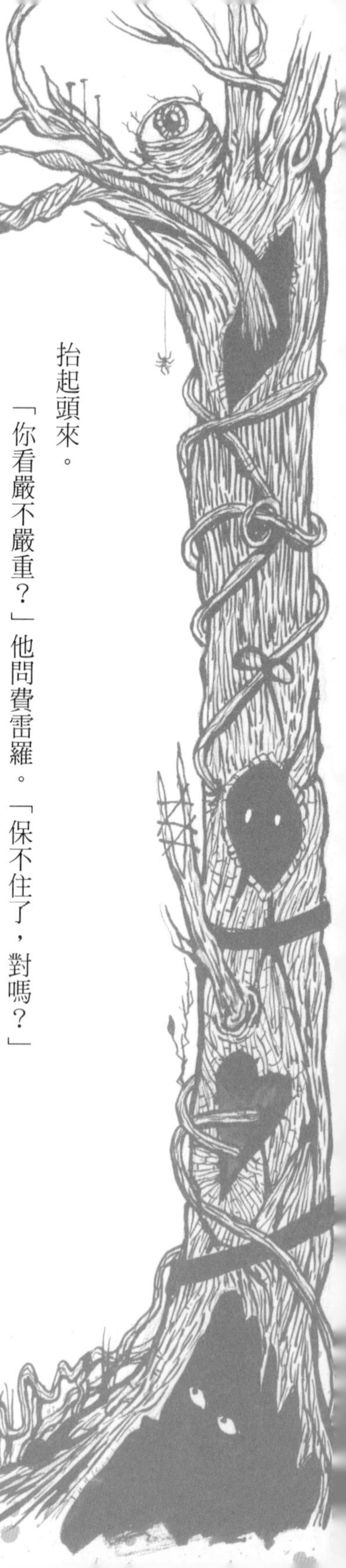

抬起頭來。

「你看嚴不嚴重？」他問費雷羅。「保不住了，對嗎？」

醫生脫了外套，把袖子捲起來。「先看看再說。」

在這樣的黑暗時代，費雷羅從他的職業獲得安慰——大多數人信奉破壞，他則喜歡醫治他人，只是現在連醫病治傷也成了一項致命的任務。他前來協助的這個男人加入了林中這幫人，等於是給自己判了死刑，而費雷羅很明白，他幫助游擊隊，此舉也等於讓自己接受了同樣的判決。

他遲疑了片刻才解開血跡斑斑的繃帶。都這麼多年了，他還是不習慣自己往往要引起疼痛才能助人。法門忍著沒有發出呻吟，但繃帶一解開後，他就打了個寒顫。費雷羅心想，不知道林中有多少人後悔參加這場看似越來越無望的抵抗。

默西迪絲帶了一份報紙，佩德羅的朋友嗒嗒大聲朗讀著報導給大家做消遣。嗒嗒的舌頭只是說個單詞，也會說得結結巴巴，沒有人知道為什麼；根據費雷羅的經驗，口吃證明臉皮薄，無法抵擋世界的黑暗，這種人往往心軟又敏感，不由自主察覺了現實，感受到真相。嗒嗒的樣子還像個沒長大的孩子，溫柔的臉龐總是帶著淡淡的憂鬱，黑眼珠凝視著這個世界，流露出好奇和迷惘。

「『英國和加——加——加拿大軍隊在法——法——法國北部的小海灘登——

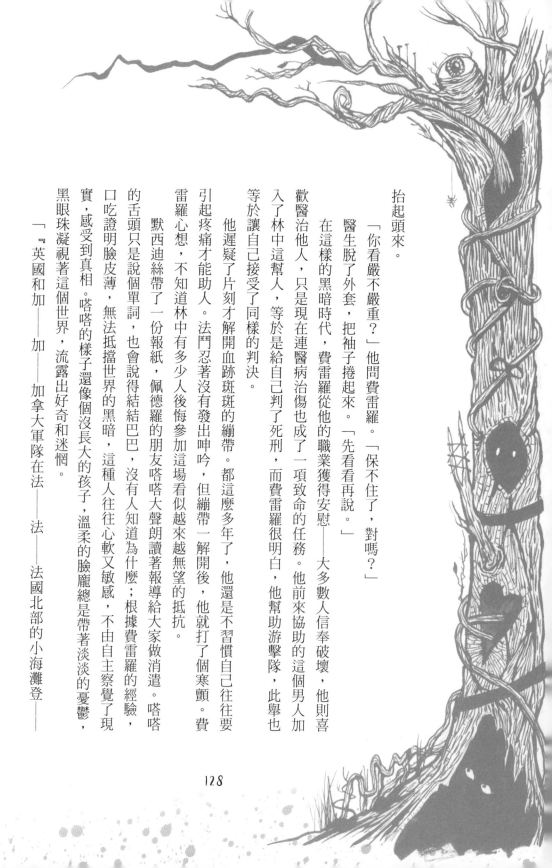

登……』」

「登陸啦，你這個白癡。」一個人兇巴巴地說，搶下報紙，用凶狠和憤怒掩飾自己對於可能得知噩耗的恐懼。

「『逾十五萬的軍隊給予我們希望。』」他讀道。

希望……費雷羅看著法鬥支離破碎的腿，當然是中了彈，對醫生來說，今時今日槍傷是再熟悉不過的畫面，只是這一次看起來很嚇人。幸好，這個老先生看不到傷處，老？費雷羅嘲笑自己，法鬥大約和他年紀相當。

「『在德懷特．艾森豪將軍的指揮下……』」

費雷羅一碰到他的腿，法鬥就倒抽了一口涼氣。「和我猜的一樣嚴重嗎？」

「聽著，法鬥……」費雷羅的聲音由於同情而變得溫和，他摘下眼鏡，暫時不願看得那麼清楚——徒勞之舉。「這條腿沒法子救了。」

山洞一片沉寂，大夥都感受到了傷患的恐懼。

費雷羅打開醫療包，其他人紛紛圍住法鬥。費雷羅經常替士兵處理傷口，所以隨身帶著器械，但他沒有麻醉劑。

默西迪絲讓法鬥喝下半瓶維達爾的酒，但對一個即將鋸掉一條腿的人，這算不上是安慰。

「我盡量快，盡量減少下刀的次數。」費雷羅多麼希望自己不要做出如此可悲的承諾。

法鬥點點頭，使勁抓住默西迪絲的手。默西迪絲沒有孩子，但她今晚第二度扮演母親的角色——第一次是為奧菲麗亞，這次則為一個她幾乎不認識的男人。母親、姐妹、妻子……默西迪絲是林中男人長時間裡唯一見到的女人，對有些人來說，她同時扮演了這三個角色。費雷羅把骨鋸按在法鬥腫脹的腿上時，她和多數男人一樣閉上眼睛。

「等一下，醫生！等一下。」

法鬥又注視了一眼自己的腿，對抗行軍靴的選擇讓他成了跛子，費雷羅好奇他對自己的抉擇作何感想。法鬥深吸一口氣，咬緊牙關，好像這麼一來就能憋著不叫疼，把那些嘶喊、絕望、恐懼……通通留在心中。然後，他再次點了點頭。

這一次，換成費雷羅必須屏住呼吸，鼓起勇氣，面對即將執行的血腥任務。偶爾，由於世界的黑暗，就連醫生也變成了劊子手。

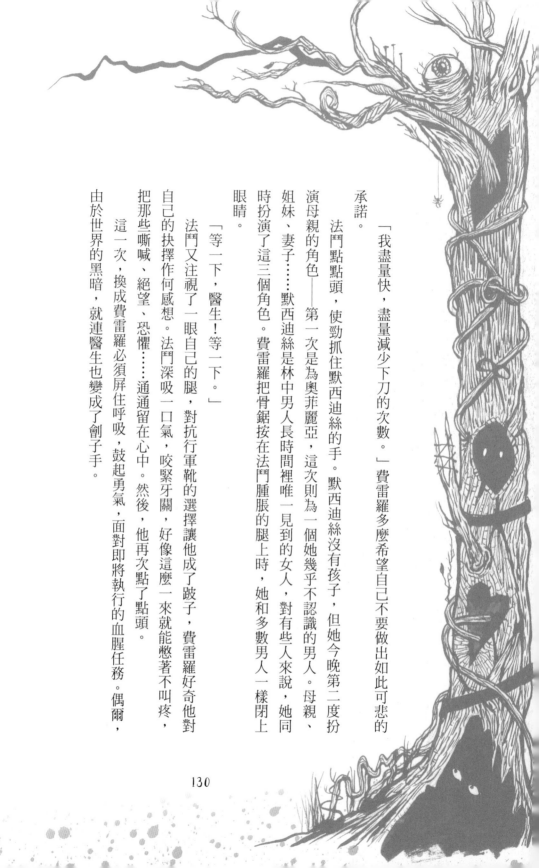

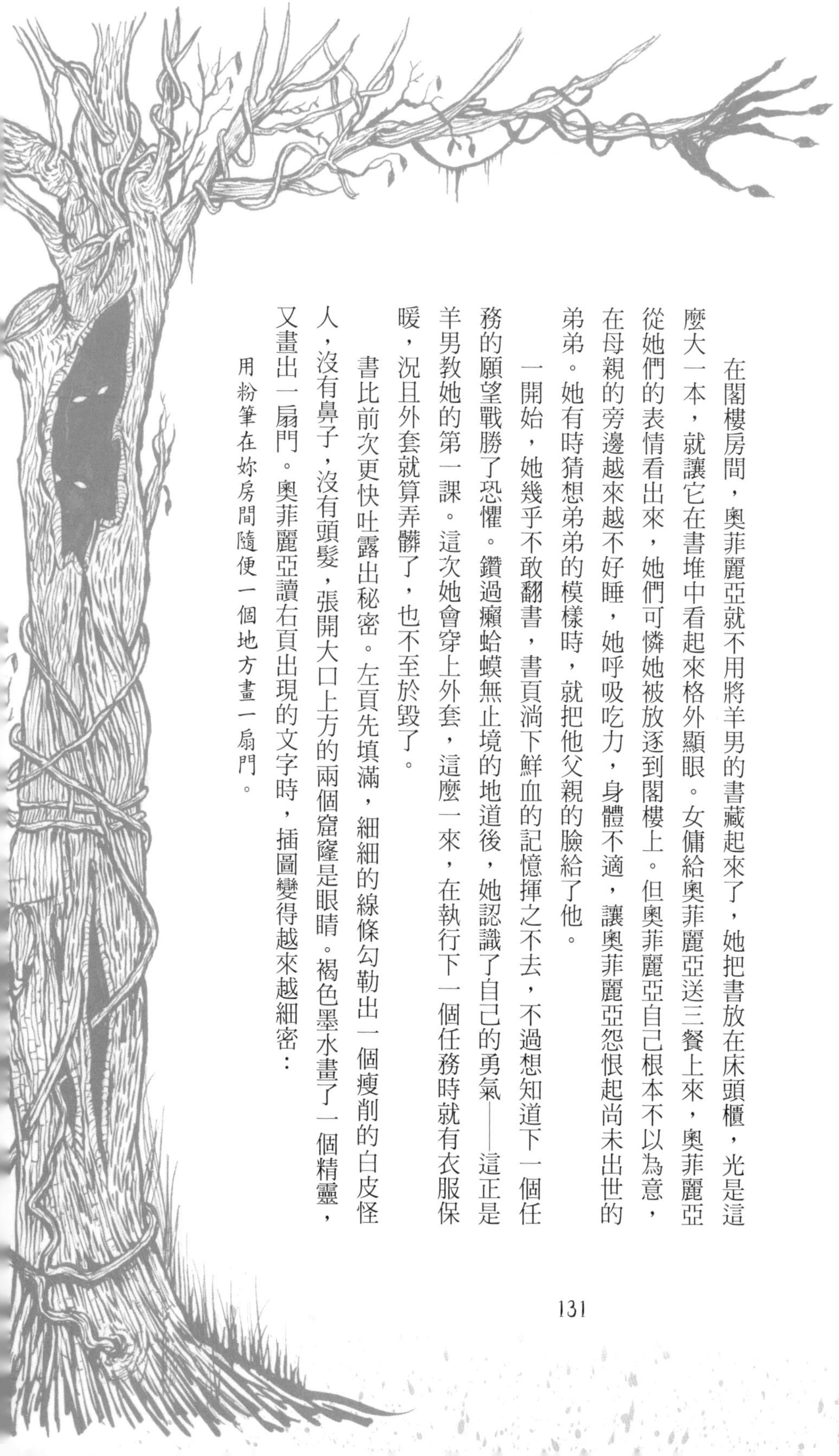

20 白皮怪人

在閣樓房間，奧菲麗亞就不用將羊男的書藏起來了，她把書放在床頭櫃，光是這麼大一本，就讓它在書堆中看起來格外顯眼。女傭給奧菲麗亞送三餐上來，奧菲麗亞從她們的表情看出來，她們可憐她被放逐到閣樓上。但奧菲麗亞自己根本不以為意，在母親的旁邊越來越不好睡，她呼吸吃力，身體不適，讓奧菲麗亞怨恨起尚未出世的弟弟。她有時猜想弟弟的模樣時，就把他父親的臉給了他。

一開始，她幾乎不敢翻書，書頁淌下鮮血的記憶揮之不去，不過想知道下一個任務的願望戰勝了恐懼。鑽過癩蛤蟆無止境的地道後，她認識了自己的勇氣——這正是羊男教她的第一課。這次她會穿上外套，這麼一來，在執行下一個任務時就有衣服保暖，況且外套就算弄髒了，也不至於毀了。

書比前次更快吐露出秘密。左頁先填滿，細細的線條勾勒出一個瘦削的白皮怪人，沒有鼻子，沒有頭髮，張開大口上方的兩個窟窿是眼睛。褐色墨水畫了一個精靈，又畫出一扇門。奧菲麗亞讀右頁出現的文字時，插圖變得越來越細密：

用粉筆在妳房間隨便一個地方畫一扇門。

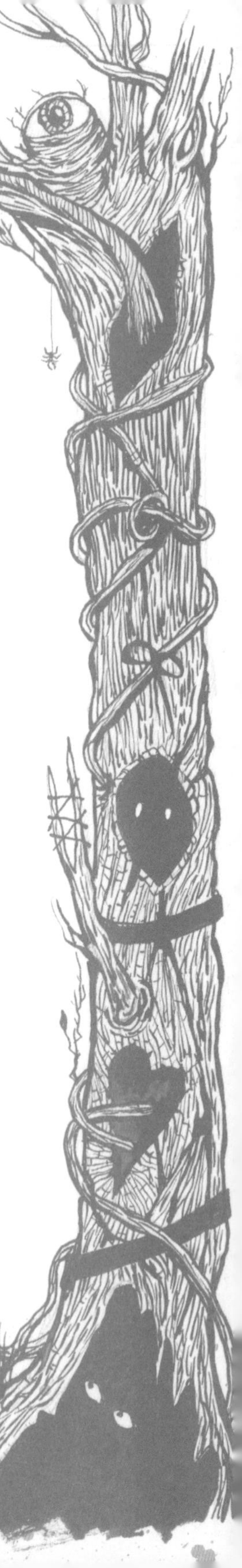

粉筆。奧菲麗亞把手伸進外套口袋，尋找羊男給她的粉筆，她有一瞬間還擔心丟了，幸好手指最後還是找到了。書上插圖繼續浮現更多的細節。那個穿綠裙子、繫白圍裙的女孩出現在白皮怪人的下方，身上衣裳乾乾淨淨，好像奧菲麗亞從未在森林裡毀了它們似的。三個精靈在她的身邊，那女孩衝著奧菲麗亞笑了笑，然後拿著粉筆跪下，在牆上畫了一扇門的輪廓。更多文字浮現：

打開門後，開始用沙漏計時，讓精靈引導妳……

現在，在白皮怪人右臂下，打開的門多了由兩根長柱支撐的石拱門框。

在裡面時，不可以吃任何東西，也不可以喝任何東西，

右頁上的文字警告，

在最後一粒沙子落下以前回來。

越來越多的畫面浮現，不過奧菲麗亞覺得多到記不太清楚了，就把書闔上，學插圖上的女孩拿著粉筆跪下。閣樓的牆壁長滿了蜘蛛網，而且凹凸不平，但粉筆在灰泥牆上畫出了清晰的線條。在一陣細微的嘶嘶聲中，粉筆線條變成了白色泡沫，在牆壁蝕刻出一扇門。奧菲麗亞伸手一推，門彷彿通往一座古墓的大門似地開啟了。門後方的入口非常狹隘，奧菲麗亞不得不彎腰才能探看。她低頭見到一條寬闊的走廊，天花板非常高，而地板則起碼比她的腳底低了七英尺。兩側牆壁矗立著高柱，牆壁的暗紅色像乾涸的血，一束束的光從小窗打到白色和棕紅相間的格子地磚上。

落差太大，無法直接一躍而下，奧菲麗亞從閣樓搬了把椅子，從門口放了下去。接著，她斜揹起羊男的背包，將沙漏放在床邊的地上。沙漏一轉過來，一小撮淺紅色的沙子就開始流到下方的玻璃池，速度快得令人擔憂。

椅子剛好可以當她的梯子。奧菲麗亞從椅子跳到格子地板時，聽到遠處傳來呼哧呼哧的聲音……彷彿有人在睡夢中喘著粗氣。她沿著走廊往前走，那聲音和她的腳步回音交雜在一起。走廊如河流般蜿蜒綿延，長柱的影子落在地磚上，像兩行沒有盡頭的石化樹。奧菲麗亞感覺彷彿走了好幾個小時的時候，眼前突然開朗，出現一個無窗又昏暗的房間。

有一瞬間，奧菲麗亞懷疑自己迷失在時間裡，回到早已被遺忘的過去。在彩繪天花板下，這個房間顯得十分古老，但奧菲麗亞並沒有去注意頭頂上方的褪色圖案，只看到房間中央那張長桌子。金色碗盤占滿了整張桌子，上面裝著豐盛的水果、蛋糕和烤肉，而長桌盡頭的椅子上坐著一個人。白皮怪人坐在上頭，他身後有座壁爐，跳動的火焰照亮了他。

奧菲麗亞靠近桌子時，他一動也不動，老實說，看起來好像幾百年沒動過了，可食物卻像是剛剛上桌那樣新鮮。奧菲麗亞目不轉睛地盯著各式各樣的蛋糕、布丁和烤肉，上頭還裝飾著水果和可食用的花卉，金色盤子倒映在盛滿紅酒的水晶高腳杯上。

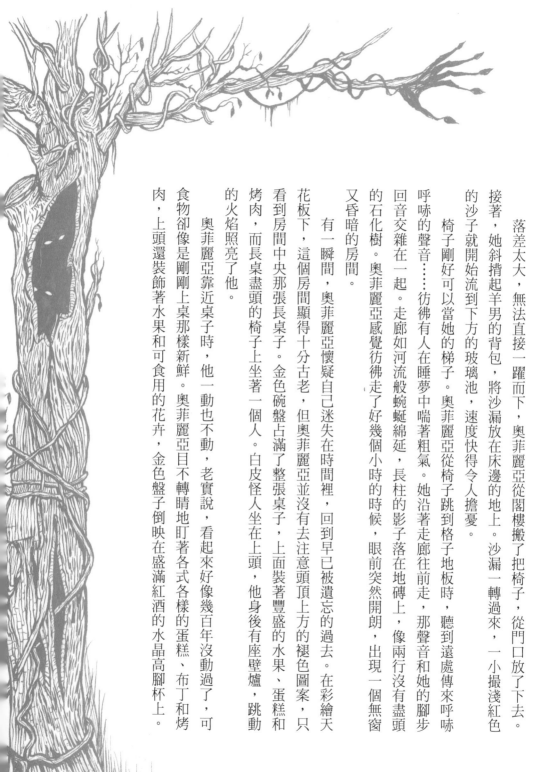

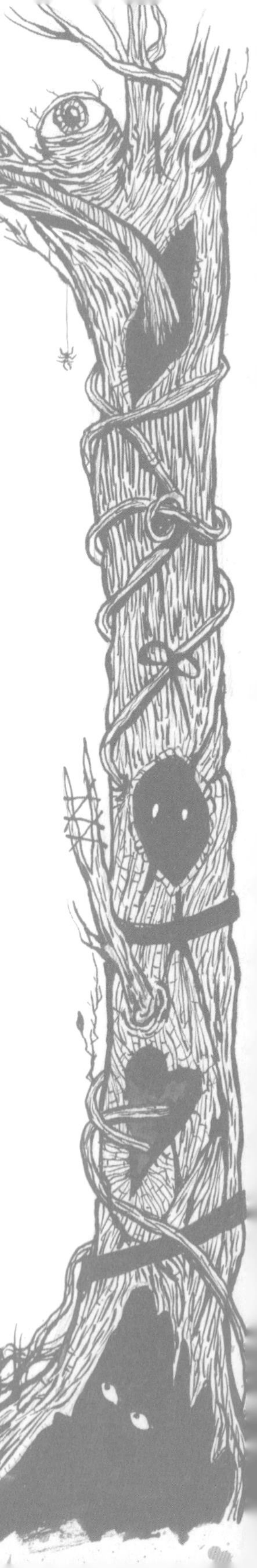

紅色、金色……整間房都是這個色調，連火焰也呼應著這兩個顏色。還有那天堂般的香氣！這讓奧菲麗亞忘記了一切，即便不出聲的可怕怪物坐在離她只有幾步遠的盤子前，她也都忘了。

直到走到他坐的那一頭，奧菲麗亞才想起了他。在這麼近的距離看他，她不禁倒抽了一口氣，和書上的插圖一樣，他一絲不掛，蒼白的皮膚鬆鬆垮垮包著骨骼，像一塊不合身的裹屍布。非常嚇人的景象，但最恐怖的還是他的臉，或者應該說他根本沒有臉。

怪物的臉令人咋舌，什麼也沒有，只有兩個鼻孔和一個剃刀般扁薄的嘴巴，那嘴巴像一道血跡斑斑的裂縫，四周有著鬆垮的皮膚厚褶。而他爪子似的手一動不動地擱在金盤兩側，指頭又尖又黑，指頭肉還被血給染紅了。

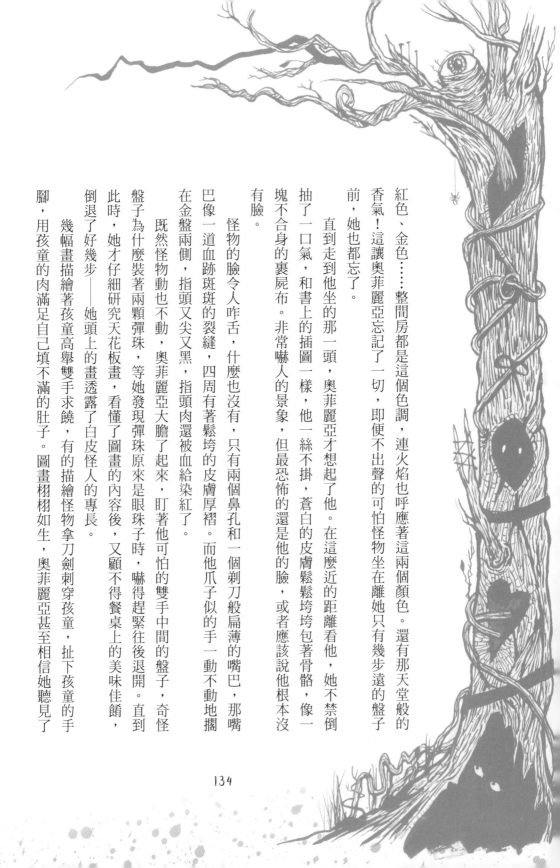

既然怪物動也不動，奧菲麗亞大膽了起來，盯著他可怕的雙手中間的盤子，奇怪盤子為什麼裝著兩顆彈珠，等她發現彈珠原來是眼珠子時，嚇得趕緊往後退開。直到此時，她才仔細研究天花板畫，看懂了圖畫的內容後，又顧不得餐桌上的美味佳餚，倒退了好幾步——她頭上的畫透露了白皮怪人的專長。

幾幅畫描繪著孩童高舉雙手求饒，有的描繪怪物拿刀劍刺穿孩童，扯下孩童的手腳，用孩童的肉滿足自己填不滿的肚子。圖畫栩栩如生，奧菲麗亞甚至相信她聽見了

遇難孩童的尖叫。太可怕了！她低下頭不敢再看這些血腥畫面，結果卻看到牆邊堆著幾百隻小鞋子。

奧菲麗亞無法鼓起勇氣面對真相，可真相擺在眼前，白皮怪人是吃小孩的怪物。

沒錯，他專吃小孩。

但如果他專吃小孩……為什麼要擺出那麼多的食物呢？奧菲麗亞心裡納悶，為什麼要擺出這麼豐盛的大餐呢？

不管是上方的恐怖圖畫，還是整桌的金盤子，都無法告訴她答案。她想起書給的忠告：她絕對不能靠近桌子，讓精靈來幫助她。於是，她打開小背包，三個精靈嘰嘰喳喳，開心地跟她打招呼。她們沒有理會坐在桌旁恐怖的宴席主人，而是飛到房間的左側。左牆有一幅迷宮圖，圖的上方有三個小門，門邊刻著張開的大嘴、瞪大的眼睛和火焰。

這幾個門比奧菲麗亞的手掌大不了多少，每一扇看起來都略有不同——但三個精靈都指著中間的門，這個門很漂亮，閃閃發光，還鍍了一層金。

奧菲麗亞從口袋掏出癩蛤蟆的鑰匙，忽然想起從書中的童話故事學到的教訓：面臨三個選擇時，一定要選擇最不起眼的那一個，也就是最簡陋的那一個。

「哎呀，妳們錯了！」她低聲對精靈說。「不是這個門！」

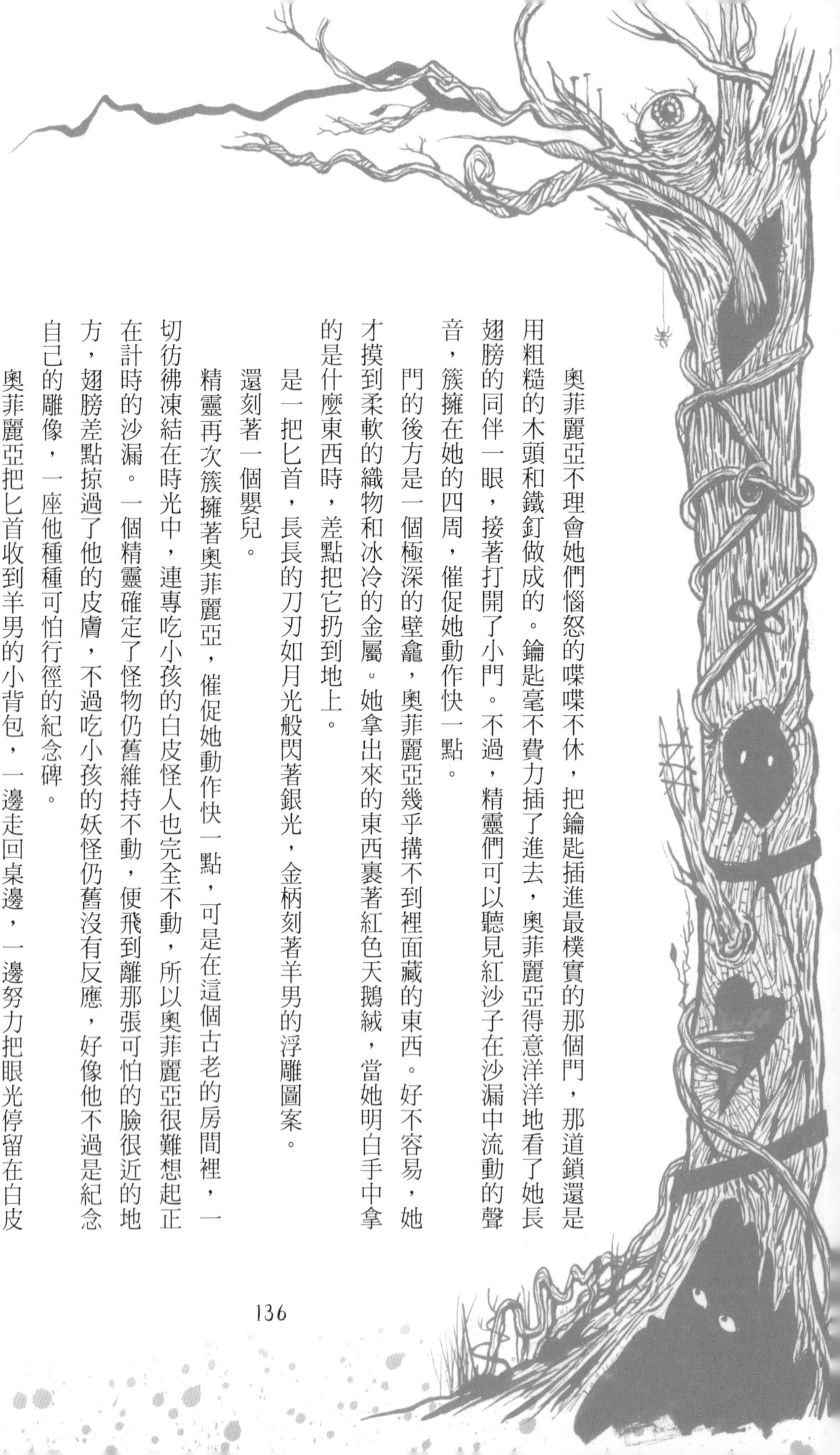

奧菲麗亞不理會她們惱怒的喋喋不休，把鑰匙插進最樸實的那個門，那道鎖還是用粗糙的木頭和鐵釘做成的。鑰匙毫不費力插了進去，奧菲麗亞得意洋洋地看了她長翅膀的同伴一眼，接著打開了小門。不過，精靈們可以聽見紅沙子在沙漏中流動的聲音，簇擁在她的四周，催促她動作快一點。

門的後方是一個極深的壁龕，奧菲麗亞幾乎搆不到裡面藏的東西。好不容易，她才摸到柔軟的織物和冰冷的金屬。她拿出來的東西裹著紅色天鵝絨，當她明白手中拿的是什麼東西時，差點把它扔到地上。

是一把匕首，長長的刀刃如月光般閃著銀光，金柄刻著羊男的浮雕圖案。

還刻著一個嬰兒。

精靈再次簇擁著奧菲麗亞，催促她動作快一點，可是在這個古老的房間裡，一切彷彿凍結在時光中，連專吃小孩的白皮怪人也完全不動，所以奧菲麗亞很難想起正在計時的沙漏。一個精靈確定了怪物仍舊維持不動，便飛到離那張可怕的臉很近的地方，翅膀差點掠過了他的皮膚，不過吃小孩的妖怪仍舊沒有反應，好像他不過是紀念自己的雕像，一座他種種可怕行徑的紀念碑。

奧菲麗亞把匕首收到羊男的小背包，一邊走回桌邊，一邊努力把眼光停留在白皮怪人身上。所有的食物看起來都是那麼的可口，她已經想不起上次看到這樣蛋糕或這

麼新鮮的水果是何時，她根本沒有見過這樣的美食！而且她餓了，真的很餓啊，她舉起了手，心裡嘀咕著。不可以吃任何東西，也不可以喝任何東西！但是奧菲麗亞看到了葡萄、石榴和她根本不知道名稱的食物，通通都能讓她嚐到美味的甜頭，所以她不想聽從精靈嘁嘁喳喳發出的驚慌警語。

走開。奧菲麗亞揮手把她們趕走，一顆葡萄——一顆就好。整桌的大餐，絕對沒有人會注意，誰能發現少了一顆小小的葡萄呢？

奧菲麗亞小心翼翼摘下一顆葡萄放進嘴裡，最早在樹林遇到她的精靈絕望地掩住了臉。

她們完了。

白皮怪人甦醒了。他手腳猛然一陣抽搐，荊棘似尖銳的黑色指尖動了起來，嘎啦嘎啦作響。他張著大嘴，痛苦地吸了一口氣，右手從盤子抓起一顆眼球，左手展開手指轉啊轉，像極了一朵可怕的花。他的左手掌有個缺口，恰好能放進那顆眼珠子。白皮怪人的右手又拿起第二顆眼球——那瞳孔紅得像奧菲麗亞吃下的葡萄——把雙手舉到少了眼睛的臉前，想瞧一瞧是誰把他弄醒了。

奧菲麗亞沒有注意到自己做了什麼好事，餐桌的誘惑太強大了，就是領她前往迷宮的精靈，也無法阻止她再摘下一顆危險的葡萄。

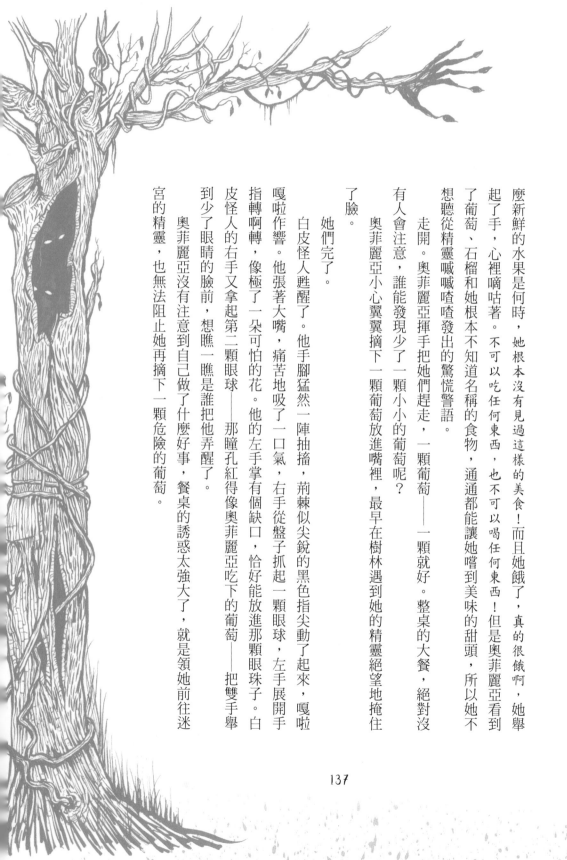

哎呀，這女孩！

她們為什麼要把幫助她變成一件這麼困難的事呢？她們長角的主人鐵定要大發雷霆。精靈飛到小女孩的面前想打破魔咒，甚至設法搶下她手中的葡萄。但是這孩子感激嗎？才不呢，奧菲麗亞生氣了。難道她們不懂嗎？她一面想，一面把葡萄從精靈那裡搶回來，她只是希望沉浸在甜蜜之中，靠著果實忘記一切——所有的苦，所有的痛，所有充斥著生活中的恐懼。

白皮怪人從椅子站了起來，自桌子後方走出來，雙腿僵硬地挪動，好像它們忘了如何支撐他瘦骨嶙峋的身體。他持續將雙手舉在面前，掌心裡的眼睛尋找著把他喚醒且偷吃他餐桌食物的小偷。

首先，這對眼睛找到了精靈。

然後，看到了奧菲麗亞。

奧菲麗亞仍然沒有注意到自己做了什麼。

噢，精靈這下慌了，開始發出尖叫，可是她們的聲音比蟋蟀的叫聲大不了多少。奧菲麗亞咬下另一顆葡萄，白皮怪人越走越近，皮膚垂掛在骨瘦如柴的四肢上，好像穿著一件人皮縫製的衣服。精靈繞著吃小孩的妖怪，在他可怕的腦袋旁邊團團轉，奮不顧身想將他的注意力從小女孩身上引開。她們的聲音因為恐懼變得十分尖銳，最後

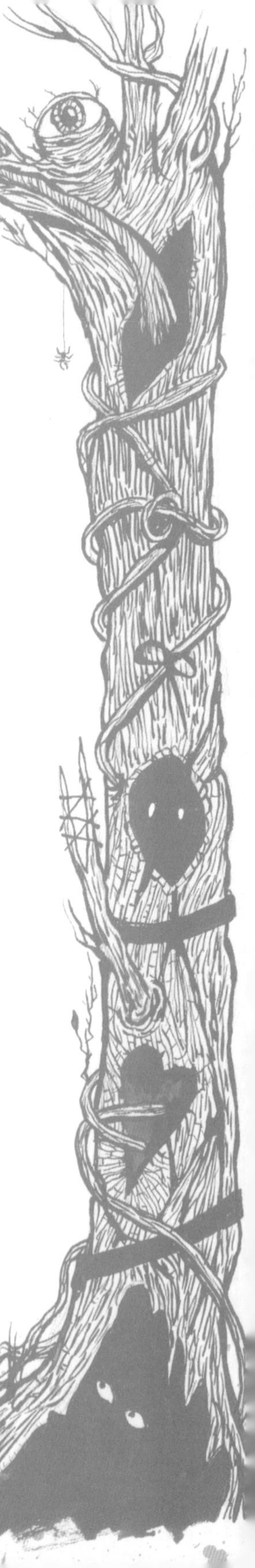

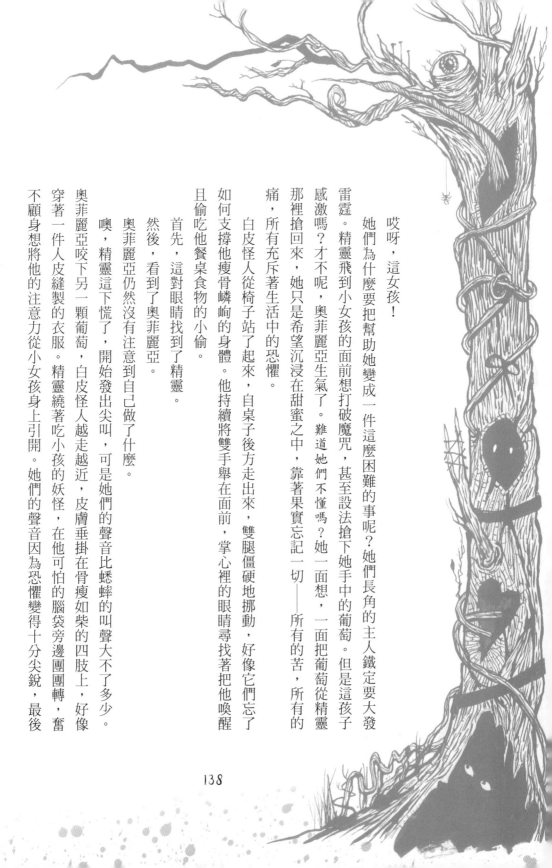

終於刺破了魔咒。

奧菲麗亞轉過身，可來不及了，吃小孩的妖怪用血跡斑斑的手指抓著了精靈。一開始，她們設法掙脫了，但白皮怪人是一個經驗老道的獵人，被他抓住的兩個精靈拚命掙扎求生，白皮怪人卻是抓住她們不肯鬆手。於是，奧菲麗亞只能眼睜睜看著怪物將第一個精靈塞到無牙的牙床中間，咬下了她的頭，輕鬆得像是從花莖上摘下一朵花。精靈的血順著他蒼白的下巴淌下。第二個精靈無助地掙扎，想掙脫他殘酷的魔爪，最後與她的姐妹遭遇相同的命運，毫無血色的嘴唇嚼碎了她的翅膀和前後肢。當奧菲麗亞的雙腳終於聽使喚時，白皮怪人正在舔舐手指上的血。

她往外跑進走廊，但隨即聽到身後傳來白皮怪人搖晃的腳步聲。她轉頭一看，只見他可怕的身影夾在長柱中間，兩隻眼在高舉的掌心中亂轉。快跑！奧菲麗亞吩咐她的雙腳，快跑！可是她的膝蓋抖個不停，結果滑了一跤，摔在格子地板上。

只剩一個精靈還沒死於魔掌，她飛到奧菲麗亞身邊。我害死了妳的姐妹！奧菲麗亞一面想著，一面跌跌撞撞往前跑。不行，現在不是想這個的時候，她還沒見到走廊的盡頭，而且羊男的沙漏就快要在閣樓房間裡漏完沙了。

奧菲麗亞看不到只剩下少許的沙，這或許是好事。當她跑到走廊最後一個拐彎處時，一顆心狂跳不已。她看到椅子了，椅子上方就是粉筆刻出來的門。

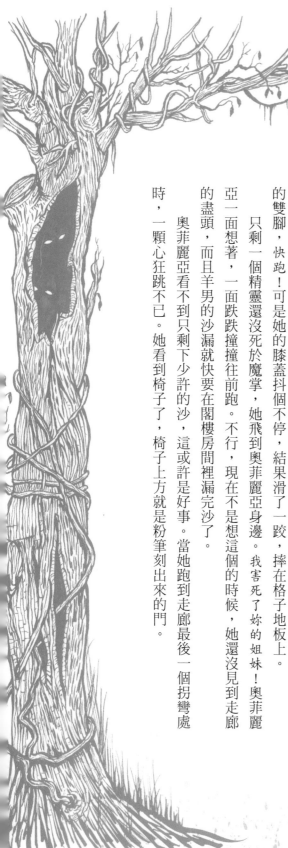

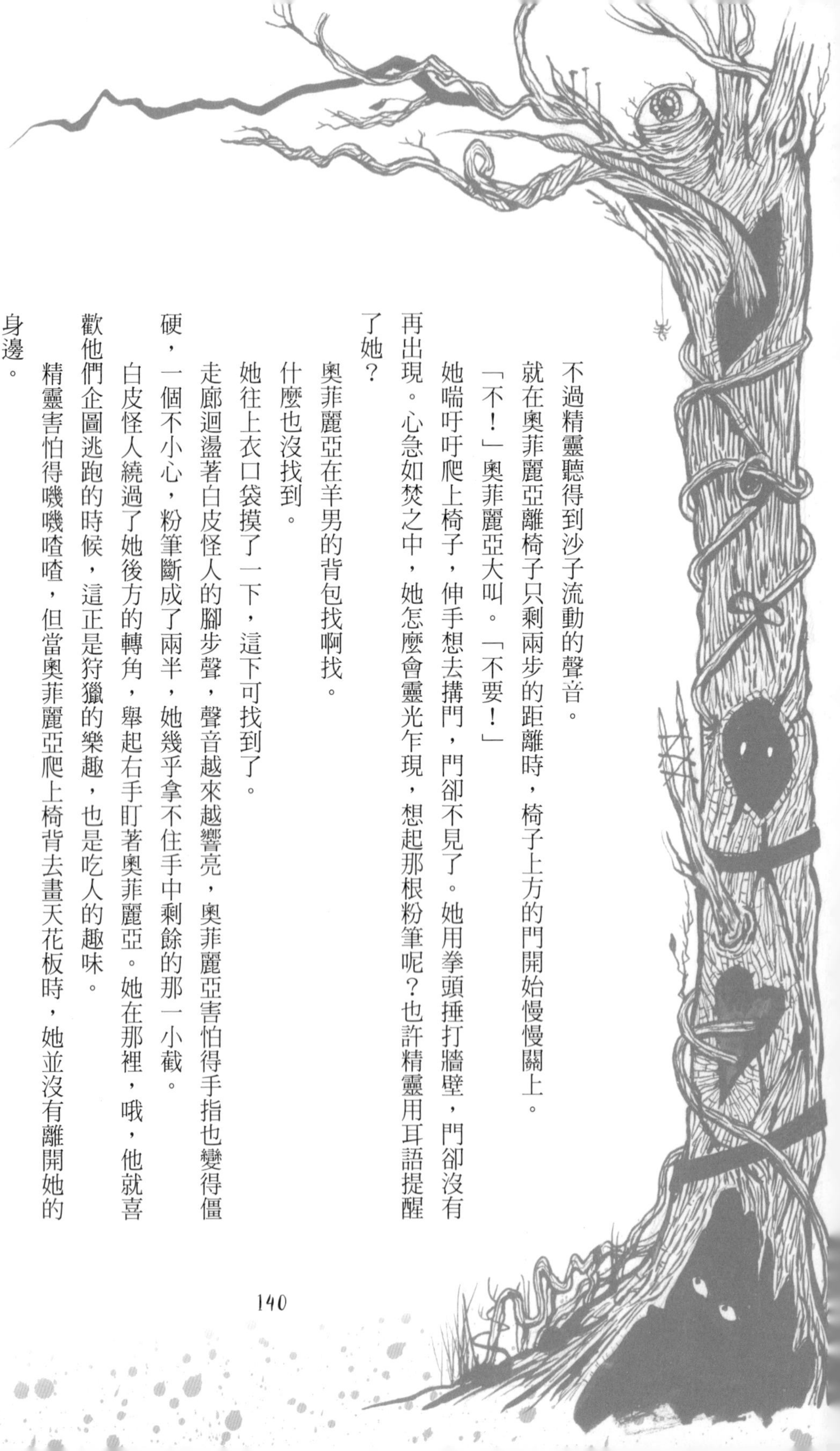

不過精靈聽得到沙子流動的聲音。

就在奧菲麗亞離椅子只剩兩步的距離時，椅子上方的門開始慢慢關上。

「不！」奧菲麗亞大叫。「不要！」

她喘吁吁爬上椅子，伸手想去搆門，門卻不見了。她用拳頭捶打牆壁，門卻沒有再出現。心急如焚之中，她怎麼會靈光乍現，想起那根粉筆呢？也許精靈用耳語提醒了她？

奧菲麗亞在羊男的背包找啊找。

什麼也沒找到。

她往上衣口袋摸了一下，這下可找到了。

走廊迴盪著白皮怪人的腳步聲，聲音越來越響亮，奧菲麗亞害怕得手指也變得僵硬，一個不小心，粉筆斷成了兩半，她幾乎拿不住手中剩餘的那一小截。

白皮怪人繞過了她後方的轉角，舉起右手盯著奧菲麗亞。她在那裡，哦，他就喜歡他們企圖逃跑的時候，這正是狩獵的樂趣，也是吃人的趣味。

精靈害怕得嘰嘰喳喳，但當奧菲麗亞爬上椅背去畫天花板時，她並沒有離開她的身邊。

來了。白皮怪人踉踉蹌蹌，越走越近，那雙瘦骨嶙峋的腿闊步追來了，兩隻眼睛

在掌心中閃閃發光。

奧菲麗亞總算在天花板的嵌花磁磚上畫出一個正方形，用盡了殘餘的力氣往上推，終於將粉筆畫的門推開了。可是，當奧菲麗亞撐起身子，希望這扇門也能將她帶回自己的房間時，她的腳卻把椅子蹬開了。精靈從她身邊飛過，奧菲麗亞奮力撐起身體，閃避那兩隻可怕的手，白皮怪人的指甲擦到她的腿，不過當他用手抓住奧菲麗亞時，他就看不見東西了。千鈞一髮之際，奧菲麗亞爬上了滿是灰塵的閣樓地板。她把粉筆刻出來的地板門推回原本位置，那個救了她的開口最後只剩下一線微弱的光。

奧菲麗亞站了起來。

一陣呻吟從地板下方傳來，是一張飢餓的血盆大口所發出的呻吟。奧菲麗亞往後退開，感覺白皮怪人正在推著地板，最可怕的恐懼總是藏在我們的下方，動搖著我們希望堅實又安全的地面。

奧菲麗亞打著顫坐到床上，把腳從地板上抬起來，然後側耳傾聽。精靈停到她的肩上，小小的身軀帶來了暖意，是安慰，也是責備，畢竟奧菲麗亞的失誤害死了她的妹妹們。

下方傳出最後一聲殘暴的搥打聲。

然後……終於……安靜下來。

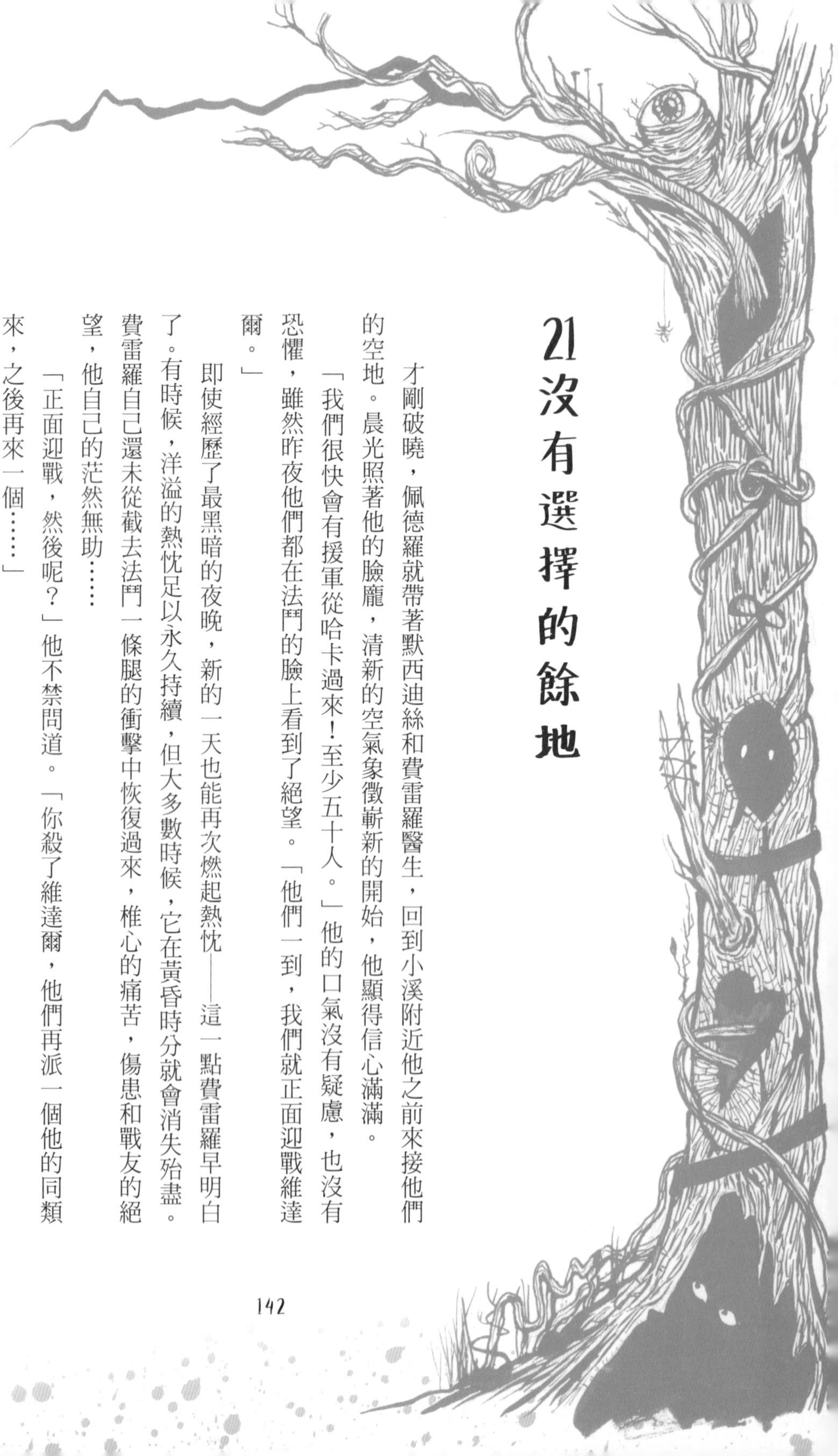

21 沒有選擇的餘地

才剛破曉，佩德羅就帶著默西迪絲和費雷羅醫生，回到小溪附近他之前來接他們的空地。晨光照著他的臉龐，清新的空氣象徵嶄新的開始，他顯得信心滿滿。

「我們很快會有援軍從哈卡過來！至少五十人。」他的口氣沒有疑慮，也沒有恐懼，雖然昨夜他們都在法鬥的臉上看到了絕望。「他們一到，我們就正面迎戰維達爾。」

即使經歷了最黑暗的夜晚，新的一天也能再次燃起熱忱——這一點費雷羅早明白了。有時候，洋溢的熱忱足以永久持續，但大多數時候，它在黃昏時分就會消失殆盡。費雷羅自己還未從截去法鬥一條腿的衝擊中恢復過來，椎心的痛苦，傷患和戰友的絕望，他自己的茫然無助……

「正面迎戰，然後呢？」他不禁問道。「你殺了維達爾，他們再派一個他的同類來，之後再來一個……」

費雷羅一生目睹過太多太多幻滅的希望，他真的才四十八歲嗎？他覺得自己像千歲老人那麼滄桑，對於所有的反抗青年感到厭倦，即使他們的確站在正義的一邊。

默西迪絲的弟弟佩德羅沒有費心回答他的問題，只是用那張光潔年輕的臉瞅著他，他看到了什麼？大概看見了一個可憐兮兮的老頭子吧。

「你們贏不了的！」費雷羅嚴厲地說。「你們槍枝不足，沒有安全的藏身之處！你們最後都會落得像法鬥一樣的下場，或者比他還慘。」他跪在溪畔洗去骨鋸和手術刀上的血跡，他肯定很快又會用上這些器械，冷冽的溪水流過雙手，與世界一樣冷。「你們需要的不是援兵。」他說。「你們需要的是糧食！是藥品！」

佩德羅依舊一句話也沒說，在他們的後方，游擊隊隊員正在收集木柴以及森林能夠給予他們的任何東西。

「美、俄、英……他們都會幫助我們。」他總算開口了。「他們一旦打贏對抗德國法西斯的大戰，就會幫助我們擊敗西班牙的法西斯。佛朗哥支持希特勒，但我們支持盟軍，我們有許多人在協助抵抗行動時犧牲，德國人需要鎢礦讓武器工廠運轉，我們就破壞了加利西亞區的鎢礦礦坑……你想盟軍會忘記這些嗎？」

費雷羅挺直身子，把器械放回醫療包裡。會，他們會忘記。他覺得又疲憊又氣惱，也許他的憤怒主要是因為自己的疲憊和心死。記得要害怕，他告訴自己，害怕正正當當的那一方永遠不會勝利——害怕他們只能暫時阻擋邪惡。

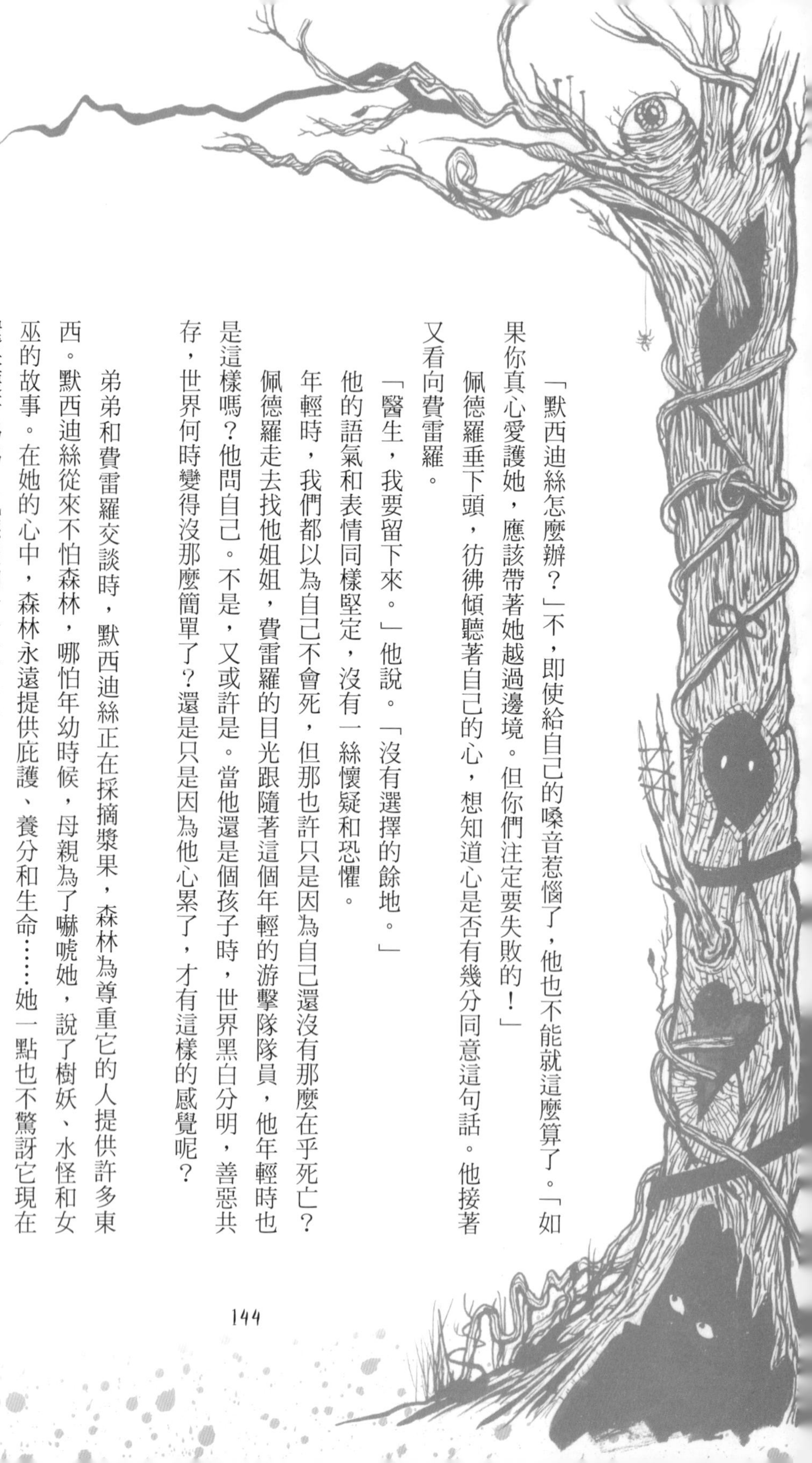

「默西迪絲怎麼辦？」不，即使給自己的嗓音惹惱了，他也不能就這麼算了。「如果你真心愛護她，應該帶著她越過邊境。但你們注定要失敗的！」

佩德羅垂下頭，彷彿傾聽著自己的心，想知道心是否有幾分同意這句話。他接著又看向費雷羅。

「醫生，我要留下來。」他說。「沒有選擇的餘地。」

他的語氣和表情同樣堅定，沒有一絲懷疑和恐懼。

年輕時，我們都以為自己不會死，但那也許只是因為自己還沒有那麼在乎死亡？佩德羅走去找他姐姐，費雷羅的目光跟隨著這個年輕的游擊隊隊員，他年輕時也是這樣嗎？他問自己。不是，又或許是。當他還是個孩子時，世界黑白分明，善惡共存，世界何時變得沒那麼簡單了？還是只是因為他心累了，才有這樣的感覺呢？

弟弟和費雷羅交談時，默西迪絲正在採摘漿果，森林為尊重它的人提供許多東西。默西迪絲從來不怕森林，哪怕年幼時候，母親為了嚇唬她，說了樹妖、水怪和女巫的故事。在她的心中，森林永遠提供庇護、養分和生命……她一點也不驚訝它現在還保護著弟弟。佩德羅如今看來已經是個成熟大人了，好像他才是年長的那一個，默西迪絲望著弟弟朝自己走來，心想他現在也許確實更像個哥哥。

「姐姐，妳得趕緊回去了。」

他把手放在她的肩上，這個動作洩露了他竭力掩藏的情緒。默西迪絲把手伸進口袋，掏出穀倉鑰匙交給他。前一天她趁著打掃上尉的辦公室時，從他抽屜裡偷拿出來的。

「再等幾天。」她告誡他。「如果你們現在就去洗劫穀倉，那就正中他的下懷。」

弟弟接過鑰匙，露出得意的笑容，那一瞬間看起來不像大人，反而像默西迪絲記憶中歷歷在目的心急小男孩。「不要擔心，交給我吧，我會小心的。」他伸出手臂摟住她的肩膀，吻了吻她的臉頰。

小心，他從來都不會小心，他不懂什麼叫小心。默西迪絲握住他的手，延長珍貴的這一刻，就是靠著偷取一點一滴的時光，他們才能活到現在。

「我是個膽小鬼。」她低聲說。

佩德羅詫異的表情險些讓她啞然失笑。

「妳才不是！」

「我是，我很怯懦……在那個野獸一樣的男人身邊過日子，給他洗衣、鋪床、做菜……如果醫生說得沒錯，我們贏不了的，那要怎麼辦？」

佩德羅頓了一下，最後點了點頭，像是承認了這不是沒有可能的事。

「那麼，我們起碼要讓那個王八蛋日子更難過。」他說。

剃刀和菜刀

在古老森林裡的一棟小屋中，曾經住著一個叫蘿西歐的女人，周圍村莊的人都說她是一個女巫。她和一個男人生了一兒一女，但那個男人會用皮帶抽打孩子，所以她離開了他。

「我可能很快就得離開你們了。」兒子剛過完十二歲生日後沒幾天，她這麼告訴孩子，當時女兒再過兩個月也要滿十一歲。「昨天晚上我夢到自己死了，我並不怕到地下王國，可是我擔心你們兩個年紀還小，無法獨自應付這個世界。所以，我要給你們兩人可以保護自身安全的禮物，以免這個夢成真。」

兩個孩子交換了一個驚恐的眼神，他們母親的夢總是會成真。

蘿西歐拉起女兒的手，讓小女孩的手指緊緊握住一把木柄光滑的小菜刀。

「露易莎，這把刀可以保護妳不受任何的傷害。」女巫說。「不只如此，這把刀可以劃破人的面具，揭露他們往往想要隱藏的真面目。」

露易莎強忍著眼淚，因為她非常愛她的母親，但她收下小刀，藏在圍裙的褶層中。

「你呢，米蓋爾，我給你另一種刀。」女巫對兒子說，讓他的手指緊緊握住一把剃刀的銀柄。「菜刀對你妹妹有用，這把刀對你有用，它刀片銳利，會保護你不受任何的傷害。等你長大必須刮鬍子時，這把剃刀不只可以刮乾淨你下巴的鬍渣，也會刮走你痛苦的記憶。每一次使用它，你的心就會感覺像是剛剛刮過的臉那樣年輕。不過，要小心，有的記憶雖然讓人痛心刻骨，但是必須保留下來。因此，兒子，你要善加利用我給你的禮物，不要常常使用。」

次日，蘿西歐前往她每天採集新鮮藥草的林區，但是遲遲沒有歸來。直到第二天早上，她的孩子們才知道，有個貴族命令他的士兵把她淹死在水池裡。她以前經常帶他們到那個池子，向水詢問過去和未來的事。

露易莎和米蓋爾知道女巫的孩子很少能活下來，於是急急忙忙收拾僅有的一點東西，離開了他們稱之為家的小屋。他們在森林另一頭找到一個洞穴，與母親遇害的磨坊有一段安全的距離。他們靠山洞遮風避雨，躲開黑夜的尖牙，而兩把刀給了他們食物。有一天，白皮怪人在洞穴附近的林裡遊蕩，兩把刀也保護了他們。

後來，空中開始彌漫著飄雪的味道，一個偷到森林打兔子的農夫發現了他們。農夫和妻子無法生育，所以也沒有問他們是從哪裡來的，就把他們帶回了家。這對膝下無子的夫婦相當疼愛他們，把他們視為自己的孩子撫養。他們長大後，露易莎成了廚

房女傭，米蓋爾做了理髮師，母親給他們的兩把刀繼續為他們提供食物與保護。

露易莎和米蓋爾終身珍惜著母親的禮物，許多年過去了，他們把禮物傳給自己的孩子，菜刀和剃刀這時依然鋒利雪亮，一如蘿西歐交到她孩子手中的那一天。但由於他們都只有女兒，剃刀就給了米蓋爾的女婿。這個女婿生性險惡殘酷，某日盛怒之下竟拿起剃刀抵住妻子的喉嚨，結果剃刀沒聽他的，反而割傷了他的手。但是，從那天起，剃刀刮不走痛苦的記憶，反將痛苦的記憶帶回給使用它的人，用他們自身的邪惡毒害他們。

22 死的王國與愛的王國

維達爾沒有睡好，他拿起剃刀刮過剛清洗過的皮膚時，發現自己希望剃刀除去他的黑鬍渣，也希望它能刮走那些惱人的夢，在落滿灰塵的房間裡，那些夢仍舊窩在晨曦塗抹出的暗影中。

清洗刀片時，刮鬍膏讓水成了乳汁般的白色，為什麼這讓他想起了未出生的兒子和出血的妻子呢？在面盆旁邊，懷錶滴答滴答走著，他的生命也一分一秒在流逝。死亡！銀色錶盤彷彿在發出警告，也許死亡是維達爾心中唯一的愛，是他最壯闊的浪漫，什麼也比不上。那樣的浩瀚，那樣的絕對，死亡是邪惡的慶典，慶祝著所有人終於完全就範。然而，即使在「死」這件事情上，維達爾也有著關於「失敗」的恐懼，他恐懼自己在不知不覺且失去榮耀的狀態下死去，變得沒沒無聞，或者一敗塗地——或甚至更糟，像他的母親一樣躺在床上，讓疾病一點一滴耗損自己的身體。女人才會這麼死，男人不能。

維達爾盯著自己的倒影，殘留的刮鬍膏讓他的肉看起來像是開始腐爛了。他把剃刀貼近鏡子，彷彿要劃開自己在鏡中倒影的喉嚨，他的眼中有恐懼嗎？

沒有。

他猛然把手放下，傳喚那副信心十足的假面具，那副假面具已經成了他的第二張臉，無情而堅定。死神是一個叫人膽寒的情人，要克服這種恐懼只有一途——做她的劊子手。

維達爾獨自站在鏡前，用剃刀向死神求愛，也許是感覺到死神已經來到磨坊，也許是聽到她無聲的跫音上樓走向某個房間，在那房裡，他懷孕的妻子躺在被汗水浸透的被褥中輾轉反側。

奧菲麗亞也聽到了死神的腳步，她站在母親床邊，撫摸母親的臉龐，她的臉燙得好像生命正在她體內被燃燒成灰。還沒出生的弟弟也會害怕嗎？奧菲麗亞把手放在毯子下方，那由他的小身軀構成的小丘上，他的小臉蛋有沒有感受到母親滾燙的體溫呢？奧菲麗亞不想對弟弟生氣了，害母親生病的是這個地方，不是他——狼才是唯一的罪魁禍首。事實上，她發現自己渴望弟弟的陪伴，渴望抱抱他，呵護他，就像迷宮裡那根長柱上刻著的女孩那樣照顧懷裡的孩子。有時，我們需要靠眼睛看見我們的感覺，才會明白那些感受。

奧菲麗亞按照羊男的吩咐，捧著一碗牛奶到母親的房間，碗裡放著他給她的曼德拉草，不過那塊根還是讓她覺得討厭。塊根一沾到了牛奶，就開始動了起來，好像新生兒一樣，蒼白的四肢伸展開來。它的胳膊和腿像嬰兒一樣胖嘟嘟的，連發出的聲音也好像新生兒的嚶嚶低泣。奧菲麗亞的母親在床上呻吟，曼德拉草像孩子一樣轉向那個聲音，彷彿在傾聽自己母親的聲音。

奧菲麗亞雖然討厭塊根，但還是忍不住笑了。她把碗端去床邊，塊根不停發出吱吱的輕叫聲。把碗擺到床下，而且不讓牛奶灑出來，這可不是一件容易的事。奧菲麗亞鑽到床底，把碗推到看不見的地方。有一會兒，她擔心曼德拉草會吵醒母親，因為它居然開始像嬰兒一樣哭了。嬰兒肚子餓了，當然要哭！奧菲麗亞咬破手指，擠了兩滴血到牛奶。直到這個時候，她才聽到腳步聲，可人還趴在床底下。

有人走進來站在母親的床邊，奧菲麗亞認出那是費雷羅醫生的鞋子，鬆了一口氣。但費雷羅不是一個人進來的。

「上尉！」奧菲麗亞聽見他說話的聲音。「她體溫降下來了！我也不知道是什麼原因，但真的降下來了。」

費雷羅心中的一塊石頭落了地，自從小女孩發現她的母親出血以來，他就一直擔心她很快就會成為孤兒，也擔心她們會失去她尚未出世的弟弟。費雷羅竭力不讓奧菲麗亞察覺他的擔憂，卻在她那雙和她母親同樣黝黑的眼睛看到了恐懼，他知道，假使女孩的母親死了，他無法保護她不受站在他身邊那個男人的傷害。而趴在母親床下的女孩，她的心跳正在加速……

「所以呢？還是在發燒。」奧菲麗亞從狼的聲音中聽不到寬慰，也聽不到憂慮，更沒有愛。

「對，不過這是個好兆頭。」她聽見醫生說。「我的治療對她的身體有用。」

奧菲麗亞感覺睡夢中的母親在她的上方動了動。

「聽好了，費雷羅……」狼的聲音十分冰冷。「如果你必須選擇，那就救孩子，明白了嗎？」

奧菲麗亞無法呼吸，她的心發出尖叫，狼說的每一個字都像是打在母親發燒臉龐上的一巴掌。

「那個男孩——」他繼續說。「他要繼承我的姓氏，繼承我父親的姓氏。救他，如果他——」

突然，一聲爆炸響起，止住了他的話。奧菲麗亞確定那聲響來自森林。死神不只來過磨坊。

維達爾跌跌撞撞走出磨坊，發現士兵聚集在院子裡，一團火球從樹冠上方噴出，

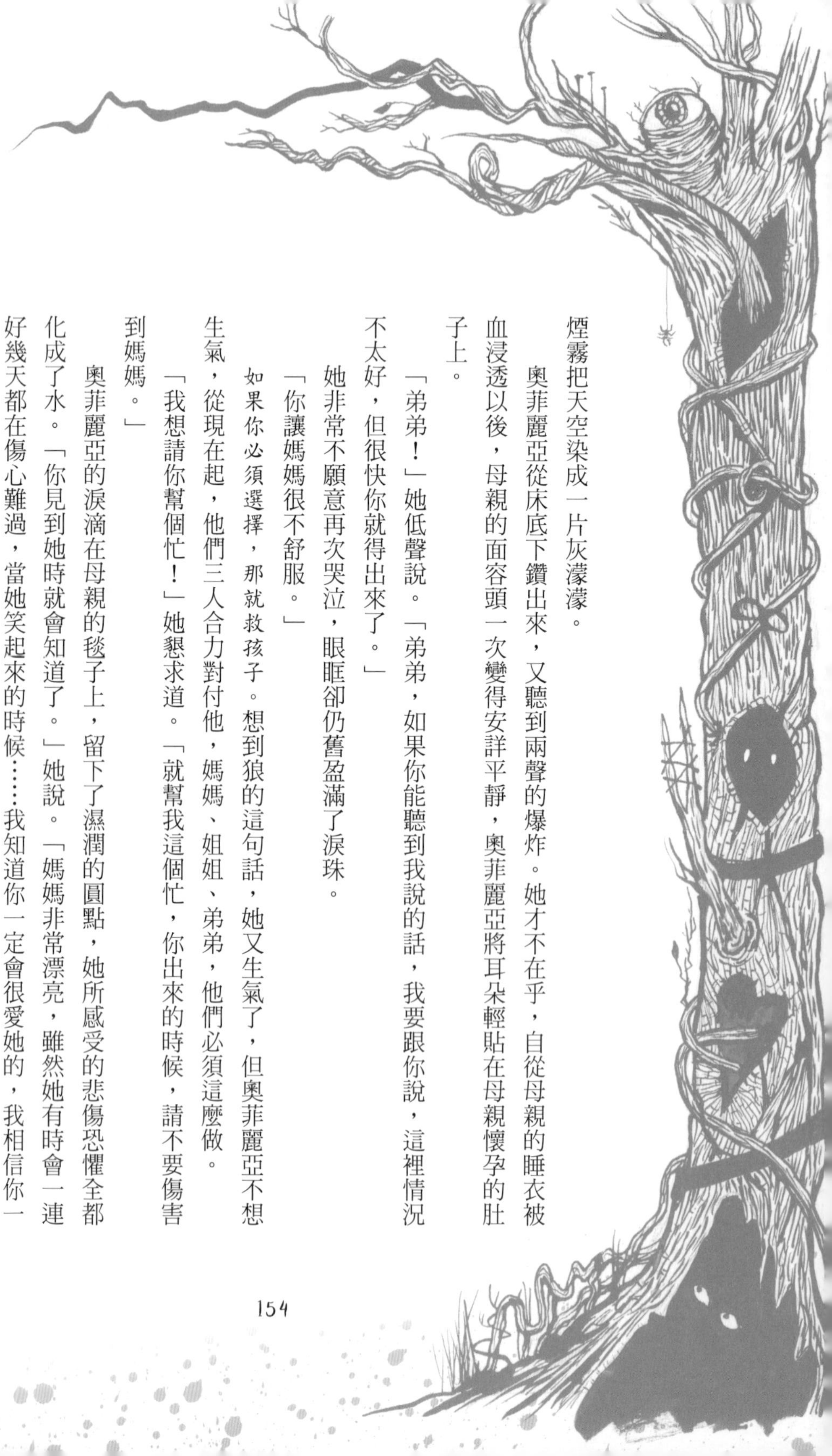

煙霧把天空染成一片灰濛濛。

奧菲麗亞從床底下鑽出來，又聽到兩聲的爆炸。她才不在乎，自從母親的睡衣被血浸透以後，母親的面容頭一次變得安詳平靜，奧菲麗亞將耳朵輕貼在母親懷孕的肚子上。

「弟弟！」她低聲說。「弟弟，如果你能聽到我說的話，我要跟你說，這裡情況不太好，但很快你就得出來了。」

她非常不願意再次哭泣，眼眶卻仍舊盈滿了淚珠。

「你讓媽媽很不舒服。」

如果你必須選擇，那就救孩子。想到狼的這句話，她又生氣了，但奧菲麗亞不想生氣，從現在起，他們三人合力對付他，媽媽、姐姐、弟弟，他們必須這麼做。

「我想請你幫個忙！」她懇求道。「就幫我這個忙，你出來的時候，請不要傷害到媽媽。」

奧菲麗亞的淚滴在母親的毯子上，留下了濕潤的圓點，她所感受的悲傷恐懼全都化成了水。「你見到她時就會知道了。」她說。「媽媽非常漂亮，雖然她有時會一連好幾天都在傷心難過，當她笑起來的時候……我知道你一定會很愛她的，我相信你一定會的！」

沒有人回應，但奧菲麗亞相信她聽見弟弟在母親肚皮底下的心跳。

「聽著！」她給了她的話加足了一個莊嚴承諾需要的分量。「如果你聽我的話，我就帶你去我的王國，讓你成為一個王子，我保證！一個王子。」

在床底下，曼德拉草發出輕柔的尖聲。

23 唯一光榮的死法

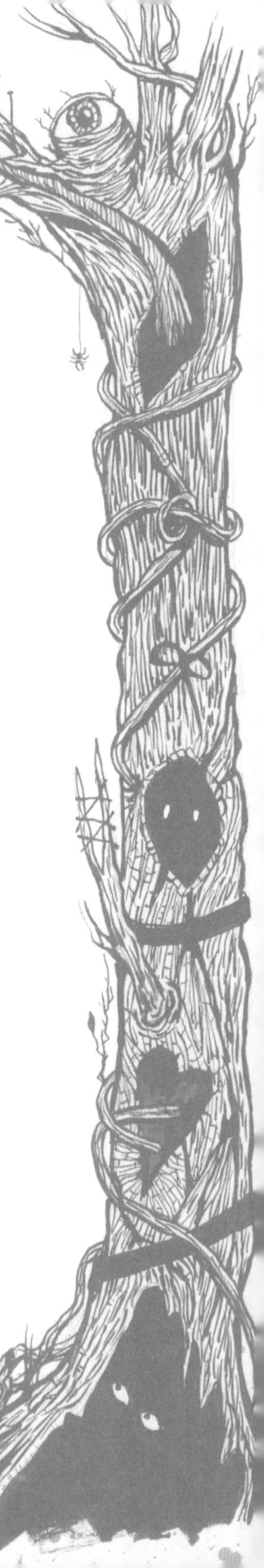

叛賊炸了山區的鐵軌，毀了一列運送軍用品到附近駐防地的火車，熔化的鐵絲纏繞著火車頭，金屬面板蒙上灰燼，炸開的泥土散落在鐵軌的四周。

「我拉了警笛，但他們就是不讓開！」

司機急著要大家相信不是他的錯，維達爾和塞萊諾一同走過炸毀的車廂，他踉踉蹌蹌跟了上去。

「我試過停下來！我發誓！可是已經來不及了。」

白癡，只有心虛的人才會急著辯解。維達爾很想一把將他推到炸毀的火車下方，或者踢得他像火車頭那樣動不了，可那個傻蛋還在不停地喘著氣懇求。

「我和火伕及時跳下車，但看看他們搞得一團糟！」

維達爾盯著被炸毀的鐵軌和火車。毀損、失序，這就是森林裡那群混蛋要的。一片混亂。他在一節似乎完好無損的車廂前停了下來。

「他們偷了什麼？」他問其中一名運輸官。

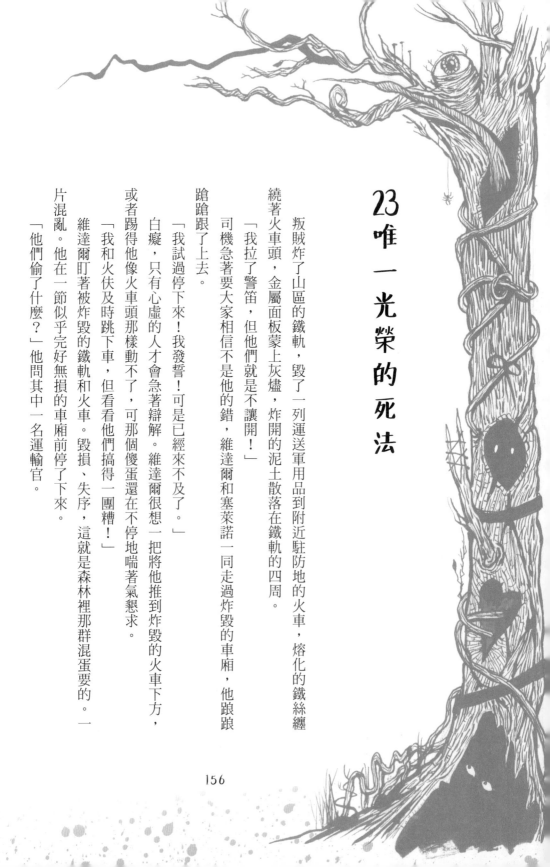

「什麼都沒偷，上尉，他們連一節車廂也沒打開。」那人抹掉臉上的煤煙，他比司機冷靜許多，因為他正在稟告好消息。

「你到底在說什麼？」

「這裡搞得亂七八糟……結果他們沒有打開貨車車廂，他們什麼也沒拿，沒人知道他們的目的，就只是在浪費我們的時間。」

維達爾看著士兵圍住炸毀的火車，好像螞蟻在被踩踏過的蟻丘四周打轉。浪費我們的時間，這句話在他的腦子裡聽起來大錯特錯，不對，賊子不可能用上寶貴的炸藥，就只是為了要激怒他，可能嗎？他還沒來得及想出答案，答案已經從林間傳來了。

又一聲爆炸響起，所有人立刻紛紛轉過頭去。又一團火球衝到樹林上方，沒人懷疑它來自哪一個方向。

上當了！全是詭計，是煙霧彈！

好，戰爭開打了。

他們趕回磨坊，戰鬥還未停止。炸藥把軍隊的吉普車、卡車和帳篷炸得七零八落，血淋淋的屍體散落在院子四處。加西斯從煙霧中站出來，渾身沾滿了血跡和黑灰，維達爾幾乎認不得他。

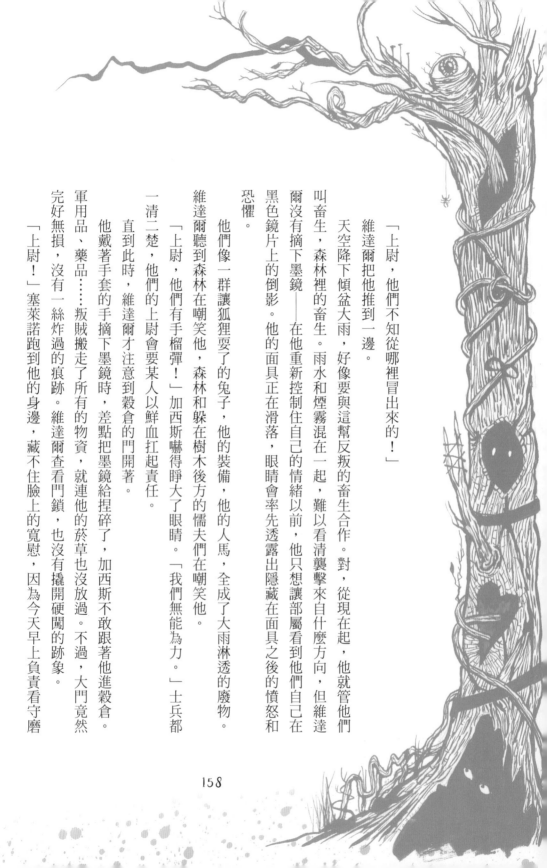

「上尉，他們不知從哪裡冒出來的！」

維達爾把他推到一邊。

天空降下傾盆大雨，好像要與這幫反叛的畜生合作。對，從現在起，他就管他們叫畜生，森林裡的畜生。雨水和煙霧混在一起，難以看清襲擊來自什麼方向，但維達爾沒有摘下墨鏡——在他重新控制住自己的情緒以前，他只想讓部屬看到他們自己在黑色鏡片上的倒影。他的面具正在滑落，眼睛會率先透露出隱藏在面具之後的憤怒和恐懼。

他們像一群讓狐狸耍了的兔子，他的裝備，他的人馬，全成了大雨淋透的廢物。維達爾聽到森林在嘲笑他，森林和躲在樹木後方的懦夫們在嘲笑他。

「上尉，他們有手榴彈！」加西斯嚇得睜大了眼睛。「我們無能為力。」士兵都一清二楚，他們的上尉會要某人以鮮血扛起責任。

直到此時，維達爾才注意到穀倉的門開著。

他戴著手套的手摘下墨鏡時，差點把墨鏡給捏碎了，加西斯不敢跟著他進穀倉。軍用品、藥品……叛賊搬走了所有的物資，就連他的菸草也沒放過。不過，大門竟然完好無損，沒有一絲炸過的痕跡。維達爾查看門鎖，也沒有撬開硬闖的跡象。

「上尉！」塞萊諾跑到他的身邊，藏不住臉上的寬慰，因為今天早上負責看守磨

坊的不是他，是加西斯。「我們包圍了一小撮人，他們躲在山上。」

山上，很好，這麼一來，畜生就成了弱小的兔子了。維達爾把濕髮上的帽子戴正，好，這一回，他不會讓他們跑掉的。

他們跑上去的山不算大，山頂就只有幾塊石頭能夠掩護叛賊。

維達爾親自率隊進攻，一面在林間穿梭，一面開火。這一回，他要在森林又將他們藏起來之前將他們殲滅。如往常一樣，當他要開始戰鬥前，左手總是握住懷錶，這是他的幸運符，破碎的錶面貼著他的掌心，滴答滴答的聲音激勵他繼續前進，那聲音有時聽起來像金屬般的低語：上吧，維達爾，我見證了你父親的死，我也想瞧瞧你怎麼死的，你還要讓我等多久？

他下令部屬從四面包抄叛賊，幾番交火後，四周的樹皮都碎裂開來，不過他知道敵人的彈藥很快就會用罄。他們人數可能是十來個，也許更少，寡不敵眾。

追殺的趣味沒有往常那麼濃厚，維達爾讓獵物愚弄了自己，什麼報復都擦不去那個恥辱，但是他起碼可以確保沒有人能夠活著講這個故事。他躲到一棵樹的後方給手槍裝子彈，塞萊諾用他左手邊那棵樹當掩護。

「上啊，塞萊諾！」維達爾喊道，跨出去又開了幾槍。「不用害怕，只有這樣才死得像個男人！」

他又找了個地方掩護，深吸了一口氣，把懷錶塞進口袋。懷錶還是保護著他，他的死期顯然還沒到來。又來了幾槍，子彈與他擦肩而過，四周士兵發出慘叫，倒地不起，他們空洞的眼睛盯著上方的枝枒與無情的雨水。他閃到另一棵樹的後方，把子彈推進槍膛，再次冒著彈雨衝上山坡，將獵物從岩石後方趕出來，叫他們後悔膽敢愚弄他。

維達爾最後一次找掩護，雨水從帽簷滴入了他的眼睛。死屍攤著四肢倒在大石頭上，好像土裡拔出的蒼白樹根。只剩兩個叛賊仍在苦戰，維達爾下令再次發動攻擊，那兩人中了多發子彈，在低沉的慘叫聲中倒下。

哦，死神的沉默，這是最動聽的聲音了，維達爾總是希望能夠記錄下來，好在刮鬍子的時候放來聽。只有嘩嘩落下的雨聲打破死神的沉默，打著毫無生氣的屍體，打濕他們的衣服，直到他們彷彿都要融解到泥裡。

維達爾走了幾步路來到山頂，後面跟著在襲擊中倖存下來的士兵。與叛賊相比，他們的傷亡人數簡直是小巫見大巫。維達爾停下來察看的第一個人一動也不動，儘管如此，他還是朝他無語的臉龐開了兩槍，確保他真的死了。感覺真好，每一槍都能稍微解除遭受愚弄之恥在血液中留下的毒素。但是，他得找到一個還能講話的人。

維達爾喚塞萊諾過來，一如既往，他如一頭訓練有素的狗登時跑來。他們發現還

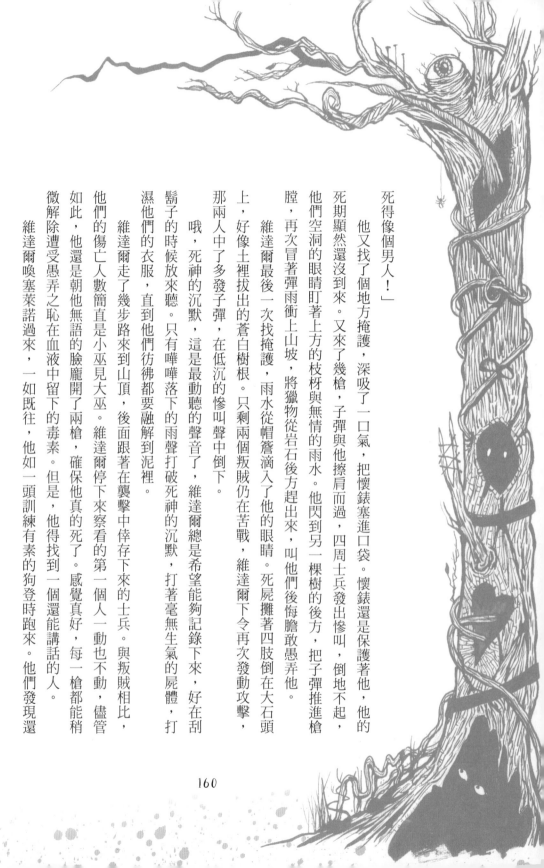

有兩個敵人躺在山頂的岩石中間，兩個都還未成年，也許十五歲而已，一個死了，可另一個還在動，右手按在脖子的槍傷上。維達爾一腳踢開他身旁的手槍。

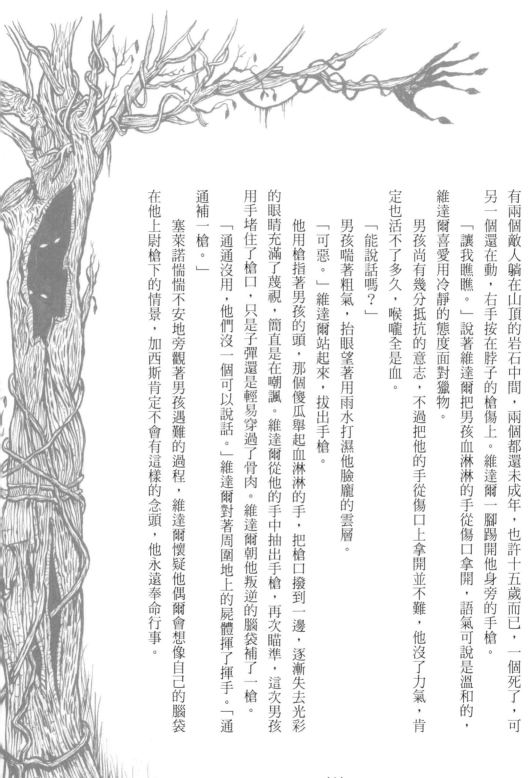

「讓我瞧瞧。」說著維達爾把男孩血淋淋的手從傷口拿開，語氣可說是溫和的，維達爾喜愛用冷靜的態度面對獵物。

男孩尚有幾分抵抗的意志，不過把他的手從傷口上拿開並不難，他沒了力氣，肯定也活不了多久，喉嚨全是血。

「能說話嗎？」

男孩喘著粗氣，抬眼望著用雨水打濕他臉龐的雲層。

「可惡。」維達爾站起來，拔出手槍。

他用槍指著男孩的頭，那個傻瓜舉起血淋淋的手，把槍口撥到一邊，逐漸失去光彩的眼睛充滿了蔑視，簡直是在嘲諷。維達爾從他的手中抽出手槍，再次瞄準，這次男孩用手堵住了槍口，只是子彈還是輕易穿過了骨肉。維達爾朝他叛逆的腦袋補了一槍。

「通通沒用，他們沒一個可以說話。」維達爾對著周圍地上的屍體揮了揮手。「通通補一槍。」

塞萊諾惴惴不安地旁觀著男孩遇難的過程，維達爾懷疑他偶爾會想像自己的腦袋在他上尉槍下的情景，加西斯肯定不會有這樣的念頭，他永遠奉命行事。

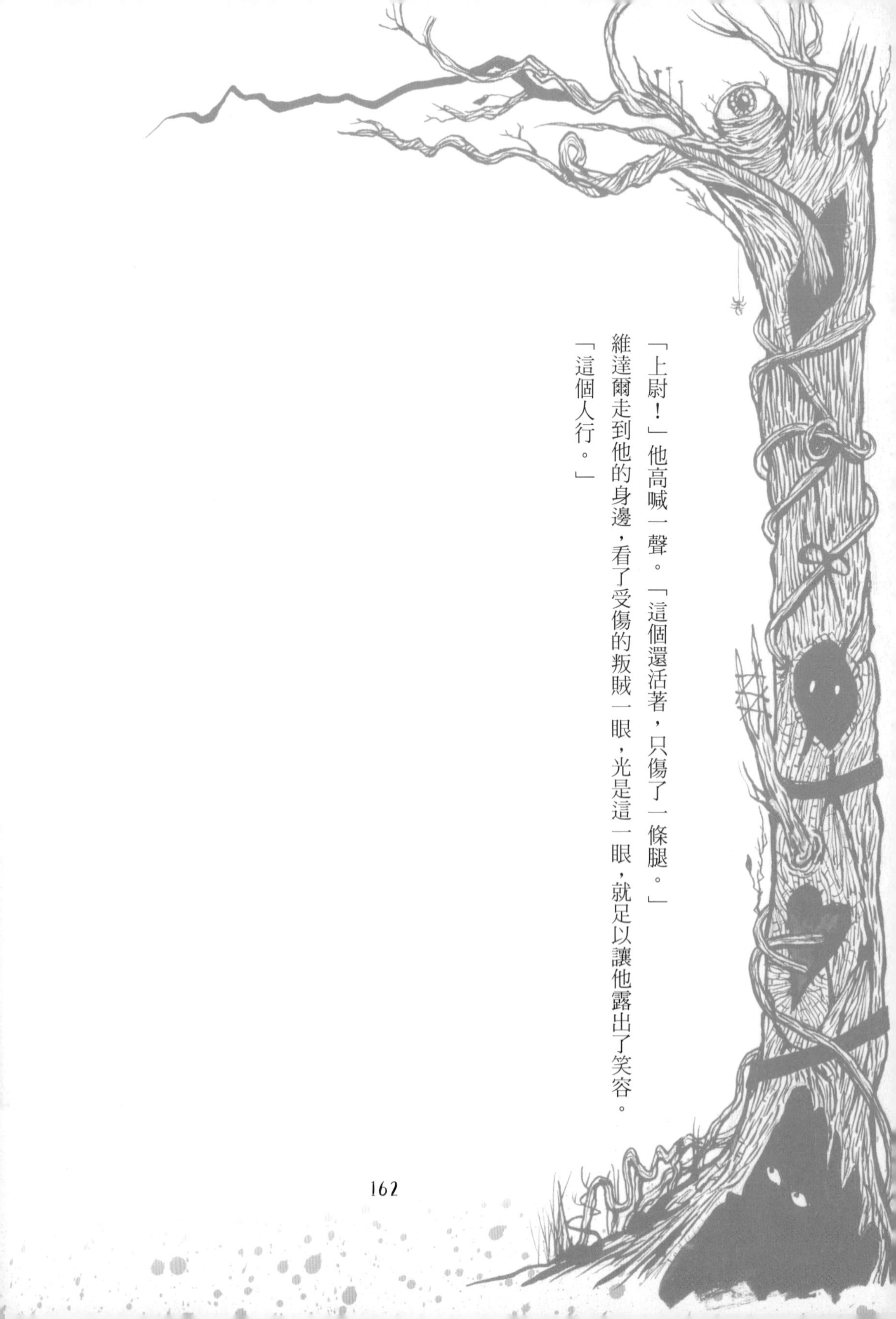

「上尉！」他高喊一聲。「這個還活著，只傷了一條腿。」

維達爾走到他的身邊，看了受傷的叛賊一眼，光是這一眼，就足以讓他露出了笑容。

「這個人行。」

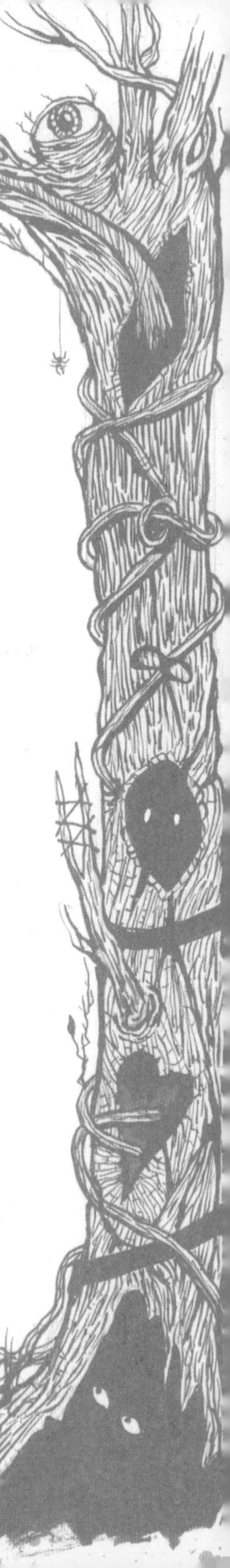

24 壞消息，好消息

打了敗仗後，士兵往往悶不吭聲，維達爾的人馬從森林裡回來時，卻是又叫又笑，默西迪絲知道一定是發生了什麼可怕的事。她衝進廚房，其他女傭正站在廚房門口旁觀院子的騷動。

「發生了什麼事？」她嚇得喘不過氣，幾乎說不出話來。她最後一次冷靜呼吸是什麼時候？她記不得了。

「捉了一個，他們活捉了一個。」蘿莎慌得聲音都變得尖細了，傳聞說她在樹林裡有個侄子。「他們要把他押去穀倉！」

她們都明白那代表著什麼。

默西迪絲掉頭跑回大雨中，瑪麗安娜在後面喊著，但默西迪絲謹慎不了，今天做不到，她內心的恐懼像野獸吞吃著她的心。

「默西迪絲！回來！」瑪麗安娜的嗓音都啞了，其他女傭圍著廚娘，像一群受驚的母雞，僵硬的臉龐有擔憂，也有期盼——擔憂的是維達爾的手下會把默西迪絲也拖

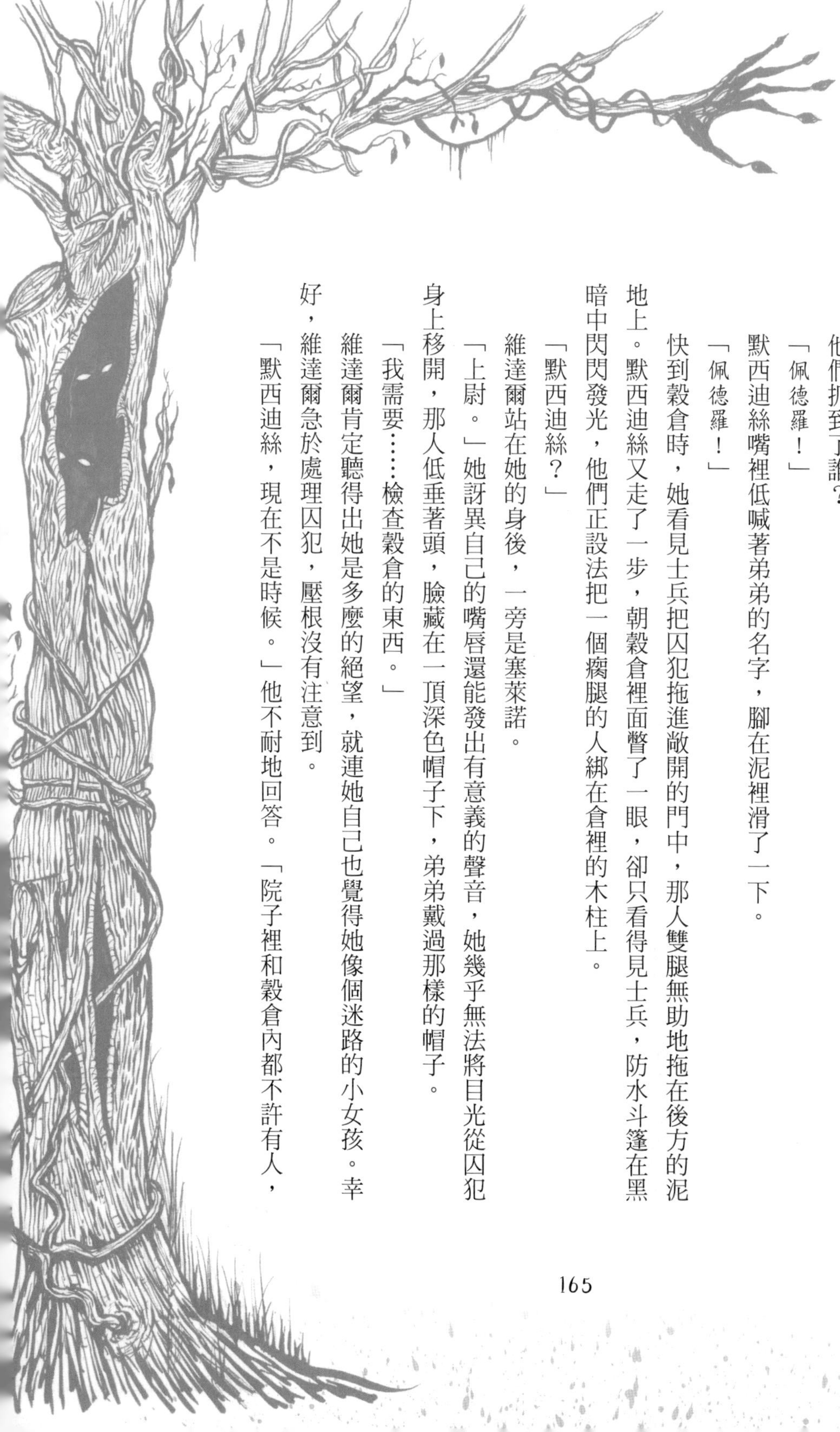

進穀倉，期盼的是默西迪絲能查明他們抓到了誰。

他們抓到了誰？

默西迪絲嘴裡低喊著弟弟的名字，腳在泥裡滑了一下。

「佩德羅！」

「佩德羅！」

快到穀倉時，她看見士兵把囚犯拖進敞開的門中，那人雙腿無助地拖在後方的泥地上。默西迪絲又走了一步，朝穀倉裡面瞥了一眼，卻只看得見士兵，防水斗篷在黑暗中閃閃發光，他們正設法把一個瘸腿的人綁在倉裡的木柱上。

「默西迪絲？」

維達爾站在她的身後，一旁是塞萊諾。

「上尉。」她訝異自己的嘴唇還能發出有意義的聲音，她幾乎無法將目光從囚犯身上移開，那人低垂著頭，臉藏在一頂深色帽子下，弟弟戴過那樣的帽子。

「我需要……檢查穀倉的東西。」

維達爾肯定聽得出她是多麼的絕望，就連她自己也覺得她像個迷路的小女孩。幸好，維達爾急於處理囚犯，壓根沒有注意到。

「默西迪絲，現在不是時候。」他不耐地回答。「院子裡和穀倉內都不許有人，

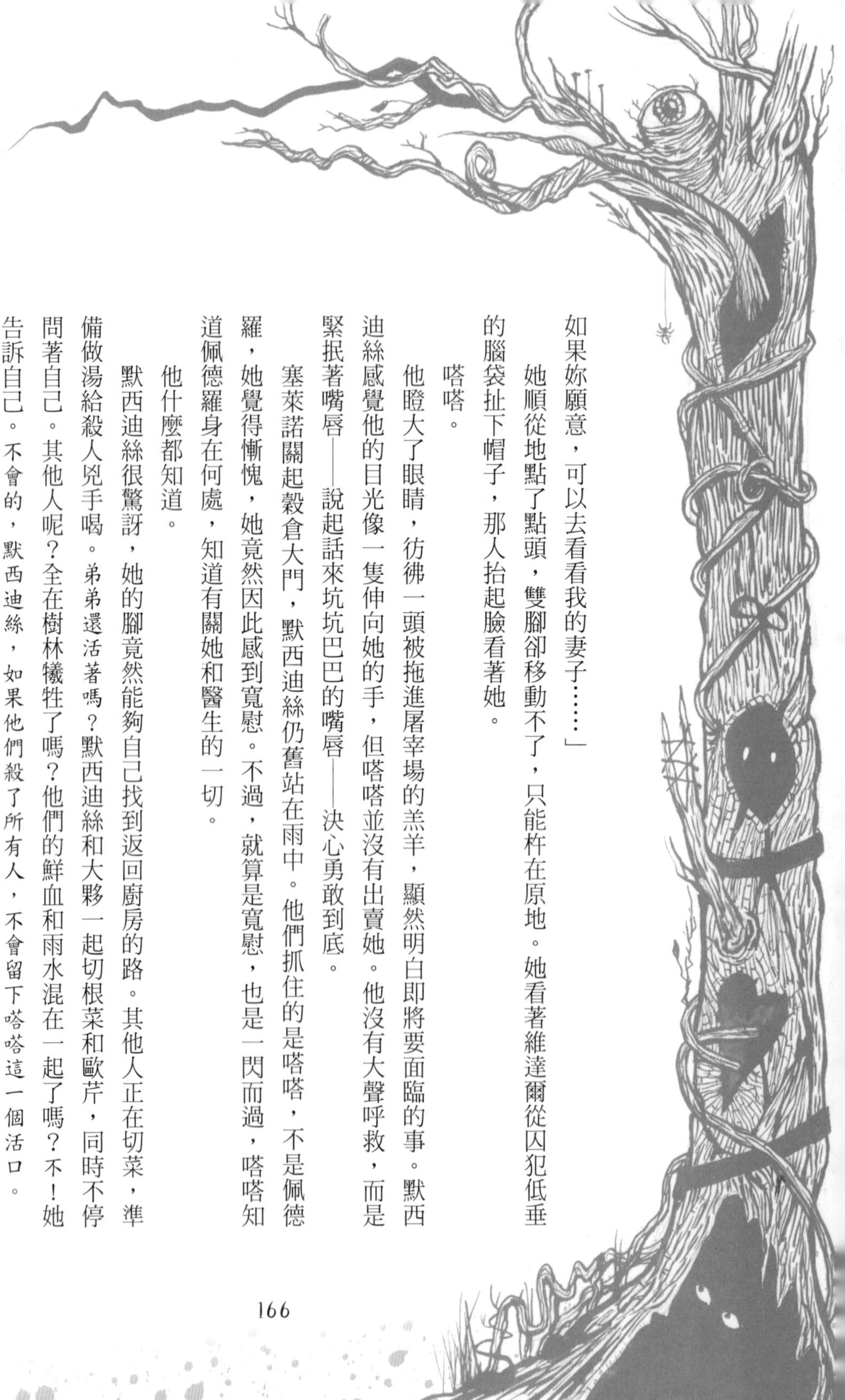

如果妳願意，可以去看看我的妻子……」

她順從地點了點頭，雙腳卻移動不了，只能杵在原地。她看著維達爾從囚犯低垂的腦袋扯下帽子，那人抬起臉看著她。

嗒嗒。

他瞪大了眼睛，彷彿一頭被拖進屠宰場的羔羊，顯然明白即將要面臨的事。默西迪絲感覺他的目光像一隻伸向她的手，但嗒嗒並沒有出賣她。他沒有大聲呼救，而是緊抿著嘴唇——說起話來坑坑巴巴的嘴唇——決心勇敢到底。

塞萊諾關起穀倉大門，默西迪絲仍舊站在雨中。他們抓住的是嗒嗒，不是佩德羅，她覺得慚愧，她竟然因此感到寬慰。不過，就算是寬慰，也是一閃而過，嗒嗒知道佩德羅身在何處，知道有關她和醫生的一切。

他什麼都知道。

默西迪絲很驚訝，她的腳竟然能夠自己找到返回廚房的路。其他人正在切菜，準備做湯給殺人兇手喝。弟弟還活著嗎？默西迪絲和大夥一起切根菜和歐芹，同時不停問著自己。其他人呢？全在樹林犧牲了嗎？他們的鮮血和雨水混在一起了嗎？不！她告訴自己。不會的，默西迪絲，如果他們殺了所有人，不會留下嗒嗒這一個活口。

她的指頭彷彿屬於另一個人，她用平日藏在圍裙的那把刀，將另一塊菜根慢慢切成白色薄片，眼睛只看到利刃。穀倉現在是什麼情景？她盡了全力才將思緒從那個瞪大眼睛的男孩身上拉回，不去想像他們會對他做什麼。

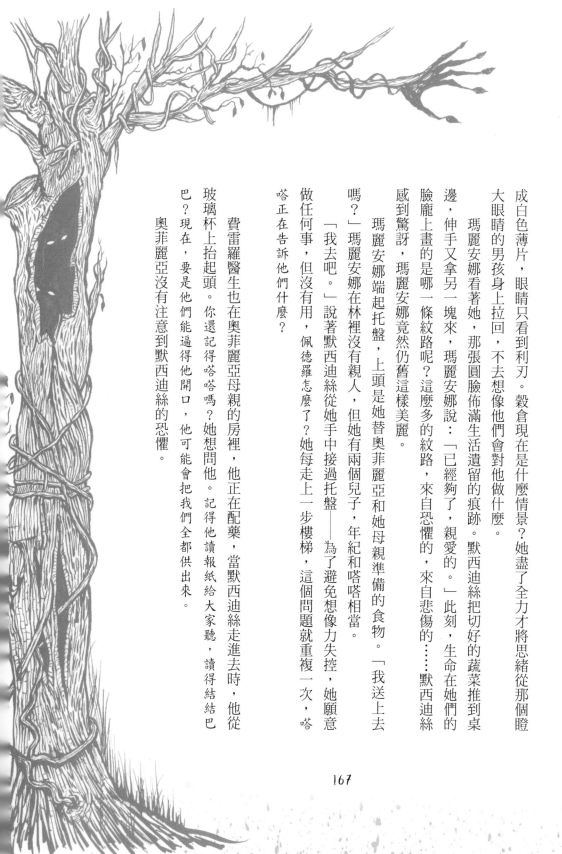

瑪麗安娜看著她，那張圓臉佈滿生活遺留的痕跡。默西迪絲把切好的蔬菜推到桌邊，伸手又拿另一塊來，瑪麗安娜說：「已經夠了，親愛的。」此刻，生命在她們的臉龐上畫的是哪一條紋路呢？這麼多的紋路，來自恐懼的，來自悲傷的……默西迪絲感到驚訝，瑪麗安娜竟然仍舊這樣美麗。

瑪麗安娜端起托盤，上頭是她替奧菲麗亞和她母親準備的食物。「我送上去嗎？」瑪麗安娜在林裡沒有親人，但她有兩個兒子，年紀和嗒嗒相當。

「我去吧。」說著默西迪絲從她手中接過托盤——為了避免想像力失控，她願意做任何事，但沒有用，佩德羅怎麼了？她每走上一步樓梯，這個問題就重複一次，嗒嗒正在告訴他們什麼？

費雷羅醫生也在奧菲麗亞母親的房裡，他正在配藥，當默西迪絲走進去時，他從玻璃杯上抬起頭。你還記得嗒嗒嗎？她想問他。記得他讀報紙給大家聽，讀得結結巴巴？現在，要是他們能逼得他開口，他可能會把我們全都供出來。

奧菲麗亞沒有注意到默西迪絲的恐懼。

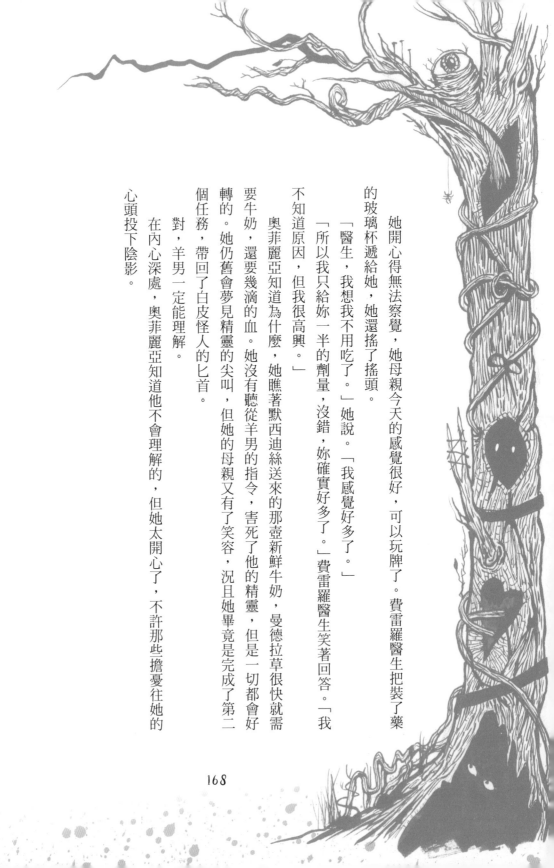

她開心得無法察覺，她母親今天的感覺很好，可以玩牌了。費雷羅醫生把裝了藥的玻璃杯遞給她，她還搖了搖頭。

「醫生，我想我不用吃了。」她說。「我感覺好多了。」

「所以我只給妳一半的劑量，沒錯，妳確實好多了。」費雷羅醫生笑著回答。「我不知道原因，但我很高興。」

奧菲麗亞知道為什麼，她瞧著默西迪絲送來的那壺新鮮牛奶，曼德拉草很快就需要牛奶，還要幾滴的血。她沒有聽從羊男的指令，害死了他的精靈，但是一切都會好轉的。她仍舊會夢見精靈的尖叫，但她的母親又有了笑容，況且她畢竟是完成了第二個任務，帶回了白皮怪人的匕首。

對，羊男一定能理解。

在內心深處，奧菲麗亞知道他不會理解的，但她太開心了，不許那些擔憂往她的心頭投下陰影。

25 嗒嗒

維達爾不慌也不忙，審訊犯人是一個複雜的過程，與跳舞類似，一個後退的慢拍之後，要接著一個前進的快拍，然後又是後退。慢，快，慢。

他們不過對他稍微動粗，犯人已經瑟瑟發抖，滿頭大汗。到目前為止，那份對即將到來的事情的恐懼，已經完成了大部分的工作。要讓他的意志崩潰是很容易的。

「媽的，這根菸夠味道，真正的菸草，很難找的。」維達爾把香菸湊近男孩的臉龐，男孩感覺到菸草燃燒的熱度。

捉拿他的人把香菸按在他顫抖的嘴唇上時，嗒嗒把頭向後一仰。

「去──去──死吧。」

「加西斯，你相信嗎？」維達爾轉向他的軍官。「我們逮了一個，結果偏偏逮到的是一個結巴，看樣子要在這裡耗上整晚了。」

「多久都跟他耗。」加西斯回答。

嗒嗒看得出來，這個軍官不像他的上尉那樣享受這種場面，他的上尉是穿著制服的魔鬼，嗒嗒一向害怕遇見這種人。他落入他們的手中，想也知道這些人會做出什麼

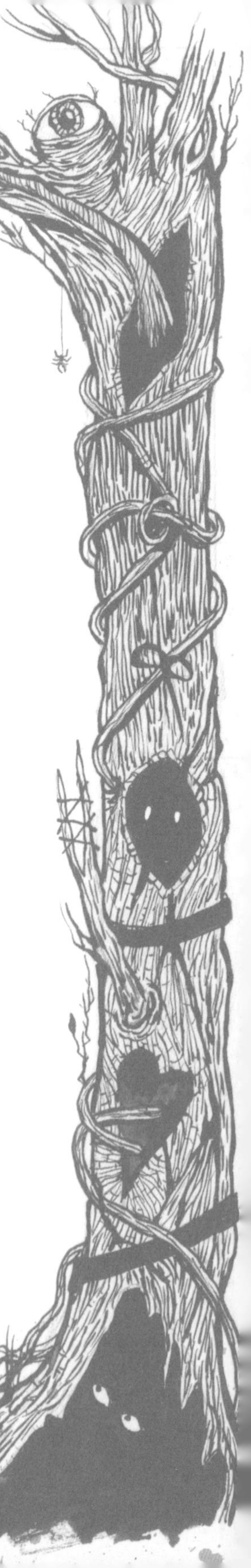

事。如果被抓住了，想一想你需要保護的人——他們練習在酷刑中保持沉默時，佩德羅曾經這麼教過他。一個你願意為他犧牲的人，可能沒有幫助，但無所謂，想著某個人就好，嗒嗒。想誰呢？也許母親吧，好。只是想到母親可能會讓他更軟弱，因為他可以想像，要是失去了他，母親會哭成什麼樣。

嗒嗒低下頭，要是四肢停止發抖就好了，即使佩德羅的建議可以幫助他的心靈逃脫，他的身體卻洩漏了他的恐懼。

「加西斯說得好。」上尉說。「多久都跟他耗。」

他叼著菸，解開襯衫，嗒嗒懷疑他是不是要脫下來，以免濺了血，把襯衫毀了。

「你最好通通說出來，不過，為了確保你會老實，我帶了幾件工具來，順手拿來的。」

維達爾拿起一把榔頭，他早把工具整齊放在一張舊木桌上。

一陣哆嗦。不都說人可能會驚嚇致死嗎？嗒嗒真希望他知道怎麼讓恐懼殺死自己。

「一開始我不能相信你。」那個魔鬼掂了掂手中的榔頭，顯然自豪自己的刑求本領。「但我用了這個之後呢，你會招出一些事情，一旦我們用到了這些——」他拿起一把鉗子。「我們的關係會發展為……該怎麼說呢……？」

嗒嗒在另一名軍官的臉上發現一絲的不安，甚至可能是憐憫，那人蓄著和嗒嗒的父親相同的鬍子。

「讓我們這樣說吧。」魔鬼把鉗子開開合合。「到了那時，我們的關係會親密得多……好比……兄弟一樣。等我們用到這個——」他舉起一把螺絲起子。「你說什麼我都信。」

嗒嗒啜泣起來，他竭力忍住淚水，但是內心十分恐懼，也十分孤獨與絕望，這些情緒都必須以具體模樣宣洩，即使只是眼淚也好。

捉拿他的惡人又滿意地抽了一口菸，把螺絲起子放回桌上，接著再次拿起榔頭走近。

「我跟你做個交易。」他一面說著，一面把沉重的榔頭壓在嗒嗒顫巍巍的肩膀上。

「如果你能數到三不口吃，我就放你走。」

嗒嗒抬頭看著要刑求他的人，雖然知道眼神會透露出他恐慌的心是多麼絕望，多麼希冀瞥見一絲的希望。他也往加西斯的臉龐尋找希望……加西斯，沒錯，這是他的名字，嗒嗒慶幸游擊隊隊員不會告訴彼此自己的真名——他實在太擅長記住人名了。

加西斯留著小鬍子的臉龐毫無表情。

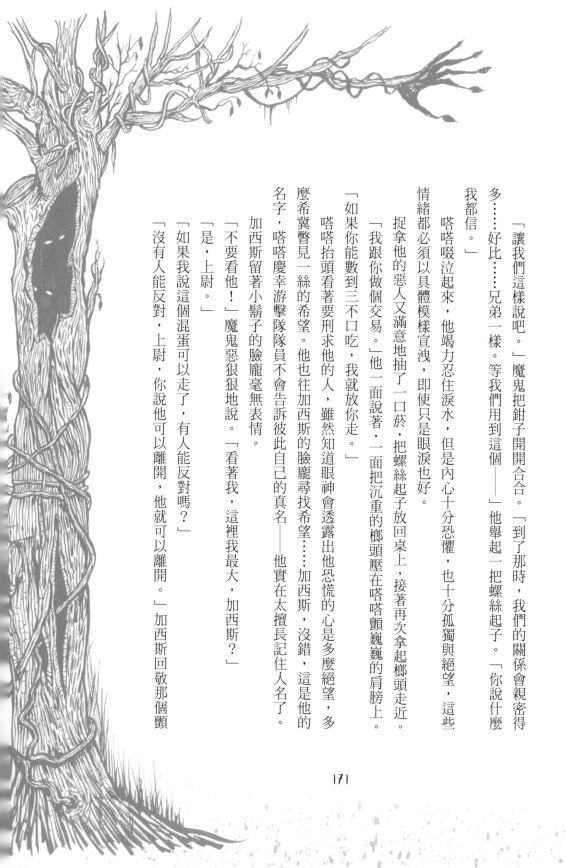

「不要看他！」魔鬼惡狠狠地說。「看著我，這裡我最大，加西斯？」

「是，上尉。」

「如果我說這個混蛋可以走了，有人能反對嗎？」

「沒有人能反對，上尉，你說他可以離開，他就可以離開。」加西斯回敬那個顫

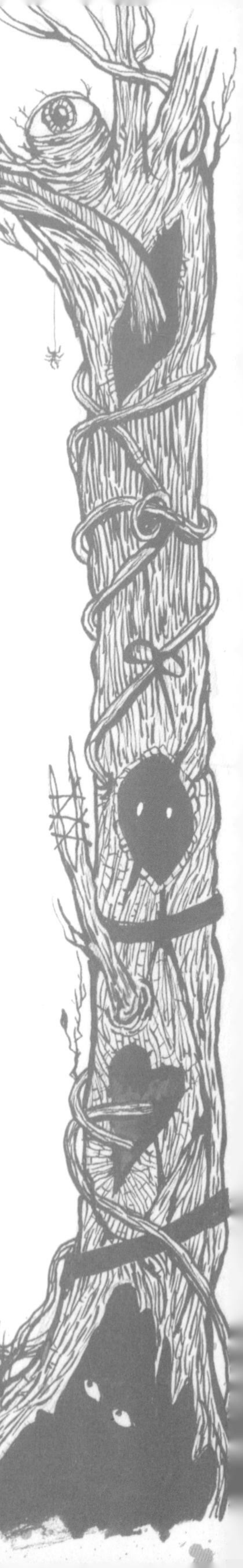

抖不止的男孩一眼。我只能為你做到這樣了，他的眼睛似乎在這麼說，我沒有閃避你的眼光。

維達爾又抽了一口菸，哇，他實在太享受這一刻了。

「就這麼辦吧。」他又把臉湊近嗒嗒的面前。「來吧，數到三。」

嗒嗒發抖的嘴唇試圖說出第一個數字，身體則因為恐懼而縮成一團。

「……一。」

「很好！」

嗒嗒盯著地面，彷彿能在上頭找到最後一絲的尊嚴。他的嘴唇又試了一次，努力吐出一個音節。

「……二。」

維達爾笑了。「很好！再數一個，你就自由了。」

由於努力要把話說清楚——試著對要敲碎他的男人講出完整的音節——嗒嗒的嘴開始抽搐。可惜，這一次，嗒嗒的舌頭不聽使喚，只能結結巴巴發出一聲「T」的音，就抖得潰不成樣。

他抬頭望著魔鬼，用眼神央求他饒命。

「真是丟臉。」維達爾一面說，一面裝出憐憫的語調，讓他的表演臻至完美。

接著，他把榔頭往那張乞求的臉龐敲了下去。

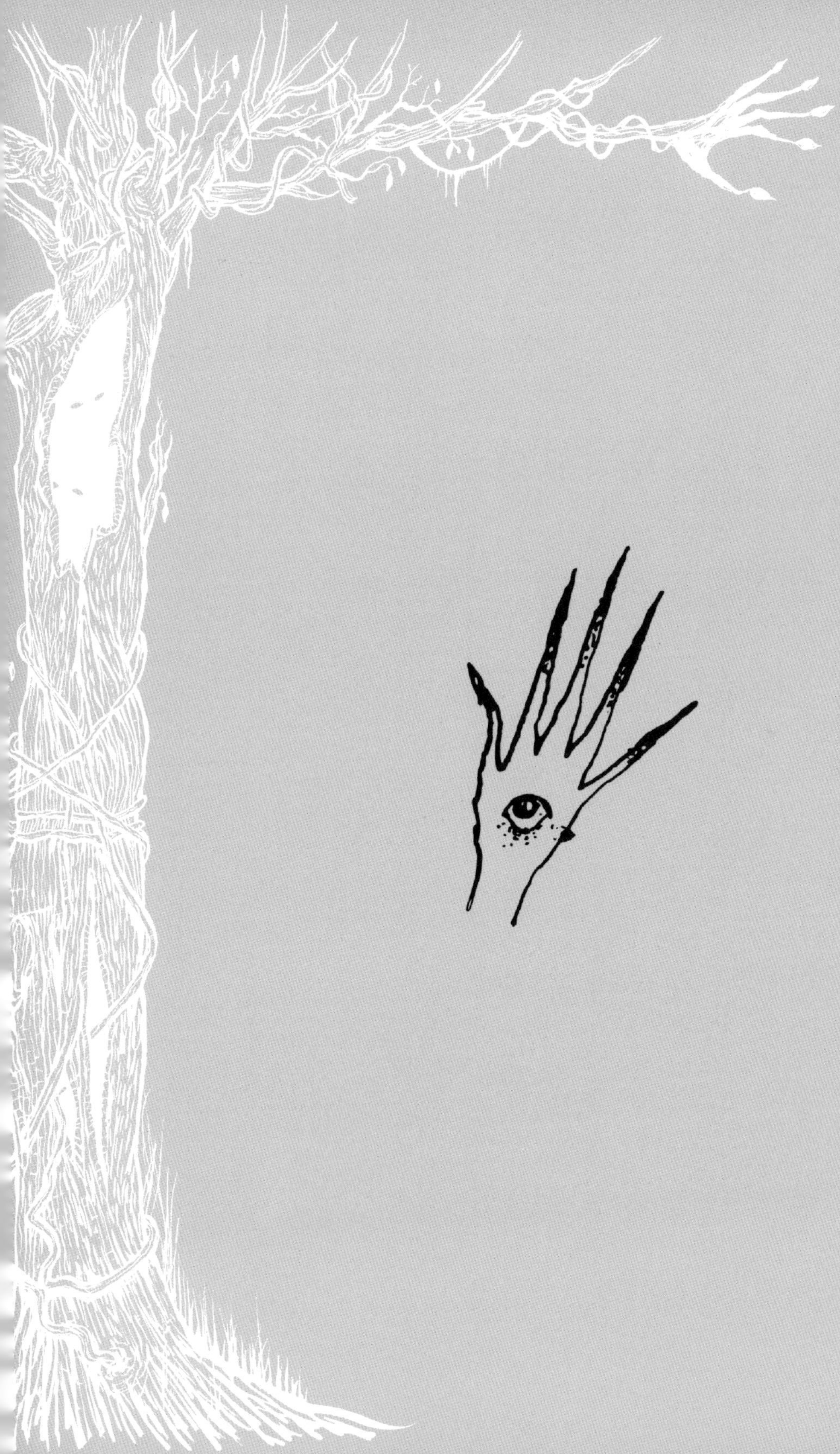

訂書匠

很久很久以前，有個訂書匠叫奧爾德斯・卡拉麥茲，他手藝非常好，地下王國的王后把她著名的水晶圖書館裡的書都交給他裝訂。卡拉麥茲的一生都在這些書裡了，因為王后要他替她裝訂第一本書時，他還很年輕——還沒成年呢——那本書是由王后母親所繪的畫冊。

訂書匠還記得，當他把精靈、怪物和矮人的精美畫像鋪在工作檯上時，他的雙手顫抖不已。除了這些，還有癩蛤蟆（王后母親特別喜歡的一種動物）、蜻蜓和飛蛾，飛蛾在覆蓋宮殿天花板的樹根上做窩，那些樹根真像是會呼吸的花邊窗簾。卡拉麥茲選了一隻無眼蜥蜴的皮做封皮，在燭光照耀下，蜥蜴鱗片反射出幾乎像銀子一樣的絢麗光澤。這種蜥蜴相當兇猛，但國王的獵隊會不時地在牠們想要捕食王后的孔雀時殺掉一隻，卡拉麥茲總是會要來蜥蜴皮做封皮，想像把它們做成書，就等於給了牠們眼睛——雖然是一個天真的想法，但他很喜歡。

王后很喜愛他為她裝訂的第一本書，所以一直把這本書放在床頭櫃。櫃子上還有一本卡拉麥茲替王后女兒莫娜裝訂的書，但這本書完成幾週後，莫娜就失蹤了。公主走失了，但卡拉麥茲替她裝訂了一整間圖書館的書，裡面有數百本插圖豐富多彩的書冊，內容包括地下王國的動物、傳奇生靈和往往非常神奇的植物，也涉及了廣闊的地底景觀、各種民族與歷代國王。

莫娜剛滿七歲時——哦，是的，卡拉麥茲清清楚楚記得那段日子——她要了一本關於地上王國的書。「奧爾德斯，他們在上面給孩子講什麼故事呢？」她問。「月亮是什麼樣子？有人告訴我，月亮像一個巨大的燈籠掛在天上。太陽呢？真的是一個巨大的火球在藍色的天空海裡游泳嗎？還有星星……它們真的像螢火蟲嗎？」

卡拉麥茲記得，當小公主問他這些問題時，他心裡感到一陣劇痛。許多年前，他的哥哥也問過相同的問題，結果一年後就失蹤了，再也沒有回來過。訂書匠把他的擔憂告訴王后，女王回答說：「卡拉麥茲，把她要的書裝訂好，書裡一定要有她想知道的一切，這麼一來，她就不會想要親眼認識月亮和太陽了。」

但是國王不同意妻子的看法，不許卡拉麥茲滿足女兒的願望，王后沒有反對他的決定，因為她不得不承認女兒的要求也讓她感到困擾。

然而，莫娜公主還是不停提出問題。

「我的公主，是誰告訴妳關於地上王國的事？」卡拉麥茲問。公主又來到卡拉麥茲的作坊，要求他好歹替她做一本關於地上王國鳥類的小書。莫娜從來沒有看過鳥，蝙蝠是地下王國裡唯一會飛的生物。當然，除了精靈以外。

公主拿了一本書給卡拉麥茲，回答了他的問題。他這才恍然大悟！當然是從他父母的圖書館！圖書館非但不會保守秘密，還會吐露秘密呢。在莫娜遞給訂書匠的書上，記載著她母親的祖先到地上王國遊歷的故事。

「你留著它吧。」莫娜說，卡拉麥茲急忙把書藏在背後。「我不需要這本書了，我聽聽樹根說話就行了，它們知道地上王國的所有事情！」

這是訂書匠在公主失蹤前最後一次和她說話。卡拉麥茲仍然記得她的聲音，儘管有時想不起她的長相。他經常發現自己仍舊繼續替莫娜裝訂故事書，有的故事是精靈講給他聽的，有的故事是從無眼蜥蜴皮聽來的竊竊私語。

羊男或許是聽說了這些書吧，他平日不會到卡拉麥茲的作坊，羊男不相信書籍，他比王后圖書館裡最古老的手稿還要老得多，自然可以聲稱對世界的認識比那些發黃的手稿廣博。然而，有一天，他突然出現在訂書匠的作坊門口，卡拉麥茲有點畏懼羊男，他一直不能肯定是否能夠信賴那雙淺藍色的眼睛，就算他發現羊男會吃訂書匠，他也不會感到驚訝。

「卡拉麥茲，我需要你幫我裝訂一本書。」羊男輕聲說，他的聲音可以像天鵝絨

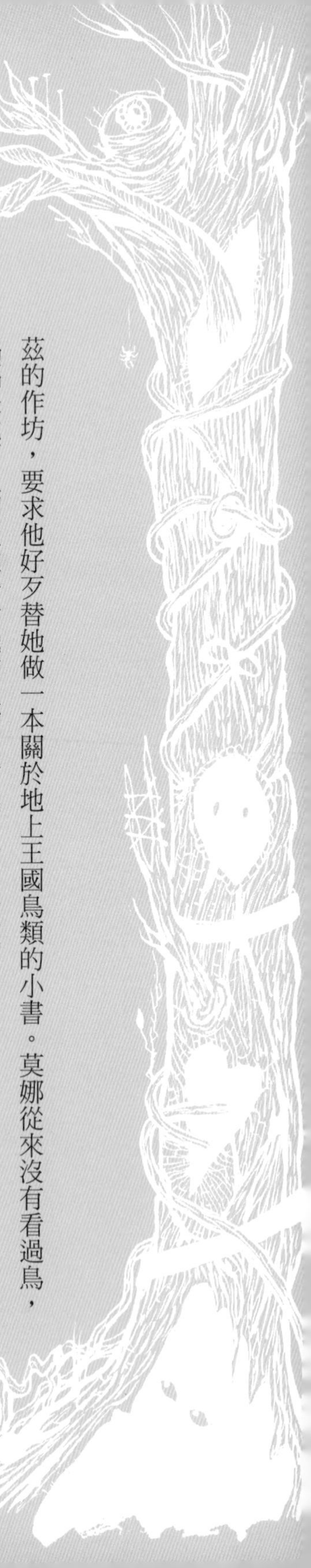

那樣柔軟，也可以如蜥蜴尖牙那般尖銳。

「我的長角閣下，是什麼樣的書？」卡拉麥茲問道，還恭敬地鞠了一躬。

「一本包含我所知道的一切的書，但只會顯示我想要它顯示的內容。」

卡拉麥茲皺起眉頭，不能肯定自己喜不喜歡這樣的書。

「這本書能幫助莫娜公主找到回家的路。」羊男繼續說。

羊男自然知道卡拉麥茲非常喜愛失蹤的公主，他無所不知。

「我盡力而為。」訂書匠回答。

羊男點了點長角的腦袋，好像這就是他唯一的要求，然後遞給他一大疊紙。

卡拉麥茲看了露出詫異的表情。

「可是這些紙是空白的！」他說。

「不是空白的。」羊男帶著神秘的微笑回答。「這些紙是用莫娜公主留下的衣裳做的，塗上去的膠水包含了我對地上世界的所有認識。」

他伸出爪子般的手指，從稀薄的空氣中變出一卷棕色皮革。

他說：「這塊皮是從一隻野獸身上剝下來的，這種野獸會吃真理和許多大膽畏懼的人。我要你用這塊皮做書封，這麼一來，只要公主一碰到了，這塊皮就會給她帶來勇氣。」

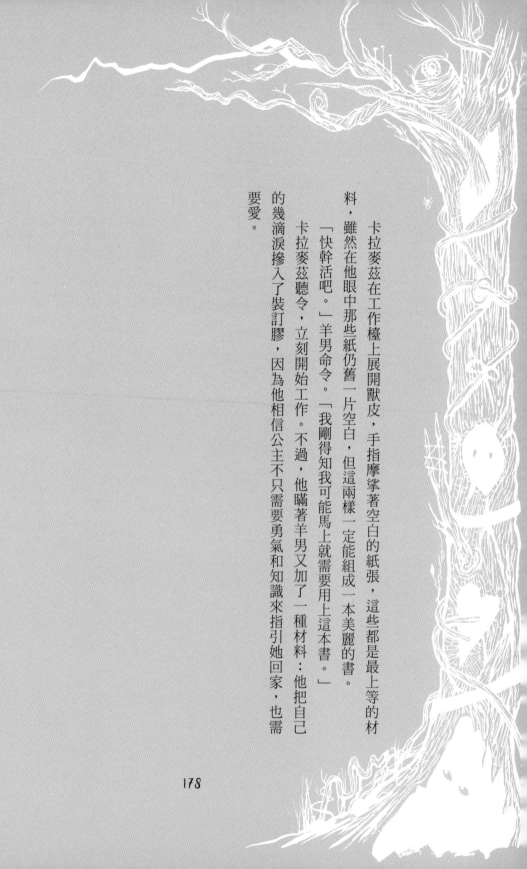

卡拉麥茲在工作檯上展開獸皮，手指摩挲著空白的紙張，這些都是最上等的材料，雖然在他眼中那些紙仍舊一片空白，但這兩樣一定能組成一本美麗的書。

「快幹活吧。」羊男命令。「我剛得知我可能馬上就需要用上這本書。」

卡拉麥茲聽令，立刻開始工作。不過，他瞞著羊男又加了一種材料：他把自己的幾滴淚摻入了裝訂膠，因為他相信公主不只需要勇氣和知識來指引她回家，也需要愛。

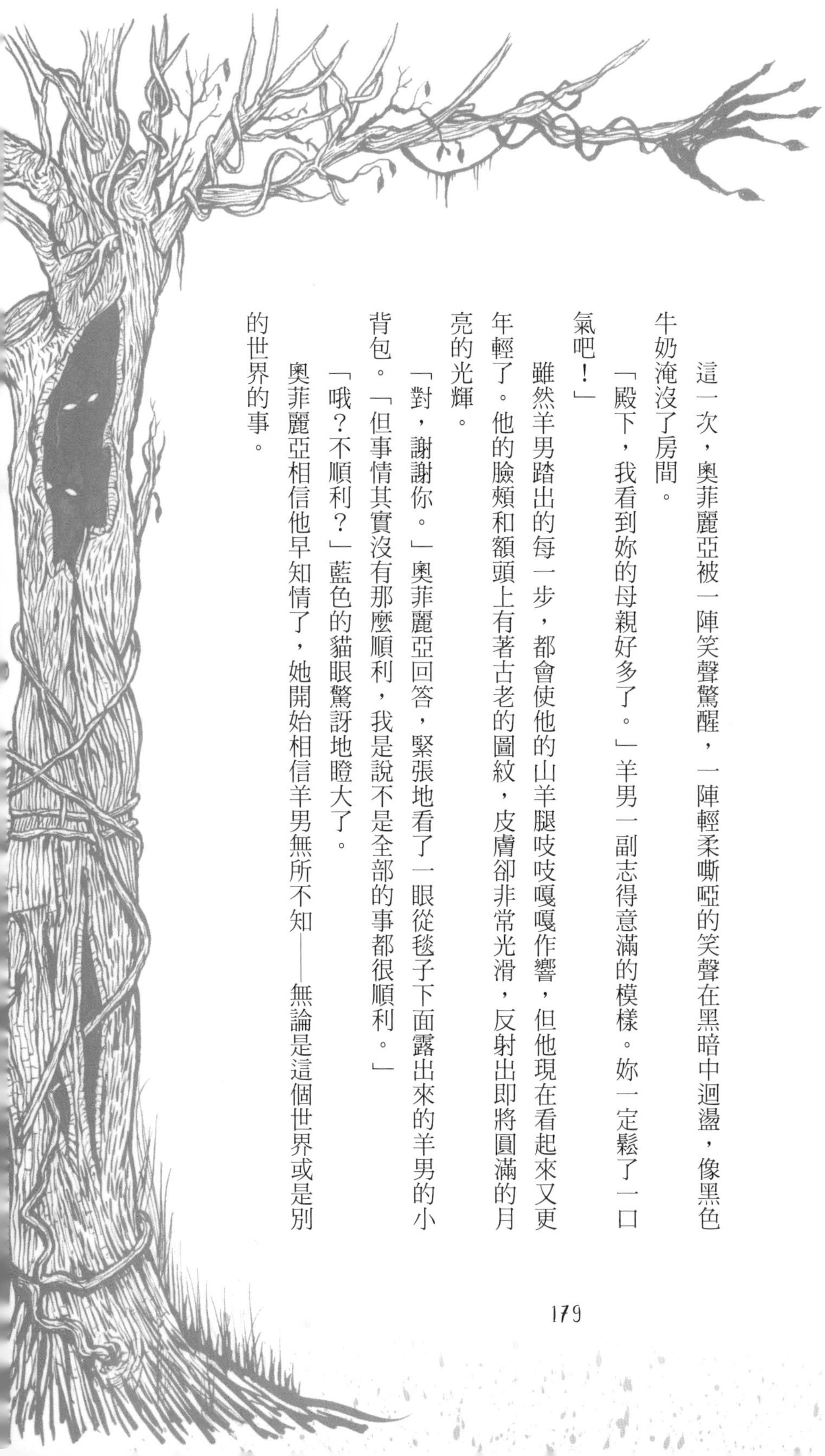

26 只是兩顆葡萄

這一次，奧菲麗亞被一陣笑聲驚醒，一陣輕柔嘶啞的笑聲在黑暗中迴盪，像黑色牛奶淹沒了房間。

「殿下，我看到妳的母親好多了。」羊男一副志得意滿的模樣。妳一定鬆了一口氣吧！」

雖然羊男踏出的每一步，都會使他的山羊腿吱吱嘎嘎作響，但他現在看起來又更年輕了。他的臉頰和額頭上有著古老的圖紋，皮膚卻非常光滑，反射出即將圓滿的月亮的光輝。

「對，謝謝你。」奧菲麗亞回答，緊張地看了一眼從毯子下面露出來的羊男的小背包。「但事情其實沒有那麼順利，我是說不是全部的事都很順利。」

「哦？不順利？」藍色的貓眼驚訝地瞪大了。

奧菲麗亞相信他早知情了，她開始相信羊男無所不知——無論是這個世界或是別的世界的事。

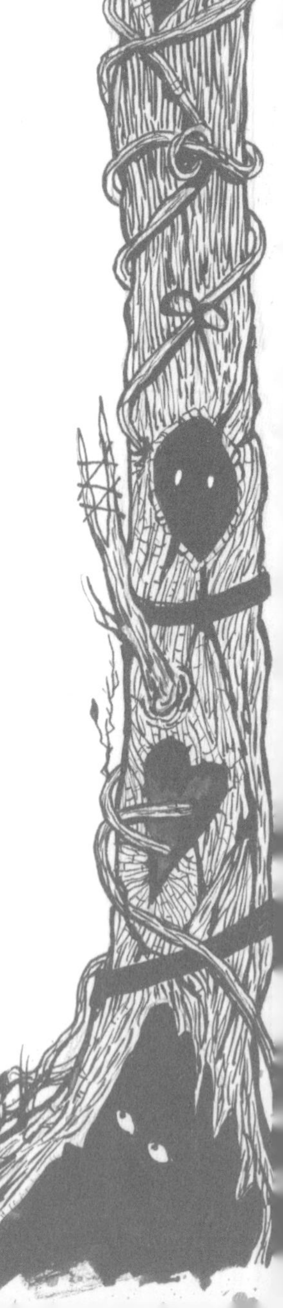

「我……出了意外。」她喃喃地說，把小背包遞給羊男，逃過一劫的精靈在裡頭嘰嘰喳喳，奧菲麗亞不敢讓她出來，擔心她也會受到傷害。

「意外？」羊男重複了一遍，沒有掩飾自己的懷疑。

他打開背包，發出咆哮。

精靈振翅飛出，降落在他的肩上，羊男聽她說話，越聽表情越猙獰，最後還露出尖牙，發出憤怒的呻吟。

「妳違反了規定！」他吼道，爪子指著奧菲麗亞。

「只是兩顆葡萄！」她大喊道，急忙從枕頭下抽出用紅天鵝絨包著的匕首。「我以為沒人會注意！」

羊男搶過匕首，氣得直搖頭。「我們犯了一個錯誤！」

「一個錯誤？」奧菲麗亞幾乎聽不到自己的聲音。

「妳失敗了！」羊男咆哮著，高高在上俯視著她。「妳永遠也回不去了！」

奧菲麗亞感覺黑夜張開大口要將她吞沒。

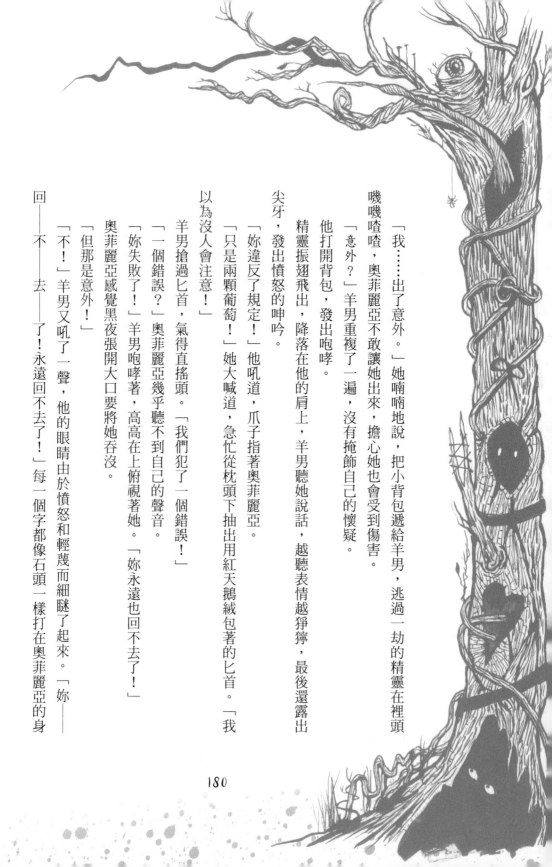

「但那是意外！」

「不！」羊男又吼了一聲，他的眼睛由於憤怒和輕蔑而細瞇了起來。「妳——回——不——去——了！永遠回不去了！」每一個字都像石頭一樣打在奧菲麗亞的身

上。「再過三天就月圓了！妳的靈魂會永遠留在人間。」

他俯身靠近奧菲麗亞，臉幾乎碰到了她的臉。

「妳會像人類一樣變老，妳會像人類一樣死去！妳所有的記憶——」他後退一步，舉起手來，好像要執行那個預言。「妳會隨著時間逐漸消失，而我們——」他指著精靈和自己的胸口發出責難，「我們會和妳一起消失，妳再也見不到我們！」

接著，他的身體融入夜色，彷彿奧菲麗亞不聽話，害得他和精靈變成了影子，融化在漸盈之月的輝光中。奧菲麗亞坐在床上，絕望的啜泣聲填補了他們留下的沉寂。

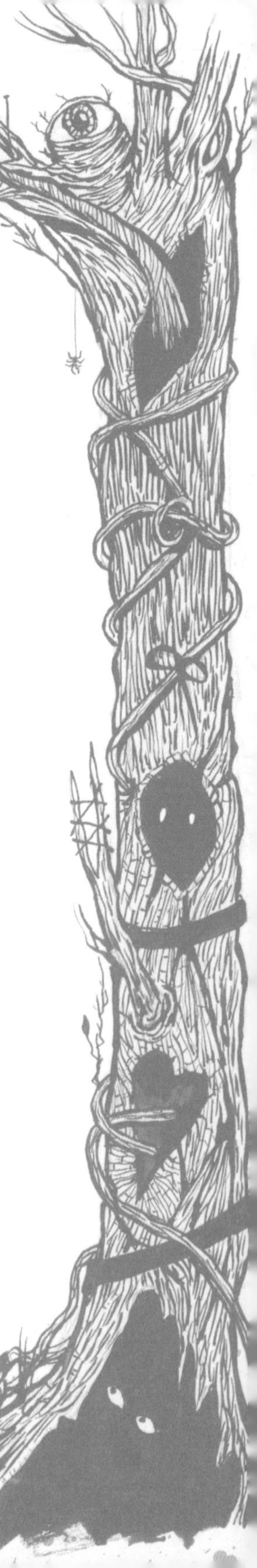

27 遍體鱗傷

加西斯一敲門，費雷羅醫生就知道維達爾找他做什麼，有短短的一瞬間，他真想假裝沒聽見敲門聲。是什麼把他帶到這個地獄前哨？費雷羅跟著加西斯走進雨中時不禁暗想：是命運？還是他自己的決定？雨下了一整夜，這一日也注定要在哭泣的天空下展開。

多麼切合。

維達爾站在穀倉前，在一盆水裡洗手。費雷羅看到他指尖上的血跡並不驚訝，沒錯，不出他所料，又一個支離破碎的人。

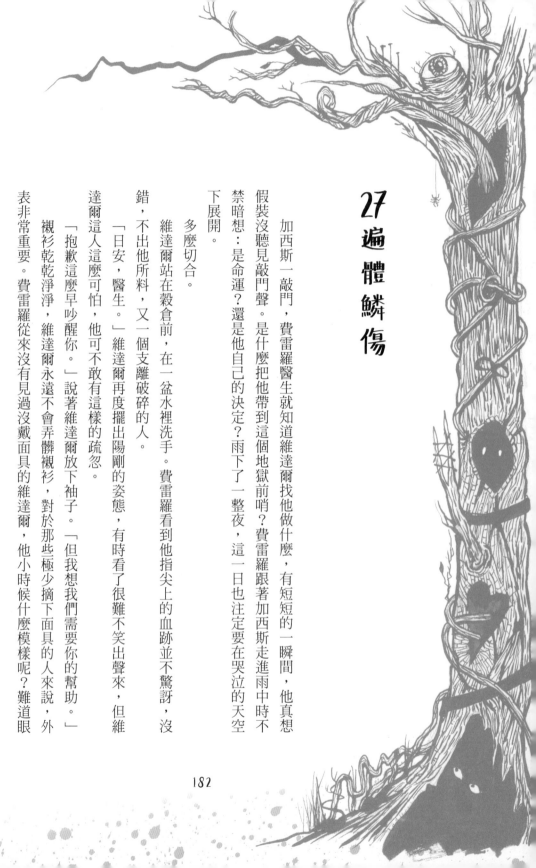

「日安，醫生。」維達爾再度擺出陽剛的姿態，有時看了很難不笑出聲來，但維達爾這人這麼可怕，他可不敢有這樣的疏忽。

「抱歉這麼早吵醒你。」說著維達爾放下袖子。「但我想我們需要你的幫助。」襯衫乾乾淨淨，維達爾永遠不會弄髒襯衫，對於那些極少摘下面具的人來說，外表非常重要。費雷羅從來沒有見過沒戴面具的維達爾，他小時候什麼模樣呢？難道眼神已經和現在一樣冷酷無情嗎？他曾經稱某人為他的朋友嗎？面具不會告訴你的。

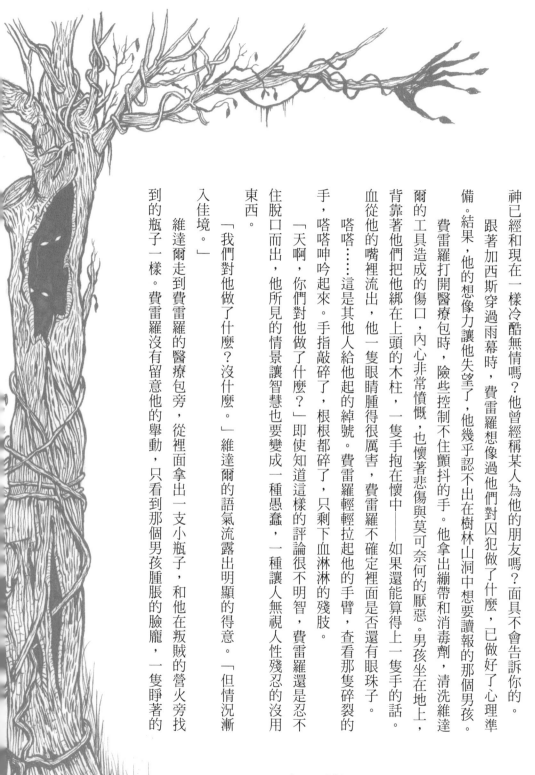

跟著加西斯穿過雨幕時，費雷羅想像過他們對囚犯做了什麼，已做好了心理準備。結果，他的想像力讓他失望了，他幾乎認不出在樹林山洞中想要讀報的那個男孩。

費雷羅打開醫療包時，險些控制不住顫抖的手。他拿出繃帶和消毒劑，清洗維達爾的工具造成的傷口，內心非常憤慨，也懷著悲傷與莫可奈何的厭惡。男孩坐在地上，背靠著他們把他綁在上頭的木柱，一隻手抱在懷中——如果還能算得上一隻手的話。血從他的嘴裡流出，他一隻眼睛腫得很厲害，費雷羅不確定裡面是否還有眼珠子。

嗒嗒……這是其他人給他起的綽號。費雷羅輕輕拉起他的手臂，查看那隻碎裂的手，嗒嗒呻吟起來。手指敲碎了，根根都碎了，只剩下血淋淋的殘肢。

「天啊，你們對他做了什麼？」即使知道這樣的評論很不明智，費雷羅還是忍不住脫口而出，他所見的情景讓智慧也要變成一種愚蠢，一種讓人無視人性殘忍的沒用東西。

「我們對他做了什麼？沒什麼。」維達爾的語氣流露出明顯的得意。「但情況漸入佳境。」

維達爾走到費雷羅的醫療包旁，從裡面拿出一支小瓶子，和他在叛賊的營火旁找到的瓶子一樣。費雷羅沒有留意他的舉動，只看到那個男孩腫脹的臉龐，一隻睜著的

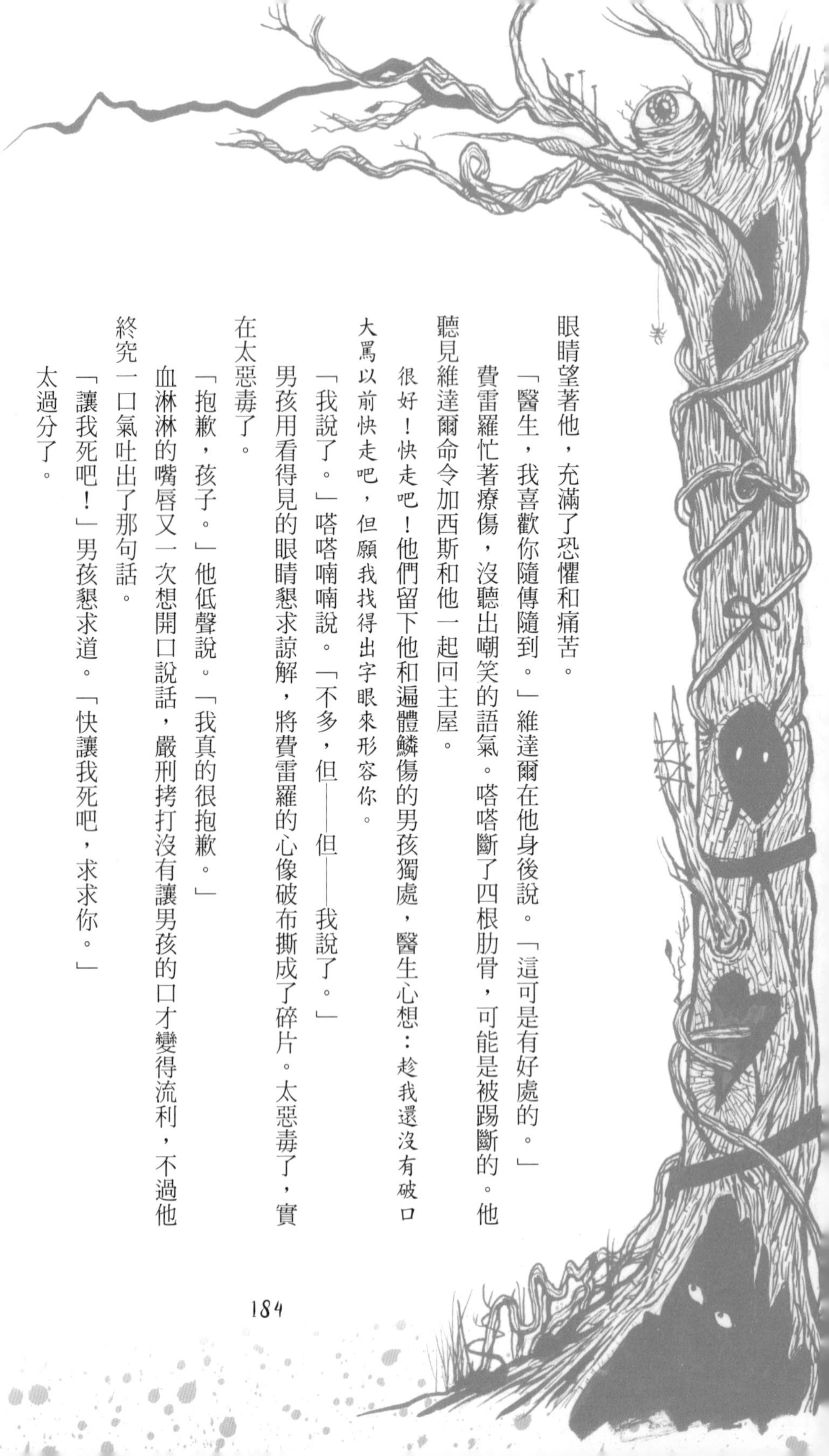

眼睛望著他，充滿了恐懼和痛苦。

「醫生，我喜歡你隨傳隨到。」維達爾在他身後說。「這可是有好處的。」

費雷羅忙著療傷，沒聽出嘲笑的語氣。嗒嗒斷了四根肋骨，可能是被踢斷的。他聽見維達爾命令加西斯和他一起回主屋。

很好！快走吧！他們留下他和遍體鱗傷的男孩獨處，醫生心想：趁我還沒有破口大罵以前快走吧，但願我找得出字眼來形容你。

「我說了。」嗒嗒喃喃說。「不多，但——但——我說了。」

男孩用看得見的眼睛懇求諒解，將費雷羅的心像破布撕成了碎片。太惡毒了，實在太惡毒了。

「抱歉，孩子。」他低聲說。「我真的很抱歉。」

血淋淋的嘴唇又一次想開口說話，嚴刑拷打沒有讓男孩的口才變得流利，不過他終究一口氣吐出了那句話。

「讓我死吧！」男孩懇求道。「快讓我死吧，求求你。」

太過分了。

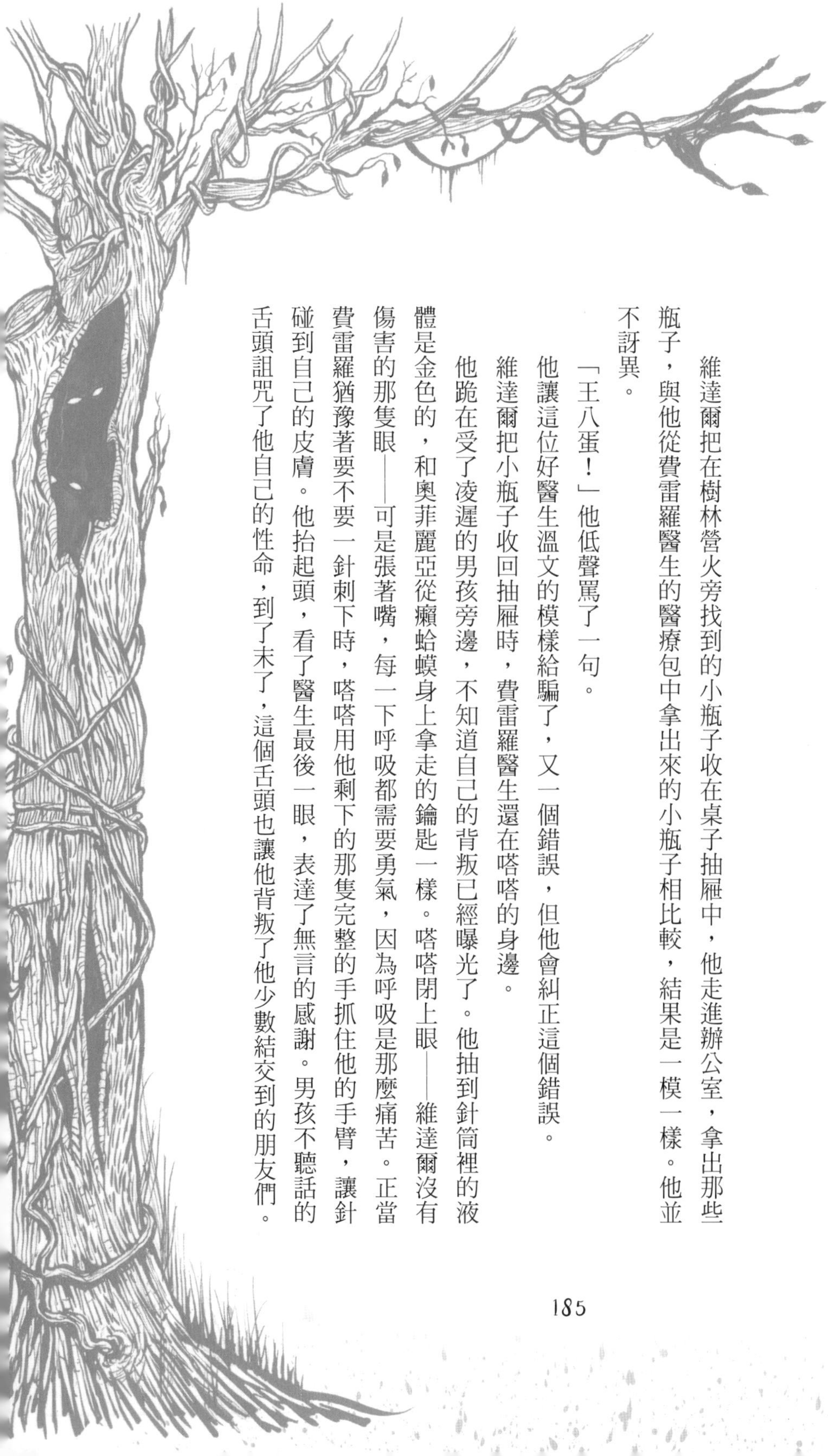

28 魔法不存在

維達爾把在樹林營火旁找到的小瓶子收在桌子抽屜中，他走進辦公室，拿出那些瓶子，與他從費雷羅醫生的醫療包中拿出來的小瓶子相比較，結果是一模一樣。他並不訝異。

「王八蛋！」他低聲罵了一句。

他讓這位好醫生溫文的模樣給騙了，又一個錯誤，但他會糾正這個錯誤。

維達爾把小瓶子收回抽屜時，費雷羅醫生還在嗒嗒的身邊。

他跪在受了凌遲的男孩旁邊，不知道自己的背叛已經曝光了。他抽到針筒裡的液體是金色的，和奧菲麗亞從癩蛤蟆身上拿走的鑰匙一樣。嗒嗒閉上眼——維達爾沒有傷害的那隻眼——可是張著嘴，每一下呼吸都需要勇氣，因為呼吸是那麼痛苦。正當費雷羅猶豫著要不要一針刺下時，嗒嗒用他剩下的那隻完整的手抓住他的手臂，讓針碰到自己的皮膚。他抬起頭，看了醫生最後一眼，表達了無言的感謝。男孩不聽話的舌頭詛咒了他自己的性命，到了末了，這個舌頭也讓他背叛了他少數結交到的朋友們。

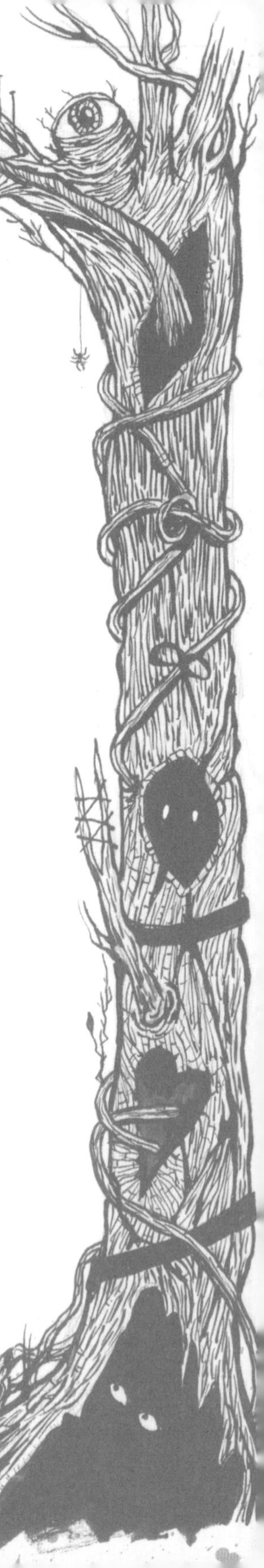

「瞧，很快就不痛了。」把男孩當成一個普通患者對他說話，這麼做至少讓費雷羅得到了些許的平靜。嗒嗒的眼睛再次閉上，鮮血從他的黑髮滴到了他的臉龐。

「對，就快過去了。」醫生柔聲說。

這句話他是對自己說的，死神已經將解脫的斗篷披在了嗒嗒的肩上。

維達爾無法理解費雷羅這種人，協助叛賊的人一定也會扼殺他尚未出生的孩子，他絲毫不懷疑。

維達爾衝上樓確認兒子是否還活著時，奧菲麗亞正在母親的床底檢查曼德拉草，維達爾反映出恐懼的急促腳步聲在磨坊迴盪，但奧菲麗亞沒有聽見，因為她非常擔心曼德拉草，她餵了它新鮮的牛奶和幾滴血，它仍舊一動也不動。

「妳有病嗎？」

她趴在碗的上方時，猛然感覺有雙手抓住她的腿，是一雙戴著手套的手。狼粗暴地拉扯她的腳踝，奧菲麗亞莫可奈何從床底被拖了出來。

「妳在下面幹什麼？」他用力把她拉了起來，粗暴地搖晃她。奧菲麗亞嘗到憎惡的滋味，就像嘴裡嘗到了毒湯。

他當然也發現了那個碗。他聞了聞牛奶，厭惡地往後一縮。

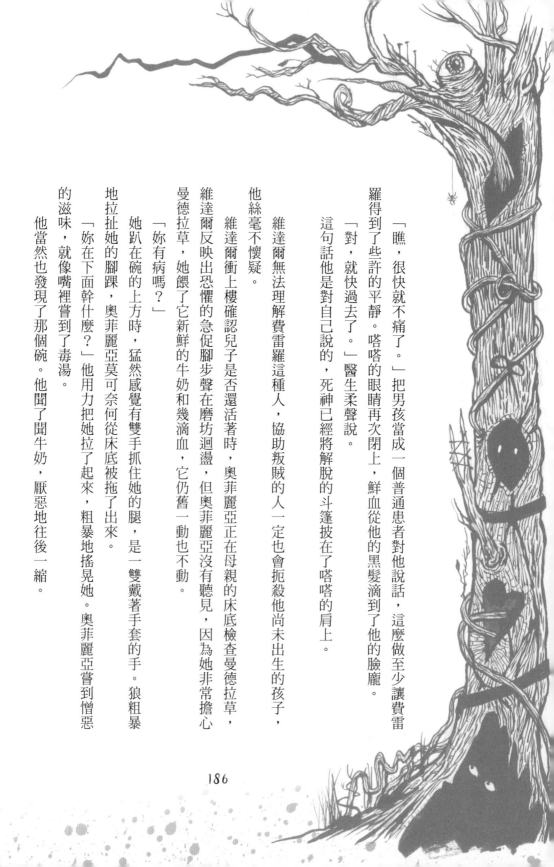

「這是什麼鬼東西？」

奧菲麗亞只是搖頭，他不會明白的。

他從碗裡拿起曼德拉草，奧菲麗亞哭了，伸手想把它搶救下來，但是他把草拿到她搆不著的地方，牛奶沿著他的手臂流下，他的另一隻手緊抓住奧菲麗亞不放。

她的哭聲驚醒了她的母親。

「你們在幹什麼？埃內斯托，放開她。」她母親有氣無力地說，推開了毯子。「放開她，求求你！」

狼把濕淋淋的曼德拉草送到她的面前。

「瞧這東西！」他把塊根塞到卡門的手中，牛奶濺上了她的睡衣。「妳覺得這個是幹什麼的？嗯？她把這個藏在妳床底下！」

奧菲麗亞不敢看母親的臉，她生厭的臉龐沒有一絲血色。

「奧菲麗亞?!」母親喊著，眼神在央求一個解釋。「那東西在我床底下幹什麼？」

狼往門口走去，氣得腳步都僵了。

「它是一個神奇的植物！」奧菲麗亞哭哭啼啼地說。「羊男給我的。」

「都是因為妳讓她讀的那堆垃圾。」狼站在門口，但奧菲麗亞仍然感覺到他的手指在手臂留下的刺痛。

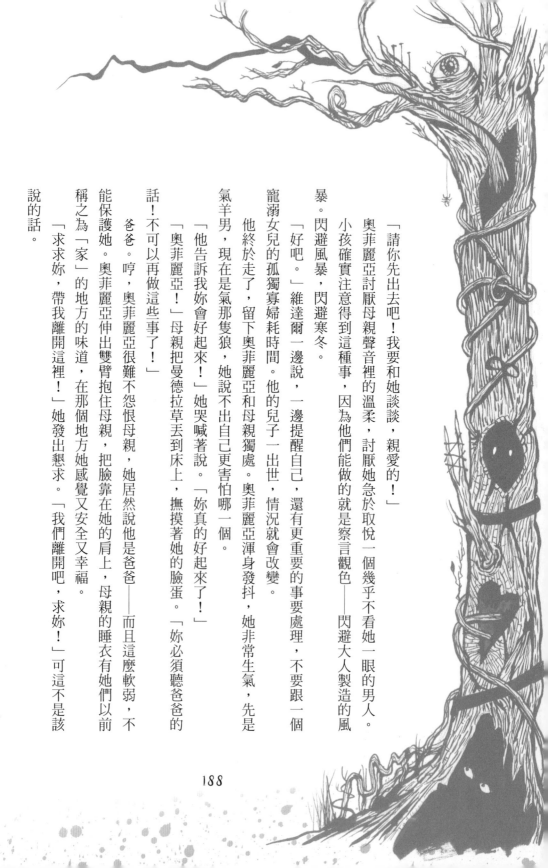

「請你先出去吧！我要和她談談，親愛的！」

奧菲麗亞討厭母親聲音裡的溫柔，討厭她急於取悅一個幾乎不看她一眼的男人。小孩確實注意得到這種事，因為他們能做的就是察言觀色——閃避大人製造的風暴。閃避風暴，閃避寒冬。

「好吧。」維達爾一邊說，一邊提醒自己，還有更重要的事要處理，不要跟一個寵溺女兒的孤獨寡婦耗時間。他的兒子一出世，情況就會改變。

他終於走了，留下奧菲麗亞和母親獨處。奧菲麗亞渾身發抖，她非常生氣，先是氣羊男，現在是氣那隻狼，她說不出自己更害怕哪一個。

「他告訴我妳會好起來！」她哭喊著說。「妳真的好起來了！」

「奧菲麗亞！」母親把曼德拉草丟到床上，撫摸著她的臉蛋。「妳必須聽爸爸的話！不可以再做這些事了！」

爸爸。哼，奧菲麗亞很難不怨恨母親，她居然說他是爸爸——而且這麼軟弱，不能保護她。奧菲麗亞伸出雙臂抱住母親，把臉靠在她的肩上，母親的睡衣有她們以前稱之為「家」的地方的味道，在那個地方她感覺又安全又幸福。

「求求妳，帶我離開這裡！」她發出懇求。「我們離開吧，求妳！」可這不是該說的話。

她母親掙脫她的擁抱。

「奧菲麗亞，事情沒那麼簡單。」這時她的語氣不再和藹，反而因為煩躁變得嚴厲。「妳漸漸長大了，很快會發現生活跟妳的童話故事不一樣。」

她抓起曼德拉草，朝壁爐走去，每一步都費力緩慢。「奧菲麗亞，世界很殘酷，妳要明白這一點，就算這個過程非常痛苦。」

接著，她把曼德拉草扔進了火裡。

「不！」奧菲麗亞伸手想要搶救盤曲交錯的塊根，但母親抓住她的肩膀。

「奧菲麗亞！魔法不存在！」她的聲音嘶啞，因為她所有的夢想都沒有實現，她既疲憊又憤怒。「對妳，對我，對任何人，魔法都不存在！」

一聲刺耳的尖叫從火中傳來，是曼德拉草的聲音——它著火了，火焰一點一滴吞噬它蒼白的四肢，它痛苦地扭動著，發出新生兒般的尖叫。

卡門面對著爐火，奧菲麗亞發誓，母親有一瞬間發現了眼前出現的魔法——她聽得到尖叫，她看得見塊根在扭動……

可是她母親抽了一口氣，抓住床尾板，接著雙腿一軟，整個人倒在地上。她睜大眼睛，難以置信，也驚慌失措，而曼德拉草繼續在火焰中發出尖叫。

血。血從卡門的兩腿間湧出，染紅了她的皮膚、睡衣和地板。

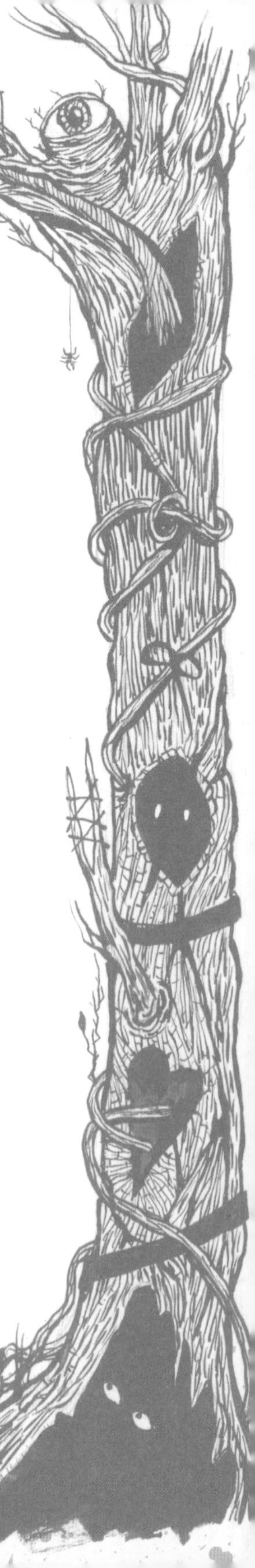

「媽媽！」奧菲麗亞跪倒在她的身旁。

「救命！」她大喊。「救命！」

在樓下的廚房，女傭們紛紛丟下菜刀，她們一直都很掛心奧菲麗亞的母親和她未出生的孩子。醫生一定會幫忙的，她們在彼此的表情中讀到了同樣的想法。

但費雷羅醫生在穀倉裡，跪在一個死去的男孩身邊，手中是一個空了的針筒。

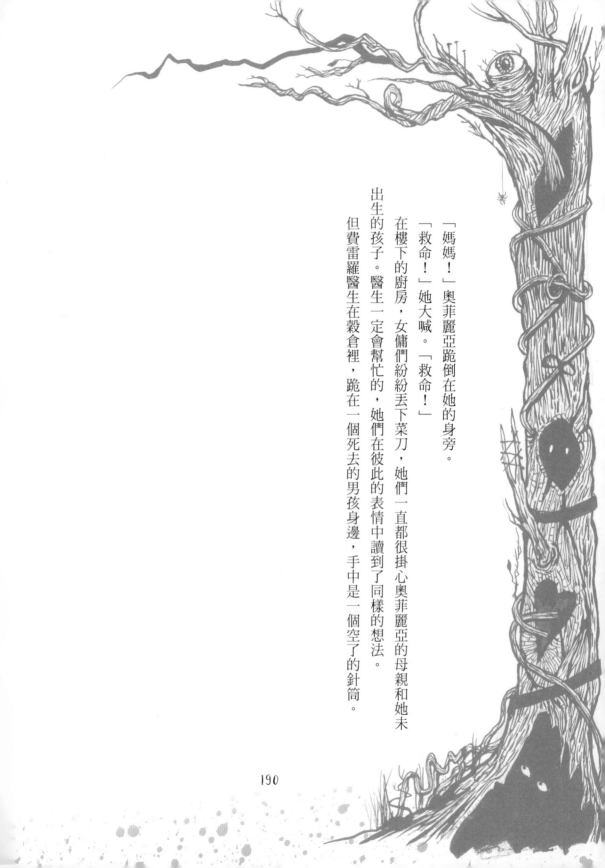

29 另一種人

聽到雨中傳來了腳步聲，費雷羅站起身來。加西斯是第一個走進穀倉的人，骨瘦如柴的他麻木不仁，懂得讓他人的痛苦與自己的心腸保持舒適的距離，他瞧著那個受盡折磨的男孩，毀了容的臉龐在死後顯得平靜而安恬。其他士兵聚在穀倉門前，撐傘擋開傾盆大雨，和身上的制服相比，雨傘是一件極其平淡乏味的工具。

維達爾最後一個到來，他跪在嗒嗒的身邊檢查屍體，費雷羅醫生則收起針筒，像一個完成一己之責的人，平靜地把醫療包關上。

「你為什麼這麼做？」維達爾站了起來。

「這是我唯一能做的事。」

「這是什麼意思？」維達爾的語氣中夾有一絲的驚訝，除了驚訝，還有好奇……

「為什麼不聽我的？」

他朝費雷羅走去，腳步宛如追蹤獵物的野獸那樣緩慢，然後停在他的正前方。抬頭挺胸正視維達爾並不容易，但是世界存在著許多種勇氣，費雷羅長久以來畏懼著這

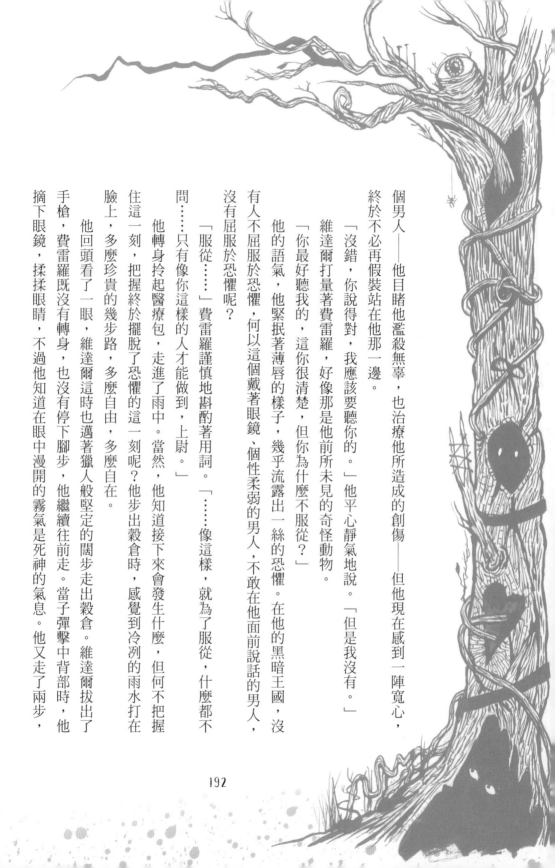

個男人——他目睹他濫殺無辜，也治療他所造成的創傷——但他現在感到一陣寬心，終於不必再假裝站在他那一邊。

「沒錯，你說得對，我應該要聽你的。」他平心靜氣地說。「但是我沒有。」

維達爾打量著費雷羅，好像那是他前所未見的奇怪動物。

「你最好聽我的，這你很清楚，但你為什麼不服從？」

他的語氣，他緊抿著薄唇的樣子，幾乎流露出一絲的恐懼。在他的黑暗王國，沒有人不屈服於恐懼，何以這個戴著眼鏡、個性柔弱的男人，不敢在他面前說話的男人，沒有屈服於恐懼呢？

「服從……」費雷羅謹慎地斟酌著用詞。「……像這樣，就為了服從，什麼都不問……只有像你這樣的人才能做到，上尉。」

他轉身拎起醫療包，走進了雨中。當然，他知道接下來會發生什麼，但何不把握住這一刻，把握終於擺脫了恐懼的這一刻呢？他步出穀倉時，感覺到冷冽的雨水打在臉上，多麼珍貴的幾步路，多麼自由，多麼自在。

他回頭看了一眼，維達爾這時也邁著獵人般堅定的闊步走出穀倉。維達爾拔出了手槍，費雷羅既沒有轉身，也沒有停下腳步，他繼續往前走。當子彈擊中背部時，他摘下眼鏡，揉揉眼睛，不過他知道在眼中漫開的霧氣是死神的氣息。他又走了兩步，接著倒到地上，世界只剩下泥濘以及漸漸減弱的雨。費雷羅聽到自己的呼吸，他很冷，非常冷。沒有記憶浮現，也沒有什麼安慰的話，不知出於什麼原因，他唯一注意到的是一隻蜘蛛，牠藏在幾步路外的牆石之間，這個小動物像奇蹟般出現在眼前：他看清楚每一個節肢，每一個毛囊，每一片幾丁質外殼。蜘蛛的結構，它的優雅，它的美麗，它的饑餓，似乎都融成了一樣東西：最後的生命力。費雷羅吸了一口氣，結果喝到了泥水，他想把它咳出來，但是咳到一半，心臟便停止了跳動。

乾淨俐落的一槍。

維達爾走近那具四肢張開的屍體，用靴子踩碎一旁的眼鏡。他還是不明白，這個傻瓜為什麼不服從他，但說也奇怪，他覺得鬆了一口氣，因為這位好醫生死了，他再也不用看著那雙藏著太多心思的溫柔眼睛了。

「上尉！」

兩個女傭站在穀倉前，焦急得臉色發白。維達爾把手槍塞回槍套，他幾乎不懂她們在說什麼，她們驚恐失措，叨絮個不停，最後他終於聽明白了：他妻子的狀況不太好——他的兒子要出生了。然而，本來應該接生的醫生，卻躺在他身後的泥地，死了。

當羊男墜入愛河

加利西亞有一片非常古老的森林，因此有些老樹還記得動物化成人形、人類長出翅膀毛皮的歲月。樹木竊竊私語說，有人甚至變成了橡樹、山毛櫸和月桂，在泥土中深深扎根，連自己的名字也都給忘了。當風吹拂過來，樹葉沙沙作響，這些樹特別喜歡講一棵無花果樹的故事。它長在森林中心的小山上，很容易會注意到，因為它的兩根主幹彎曲得像山羊角，樹幹上有一道大裂縫，好像樹從樹皮底下生出了什麼東西來。

沒錯！老樹低語。這就是為什麼樹幹像傷口一樣裂開了，這棵樹確實生過孩子，因為它曾經是一個女人，在我的樹冠下唱歌跳舞，摘了我的漿果，用我的花編了辮子。但是，有一天，她遇到了羊男，羊男喜歡到樹下就著月光吹笛。他用一個妖怪的指骨做長笛，吹的曲調描述他來自的黑暗地下王國，與那個女人從內心散發的光芒完全不同。

這一切都是真的，而她還是愛上了羊男，這份愛像井一樣深，無法逃避。而羊男也愛她。然而，當他最後邀請她和他一起到地下的世界時，她害怕餘生再也見不到星

星，感受不到風吹過皮膚，所以決定留下來，只能眼睜睜看著羊男離去。可是愛讓她充滿了難以壓抑的渴望，她的腳長出了根，跟隨心愛的人到了地下，而她的手臂則伸向了她割捨羊男的理由：天空和星辰。

哦，她是多麼心痛啊，心痛讓她柔軟的皮膚變成樹皮，她的歎息成了萬千樹葉在風中的沙沙聲。在某個月夜，羊男回來想為她吹笛，卻只找到一棵樹，低喚著他只告訴過她的名字。

羊男坐在樹根中間，覺得自己的淚像露水一樣落在臉上。他頭上的樹枝不停往他身上撒下花瓣，可是他的愛人再也無法擁抱他、再也無法親吻他的唇。他撫摸那棵樹，結果他原先長著軟毛的皮膚變得粗糙僵硬，如同他那失去了的愛人的樹皮，他一顆狂野無畏的心痛極了。

羊男整夜坐在樹下，直到太陽升起把他趕走，因為燦爛的陽光從來不適合他。他返回大地的黑暗子宮後，那棵樹傷心地垂下了枝幹，樹枝越來越彎，最後像極了她愛人頭上的羊角。

八個月後，在一個滿月的夜晚，在一聲輕輕的呻吟中，樹幹裂開了，一個孩子走了出來。是一個男孩，他遺傳到了母親的美貌，而綠髮間的角和長腿上的蹄則洩露了他父親的身分。他又蹦又跳從山上下來，就像他母親曾經在森林跳舞一樣，他用鳥骨做了一支笛子，讓森林中迴盪著充滿愛與失落的曲調。

在地下深處，羊男正在指導一位公主做她父母宮廷中的工作，聽到了笛聲便請求離開。他匆匆穿過只有他知道的秘密通道，但抵達地上王國時，笛聲已經消失了。他只在潮濕的苔蘚上發現小蹄子的足痕，可是這歡快的足跡只有一小段，其餘的都讓雨水給沖不見了。

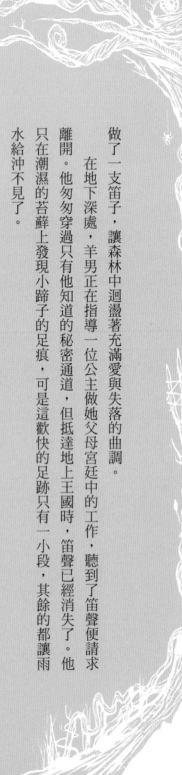

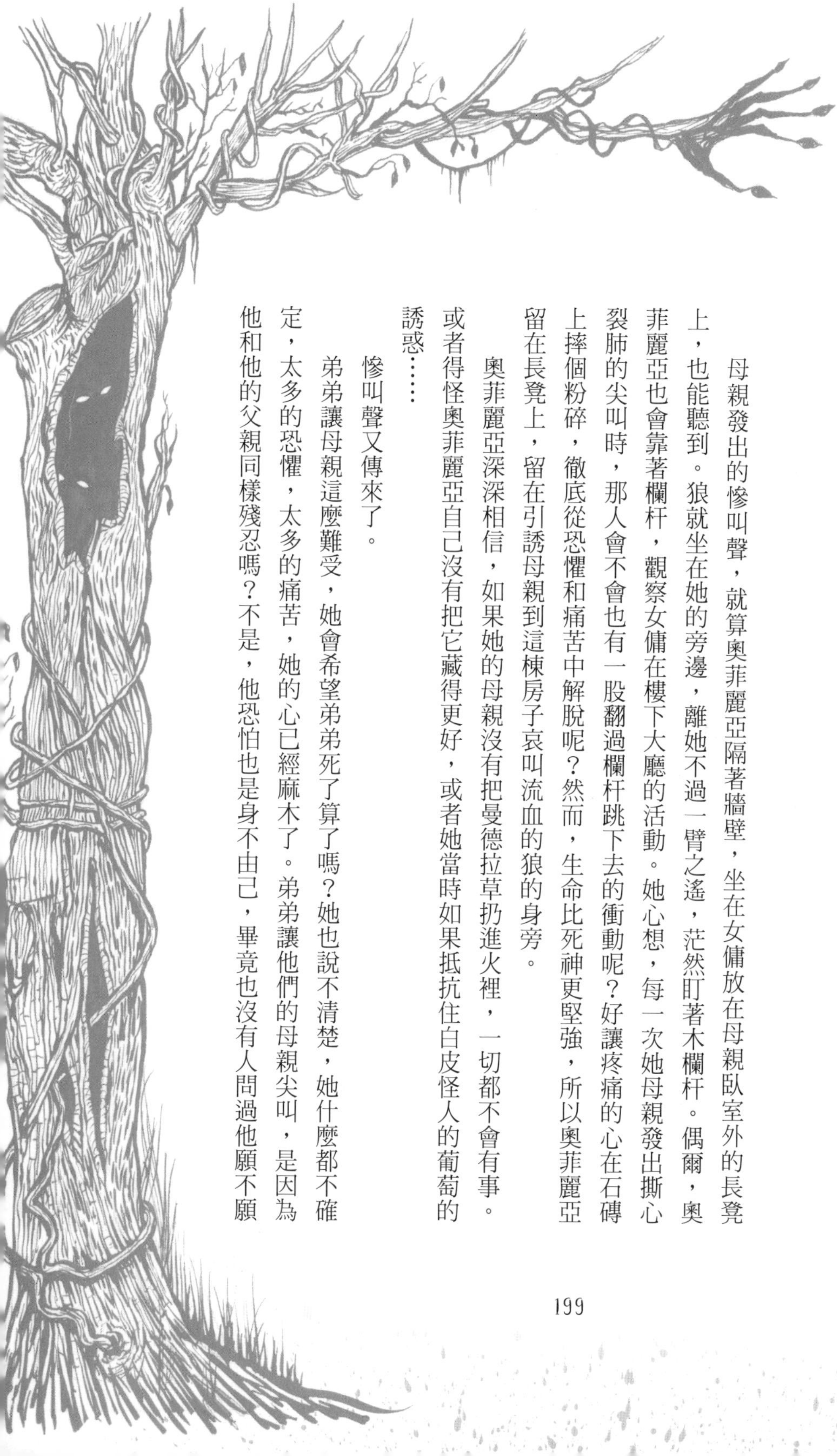

30 不要傷害她

母親發出的慘叫聲，就算奧菲麗亞隔著牆壁，坐在女傭放在母親臥室外的長凳上，也能聽到。狼就坐在她的旁邊，離她不過一臂之遙，茫然盯著木欄杆。偶爾，奧菲麗亞也會靠著欄杆，觀察女傭在樓下大廳的活動。她心想，每一次她母親發出撕心裂肺的尖叫時，那人會不會也有一股翻過欄杆跳下去的衝動呢？好讓疼痛的心在石磚上摔個粉碎，徹底從恐懼和痛苦中解脫呢？然而，生命比死神更堅強，所以奧菲麗亞留在長凳上，留在引誘母親到這棟房子哀叫流血的狼的身旁。

奧菲麗亞深深相信，如果她的母親沒有把曼德拉草扔進火裡，一切都不會有事。或者得怪奧菲麗亞自己沒有把它藏得更好，或者她當時如果抵抗住白皮怪人的葡萄的誘惑……

慘叫聲又傳來了。

弟弟讓母親這麼難受，她會希望弟弟死了算了嗎？她也說不清楚，她什麼都不確定，太多的恐懼，太多的痛苦，她的心已經麻木了。弟弟讓他們的母親尖叫，是因為他和他的父親同樣殘忍嗎？不是，他恐怕也是身不由己，畢竟也沒有人問過他願不願

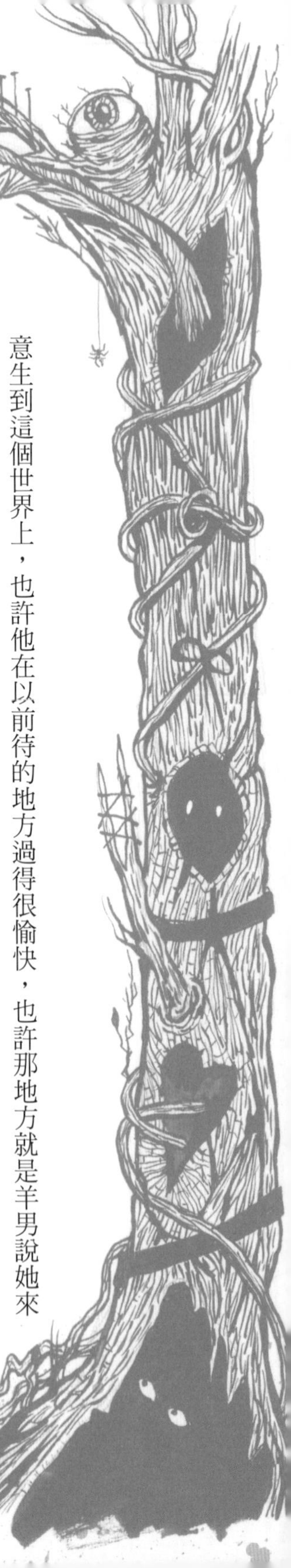

意生到這個世界上，也許他在以前待的地方過得很愉快，也許那地方就是羊男說她來自的那個世界。如果是那樣的話，她必須告訴弟弟，要回去那裡是難上加難。

一個女傭捧著一壺水衝了進去。

維達爾盯著她的背影。

他的兒子，他會失去他的兒子。他並不關心在房間裡喊叫的女人，一個裁縫的妻子……他一生都在做出錯誤的選擇，他早該知道她太過脆弱，保證不了他兒子的安全。他需要這個兒子。

在他身後的臥室，默西迪絲正在與死神搏鬥，醫護兵和其他女傭也加入她的行列。血染紅了每一樣東西：床單，醫護兵的雙手，奧菲麗亞的父親替卡門縫製的白色睡袍。醫護兵聽慣了傷兵的慘叫，但不習慣要到這個世界的新生命所引發的痛苦。

默西迪絲轉身背對著床。

鮮血……幾乎無處不在。這時她已經知道費雷羅倒在泥地裡，鮮血和雨水交混。她也知道了嗒嗒的下場，他的血染紅了穀倉地上的稻草。默西迪絲走去關上臥室房門，即便她知道坐在外面的女孩隔著牆也會聽到尖叫聲。她非常同情她，孩子的痛苦比母親的痛苦更叫她心痛。

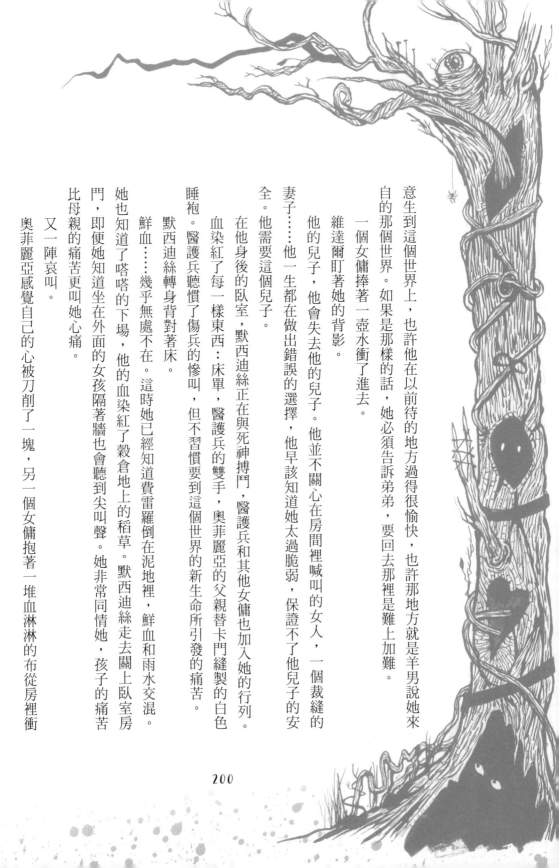

又一陣哀叫。

奧菲麗亞感覺自己的心被刀削了一塊，另一個女傭抱著一堆血淋淋的布從房裡衝到走廊。然後……尖叫和呻吟逐漸減弱了……越來越小聲……最後停息了。

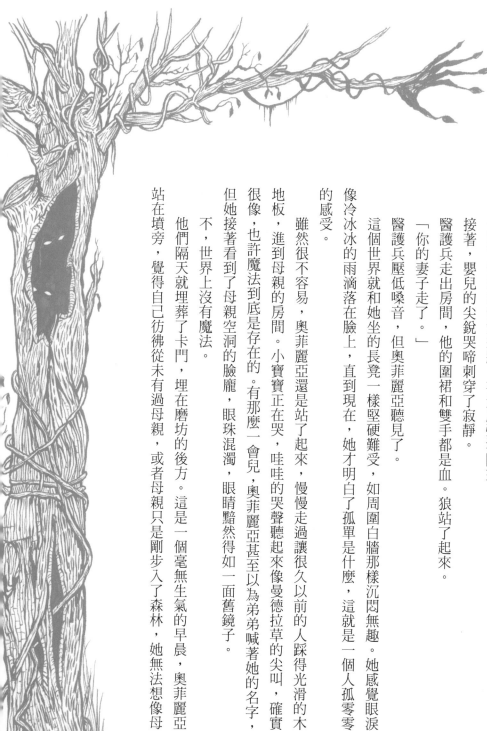

一陣可怕的寂靜穿過牆，在走廊彌漫開來。

接著，嬰兒的尖銳哭啼刺穿了寂靜。

醫護兵走出房間，他的圍裙和雙手都是血。狼站了起來。

「你的妻子走了。」

醫護兵壓低嗓音，但奧菲麗亞聽見了。

這個世界就和她坐的長凳一樣堅硬難受，如周圍白牆那樣沉悶無趣。她感覺眼淚像冷冰冰的雨滴落在臉上，直到現在，她才明白了孤單是什麼，這就是一個人孤零零的感受。

雖然很不容易，奧菲麗亞還是站了起來，慢慢走過讓很久以前的人踩得光滑的木地板，進到母親的房間。小寶寶正在哭，哇哇的哭聲聽起來像曼德拉草的尖叫，確實很像，也許魔法到底是存在的。有那麼一會兒，奧菲麗亞甚至以為弟弟喊著她的名字，但她接著看到了母親空洞的臉龐，眼珠混濁，眼睛黯然得如一面舊鏡子。

不，世界上沒有魔法。

他們隔天就埋葬了卡門，埋在磨坊的後方。這是一個毫無生氣的早晨，奧菲麗亞站在墳旁，覺得自己彷彿從未有過母親，或者母親只是剛步入了森林，她無法想像母

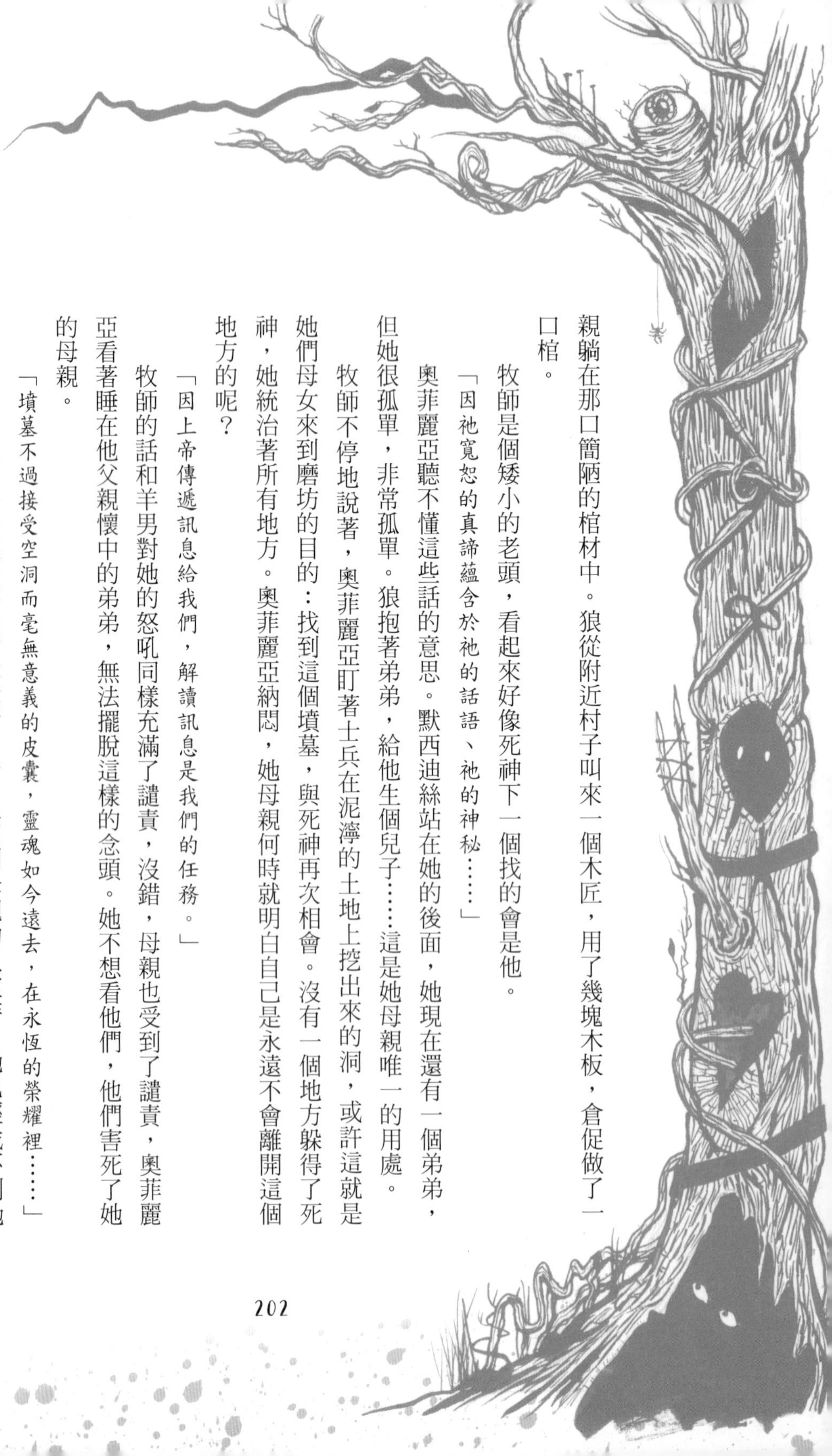

親躺在那口簡陋的棺材中。狼從附近村子叫來一個木匠，用了幾塊木板，倉促做了一口棺。

牧師是個矮小的老頭，看起來好像死神下一個找的會是他。

「因祂寬恕的真諦蘊含於祂的話語、祂的神秘……」

奧菲麗亞聽不懂這些話的意思。默西迪絲站在她的後面，她現在還有一個弟弟，但她很孤單，非常孤單。狼抱著弟弟，給他生個兒子……這是她母親唯一的用處。

牧師不停地說著，奧菲麗亞盯著士兵在泥濘的土地上挖出來的洞，或許這就是她們母女來到磨坊的目的：找到這個墳墓，與死神再次相會。沒有一個地方躲得了死神，她統治著所有地方。奧菲麗亞納悶，她母親何時就明白自己是永遠不會離開這個地方的呢？

「因上帝傳遞訊息給我們，解讀訊息是我們的任務。」

牧師的話和羊男對她的怒吼同樣充滿了譴責，沒錯，母親也受到了譴責，奧菲麗亞看著睡在他父親懷中的弟弟，無法擺脫這樣的念頭。她不想看他們，他們害死了她的母親。

「墳墓不過接受空洞而毫無意義的皮囊，靈魂如今遠去，在永恆的榮耀裡……」

奧菲麗亞不希望母親的靈魂遠離自己，但回到母親的臥室時，她已經找不到她了。遠遠地，遠遠地離去了……

她的幾本童話故事書還在床頭櫃上，好像什麼都沒有改變過——好像她還有一個母親。

因在痛苦中……牧師的聲音在她的耳邊低語……我們尋獲生命的意義，降世時失去的恩典。費雷羅醫生給母親的那瓶助眠藥還在床頭櫃，奧菲麗亞把它舉到窗前，對著希微的晨光看了看琥珀色的液體。

憑藉無限的智慧，上帝將答案放到我們的手中。

奧菲麗亞把藥瓶放進行李箱中，默西迪絲已經把她母親的幾件衣服收了進去。她拿起自己的書，桌子還有另一個手提箱，以前母親經常在桌邊喝茶，窗下還擱著她的輪椅。

只因祂實體的不存在，再次確認了祂存在於我們的靈魂。

奧菲麗亞盯著那張空蕩蕩的輪椅，兩隻烏鴉掠過窗前，如此的美麗，如此的自由。她的母親去了哪裡呢？她現在和她的父親團聚了嗎？他會原諒她為了給另一個男人生下孩子而失去生命嗎？

奧菲麗亞轉身背對窗戶。

不，沒有上帝，沒有魔法。

只有死神。

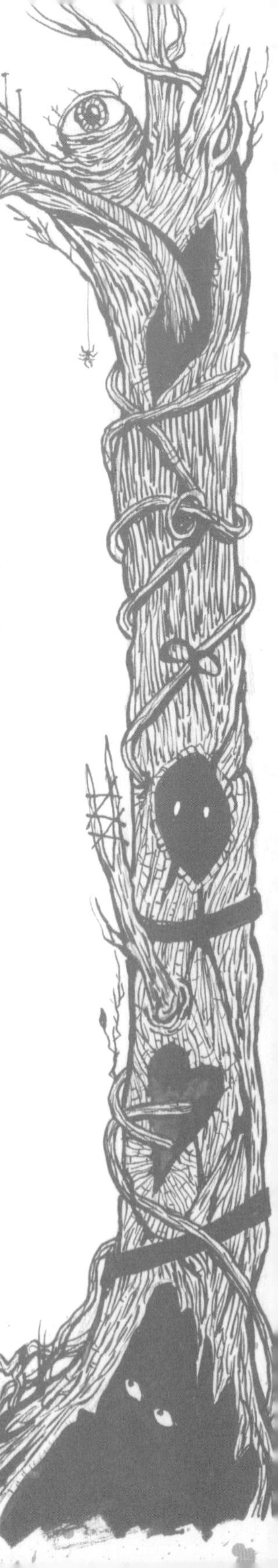

31 貓和老鼠

夜來臨了，用黑色喪服裹著殘餘天光。默西迪絲在維達爾的辦公室裡，抱著他的孩子，那個沒了母親的小娃兒。她希望他也失去父親，希望他永遠不會認識那個伏案的男人，他妻子死了，他卻不痛不癢，無動於衷。默西迪絲從來沒見過自己的父親，但看著這個父親，她認為自己很幸運，在這麼黑暗的環境中成長，他的兒子會長成為什麼樣的人呢？

她將孩子輕輕放回搖籃，替他蓋上毯子。他的父親拿著一張留聲機唱片，這張唱片他經常一放就是一整天，直到夜深了為止，默西迪絲甚至是連夢裡也常常聽得到唱片裡的音樂。他的雙手拿取唱片時非常輕柔，簡直要讓人相信他是用另一雙手敲碎了嗒嗒的骨頭，以及朝著醫生的背後開槍。她懷念費雷羅，在磨坊裡，他是她唯一可以信任的人。

「默西迪絲，妳和費雷羅很熟，是不是？」

維達爾用軍服袖子擦了擦唱片，她得刷上好幾個小時，才能刷去上頭的血漬。

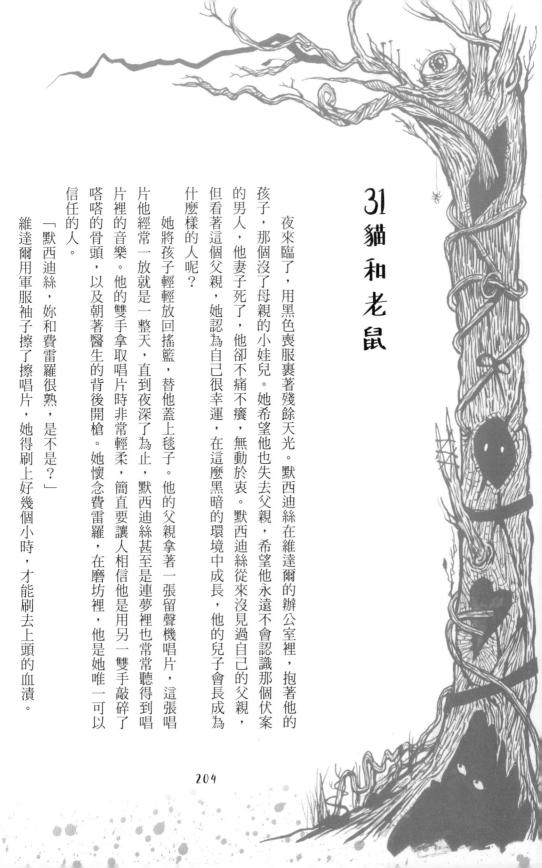

默西迪絲，不要表現出任何恐懼。

「先生，我們都和他很熟，這裡每個人都認識他。」

他只是看著她，噢，她現在對他的遊戲可清楚了。*默西迪絲，不要表現出任何恐懼。*

「那個結巴說有奸細。」他語氣漫不經心，好像他們討論的是晚餐的菜色。「在我們之中……在磨坊裡，妳能想像嗎？」他走過她的身邊，手臂擦過她的手臂。「就在我的眼皮底下。」

默西迪絲盯著自己的雙腳，她的腳失去感覺，恐懼令它們麻木了。維達爾把唱片放到留聲機上。

別看他，他會看出來——他會知道！

恐懼掐緊她的喉嚨，她竭力想咽下口水，恐懼卻像一根勒著她的繩子。在她的身後，嬰兒開始嚶嚀低哼，聲音細不可聞，好像還不懂得怎麼哭一樣。

「請坐，默西迪絲。」維達爾揮了揮手，示意她坐到桌前的椅子上。

她知道，稍有遲疑就洩底了，可是要移動雙腳非常艱難，也許怎樣都已經太遲了，也許嗒嗒已經把他們全供出來了。可憐的嗒嗒，遍體鱗傷的嗒嗒。

「妳對我有什麼看法？」維達爾拿出藏在下方抽屜的白蘭地倒了一杯。貓開始玩弄老鼠了，默西迪絲認識他太久了，對這場遊戲的結果不抱任何幻想。恐懼卡在喉嚨，

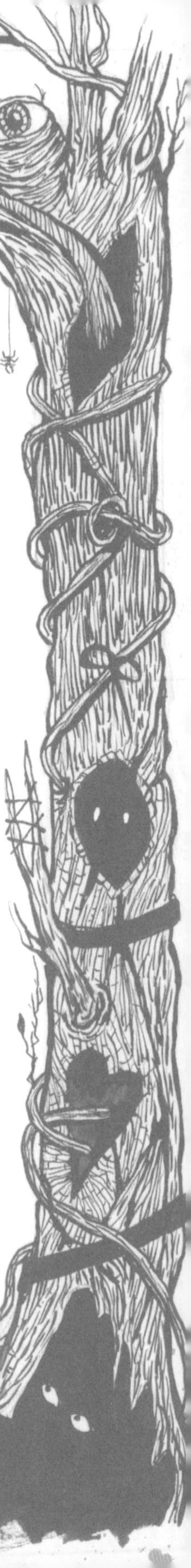

她側身坐下，這樣就不必與維達爾面對面，也能夠維持可以隨時跳起來逃跑的幻想。

「妳一定認為我是個惡魔。」他把杯子遞給她。

是的！她想尖叫。是的！因為你就是惡魔。但她的嘴唇還是勉強說出他希望聽到的話：

「先生，我這樣的人怎麼想並不重要。」

她接過杯子，動作近乎倉促，但願他不會留意到她顫抖的手。他給自己另外倒了一杯白蘭地，仰頭喝了一大口。默西迪絲仍舊沒碰她那一杯，喉嚨裡有玻璃，怎麼喝得下？他知道……

「給我再拿點酒來，到穀倉拿。」他把軟木塞塞進瓶子。「麻煩了。」

「好的，先生。」默西迪絲把沒沾過嘴唇的杯子放在桌上。「晚安，先生。」

她站了起來。

「默西迪絲……」

可憐的老鼠，貓總是給牠那片刻的希望。

「妳是不是忘了什麼東西？」

「先生？」她慢慢轉過身，像困在琥珀中的蒼蠅，樹液在周圍開始變硬。

他拉開最上層的抽屜。

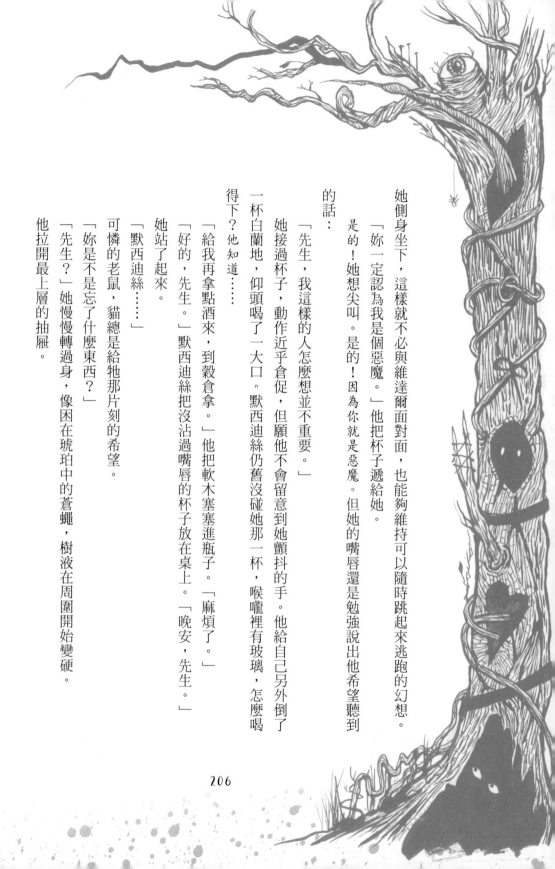

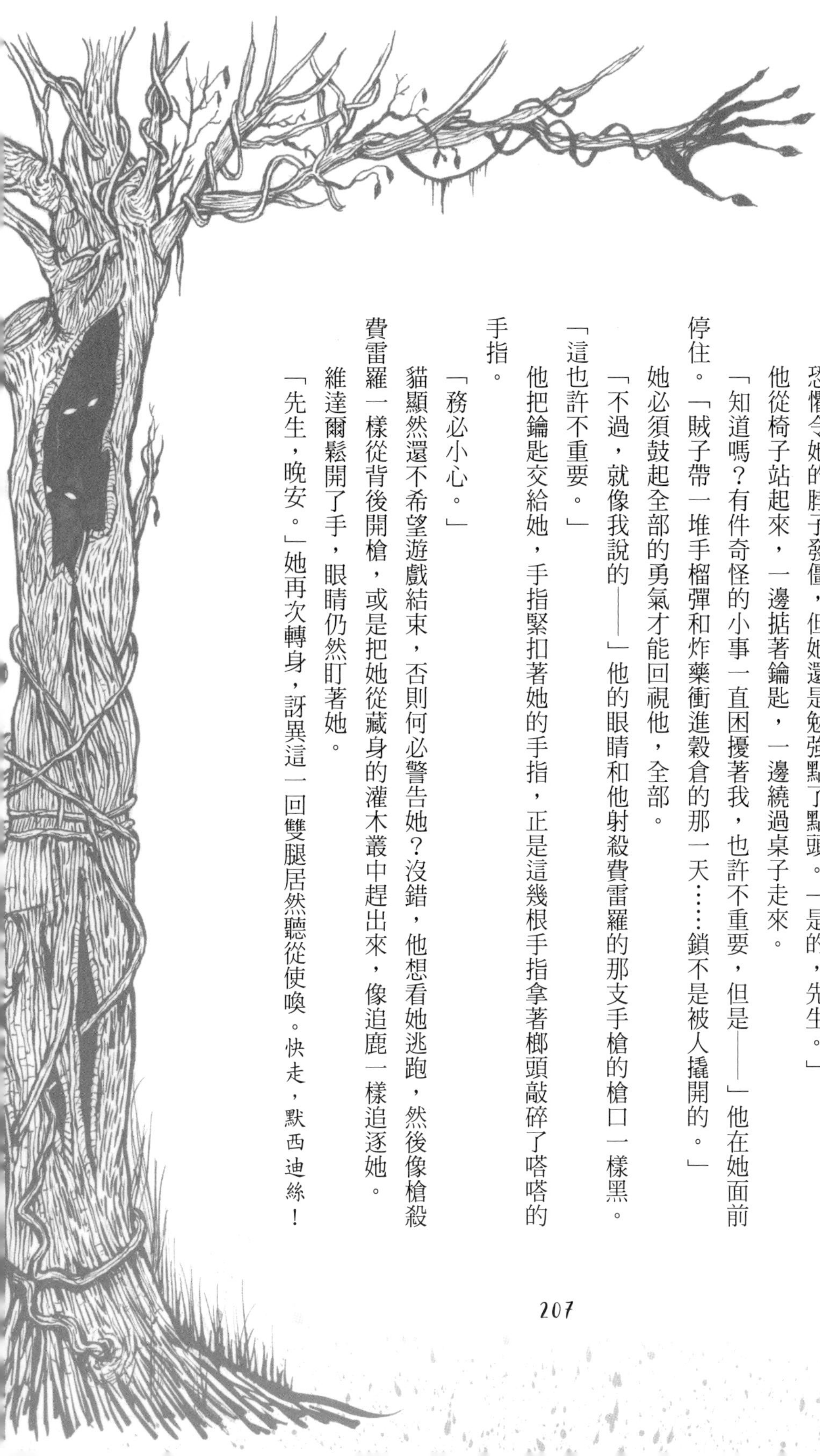

「鑰匙。」他舉了起來。「唯一的一副在我這裡，不是嗎？」

恐懼令她的脖子發僵，但她還是勉強點了點頭。「是的，先生。」

他從椅子站起來，一邊掂著鑰匙，一邊繞過桌子走來。

「知道嗎？有件奇怪的小事一直困擾著我，也許不重要，但是——」他在她面前停住。「賊子帶一堆手榴彈和炸藥衝進穀倉的那一天……鎖不是被人撬開的。」

她必須鼓起全部的勇氣才能回視他，全部。

「不過，就像我說的——」他的眼睛和他射殺費雷羅的那支手槍的槍口一樣黑。

「這也許不重要。」

他把鑰匙交給她，手指緊扣著她的手指，正是這幾根手指拿著榔頭敲碎了嗒嗒的手指。

「務必小心。」

貓顯然還不希望遊戲結束，否則何必警告她？沒錯，他想看她逃跑，然後像槍殺費雷羅一樣從背後開槍，或是把她從藏身的灌木叢中趕出來，像追鹿一樣追逐她。

維達爾鬆開了手，眼睛仍然盯著她。

「先生，晚安。」她再次轉身，訝異這一回雙腿居然聽從使喚。快走，默西迪絲！

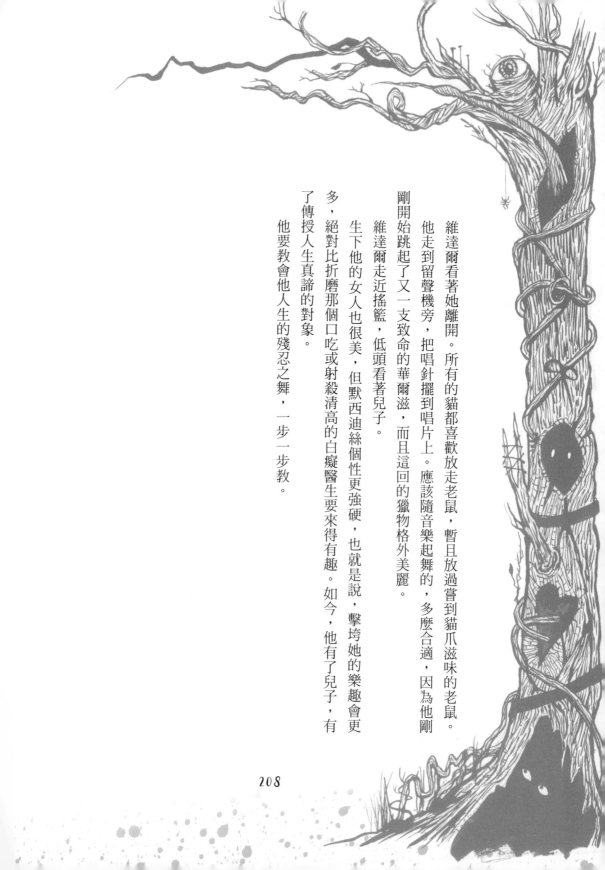

維達爾看著她離開。所有的貓都喜歡放走老鼠，暫且放過嘗到貓爪滋味的老鼠。

他走到留聲機旁，把唱針擺到唱片上。應該隨音樂起舞的，多麼合適，因為他剛剛開始跳起了又一支致命的華爾滋，而且這回的獵物格外美麗。

維達爾走近搖籃，低頭看著兒子。

生下他的女人也很美，但默西迪絲個性更強硬，也就是說，擊垮她的樂趣會更多，絕對比折磨那個口吃或射殺清高的白癡醫生要來得有趣。如今，他有了兒子，有了傳授人生真諦的對象。

他要教會他人生的殘忍之舞，一步一步教。

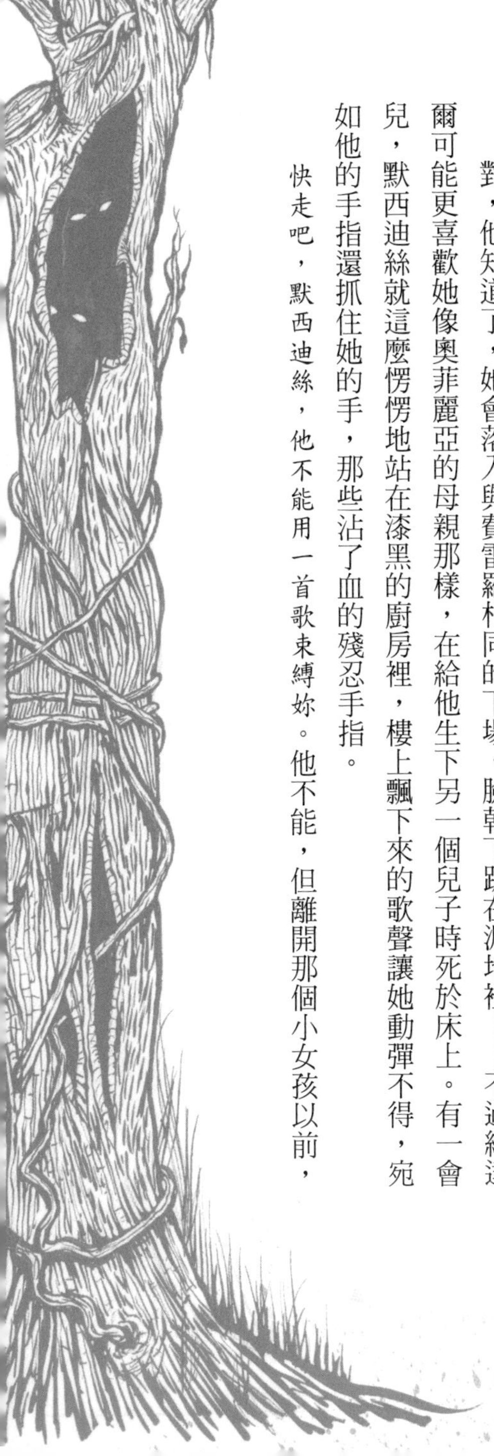

32 沒什麼

默西迪絲很想拔腿就跑，但還是一步一步走下樓，害怕膝蓋抖得太厲害，一個不小心就摔倒了。上尉沒跟來，還沒跟來，但時間不多了。

她把廚房地板的那塊地磚推到一旁，拿出最後一批託她轉交給林中游擊隊的信件，有母親寫的，父親寫的，姐妹寫的，情人寫的。一個女人的聲音從維達爾的房間裡飄下來，溫柔唱著愛情和愛情的折磨，好像他正用音樂逗弄她，每個音符都是抵著她喉嚨的刀尖。

他知道了。

對，他知道了，她會落入與費雷羅相同的下場，臉朝下趴在泥地裡——不過維達爾可能更喜歡她像奧菲麗亞的母親那樣，在給他生下另一個兒子時死於床上。有一會兒，默西迪絲就這麼愣愣地站在漆黑的廚房裡，樓上飄下來的歌聲讓她動彈不得，宛如他的手指還抓住她的手，那些沾了血的殘忍手指。

快走吧，默西迪絲，他不能用一首歌束縛妳。他不能，但離開那個小女孩以前，

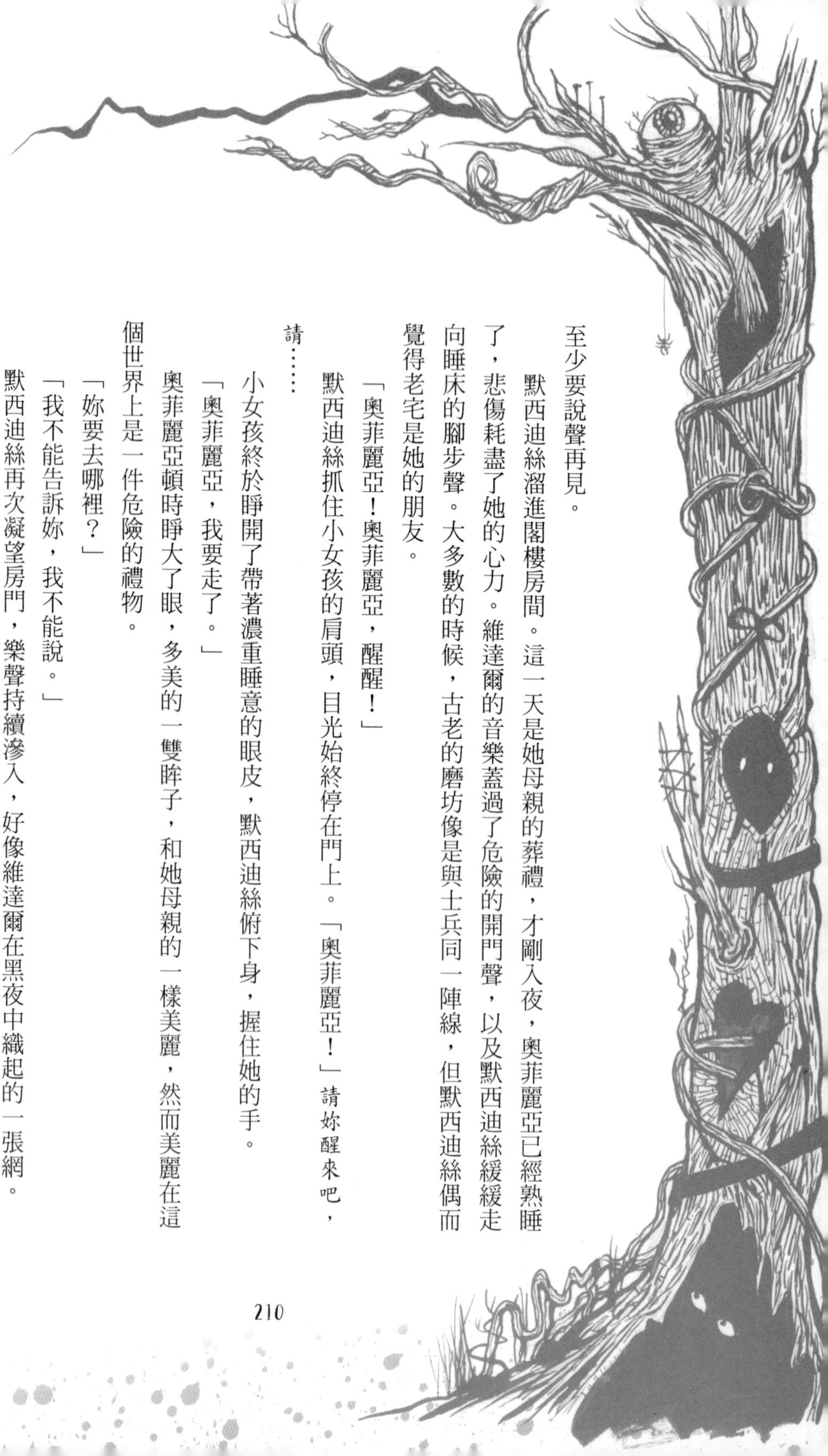

至少要說聲再見。

默西迪絲溜進閣樓房間。這一天是她母親的葬禮，才剛入夜，奧菲麗亞已經熟睡了，悲傷耗盡了她的心力。維達爾的音樂蓋過了危險的開門聲，以及默西迪絲緩緩走向睡床的腳步聲。大多數的時候，古老的磨坊像是與士兵同一陣線，但默西迪絲偶而覺得老宅是她的朋友。

「奧菲麗亞！奧菲麗亞，醒醒！」

默西迪絲抓住小女孩的肩頭，目光始終停在門上。「奧菲麗亞！」請妳醒來吧，請……

小女孩終於睜開了帶著濃重睡意的眼皮，默西迪絲俯下身，握住她的手。

「奧菲麗亞，我要走了。」

奧菲麗亞頓時睜大了眼，多美的一雙眸子，和她母親的一樣美麗，然而美麗在這個世界上是一件危險的禮物。

「妳要去哪裡？」

「我不能告訴妳，我不能說。」

默西迪絲再次凝望房門，樂聲持續滲入，好像維達爾在黑夜中織起的一張網。

「帶我一起走吧！」奧菲麗亞抓住她的手臂。「求求妳！」

「不行，不行！」默西迪絲低聲說，撫摸著那張驚慌的臉蛋。「我沒辦法！」

小女孩伸手摟住默西迪絲的脖子，她還太小，無法獨自在這個世界上生存，太小了。默西迪絲吻了吻和自己一樣烏黑的髮絲，把她抱在懷中，她曾經希望有個女兒，如果她有一個，她也會這麼抱著她。「孩子，我沒辦法！我一定回來找妳，我保證。」

但奧菲麗亞不願放手，緊摟著默西迪絲，默西迪絲甚至感覺到了她的心跳。

「帶我走！」她懇求。「帶我走！」一遍又一遍。

面對這樣的孤獨，誰能忍心拒絕呢？

她們跌跌撞撞穿過黑夜，沿著小溪前進，又下起了冰冷的雨，她們在雨中瑟瑟發抖。默西迪絲隨手拿的舊傘根本擋不了雨，她一度相信聽到身後傳來了費雷羅的腳步聲，不得不提醒自己，他與嗒嗒和許多人一樣，醫生已經死了。死，當不得不把這個字用在喜愛的人身上時，這個字是變得更真實？還是更不真實呢？

「等等！」默西迪絲停下腳步，牢牢摟著奧菲麗亞的肩膀。

她覺得聽見有匹馬打了一聲響鼻，但在黑夜裡拉起耳朵再細聽，只聽到雨敲打上方的樹木，雨水從樹葉滴落。

「沒事！」她低聲說，把奧菲麗亞往身邊一攬。「別擔心，我們走吧。」

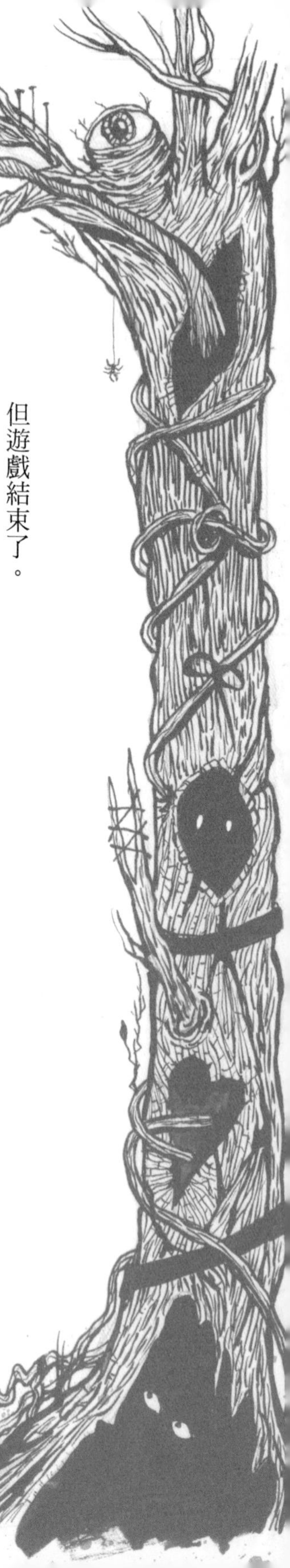

但遊戲結束了。

默西迪絲撐著傘一轉身，迎面見到的是維達爾的臉。加西斯在他後方，還有至少二十名士兵。她怎麼沒聽見呢？夜總是站在獵人那一邊。

「默西迪絲。」維達爾把她的名字變成一條鍊子，勒住她的脖子，他的目光掃過她那張恐懼得發僵的臉，接著往下落到小女孩的身上。

「奧菲麗亞。」

他並不想掩飾他的厭惡。

他抓住小女孩的手臂，把默西迪絲留給了加西斯。

他們會殺了她。狼把奧菲麗亞一路拖回磨坊，穿過森林，走過泥濘的院子，回到她母親死去的屋子。這一路上，奧菲麗亞腦中只有一個念頭，他們會殺了默西迪絲，就像他們害死媽媽。

狼的鐵腕把她拉上樓，他叫來一個士兵看著門，然後粗暴地把她推進了房間。

「她的事妳知道多久了？」

他打了奧菲麗亞一巴掌，她的臉上還有雨水，還是臉頰感覺到的是淚呢？不重要，雨也是淚，整個世界都在哭泣。

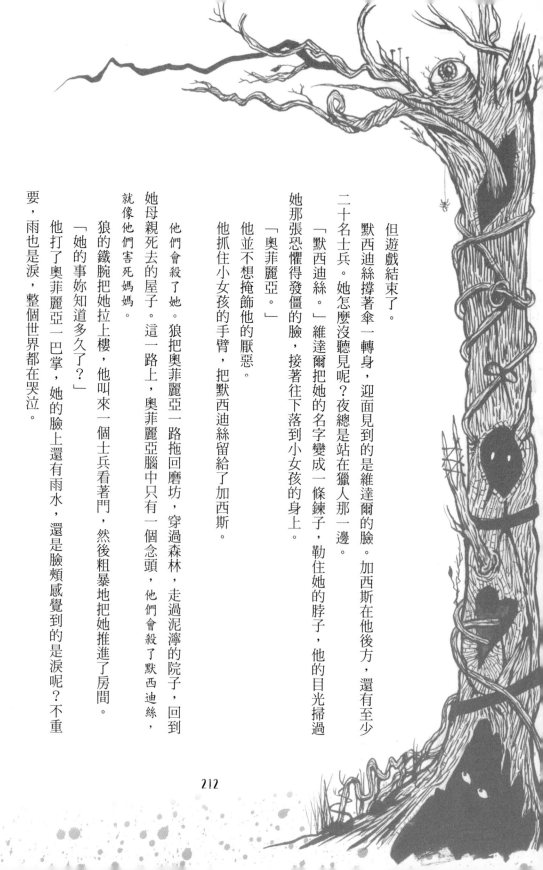

「妳嘲笑我多久了啊，小女巫？」

狼搖晃著她，奧菲麗亞感覺他想做的不只這樣而已，他想捏斷她的骨，像廚娘替他和他的手下燒兔子那樣，將她大卸八塊。最後，他狠狠咒罵了一句，放開了她，摘下帽子，喘著粗氣撫平頭髮。他的面具首度出現一道裂縫，這比盛怒的羊男更加使奧菲麗亞膽怯。狼永遠不會原諒她看到了他的脆弱——如同他不會原諒她沒有告知他默西迪絲的事。

「看好她！」他對門口的士兵咆哮。「有人想進去——」他把帽子戴回頭上，調整了一下，拉上了門縫。「——就先殺了她。」

奧菲麗亞的臉頰火辣辣的，這一耳光好像刮破了她的肌膚。狼關上門的那一刻，她哭了起來，為她的母親，為默西迪絲，為自己而痛哭失聲。

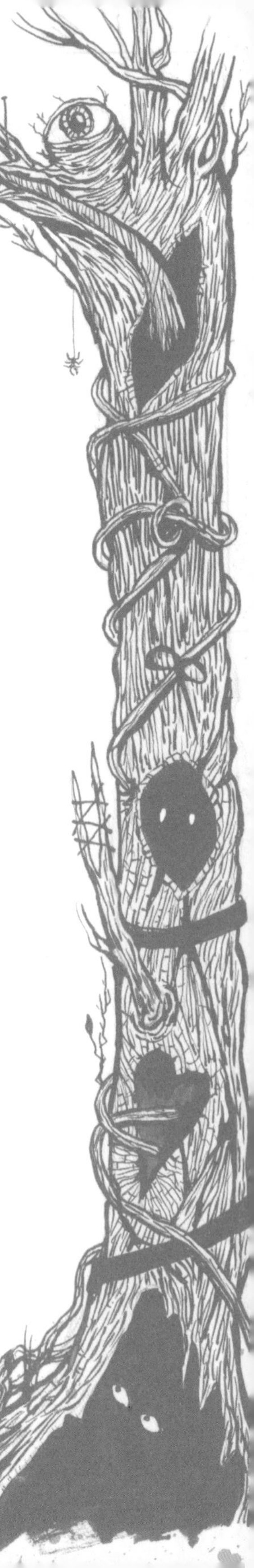

33 不過是個女人

外頭，嶄新的一天正在展開，而她就這麼被綁著，綁在沾到了嗒嗒的血的柱子上。加西斯束緊繩子，將她的雙手捆在前方，和他們綁嗒嗒的手法一樣，默西迪絲從頭到尾沒有瞧他一眼。

維達爾正忙著搜她的袋子。他脫了手套，他審問犯人時通常不戴，因為皮革沾了血可是很難清理乾淨的，默西迪絲知道，她處理過好幾次。

「紅椒肉腸……」他把香腸扔到地上。「應該不是只給妳和那個小女孩吃的吧？妳肯定不會為了小女孩偷拿這個。」他嗅了嗅一個小包裹。「我的上等菸草，妳可以跟我開口，我會給妳的，默西迪絲。」

加西斯笑了笑，又打了一個結。上尉翻了翻她準備轉交給林裡那些人的信。

「我要知道寫這些東西的人的名字，明天就要。」他把信交給加西斯。

「遵命，上尉。」

她當初怎麼不把信留下呢？現在士兵要去抓他們的親人……沒有什麼比這更能

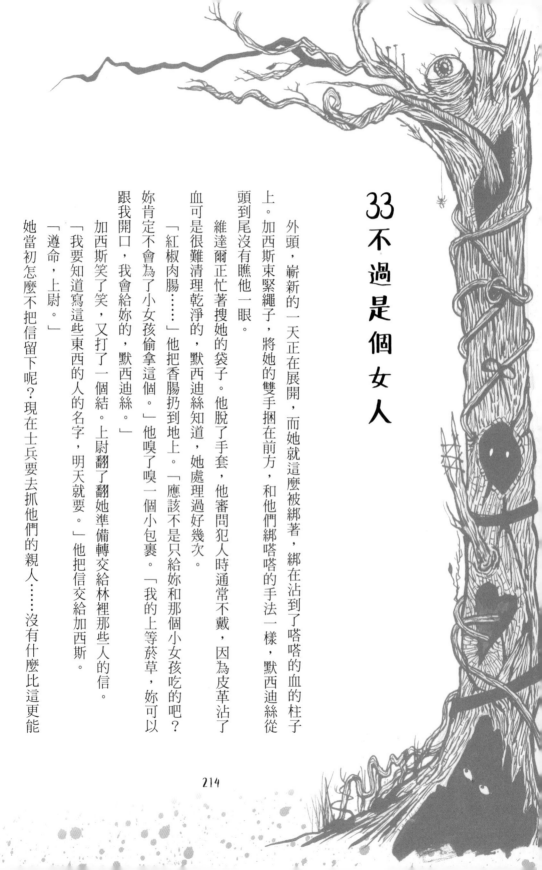

傷害林裡的人，關愛的文字通通成了武器，對付原本應該從中得到安慰的人。

默西迪絲強忍著淚水，絕望像毒汁湧上心頭。愛是非常有效的陷阱，而戰爭最殘酷的一點是，它讓愛成了一種致命的風險。我們會殺你的母親，我們會強暴你的姐妹，我們會打斷你兄弟的骨頭……

默西迪絲把頭往後靠在裂開的木頭上，就算他們現在殺了她又如何呢？反正她畏懼這件事的到來畏懼了那麼久，一顆心早已讓深切的恐懼折磨得疲憊不堪，除了懊悔帶了信件，以及同情即將聽到敲門聲的人之外，她什麼也感覺不到。

維達爾解開她為他清洗熨燙的襯衫的扣子，她抱怨過多少次別人留下的血漬？她的血會弄髒衣袖嗎？還是他會把襯衫脫了呢？對，想像清洗襯衫的情景，默西迪絲，不要給腦袋時間去想像他要對妳做些什麼。

「加西斯，你可以走了。」

加西斯看了她一眼，她不確定那眼神是什麼意思，有的士兵不喜歡折磨女人，他的上尉在這一方面倒是沒有一絲的猶疑，她還懷疑，比起折磨男人，他其實更喜歡折磨女人。

「上尉，你確定？」

默西迪絲不記得曾經聽過維達爾笑。「拜託！她不過是個女人。」

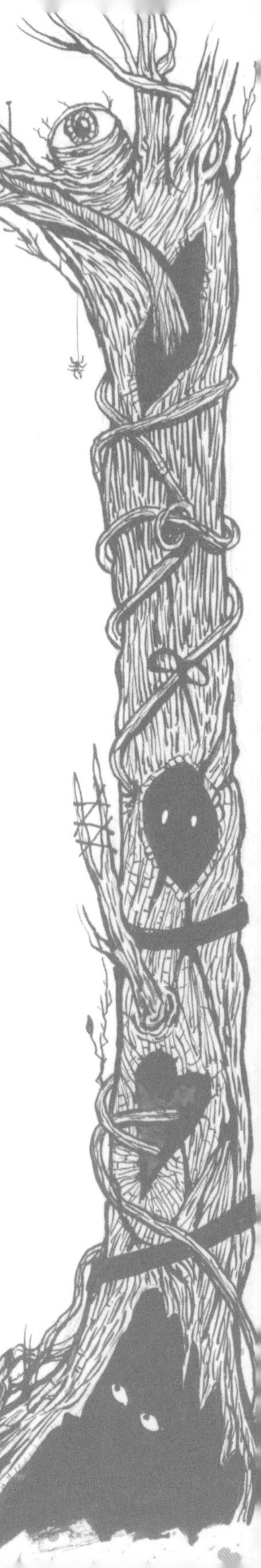

默西迪絲盯著穀倉木牆，從死樹鋸下的木板是她最後看到的東西，而外頭有著生命的森林遙不可及。加西斯出去後，帶上了穀倉的門。

「你心裡就是這麼想，所以我才從來沒讓你逮到，因為你沒把我放在眼裡。」

默西迪絲繼續盯著牆，不讓審訊她的人看到她眼底的畏懼。但維達爾走到她的身邊，握住她的下巴，強迫她抬頭看他。

「該死，妳發現了我的弱點——自尊心。」他仔細端詳她的臉龐，如同那是一塊美麗的肉，而他只想要這塊肉流血。「幸好，我就這麼一個弱點。」

*說謊。*默西迪絲感覺他的手指壓在臉頰上，他是這麼享受她無助的模樣，他是這麼享受把她的美麗變成他可以透過摧毀而擁有的東西。

「那麼，現在讓我們找出妳的弱點。」

維達爾放開她的臉，大步走向放著他的工具的桌子。

「非常簡單。」他一面說，一面背過身拿起榔頭。「妳肯定會開口……」他把榔頭放回桌子，查看其他工具，像是不知該用哪個才好。「但我必須確定妳所說的一切——」他拿起一把鐵鉤仔細檢查。「——都是事實。」

*繼續說下去。*默西迪絲一面祈禱，一面悄悄翻找藏在圍裙的小刀。它夠利嗎？它能夠割斷繩子，而不是只能切切胡蘿蔔和洋蔥嗎？

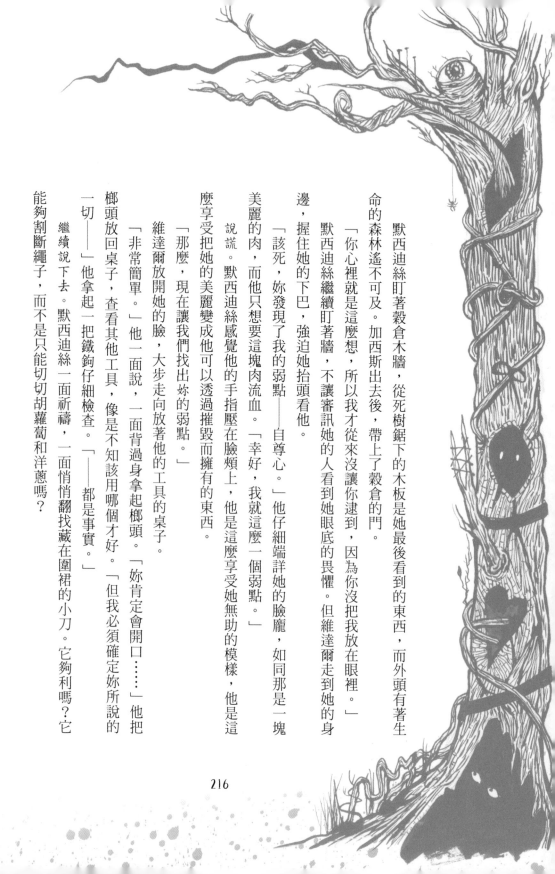

「妳一定會開口的，我們這裡有幾樣專門讓人開口的東西。」他仍然背對著她。

默西迪絲相信嗒嗒也聽過同樣的話，維達爾喜歡虛張聲勢，畢竟，一個駐紮在加利西亞森林廢棄磨坊的上尉，除了吹捧自己的殘暴，還有什麼可以吹噓的呢？自尊心？不，虛榮心，虛榮心才是他的弱點，他忍不住要持續向自己、向他人證明，沒有東西也沒有人能抵擋得了他，他的心不懂什麼是恐懼，也不知什麼叫憐憫。說謊，他什麼都怕，尤其最怕他自己。

默西迪絲開始用小刀割繩子纖維，眼光始終停留在他的背上。

「我們不用特別的……沒這個必要，這種事做多了就有經驗了。」

哦，是的，他喜歡聽自己的聲音。就算心臟在憤怒下或興奮中加快跳動時，他還能保持沉著的語調，這一點他很自豪。默西迪絲相信，想到了要在那張他經常凝視的臉龐使用那把榔頭，或者用在她只要靠近他就要漫不經心碰一下的雙手，他的心一定跳得更快了。沒放在眼裡，沒錯，默西迪絲是佩德羅的姐姐，還有一個早夭的姐妹，父母早亡……維達爾看不見真實的她，但總是注意到她軀體的美。

成了，她感覺到刀片碰到肌膚，她的手自由了。但還有一樣東西要割開。

「首先……」維達爾舉起一把鉗子。「嗯，我想這個不錯。」他仍然沒有轉身。

默西迪絲默默解開雙腿的捆繩，踮起腳尖，雙腳陷入稻草中，悄悄走向捉住她的人。

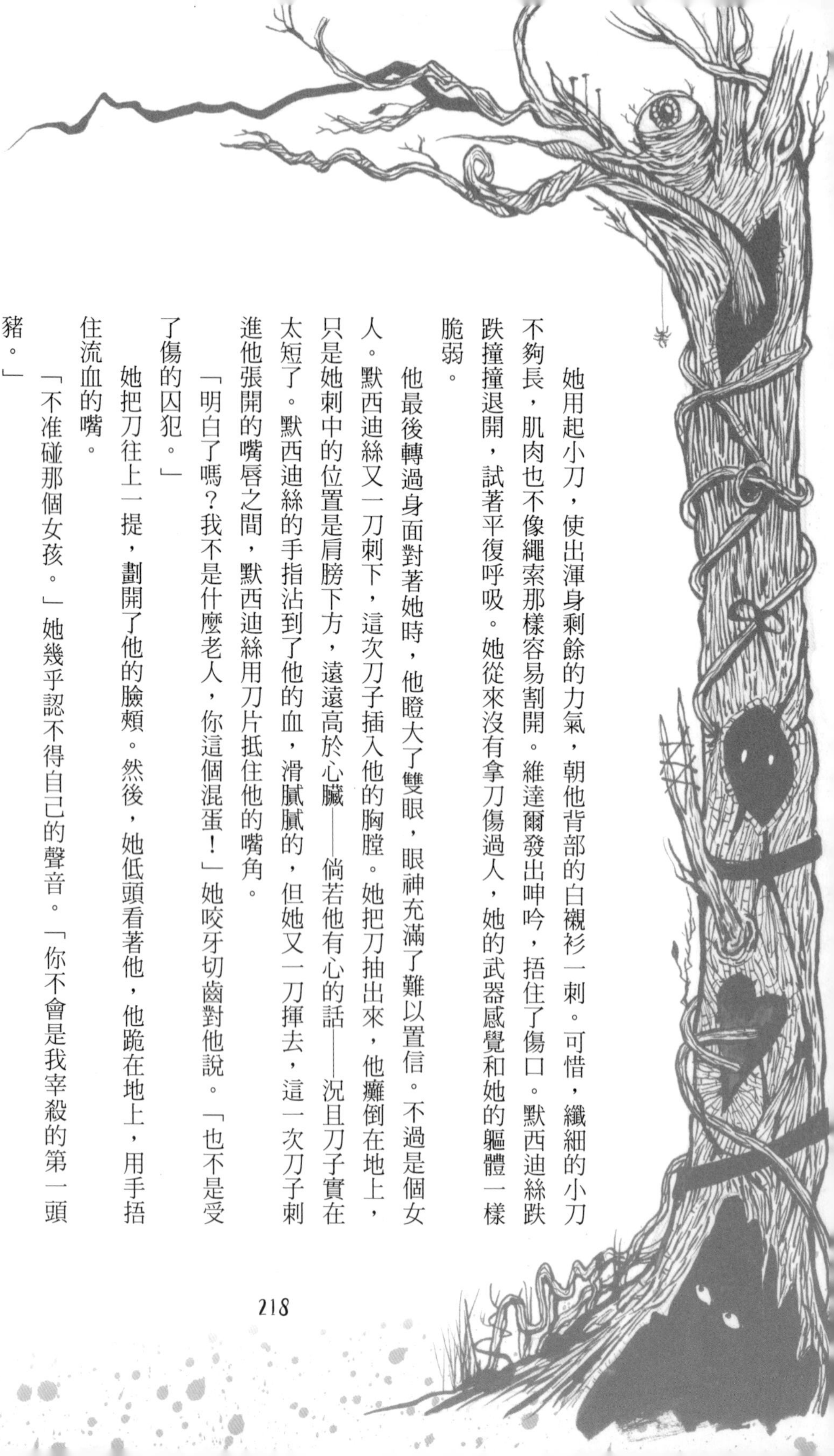

她用起小刀，使出渾身剩餘的力氣，朝他背部的白襯衫一刺。可惜，纖細的小刀不夠長，肌肉也不像繩索那樣容易割開。維達爾發出呻吟，捂住了傷口。默西迪絲跌跌撞撞退開，試著平復呼吸。她從來沒有拿刀傷過人，她的武器感覺和她的軀體一樣脆弱。

他最後轉過身面對著她時，他瞪大了雙眼，眼神充滿了難以置信。不過是個女人。默西迪絲又一刀刺下，這次刀子插入他的胸膛。她把刀抽出來，他癱倒在地上，只是她刺中的位置是肩膀下方，遠遠高於心臟——倘若他有心的話——況且刀子實在太短了。默西迪絲的手指沾到了他的血，滑膩膩的，但她又一刀揮去，這一次刀子刺進他張開的嘴唇之間，默西迪絲用刀片抵住他的嘴角。

「明白了嗎？我不是什麼老人，你這個混蛋！」她咬牙切齒對他說。「也不是受了傷的囚犯。」

她把刀往上一提，劃開了他的臉頰。然後，她低頭看著他，他跪在地上，用手捂住流血的嘴。

「不准碰那個女孩。」她幾乎認不得自己的聲音。「你不會是我宰殺的第一頭豬。」

她的膝蓋說的則是另一種語言，她所有的恐懼好像都聚集在那個部位，不過她還

是設法走到門口，拉開穀倉的門。默西迪絲走出去時，甚至沒有注意到手上仍舊拿著那把血淋淋的刀。她又把刀藏到圍裙裡，然後邁開步子往前走，走過院子的士兵身邊，沒有人多加留意她。

沒放在眼裡。

只有一個人轉過頭來，一個軍官，是塞萊諾。他盯著她的背影，不過默西迪絲繼續往前走。馬廄前方的收音機正在大聲播報中獎的彩券號碼，廚娘總是把錢花在那上頭。

繼續走。

「嘿，你看到了嗎？」塞萊諾呼喊加西斯，加西斯皺起眉頭，大失所望，他一直保留著森林裡撿到的那張賊子的彩券。「你能相信嗎？」

塞萊諾露出困惑而茫然的表情。「他放她走了。」

他指著默西迪絲，加西斯把彩券揉成一團扔在地上。「你在說什麼呀？」

默西迪絲加快腳步，感覺到加西斯的眼光落在她的背上，他也許不像他的上尉那樣享受折磨他人的樂趣，但肯定不介意殺人。

「嘿！」他在她身後喊道。「妳給我停下來！」

默西迪絲跑了起來。

咦，這倒容易。

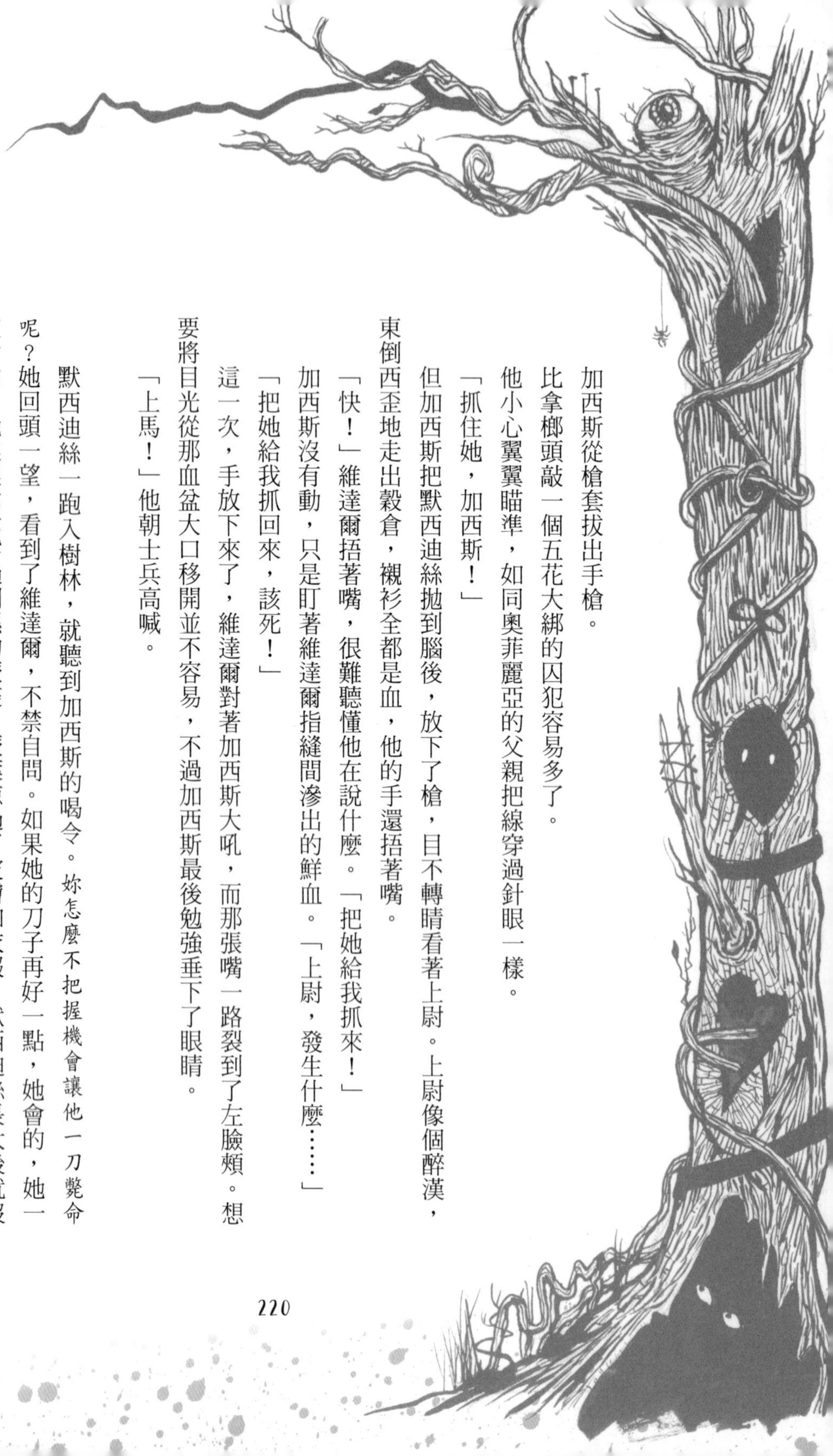

加西斯從槍套拔出手槍。

比拿榔頭敲一個五花大綁的囚犯容易多了。

他小心翼翼瞄準，如同奧菲麗亞的父親把線穿過針眼一樣。

「抓住她，加西斯！」

但加西斯把默西迪絲拋到腦後，放下了槍，目不轉睛看著上尉。上尉像個醉漢，東倒西歪地走出穀倉，襯衫全都是血，他的手還捂著嘴。

「快！」維達爾捂著嘴，很難聽懂他在說什麼。「把她給我抓來！」

加西斯沒有動，只是盯著維達爾指縫間滲出的鮮血。「上尉，發生什麼……」

「把她給我抓回來，該死！」

這一次，手放下來了，維達爾對著加西斯大吼，而那張嘴一路裂到了左臉頰。想要將目光從那血盆大口移開並不容易，不過加西斯最後勉強垂下了眼睛。

「上馬！」他朝士兵高喊。

默西迪絲一跑入樹林，就聽到加西斯的喝令。妳怎麼不把握機會讓他一刀斃命呢？她回頭一望，看到了維達爾，不禁自問。如果她的刀子再好一點，她會的，她一定會的。她踉踉蹌蹌穿過潮濕的蕨叢，蕨葉掠過了皮膚和衣服。默西迪絲長大後就沒這麼跑過了，小時候奔跑是為了享受奔跑的喜悅。

喜悅，喜悅是什麼感覺？她記不起來了……

不久後，她得靠著樹幹才能喘口氣，雖然她聽見身後傳來馬兒噴鼻息的聲音。馬蹄踐踏著蕨類，馬背上的人又喊又叫，一大群人越逼越近，但她持續在樹根或岩石上絆跤。

前方有一塊空地，高大的松樹圍出一個大圈，像是聚在一起，看著她的死期到來。默西迪絲還沒走到空地的中間，士兵就騎著馬團團圍住了她。她的頭髮散了，她感覺自己像孩子那樣渺小脆弱。

加西斯低頭衝著她笑了笑，眼神既帶嘲諷，又包含了讚許。女人都是獵物，瞧瞧她，加西斯的眼色似乎在說，以一個女傭來說，還真漂亮。他安撫他的馬，撫摸馬脖，好像那是她的脖子。他慢條斯理地從馬鞍上下來，他很享受，樂趣才剛剛開始。

「噓。」說著他朝她走來，舉起雙手安撫她，像在哄孩子一樣。

默西迪絲一直相信加西斯沒有維達爾那般殘忍，但這又如何呢？他也是同一夥人。她伸手抽出她的小刀，舉起刀子對著他，刀片上仍有他的上尉的血。

加西斯摘下軍帽，仍然含著笑意，像是在向她求愛。「妳要刺我？用那把小刀子？」

噢，她多麼希望自己是個男人。

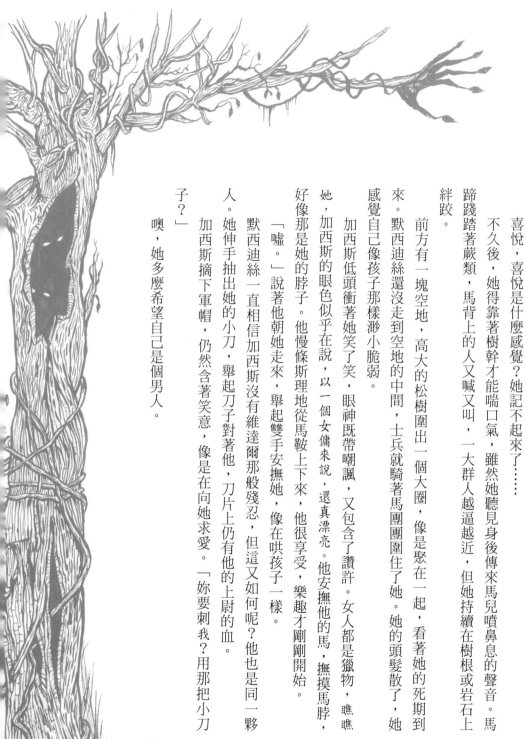

「妳最好不要反抗，乖乖跟我們走。上尉說，如果妳表現好……」男人在追捕一個女人的時候，口氣怎麼能夠變成好像貓咪的呼嚕聲呢？

默西迪絲將小刀抵著自己的喉嚨，嗒嗒沒有這樣的機會，可憐的嗒嗒。

「親愛的，別做傻事。」加西斯又朝她走了一步。

默西迪絲把小刀牢牢按在喉頭上，感覺刀片刺痛了肌膚。加西斯繼續往前走。

「如果有人要妳的命，我寧可那人是我。」他輕聲地說。

他死時，仍舊在對她微笑。

子彈擊中了他的背部，默西迪絲繼續用刀子抵著喉嚨，其他人想逃跑，但一個接一個倒下來。當她最後放下小刀時，槍聲和慘叫把她的耳朵震得麻木，驚慌失措的馬在她周圍的草地上打滑，把背上的人摔到她的腳下，空地躺滿了奄奄一息的男人。

默西迪絲不知道有沒有士兵勉強逃走了，就是有，也不會很多。她只看見幾匹馬飛奔進入森林，那是牠們有生以來頭一回自由狂奔。她還看到了佩德羅。當弟弟帶著他的人朝她走來，感覺好像是從夢走出來的，但跟過去不同，這次是個好夢。弟弟將默西迪絲擁入懷裡，她哭了，緊緊抱著他，伏在他的肩上哭泣，不停地哭泣，而他的手下朝著仍在踩亂了的蕨叢中掙扎的士兵開槍。

槍聲和哭聲……世界的聲音，一定還有更多的聲音，但默西迪絲已經不記得了。她抱著佩德羅，彷彿淚水永遠也止不了。

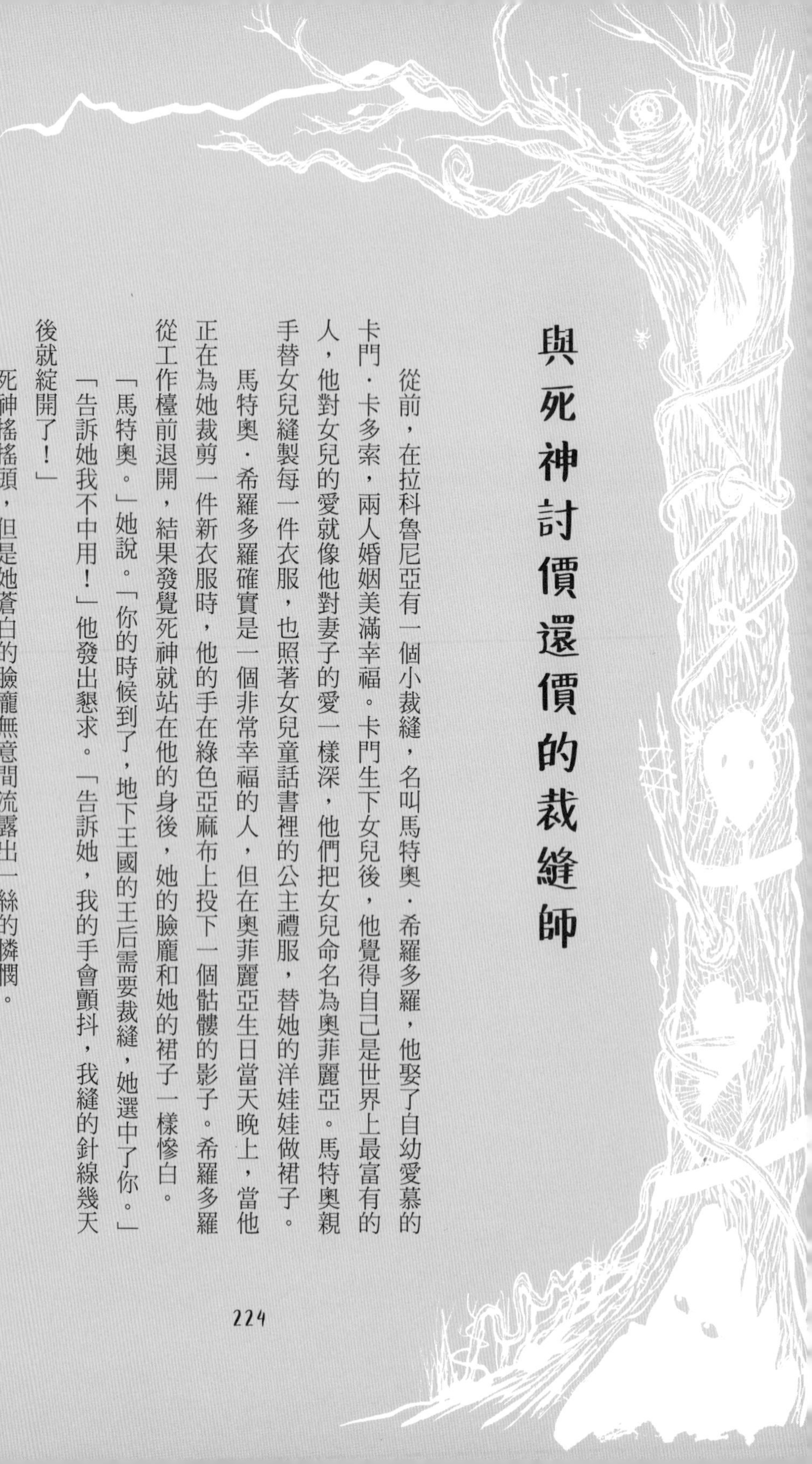

與死神討價還價的裁縫師

從前，在拉科魯尼亞有一個小裁縫，名叫馬特奧．希羅多羅，他娶了自幼愛慕的卡門．卡多索，兩人婚姻美滿幸福。卡門生下女兒後，他覺得自己是世界上最富有的人，他對女兒的愛就像他對妻子的愛一樣深，他們把女兒命名為奧菲麗亞。馬特奧親手替女兒縫製每一件衣服，也照著女兒童話書裡的公主禮服，替她的洋娃娃做裙子。

馬特奧．希羅多羅確實是一個非常幸福的人，但在奧菲麗亞生日當天晚上，當他正在為她裁剪一件新衣服時，他的手在綠色亞麻布上投下一個骷髏的影子。希羅多羅從工作檯前退開，結果發覺死神就站在他的身後，她的臉龐和她的裙子一樣慘白。

「馬特奧。」她說。「你的時候到了，地下王國的王后需要裁縫，她選中了你。」

「告訴她我不中用！」他發出懇求。「告訴她，我的手會顫抖，我縫的針線幾天後就綻開了！」

死神搖搖頭，但是她蒼白的臉龐無意間流露出一絲的憐憫。

「你的針法比夜鶯的歌聲還要完美，馬特奧。」她說。「在這個世上，不可以有如此完美的東西。」

「如果妳要帶我走，我就割了手指！」裁縫叫道。「那我對她又有什麼用處呢？」

「在我要帶你去的地方，你不需要這具肉體。」死神說。「你只需要你的手藝——這你可沒辦法從你身上割下來，因為那是你的本質，等於是不會熄滅的火花。」

希羅多羅垂下頭，詛咒這份他原本認為是一生福氣的天賦。他的淚落在要為女兒縫新衣而裁剪的布料上，穿上它，奧菲麗亞一定會看起來很漂亮，她有跟她母親一樣的黑髮，還有一雙永遠充滿疑問的深邃大眼睛。

「就讓我完成這件衣服吧！」他懇求道。「我答應妳，縫好了最後一針，我就心甘情願跟妳走，我會為地下王國的王后縫製最漂亮的衣裳。」

死神歎了口氣。她聽多了凡人向她多乞討幾年或幾個月的壽命，有時甚至只是乞討幾個小時，總有未完成的工作，未體驗的人生。凡人不懂，人生並不是一本書，非要讀完最後一頁才能闔上，生命之書沒有最後一頁，因為最後一頁永遠是另一個故事的扉頁。不過裁縫師感動了她，他的內心有那麼多的愛……而且善良，死神很少在人類中看到這個特質。

「好吧，把衣服完成。」她帶著一絲不耐地說——主要是對她自己不耐，因為她對他的請求讓步了。「我會再來。」

希羅多羅回到工作檯前，雙手顫抖不停，縫出的針腳也不平整，只好全拆了。他的針線功夫過去反映出他的幸福，現在則反映了他的絕望。他把精緻布料上的線剪斷抽出時，一個大膽的念頭讓他抬起了頭。

如果他沒有完成那件衣服呢？如果他始終沒有完成那件衣服呢？

他開始每夜都不睡覺，卡門勸他睡一會，他也不聽，因為他想讓死神相信他夜以繼日縫製著衣服。他每縫完一針，就偷偷把另一個針腳拆了，小心翼翼，就希望不會讓死神發現。

六個星期後，尚未完成的綠色亞麻布衣服上，他的手再次投下一個骷髏的影子。死神站在他身後，但這次穿了一條紅裙。

「馬特奧！」她的聲音冷得像墳墓。「在太陽升起前把衣服做完，否則我就把你為她做衣服的孩子也給帶走。」

希羅多羅把針攥在手裡，感覺針刺穿了皮膚，一滴血落在他正在縫的衣袖上。女兒奧菲麗亞日後將會好奇那個黑點是怎麼來的。

「我會在太陽升起之前完成。」他低聲說。「我發誓，但是請不要碰我的孩子，她還小。」

「我不能保證。」死神回答。「但我給你另一個承諾：如果你今晚完成這件衣服，它會讓她籠罩在你的愛裡，只要她穿上，只要衣服還合她的身，我就不會來找她。」

34 最後一次機會

踢踏踢踏……守衛為了保持清醒，在奧菲麗亞的門前來回踱步。圓窗在白天像滿月的雙胞胎姐妹，入夜就變黑了，完成羊男的任務的希望全部幻滅。通通都沒了，她永遠不能弄清楚他是否說了實話，她是否還有一個地方可以回去，一個可以稱為家的地方。

一個她還有母親和父親的地方。

看好她，如果有人想進去，就先殺了她。

「殺了她？」狼走了以後，她一直在等著誰來這麼做——她穿著睡衣坐在地板，背靠著床腳，白皮怪人就在底下遊蕩——等著誰進來割開她的喉嚨。

奧菲麗亞把裝著母親衣物的手提箱放在腳邊，希望它能帶給她一些安慰，但它只是悄聲說：她走了，他們都走了：妳的母親走了，默西迪絲走了，就連羊男也拋下了妳。這是事實，這棟古老的磨坊如今除了滿屋的幽靈以外，就只剩下害死母親的男人，而他也會殺死默西迪絲。是的，他肯定會殺了她。奧菲麗亞只是想知道，她是已經死

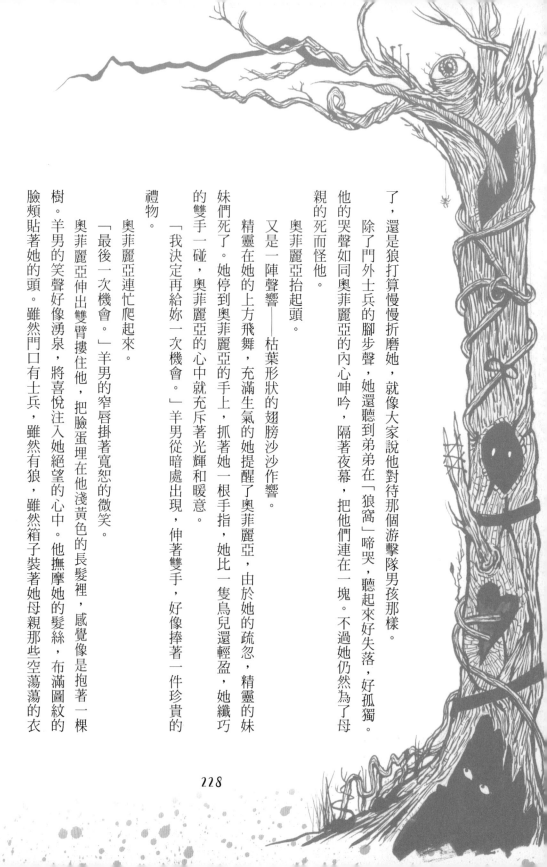

了，還是狼打算慢慢折磨她，就像大家說他對待那個游擊隊男孩那樣。

除了門外士兵的腳步聲，她還聽到弟弟在「狼窩」啼哭，聽起來好失落，好孤獨。他的哭聲如同奧菲麗亞的內心呻吟，隔著夜幕，把他們連在一塊。不過她仍然為了母親的死而怪他。

奧菲麗亞抬起頭。

又是一陣聲響——枯葉形狀的翅膀沙沙作響。

精靈在她的上方飛舞，充滿生氣的她提醒了奧菲麗亞，由於她的疏忽，精靈的妹妹們死了。她停到奧菲麗亞的手上，抓著她一根手指，她比一隻鳥兒還輕盈，她纖巧的雙手一碰，奧菲麗亞的心中就充斥著光輝和暖意。

「我決定再給妳一次機會。」羊男從暗處出現，伸著雙手，好像捧著一件珍貴的禮物。

奧菲麗亞連忙爬起來。

「最後一次機會。」羊男的窄唇掛著寬恕的微笑。

奧菲麗亞伸出雙臂摟住他，把臉蛋埋在他淺黃色的長髮裡，感覺像是抱著一棵樹。羊男的笑聲好像湧泉，將喜悅注入她絕望的心中。他撫摩她的髮絲，布滿圖紋的臉頰貼著她的頭。雖然門口有士兵，雖然有狼，雖然箱子裝著她母親那些空蕩蕩的衣

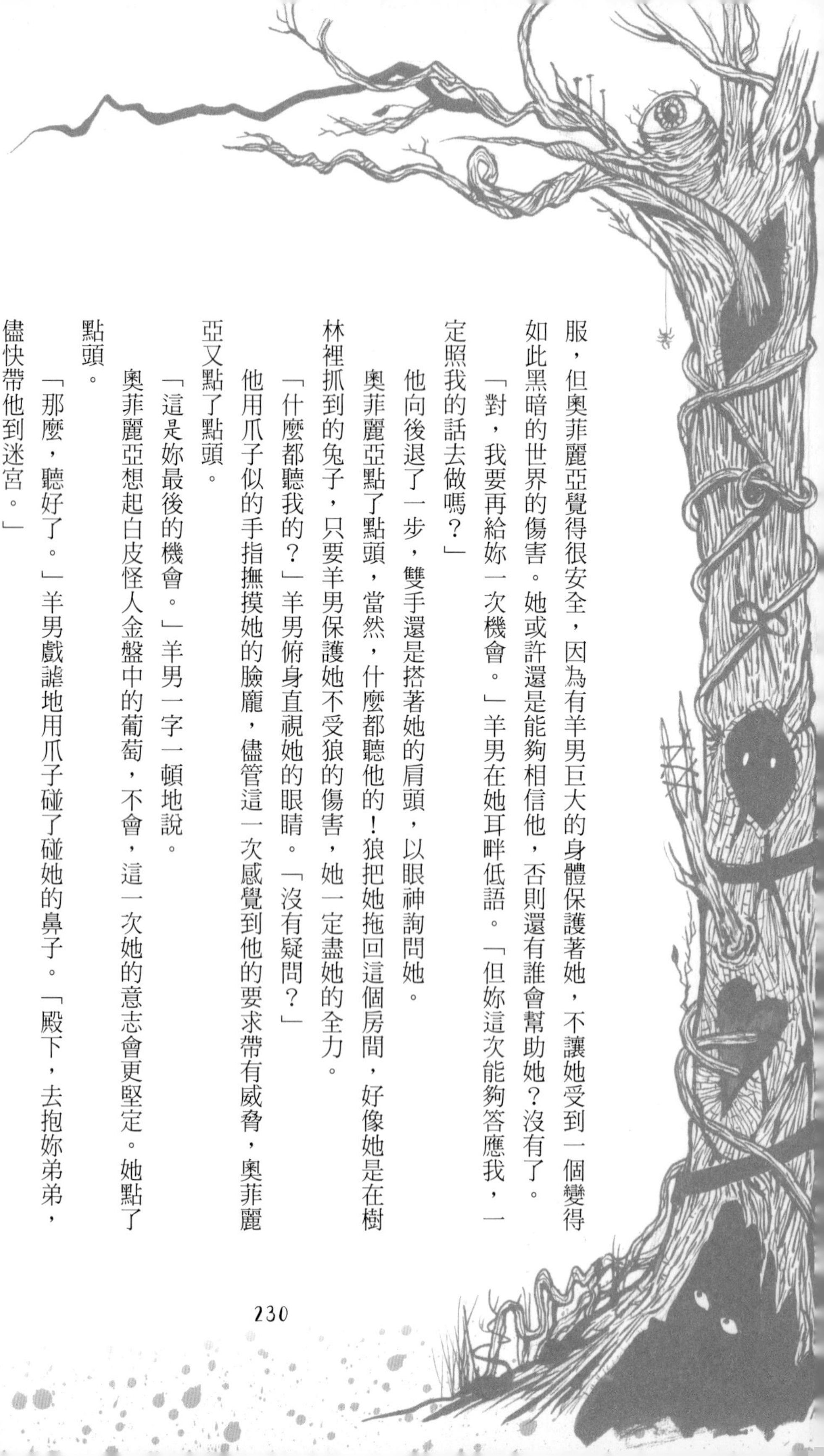

服，但奧菲麗亞覺得很安全，因為有羊男巨大的身體保護著她，不讓她受到一個變得如此黑暗的世界的傷害。她或許還是能夠相信他，否則還有誰會幫助她？沒有了。

「對，我要再給妳一次機會。」羊男在她耳畔低語。「但妳這次能夠答應我，一定照我的話去做嗎？」

他向後退了一步，雙手還是搭著她的肩頭，以眼神詢問她。

奧菲麗亞點了點頭，當然，什麼都聽他的！狼把她拖回這個房間，好像她是在樹林裡抓到的兔子，只要羊男保護她不受狼的傷害，她一定盡她的全力。

「什麼都聽我的？」羊男俯身直視她的眼睛。「沒有疑問？」

他用爪子似的手指撫摸她的臉龐，儘管這一次感覺到他的要求帶有威脅，奧菲麗亞又點了點頭。

「這是妳最後的機會。」羊男一字一頓地說。

奧菲麗亞想起白皮怪人金盤中的葡萄，不會，這一次她的意志會更堅定。她點了點頭。

「那麼，聽好了。」羊男戲謔地用爪子碰了碰她的鼻子。「殿下，去抱妳弟弟，儘快帶他到迷宮。」

這個任務完全出乎奧菲麗亞的預料之外。

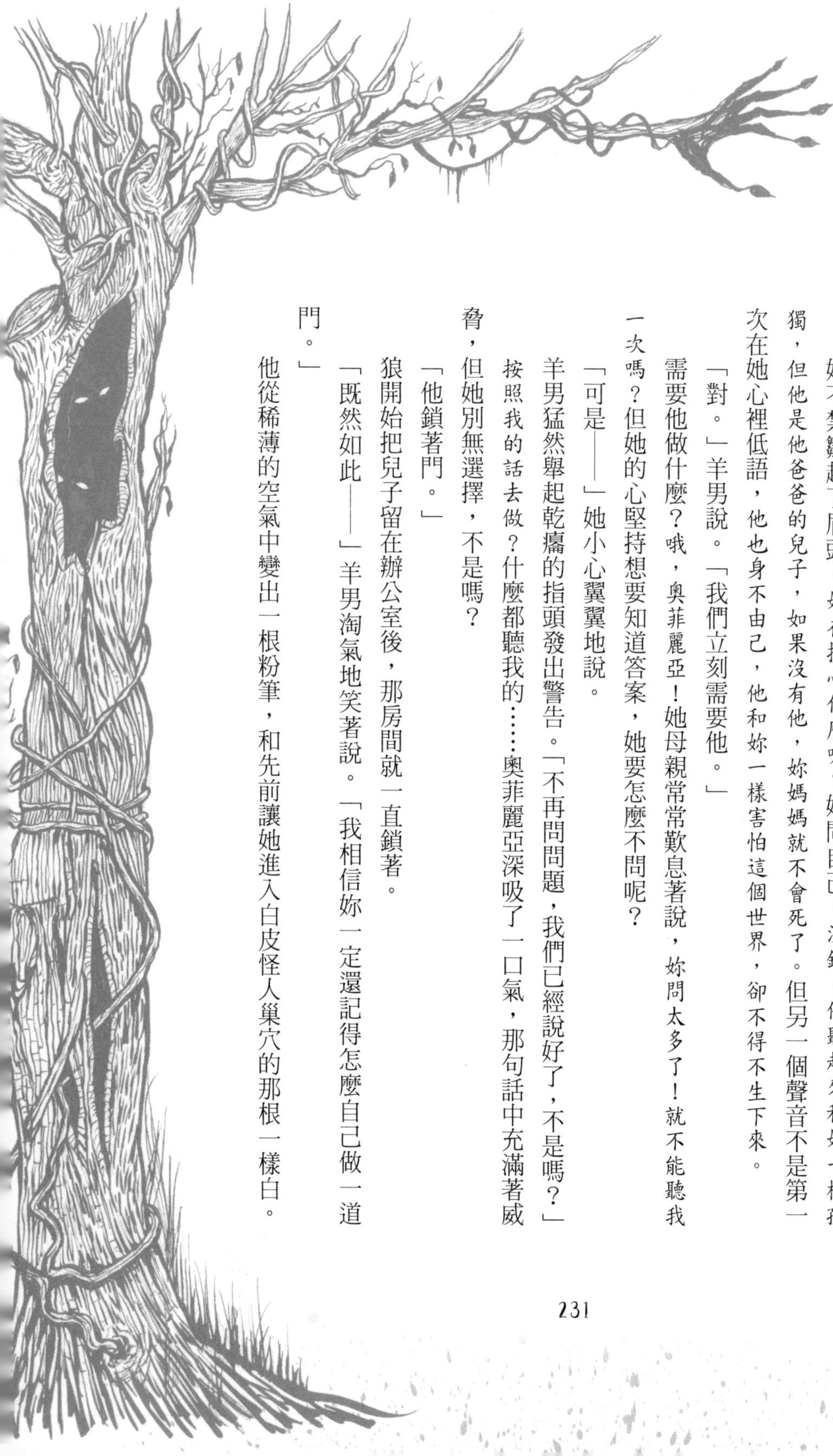

「我弟弟？」

她不禁皺起了眉頭。妳在擔心什麼呢？她問自己。沒錯，他聽起來和妳一樣孤獨，但他是他爸爸的兒子，如果沒有他，妳媽媽就不會死了。但另一個聲音不是第一次在她心裡低語，他也身不由己，他和妳一樣害怕這個世界，卻不得不生下來。

「對。」羊男說。「我們立刻需要他。」

需要他做什麼？哦，奧菲麗亞！她母親常常歎息著說，妳問太多了！就不能聽我一次嗎？但她的心堅持想要知道答案，她要怎麼不問呢？

「可是——」她小心翼翼地說。

羊男猛然舉起乾癟的指頭發出警告。「不再問問題，我們已經說好了，不是嗎？」

按照我的話去做？什麼都聽我的……奧菲麗亞深吸了一口氣，那句話中充滿著威脅，但她別無選擇，不是嗎？

「他鎖著門。」

狼開始把兒子留在辦公室後，那房間就一直鎖著。

「既然如此——」羊男淘氣地笑著說。「我相信妳一定還記得怎麼自己做一道門。」

他從稀薄的空氣中變出一根粉筆，和先前讓她進入白皮怪人巢穴的那根一樣白。

35 受傷的狼

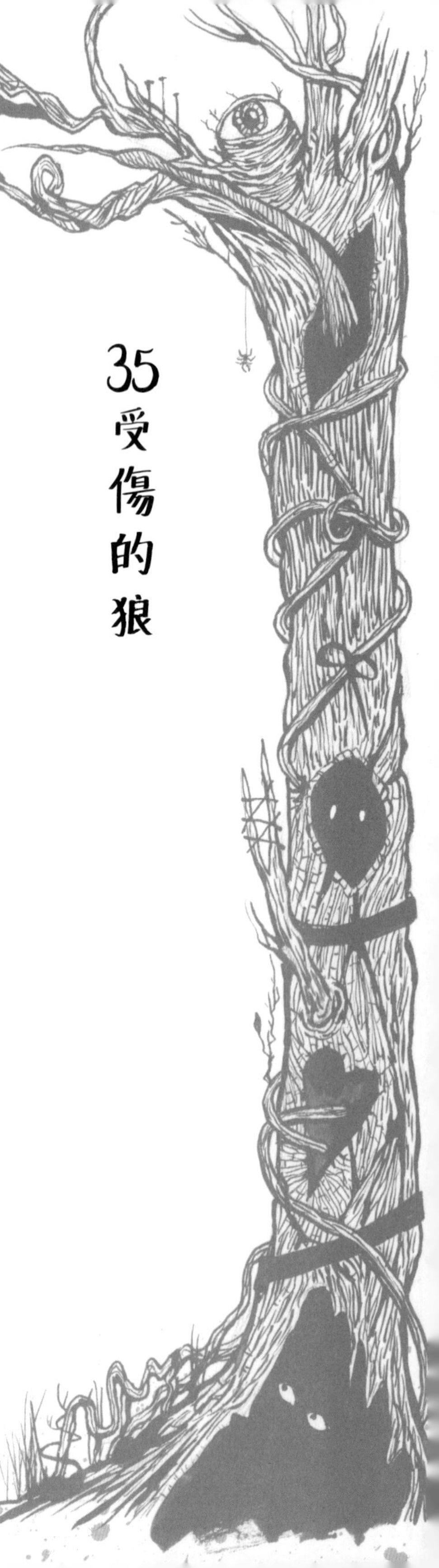

維達爾對著鏡子沖洗割破的臉頰時，聽到外面傳來馬蹄聲。他的兩個士兵從森林回來，但是沒有人敢告訴上尉，其他人死在林間空地，鮮血從蕨葉滴下，曾把他當豬割來剜去的默西迪絲還活著，而且自由了。

維達爾查看默西迪絲在臉上留下的詭異獰笑，那把廚房用刀像切菜一樣俐落地劃開了皮膚。他嘗試張開口，結果一陣痛逼得他閉起了眼，眼前又看到了那一幕：默西迪絲像黃蜂伸出螯針，亮出了手上的小刀。

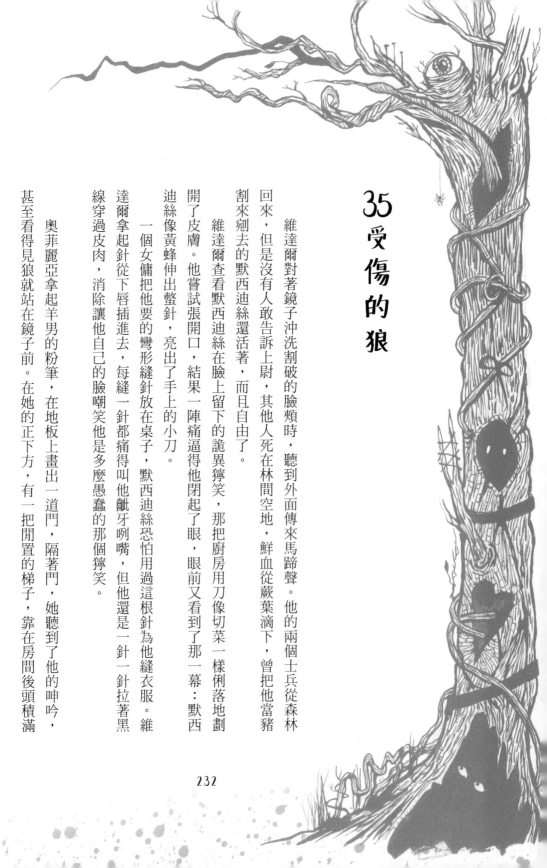

一個女傭把他要的彎形縫針放在桌子，默西迪絲恐怕用過這根針為他縫衣服。維達爾拿起針從下唇插進去，每縫一針都痛得叫他齜牙咧嘴，但他還是一針一針拉著黑線穿過皮肉，消除讓他自己的臉嘲笑他是多麼愚蠢的那個獰笑。

奧菲麗亞拿起羊男的粉筆，在地板上畫出一道門，隔著門，她聽到了他的呻吟，甚至看得見狼就站在鏡子前。在她的正下方，有一把閒置的梯子，靠在房間後頭積滿灰塵的箱子上。有羊男的保證，她可以輕易走到弟弟的搖籃前，因為搖籃離梯子只有幾步路。奧菲麗亞看不見弟弟，但她聽到他在輕聲哭泣，也許是在呼喚他的母親，他們的母親……*別去想她，奧菲麗亞！別忘了妳在哪裡！*

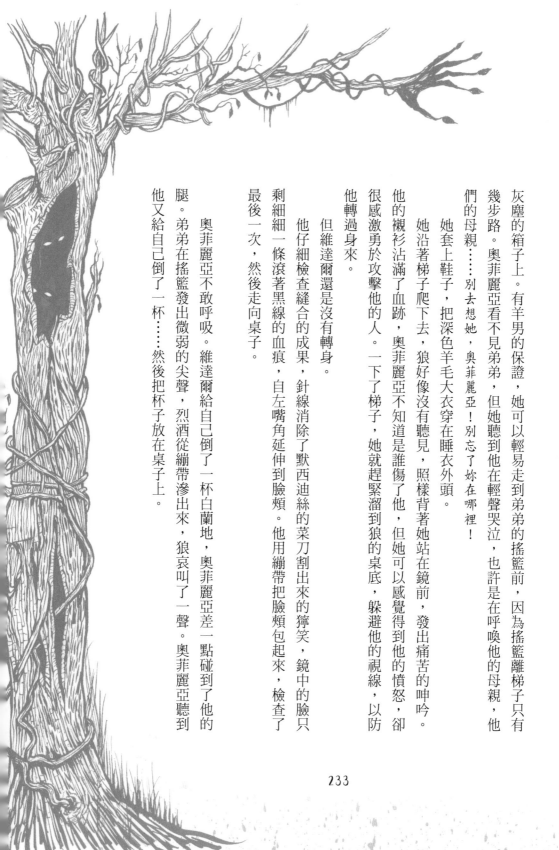

她套上鞋子，把深色羊毛大衣穿在睡衣外頭。

她沿著梯子爬下去，狼好像沒有聽見，照樣背著她站在鏡前，發出痛苦的呻吟。他的襯衫沾滿了血跡，奧菲麗亞不知道是誰傷了他，但她可以感覺得到他的憤怒，卻很感激勇於攻擊他的人。一下了梯子，她就趕緊溜到狼的桌底，躲避他的視線，以防他轉過身來。

但維達爾還是沒有轉身。

他仔細檢查縫合的成果，針線消除了默西迪絲的菜刀割出來的獰笑，鏡中的臉只剩細細一條滾著黑線的血痕，自左嘴角延伸到臉頰。他用繃帶把臉頰包起來，檢查了最後一次，然後走向桌子。

奧菲麗亞不敢呼吸。維達爾給自己倒了一杯白蘭地，奧菲麗亞差一點碰到了他的腿。弟弟在搖籃發出微弱的尖聲，烈酒從繃帶滲出來，狼哀叫了一聲。奧菲麗亞聽到他又給自己倒了一杯……然後把杯子放在桌子上。

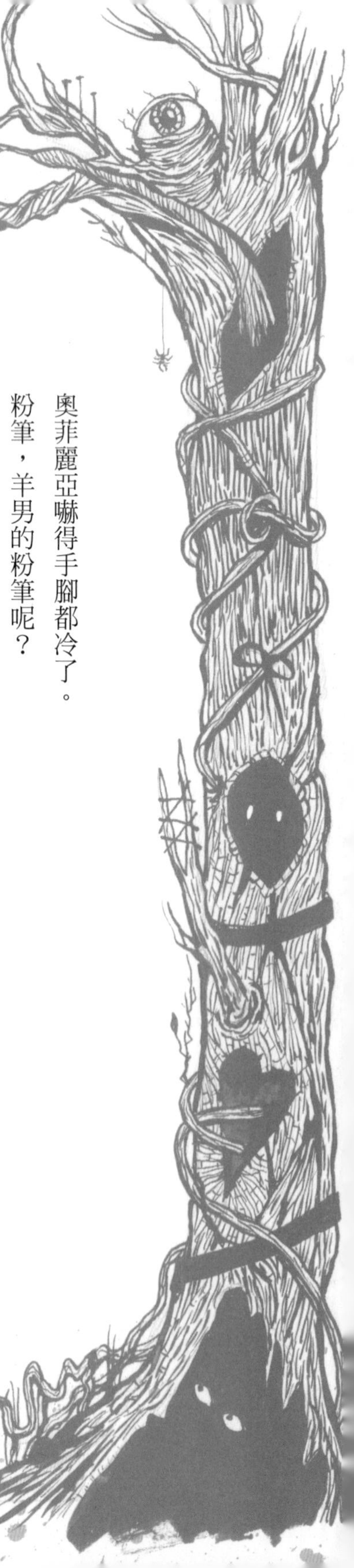

奧菲麗亞嚇得手腳都冷了。

粉筆，羊男的粉筆呢？

粉筆在維達爾桌上的文件中，維達爾拿起來用力一捏，粉筆碎了。他掃了房間一圈，尋找將粉筆留在那裡的入侵者。

哦，奧菲麗亞好害怕她怦怦亂跳的心會洩漏她的蹤跡！

也許維達爾確實聽到了。

他掏出手槍，繞著桌子轉了一圈，也朝底下瞥了一眼。幸好奧菲麗亞閃得很快，狼什麼也沒看見，這時弟弟也伸出援手——他哭了起來。維達爾把手槍放回槍套，走到搖籃前，他的兒子……他會像他父親控制他那樣，控制著這個男嬰的思想嗎？他的兒子會非常渴望討他的歡心嗎？哪怕要獻出自己的生命？

「上尉！抱歉，打擾了。」

他記不起那個衝進房間的士兵的名字，他們死得太快了。

「什麼事？」

他們都知道，進上尉的房間打擾他會受到十分嚴厲的懲罰。

「塞萊諾回來了，他受了傷。」

「受傷？」維達爾仍然掃視著房間。

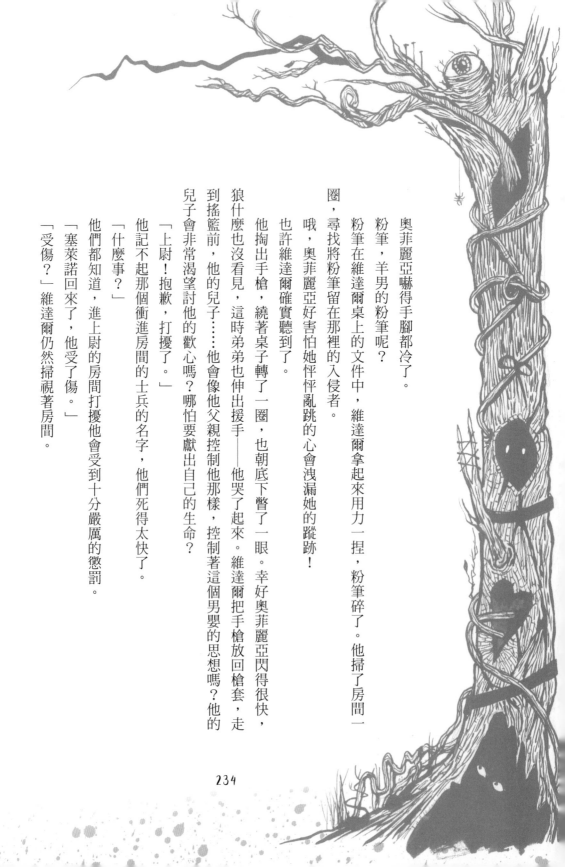

他的兒子哇哇哭著，好像什麼東西還是什麼人打擾到他的睡眠。

*拜託！奧菲麗亞暗自懇求，弟弟，你會害我被發現。*不過身後的那堆麻袋讓她閃過了狼的視線，她最後聽見狼朝門口走去。

聽見他的腳步走到了外面的樓梯，奧菲麗亞這才離開藏身的地方。他把半杯白蘭地留在桌子，奧菲麗亞看到玻璃杯，想起了其他的玻璃製品——費雷羅醫生為了幫助母親入眠準備的小玻璃瓶子。她把手伸進口袋，找到了，她從母親房間帶走的那瓶藥水。她往酒裡倒了幾滴，不敢多倒，怕多了狼會嚐出來。費雷羅醫生，她的母親，她的父親，默西迪絲……也許他們都在羊男告訴她的地下王國裡等著她。

她只要按照羊男的話去做，就可以再見到他們了。

搖籃裡傳來一聲啼哭，弟弟，還沒有人給他起名字，如同他的母親把他的真名帶進了墳墓。奧菲麗亞還記得，當他還在母親的子宮裡時，她跟他說過話，警告他這個世界很危險。沒錯，她警告過他。

她朝著搖籃彎下腰，抱起了嬰兒。他好小好小。

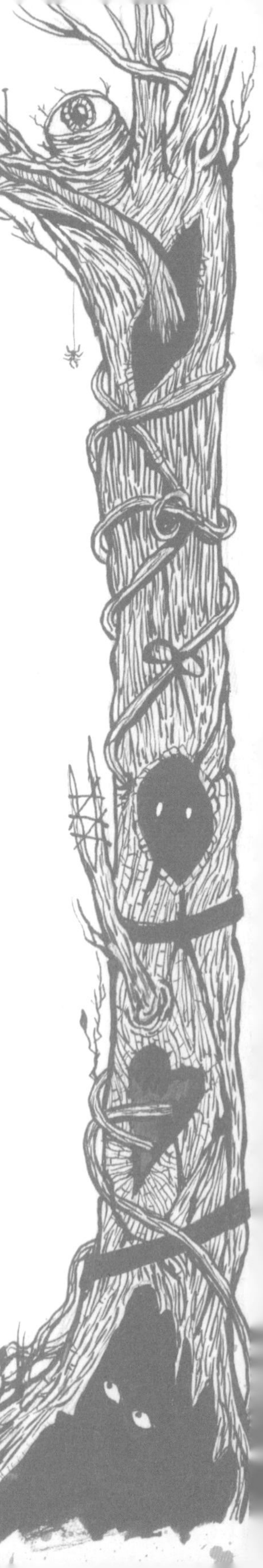

36 弟弟和姐姐

他走進餐廳，所有人都盯著他看。榮譽蕩然無存，不可一世的氣焰也消了，他們上次聚會可是在慶祝樹林裡的勝利。維達爾覺得臉頰血淋淋的繃帶像恥辱的標記，失敗……一把小菜刀在他臉上刻了失敗。

塞萊諾坐在火堆旁的椅子上，魁梧的身軀彷彿洩了氣，變得萎靡無力。

「加西斯人呢？」

塞萊諾搖了搖頭，維達爾在他旁邊的椅子上坐下來。

「有多少人？」

「至少五十，只有我和加西斯逃了，其他人都死了。」塞萊諾塞幾乎不敢看他。

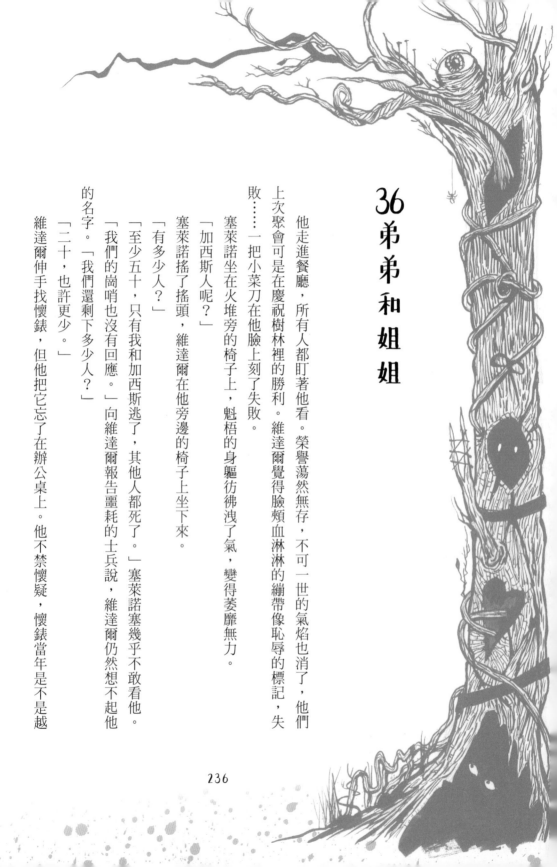

「我們的崗哨也沒有回應。」向維達爾報告噩耗的士兵說，維達爾仍然想不起他的名字。「我們還剩下多少人？」

「二十，也許更少。」

維達爾伸手找懷錶，但他把它忘了在辦公桌上。他不禁懷疑，懷錶當年是不是越

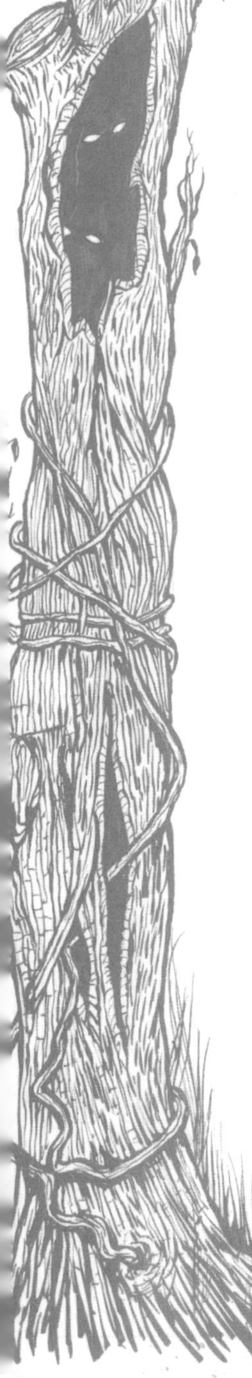

走越響亮，宣告著他父親的死期將近。他想用一個笑來自我解嘲，不過牽動嘴角給他帶來的痛苦再次提醒他，情況已經變得十分惡劣。

如果抓不回默西迪絲，那他就殺了那個小女孩吧。

奧菲麗亞仍舊抱著弟弟站在維達爾的房間裡，他好小好小，也好溫暖哦，戴著他們的母親為他做的白帽子，一張臉是這樣的嬌嫩，清澈的眼睛往上望著她，流露出依賴。

姐姐，弟弟。

奧菲麗亞沒有當過姐姐，只做過女兒的角色，做過在樹林裡毀了新裙的女孩，而且仍然不確定左肩的月亮狀標記代表什麼。

姐姐，這個稱呼改變了一切。

「我們要走了。」她低聲對著弟弟說。「我們一起走，不要害怕。」

弟弟怯怯地嗚咽了一聲。這對我來說是完全陌生的，請保護我，姐姐。奧菲麗亞認為弟弟是這麼說。

「你不會有事的。」她緊緊把他抱在懷中。

這是一個很難做到的承諾。

她朝房門走去，這時聽見樓梯傳來了他父親的聲音，哎呀，她為什麼不早一點走呢？

「小隊剩餘的人回來時，讓他們立刻向我報告。」狼的聲音很近，太近了。

奧菲麗亞躲在門後。*別哭，弟弟！不要洩漏了我們的行動！*她默默地乞求，儘管弟弟並沒有聽從她為他們母親的性命所做的請求。

她聽到狼說：「用無線電求援，立刻。」

他來了，他回房間了。*屏住呼吸，奧菲麗亞。*

狼走到桌邊，把玻璃杯旁邊的懷錶放進口袋，然後伸手去拿酒。他轉過身去，把白蘭地一飲而盡，奧菲麗亞就立刻從門後溜了出去。弟弟恬然睡在她的懷中，他對她的信賴讓她覺得自己運氣很好，可惜這份運氣沒有維持多久。奧菲麗亞才剛從敞開的房門裡鑽出來，一聲爆炸的巨響就震動了磨坊的四壁。是從院子裡傳來的，火光撕裂了夜的斗篷，把奧菲麗亞周圍的牆壁抹上鮮紅和慘白的顏色。狼轉過身來，見到她站在門口，如同遭到獵殺的鹿那樣呆住了，而且還抱著他的兒子。

「放下他！」他的聲音像刀，像榔頭，像子彈。

奧菲麗亞勇敢迎上狼的目光，搖了搖頭，她所能做的只有這樣。

狼向她邁了一步，但搖搖晃晃，幾乎站不穩腳。奧菲麗亞向費雷羅醫生祈禱，感謝他保護自己不受殺害他的兇手的傷害。

然後，她轉身拔腿就跑。

維達爾追了上去，但簡直連走到門的力氣也沒有。他覺得天旋地轉，他是怎麼了？他沒有懷疑白蘭地，他太過驕傲，不會想到一個孩子給他下了藥。不，是另一個女巫給他加諸的傷害，他一定也會把她揪出來殺了，但首先要殺的是那個小女孩。小女孩從車上下來時，他就知道她會帶來厄運，她的眼睛像森林，她的臉蛋不透露任何訊息，他等不及要扭斷她的脖子。

維達爾跌跌撞撞走出了房間，她還在樓梯上，只是他幾乎拔不出槍，還沒瞄準好，可惡的小女孩已經走出門了。好不容易，他總算下了樓走到屋外，卻發現她已經消失在樹林中。她為什麼要帶走他的兒子？她要把他帶到叛賊那裡，讓他們殺了他，為她母親的死報仇嗎？

不對，因為賊子已經攻入磨坊，卡車和帳篷起火了，四處都是煙霧和火焰，在紅色火焰的映襯下，混戰兩方人馬彷彿黑色剪影。維達爾早該殺了小女孩，默西迪絲也該死，因為她遵守了對奧菲麗亞的承諾，帶著弟弟和他的手下回來找她了。只是當她和佩德羅到奧菲麗亞的房間時，房間裡空無一人，默西迪絲呼喊奧菲麗亞的名字，也無人回應。

他們只找到了她那件淺綠色的外套——還發現地板上有個用白色粉筆畫的門。

殘殺的回聲

很久很久以前，一個貴族派出五名士兵，抓拿一個叫蘿西歐的女人。他說這個住在古老森林的女人是女巫，要士兵押她到森林深處的磨坊，推到池子裡淹死。兩個士兵把她拖到冷冰冰的池水中，第三個將她按在水裡，直到她停止呼吸為止。這第三個士兵叫翁貝托．加西斯。

這不是加西斯首度殺人，卻是他的主人第一次命令他殺死女人。這個任務很可怕，同時也讓他感到興奮，也許是因為女巫長得很漂亮。

加西斯平時覺得殺人沒什麼，但是那晚竟然睡不著，他感到很驚訝。

一連十天，他都輾轉難眠，只要一躺下，皮膚就又會感覺到冷冰冰的水，眼睛看到女巫的髮絲在水面漂浮。到了第十一天晚上，這些幻象還是在腦海中揮之不去，加西斯下了床，給馬套上鞍子，騎馬穿過月光下的森林，又來到了磨坊。

加西斯希望，見到池子平靜無波，確認女巫的屍體消失無蹤，像是她從未存在一樣，他就能尋回內心的平靜。然而，走近水邊時，加西斯恨不得他沒有回來。那一池的水變得如他的罪孽一樣黑暗，樹木彷彿對著黑夜低語著他的罪行：兇手！

果然沒錯，她果然是女巫，這不就是證據嗎？一定是她搞的鬼！低語的樹木，揮之不去的幻象和幻覺……她詛咒了他，他們殺她是對的，做得好！

加西斯覺得內心的愧疚消失了，也完全不厭惡自己了——不再懊悔了。他也許該加入獵巫行動，把這個國家的女巫一網打盡，教會給女巫獵人豐厚的獎金，反正已經殺了一個，他想下一次會容易得多。沒錯，他可以再殺一個，殺了一個又一個。

他笑了幾聲，轉身準備朝他的馬走去。

但是他動彈不得。

泥巴好像生出了手指，緊緊抓住他的靴子。

可惡！他肯定一定是她。

「有機會，我是還會這麼做！」他對著寂靜的水面喊道。「妳聽到我的話了嗎？」

他的靴子陷得更深，雙手開始發癢。他把手舉到面前，發現皮膚長滿疣子，指間結滿了蜘蛛網——他按住女巫的那幾根手指。

他發出驚恐的尖叫，驚醒了磨坊主人和他的妻子，但他們不敢到外頭探個究竟，找出尖叫究竟是怎麼一回事。

加西斯又喊了起來，這次嗓音變了，嘶啞的呱呱聲從喉嚨傳出來，他的脊椎也扭

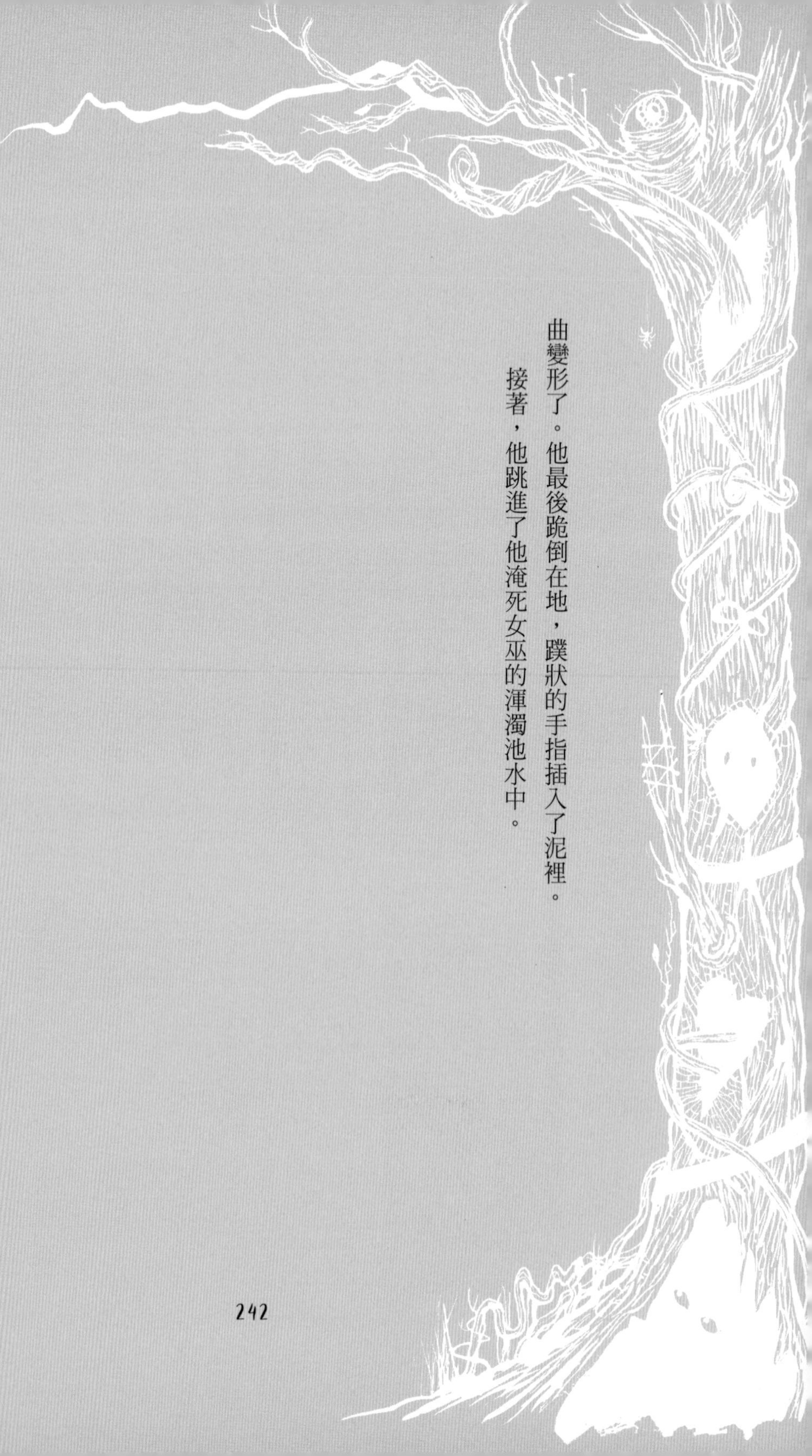

曲變形了。他最後跪倒在地，蹼狀的手指插入了泥裡。

接著，他跳進了他淹死女巫的渾濁池水中。

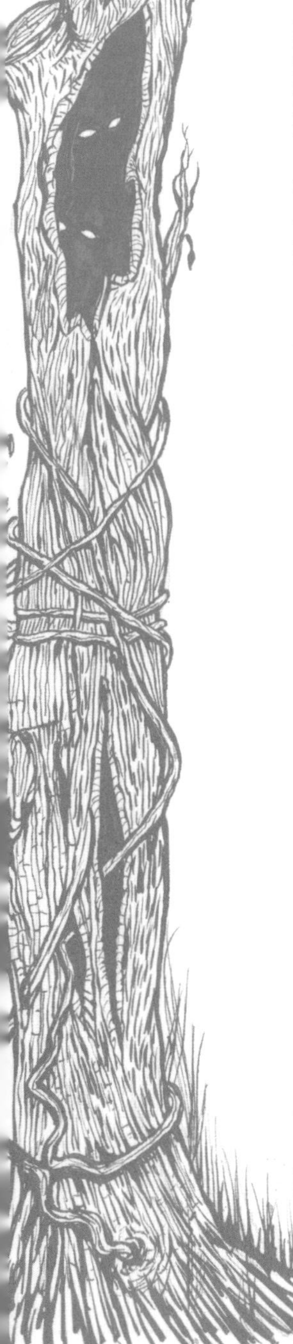

37 最後的任務

這次精靈沒有出來引導奧菲麗亞，她必須自己找到穿過迷宮的路，最後一項任務永遠是最難的。

磨坊傳來的爆炸聲持續劃破夜的寧靜，但弟弟在她的懷裡很安詳，奧菲麗亞的心也感染到了這一份恬然。她相信狼追來了，只是磨坊飄來的煙擋了視線，她看不到他。狼……不，他不是一隻狼，她的童話故事錯把邪惡加上一個豪邁的野生動物的形象，埃內斯托．維達爾和白皮怪人都是人類，只是他們失去了自己的心和靈魂，以人心與靈魂為食。

迷宮的牆壁像是熟悉的擁抱歡迎著奧菲麗亞，圓石陣很快圍住了她和弟弟，儘管後頭有人追來，奧菲麗亞仍感到很安全。他不會在這裡找到妳的，她覺得自己聽到了石頭的低語，我們會把妳藏起來，不讓他發現。

費雷羅的藥水讓維達爾的腳步仍舊踉蹌，不過他照樣緊追不捨，及時見到了小女孩穿過拱門進入迷宮。奧菲麗亞腳步敏捷，年紀又輕，不過畢竟還抱著弟弟。沁涼的夜風幫助維達爾清除了腦中的迷霧，他握住手槍扳機，就像獵狗跟蹤鹿的氣味，循著奧菲麗亞的腳步聲，磕磕撞撞穿過古老的長廊。然而，每一次他以為離目標更近了，就又出現一個拐角，一個轉彎，一堵牆……他自己倒成了逃不了的陷阱中的獵物。

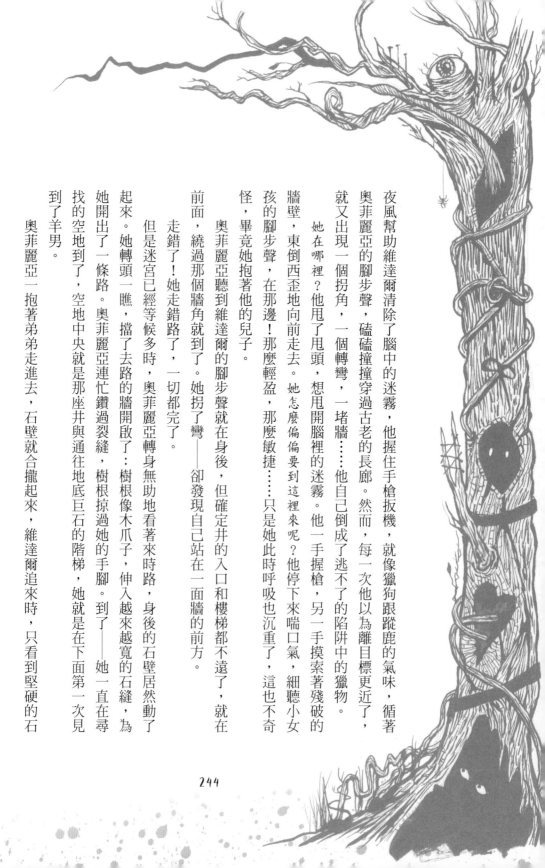

*她在哪裡？*他甩了甩頭，想甩開腦裡的迷霧。他一手握槍，另一手摸索著殘破的牆壁，東倒西歪地向前走去。*她怎麼偏偏要到這裡來呢？*他停下來喘口氣，細聽小女孩的腳步聲，在那邊！那麼輕盈，那麼敏捷……只是她此時呼吸也沉重了，這也不奇怪，畢竟她抱著他的兒子。

奧菲麗亞聽到維達爾的腳步聲就在身後，但確定井的入口和樓梯都不遠了，就在前面，繞過那個牆角就到了。她拐了彎——卻發現自己站在一面牆的前方。

走錯了！她走錯路了，一切都完了。

但是迷宮已經等候多時，奧菲麗亞轉身無助地看著來時路，身後的石壁居然動了起來。她轉頭一瞧，擋了去路的牆開啟了：樹根像木爪子，伸入越來越寬的石縫，為她開出了一條路。奧菲麗亞連忙鑽過裂縫，樹根掠過她的手腳。到了——她一直在尋找的空地到了，空地中央就是那座井與通往地底巨石的階梯，她就是在下面第一次見到了羊男。

奧菲麗亞一抱著弟弟走進去，石壁就合攏起來，維達爾追來時，只看到堅硬的石

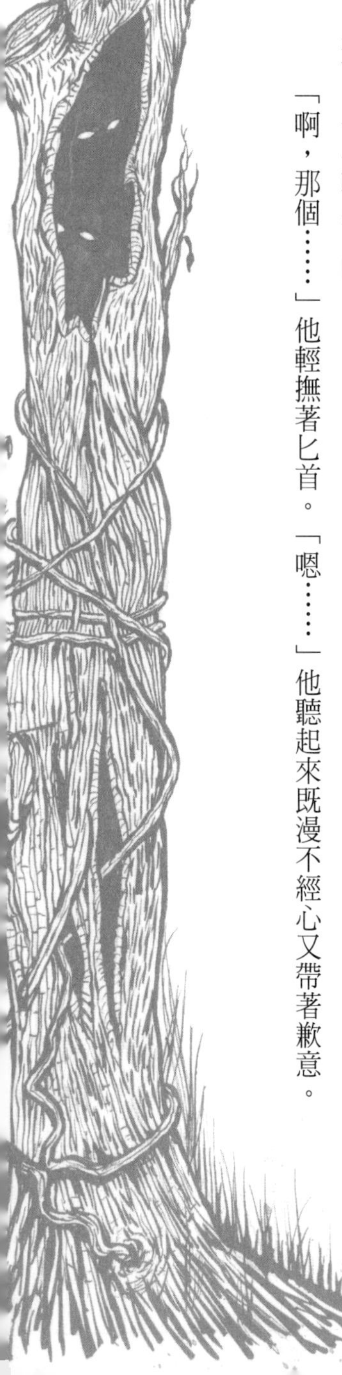

頭。他難以置信地環顧四下，默西迪絲留下的刀傷皮開肉綻，鮮血滲出，浸濕了襯衫。奧菲麗亞聽到他在石牆的另一側咒罵，幾乎不敢呼吸，生怕牆壁會打開讓他進來。然而，石頭並沒有移動，他的腳步聲也漸漸消失，隔過薄薄的睡衣，她只感覺到弟弟的心跳，以及他對著她的肩頭呼出溫暖的氣息。

安寧。

愛。

「快，陛下，把他交給我。」

奧菲麗亞轉過身去。

羊男在井的另一邊，月亮的銀輝勾勒出他的輪廓。奧菲麗亞繞過井畔平直的石牆走向他，覺得自己每一步都在遲疑。「月亮高掛天空，殿下！」

奧菲麗亞從未見過羊男如此興高采烈。

「我們可以開啟大門了！」他指著井叫道。

他的另一隻手拿著白皮怪人的匕首。

「你手中為什麼拿著那個？」奧菲麗亞覺得冰冷的利刃好像碰到了她的皮膚，羊男發出一聲輕柔的呼嚕聲。

「啊，那個……」他輕撫著匕首。「嗯……」他聽起來既漫不經心又帶著歉意。

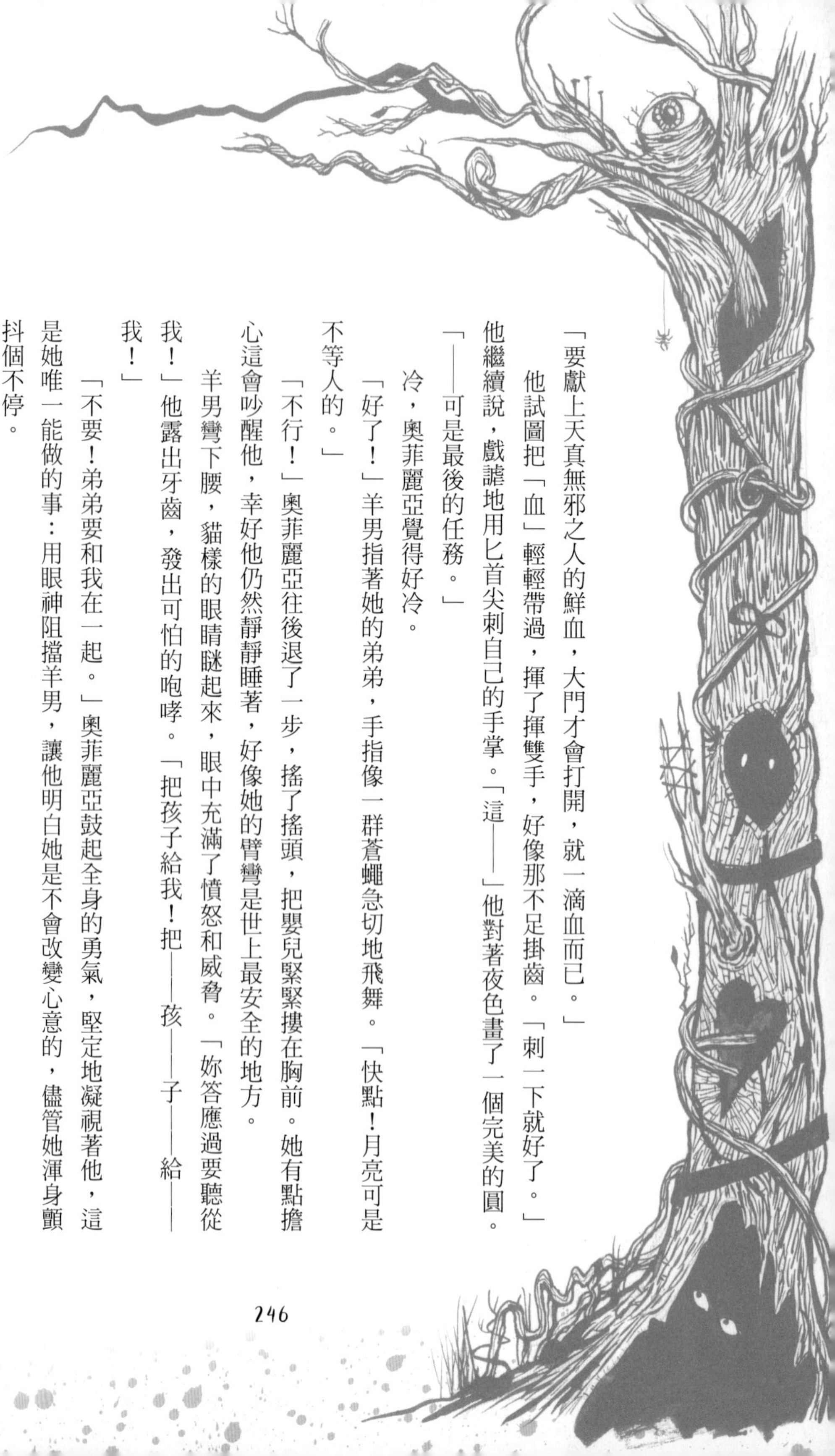

「要獻上天真無邪之人的鮮血，大門才會打開，就一滴血而已。」

他試圖把「血」輕輕帶過，揮了揮雙手，好像那不足掛齒。「刺一下就好了。」他繼續說，戲謔地用匕首尖刺自己的手掌。「這——」他對著夜色畫了一個完美的圓。「——可是最後的任務。」

冷，奧菲麗亞覺得好冷。

「好了！」羊男指著她的弟弟，手指像一群蒼蠅急切地飛舞。「快點！月亮可是不等人的。」

「不行！」奧菲麗亞往後退了一步，搖了搖頭，把嬰兒緊緊摟在胸前。她有點擔心這會吵醒他，幸好他仍然靜靜睡著，好像她的臂彎是世上最安全的地方。

羊男彎下腰，貓樣的眼睛瞇起來，眼中充滿了憤怒和威脅。「妳答應過要聽從我！」他露出牙齒，發出可怕的咆哮。「把孩子給我！把——孩——子——給——我！」

「不要！弟弟要和我在一起。」奧菲麗亞鼓起全身的勇氣，堅定地凝視著他，這是她唯一能做的事：用眼神阻擋羊男，讓他明白她是不會改變心意的，儘管她渾身顫抖個不停。

羊男又呼嚕了一聲，只是這一次聽起來他好像覺得意外。他放下匕首，歪著長角

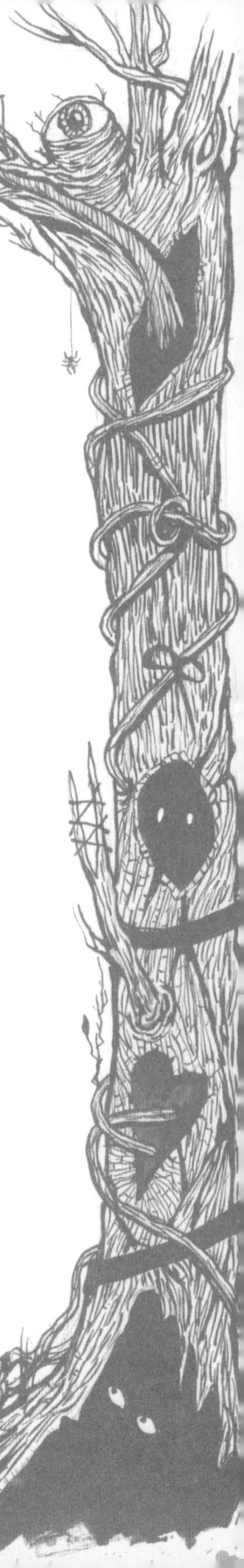

的腦袋瞧她。「妳願意為了這個妳幾乎不認識的小傢伙放棄妳的神聖權利？」

「願意。」隔著淚水，羊男的臉模糊了，這些眼淚是剛剛湧出的，還是打從父親去世後就一直在那裡的呢？奧菲麗亞自己也分不清楚。「我願意。」她低聲說，把臉頰貼在弟弟的小腦袋上，他戴著母親花了好幾個夜晚替他做的白帽子，他好溫暖好溫暖。

「妳願意為了帶來這麼多痛苦的他放棄妳的王國？」這一次，羊男的語氣裡沒有一絲一毫的憤怒，每個字都像是在對世人宣告：有一個叫奧菲麗亞的女孩，她做出了奇怪的決定。「太丟臉了哦。」他繼續說，又一次刺激她。

「我願意。」奧菲麗亞重複道。

我願意……當維達爾終於東倒西歪走進空地時，聽到了這句話。也許是奧菲麗亞的聲音給他指了路，也或許是羊男憤慨的話語給他指了路，又或許迷宮的興建就是為了這個目的——讓他們在很久很久以前寫好的故事裡扮演各自的角色。

維達爾根本看不見羊男，也許是他自身的黑暗讓他對太多的事物視而不見，也許是他相信了太多成年人的胡言亂語，沒有餘地去看別的。但這並不要緊，重要的是，他離那個看似自言自語的小女孩只有幾步之遙。

「我願意。」奧菲麗亞又說了一遍，聲音變得哽咽嘶啞了。她往後退，離開了匕

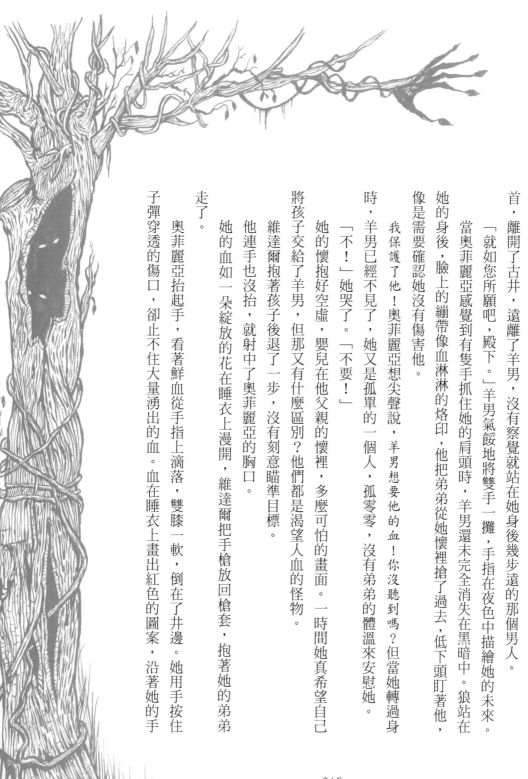

首，離開了古井，遠離了羊男，沒有察覺就站在她身後幾步遠的那個男人。

「就如您所願吧，殿下。」羊男氣餒地將雙手一攤，手指在夜色中描繪她的未來。

當奧菲麗亞感覺到有隻手抓住她的肩頭時，羊男還未完全消失在黑暗中。狼站在她的身後，臉上的繃帶像血淋淋的烙印，他把弟弟從她懷裡搶了過去，低下頭盯著他，像是需要確認她沒有傷害他。

我保護了他！奧菲麗亞想尖聲說，羊男想要他的血！你沒聽到嗎？但當她轉過身時，羊男已經不見了，她又是孤單的一個人，孤零零，沒有弟弟的體溫來安慰她。

「不！」她哭了。「不要！」

她的懷抱好空虛，嬰兒在他父親的懷裡，多麼可怕的畫面。一時間她真希望自己將孩子交給了羊男，但那又有什麼區別？他們都是渴望人血的怪物。

維達爾抱著孩子後退了一步，沒有刻意瞄準目標。

他連手也沒抬，就射中了奧菲麗亞的胸口。

她的血如一朵綻放的花在睡衣上漫開，維達爾把手槍放回槍套，抱著她的弟弟走了。

奧菲麗亞抬起手，看著鮮血從手指上滴落，雙膝一軟，倒在了井邊。她用手按住子彈穿透的傷口，卻止不住大量湧出的血。血在睡衣上畫出紅色的圖案，沿著她的手

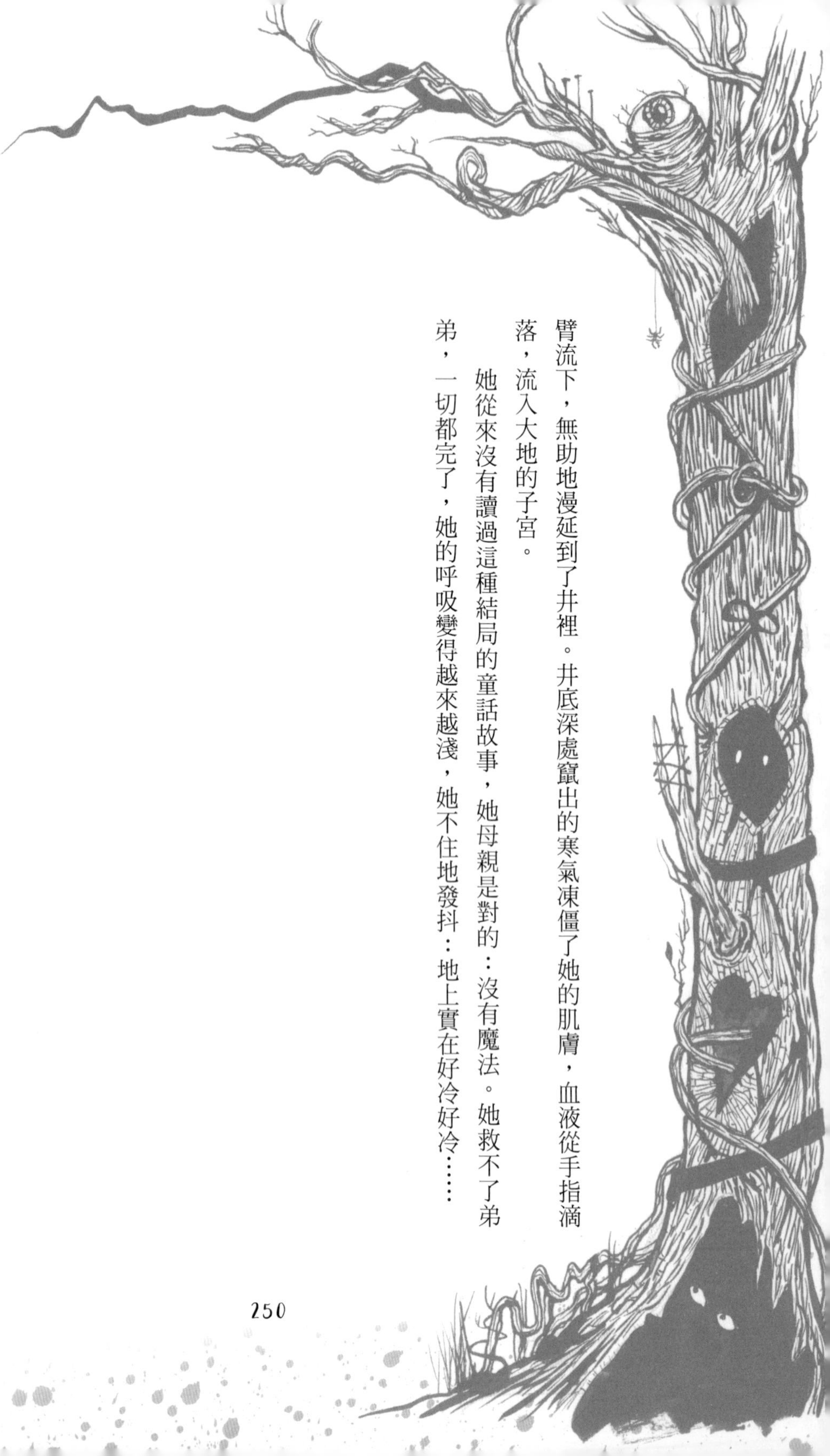

臂流下，無助地漫延到了井裡。井底深處竄出的寒氣凍僵了她的肌膚，血液從手指滴落，流入大地的子宮。

她從來沒有讀過這種結局的童話故事，她母親是對的：沒有魔法。她救不了弟弟，一切都完了，她的呼吸變得越來越淺，她不住地發抖：地上實在好冷好冷……

38 他父親的名字

維達爾輕易找到了回去的路，迷宮並不打算把他關在裡面。他實現了預言，但不該在無盡循環的迷宮圓陣中送命，外面的世界會照管他。

他們正等著他——默西迪絲、她的弟弟佩德羅以及森林裡的那幫人。他們並肩站在迷宮外，排成一個與石拱門相仿的半圓，用自己的身體，標記出維達爾人生道路的盡頭。此刻終於到來了——維達爾覺得早在夢中經歷了一千次，此刻，他要證明自己不愧為他父親的兒子，也要告訴兒子一個男人最重要的生命價值。

維達爾走出拱門，逐一迎上叛賊的敵意目光，他的眼睛最後看到了默西迪絲。他抱著兒子走向她，她沒有移動，佩德羅就站在她的身邊，維達爾始終不知自己正同時與這對姐弟對抗。他把兒子抱到割傷他卻沒有殺死他的女人面前。

「我的兒子。」世界需要再聽見一次這句話。這個孩子必須活下去，因為維達爾將透過他繼續活著，正如他父親憑藉他的每一次呼吸活在他的心中。

默西迪絲抱過了嬰兒。這是當然，她是女人，她不會傷害孩子，就算是他的孩子。

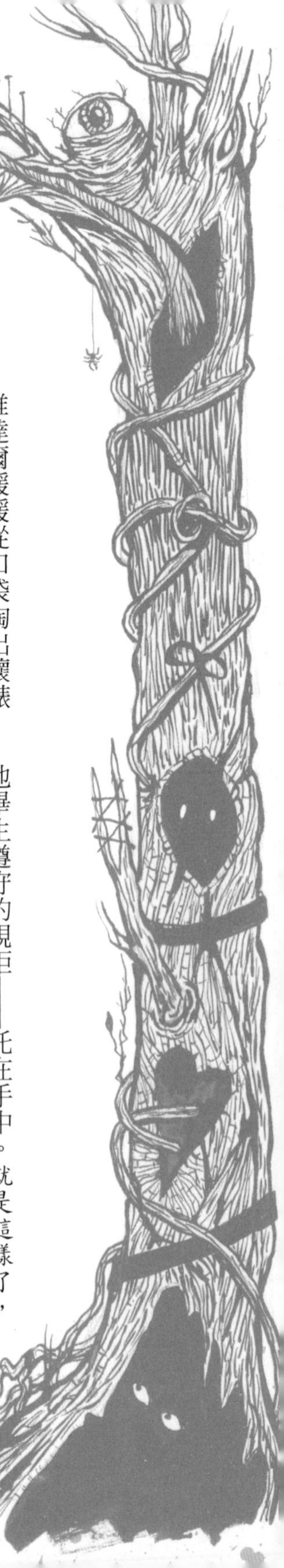

維達爾緩緩從口袋掏出懷錶——他畢生遵守的規矩——托在手中。就是這樣了，他想，光榮的結局。他準備好跨過危險的邊緣，儘管他的屬下陣亡，燃燒的磨坊染紅了天空，他也沒有一絲畏懼。

他的心充盈著他父親的氣魄，他覺得圓滿而無憾。

默西迪絲抱著小寶寶，走回弟弟的身邊，維達爾目不轉睛看著破碎的錶面，錶針分秒不差計算著他的最後時刻，一如它計算了他父親離世後的歲月。他握緊了銀錶，滴答聲仍舊入耳。

維達爾清了清嗓子，把再次湧上心頭的恐懼吞進肚裡，沒有人在他僵硬的臉上看到一絲恐懼。

「告訴我的兒子——」他深吸了一口氣。他曾經在鏡子前渴望著此刻的到來，拿著剃刀，戲弄死神，但事實不如想像那般容易。「告訴我兒子他父親死去的時間，告訴他我——」

「不！」默西迪絲打斷他，把他的兒子緊緊摟在懷中。「他不會知道你的名字。」

血從維達爾的臉龐流下，這是他有生以來頭一次感到恐懼。雖死猶榮——這是他一直以來夢寐以求的時刻，這是他日日清晨在鏡前排練的時刻，不可能出錯的，絕對不可能。他的腦子轉過千百個念頭。

佩德羅舉起手槍，朝他的臉部開了一槍，子彈打碎維達爾的顴骨，切斷通往大腦的視神經，卡在頭蓋骨的後方。彈孔只流出一滴血，只是這麼一個微不足道的傷口，死神卻蜷伏其中。

一聲悵然的呻吟後，維達爾癱倒在他追捕目標的腳下。就這樣，他死了。

他的兒子在默西迪絲的懷抱中哭了起來。

死裡逃生的男孩

很久很久以前，在一片古老的森林裡，住著一個會吃小孩的妖怪，在林間撿枯枝過冬的村民叫他白皮怪人。他吃掉了數不清的孩子，還在森林下方建了座大宅，把孩子們的名字密密麻麻寫滿了好幾面牆壁。他還用孩子的骨骸做成像小孩四肢那樣精巧的家具，他就在殺害無數孩子的大桌旁大吃大喝，孩子的慘叫是大餐的伴奏音樂。

在這個吃孩子的妖怪的巢穴裡，有著曲折蜿蜒的長廊，目的是讓追逐孩童變得更加刺激有趣。白皮怪人知道，孩子有時跑起來出奇地快，畢竟他也曾經是人，只是殘害幼童的行為把他變成了另一種東西：沒有臉也不會老的吃人怪物。

他從小就手段殘忍，在那個時候，大家都喊他帕里多，這個名字是「蒼白」的意思，他不喜歡曬太陽，所以皮膚總是像一汪如水的月亮那樣蒼白。他先拿昆蟲練習，然後對鳥類下手，最後連他母親的貓也遭殃了。

他第一次對孩子下毒手時只有十三歲，對象是他的弟弟，他對弟弟又愛又嫉妒。

不久後，他進入西班牙宗教裁判所，在一個牧師底下工作，這個機構是天主教會用來迫害和殺害所有質疑教義的人的可怕之所。牧師教會了帕里多詭變的酷刑和許多殺人方法。三年後，帕里多的本事超越了師傅，所以他便在師傅身上練習自己的技巧。牧師的心臟還在跳動，他就把它吞了，因為他從書裡讀到，吞食跳動的心臟會使殘虐的心更加殘虐。果然沒錯，吃了那一頓後，帕里多感受到一股更狡猾的邪惡，牧師的正義感和傳教熱忱使他更加殘忍。

一個晚上，帕里多在吃人時突破了自我極限，結果他自己的眼睛再也無法忍受看見他的行為，竟然像熟透的水果從眼窩裡掉了出來。白皮怪人便在自己的手掌挖了洞，從此把眼睛放在手掌上。有時獵捕小孩時，眼睛會嚴重礙事，他就曾經因為看不見而讓三個孩子逃了。在牆上，白皮怪人還留著其中兩個人的名字，第三個的卻擦掉了。那第三個孩子骨瘦如柴，只有六歲大，是他從森林南邊的村子裡擄來的。塞拉芬·阿文達諾……儘管白皮怪人把它從牆上鑿掉了，但他永遠不會忘記這個名字。

怪物總是用一把金柄銀匕首殘害孩子，這把刀跟了他三百多年了，精美絕倫，而且鋒利無比。那是宗教大法官送他的禮物，他用血色天鵝絨包住它，並鎖在餐廳的小壁龕中。白皮怪人從來不會對他的獵物隱瞞匕首的位置，何必呢？他們終究難逃一死。

塞拉芬·阿文達諾有六個哥哥，他們像他們的父親一樣喜歡追著他打，所以小男孩自幼就學會如何一溜煙逃走。塞拉芬像鰻魚一樣從白皮怪人的魔爪中快速溜脫，而且趁著怪物拿眼睛的時候，不只從血跡斑斑的桌子拿走一個裝滿食物的金盤子，還帶走了白皮怪人存放匕首的小壁龕的金鑰匙——在這隻怪物的餐廳底下，仍有其他哭泣的孩子被關在籠子裡，而這是塞拉芬唯一能為他們做的事。

塞拉芬逃進一條似乎沒有盡頭的走廊，並很快就聽到怪物在身後咆哮。當小男孩飛奔穿過走廊兩側的白骨柱時，不禁暗自感激他那幾個哥哥，雖然他一直認為他們是他生命中的不幸。雖然白皮怪人的僕人每天早上都清掃瓷磚地板，但是這一天卻忽略了地上的血跡，塞拉芬從上方一躍而過——他才六歲，遠比活了三百五十三年的食童妖怪輕盈許多——白皮怪人卻一腳踩了上去，然後就滑倒了。當他跪地尋找眼睛時，塞拉芬已經跑到走廊的盡頭，那裡有一道門，是妖怪出入森林的眾多門徑之一。

小男孩跌跌撞撞穿過了門，接著砰一聲用力將門關上，再找來一根粗樹枝將門卡住。他跑進了森林，渾身瑟瑟顫抖，一是因為害怕，二是因為鬆了一口氣。塞拉芬不知道該往哪裡去，只知道必須逃走，然後再想辦法回到村子和家人團圓。

小男孩跑過了磨坊，幾年前，一個貴族的士兵在這裡淹死了女巫，他突然覺得攥在手上的鑰匙像個詛咒，如果它引著它的主人來找他呢？於是塞拉芬把鑰匙扔進池子，但沒有注意到有隻龐大的癩蛤蟆正盯著他，也沒有發現癩蛤蟆長著一雙人類的眼睛，自然也沒有看到癩蛤蟆長滿疣子的嘴吞下了鑰匙。（那是另一個故事了。）

那一天，塞拉芬・阿文達諾死裡逃生。後來，他成了藝術家，畫了一輩子絢麗多姿的圖畫，照亮孩提時代所目擊的黑暗。

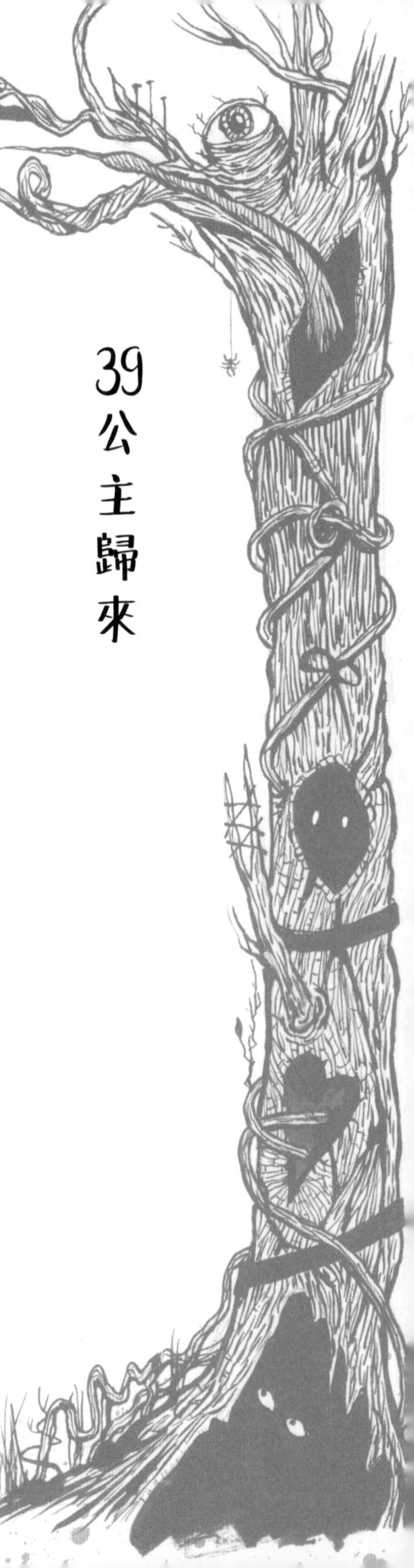

39 公主歸來

默西迪絲從來沒有走進迷宮深處，她始終怕自己會發現什麼——她是對的。當她看到奧菲麗亞躺在井邊時，就知道自己是對的。

默西迪絲把嬰兒交給佩德羅。愛是所有人都渴望的，要疼愛這孩子，她必須忘了孩子的父親。說也奇怪，另一個女人居然留了兩個孩子給她照顧，默西迪絲祈禱她起碼能夠保證兒子的安全，至於那個女兒，她肯定保不住了。

她跪在奧菲麗亞的身邊，感到一陣撕心裂肺的痛，彷彿女孩是她的親生孩子。奧菲麗亞就要死了，連把頭轉向默西迪絲的力氣都沒了，逐漸黯然的眼眸茫然盯著從手中滴入井中的鮮血。

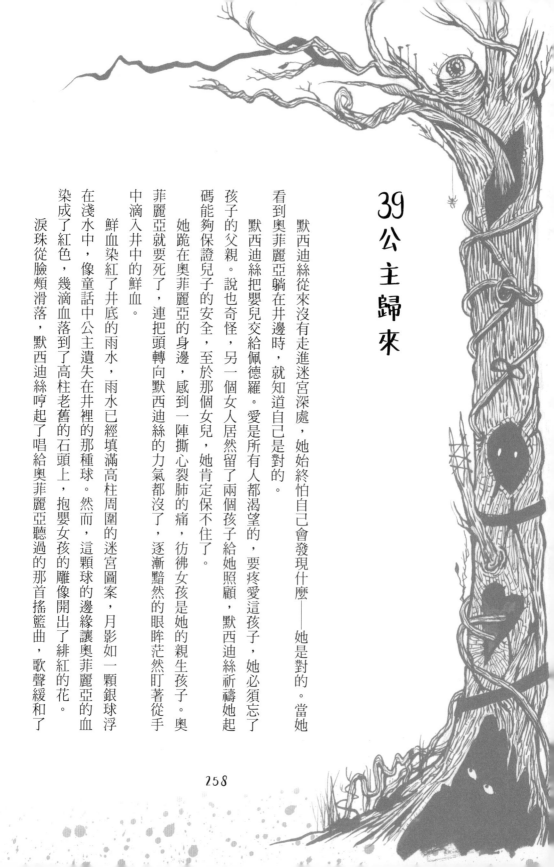

鮮血染紅了井底的雨水，雨水已經填滿高柱周圍的迷宮圖案，月影如一顆銀球浮在淺水中，像童話中公主遺失在井裡的那種球。然而，這顆球的邊緣讓奧菲麗亞的血染成了紅色，幾滴血落到了高柱老舊的石頭上，抱嬰女孩的雕像開出了緋紅的花。

淚珠從臉頰滑落，默西迪絲哼起了唱給奧菲麗亞聽過的那首搖籃曲，歌聲緩和了

小女孩費力的呼吸，讓夜充滿了純真、希望和幸福的回憶。滿月替奧菲麗亞蓋上一床銀毯，她感覺月光給她發燙的肌膚和發痛的心帶來了涼意。

多璀璨的光啊。

「起來吧，我的女兒。」一個聲音命令道。

默西迪絲聽不到這個聲音，但奧菲麗亞聽到了。

月光化成流金，擁著她，摩挲著她。

她輕鬆地站了起來。前一刻她的手腳還讓死神壓得抬不起來，這一刻卻陡然變得輕若無物。她發覺自己穿著一件深紅色和金色的華美大衣，是用最珍貴的紅絲綢縫製的，像血一樣的紅。上頭的金絲繡花嵌著許多寶石，有紅寶石、綠寶石和蛋白石。她的鞋也是紅色的，非常合腳。

疼痛不見了，苦楚消失了，她環顧四周，發現自己站在一間宏敞的大廳，天花板幾乎像天空那樣遙遠。牆上有一扇和滿月同樣圓的彩色玻璃窗，把射進來的陽光分解成彩虹的七個顏色。窗前的金色地板上，高高矗立著三個富麗堂皇的寶座，寶座的雕花柱腳好像纖細的白樺樹幹。

奧菲麗亞的唇邊浮現了久違的笑容，坐在左側寶座上的女人看起來很面熟。

「媽媽！」她喊道。她的舌頭多麼渴望再次喊出這兩個字。

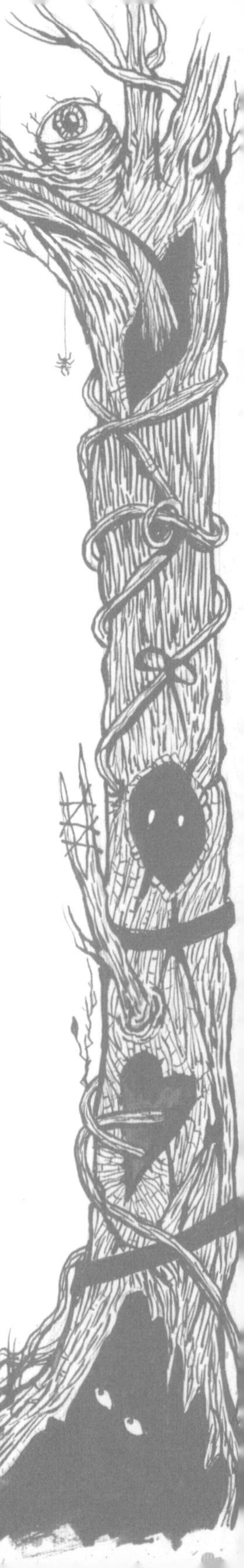

寶座上的女人抱著一個嬰兒，那是她的弟弟嗎？

「奧菲麗亞。」中間寶座上那個戴著王冠的男人正在喊她。

他穿著一件類似她童話故事書裡的皇家長袍，不過奧菲麗亞認得那張臉——過去伏在布料上方耐心工作的臉。

「爸爸……噢，爸爸……」

「妳沒有讓無辜的人流血，而是奉獻了自己的鮮血。」他用奧菲麗亞記憶中的和藹聲音說著，在世界變得黑暗以前，那聲音會唱歌哄她入眠。「這是最後一項任務，也是最重要的任務。」他看向他的妻子。

她的母后看起來那麼年輕，那麼幸福，精靈在她的周圍翩翩飛舞——她們三個都活著！——羊男從王后寶座後方站出來，他的身體和大廳牆壁一樣金光閃耀。精靈飛來簇擁著奧菲麗亞，興奮地嘰嘰喳喳說個不停，羊男也張開雙臂，露出了歡迎的微笑。

「妳選得很好，公主殿下！」精靈的主人朗聲說，朝她深深一鞠躬，頭上的角幾乎碰著了地板。

「到這裡來，我的女兒！」王后指著第三個寶座說。「坐在我們旁邊，坐在屬於妳的位置上，妳的父王已經等妳很久很久了。」

上方樓座的人紛紛起身鼓掌，掌聲中，奧菲麗亞還聽得到默西迪絲的哭泣聲——

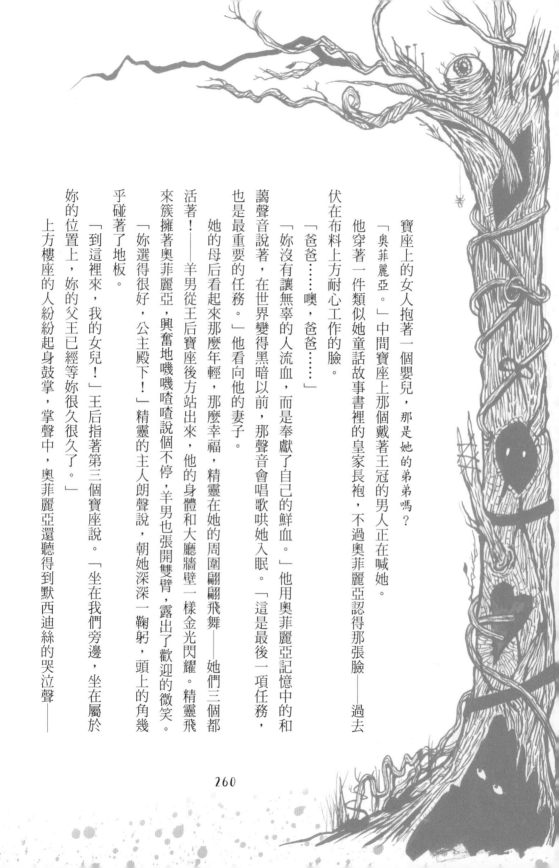

默西迪絲懷裡垂死的小女孩朝著深井滴著血——認出了默西迪絲低哼的那首搖籃曲。

接著……

奧菲麗亞笑了——哦，多麼淺的一抹笑——然後就再也聽不見了。

默西迪絲俯身靠向死去的小女孩，她抽泣起來，直到眼淚濕了小女孩的黑髮。

尾聲　雪痕鴻跡

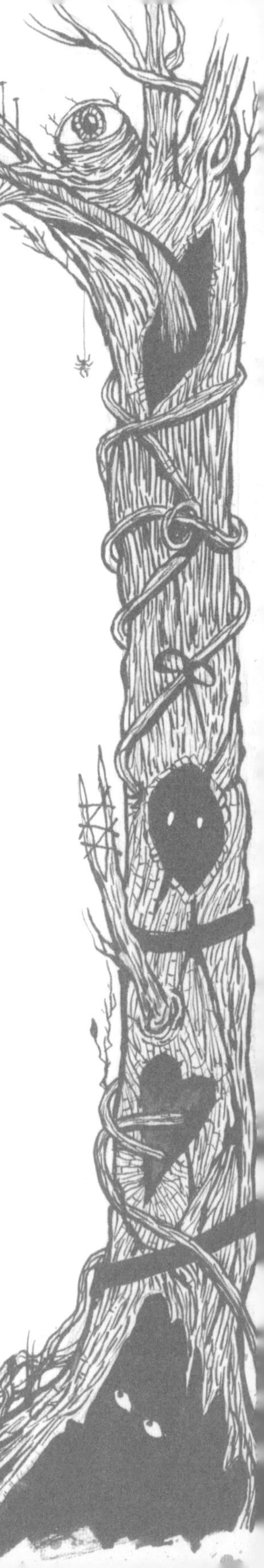

在我們的故事結束後不久，樹林再次空了下來。幾年過去，蒼苔泥土奪回了磨坊的斷壁殘垣。

歷史忘了維達爾，但也忘記了默西迪絲、佩德羅、費雷羅醫生，遺忘所有犧牲個人幸福乃至於性命抵抗法西斯主義的人。佛朗哥政權統治西班牙數十年，盟軍果然背叛了游擊隊，因為他們並不認為游擊隊是抵禦新敵蘇聯的有用盟友。

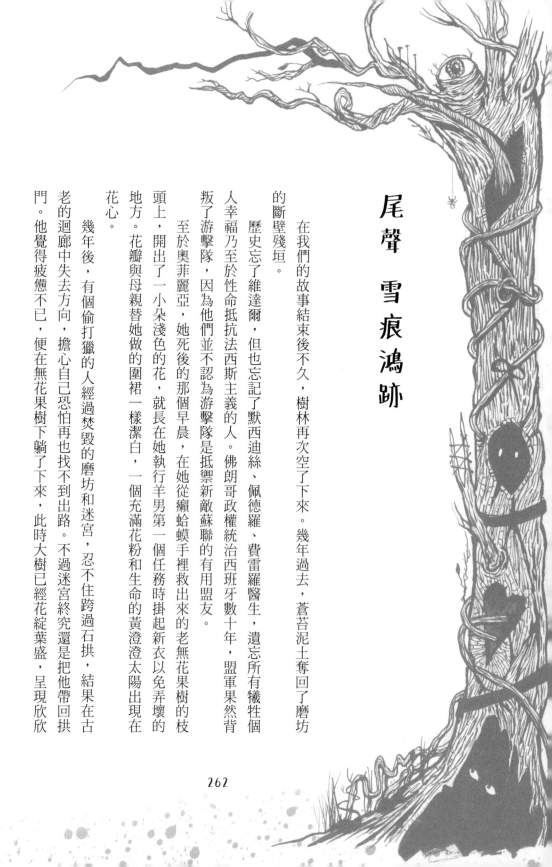

至於奧菲麗亞，她死後的那個早晨，在她從癩蛤蟆手裡救出來的老無花果樹的枝頭上，開出了一小朵淺色的花，就長在她執行羊男第一個任務時掛起新衣以免弄壞的地方。花瓣與母親替她做的圍裙一樣潔白，一個充滿花粉和生命的黃澄澄太陽出現在花心。

幾年後，有個偷打獵的人經過焚毀的磨坊和迷宮，忍不住跨過石拱，結果在古老的迴廊中失去方向，擔心自己恐怕再也找不到出路。不過迷宮終究還是把他帶回拱門。他覺得疲憊不已，便在無花果樹下躺了下來，此時大樹已經花綻葉盛，呈現欣欣

向榮的景致。

獵人在柔和的蔭下睡著了，夢裡聽到一則故事——月亮生下一個公主，公主卻愛上了太陽。他回到自己的村子，把古樹在耳畔說的故事告訴每一個聽他講故事的人。故事結尾是這樣的：

據說，莫娜公主回到她父親的王國，以公平和善良的心統治了王國好幾個世紀。她贏得人民的愛戴，而她在地上留下的雪痕鴻跡，只有懂得用心觀察的人才能看見。

的確，懂得用心觀察與傾聽的人總是少數，但對於最動人的故事而言，少數也就夠了。

國家圖書館出版品預行編目資料

羊男的迷宮 / 吉勒摩・戴托羅、柯奈莉亞・馮克著；亞倫・威廉斯繪；呂玉嬋譯. -- 初版. -- 臺北市：皇冠, 2021.05 面; 公分. --(皇冠叢書；第4935種)(CHOICE；343)
譯自：Pan's Labyrinth

ISBN 978-957-33-3712-6 (平裝)

874.57 110004835

皇冠叢書第4935種
CHOICE 343

羊男的迷宮

Pan's Labyrinth

作　者—吉勒摩・戴托羅、柯奈莉亞・馮克
繪　者—亞倫・威廉斯
譯　者—呂玉嬋
發行人—平雲
出版發行—皇冠文化出版有限公司
台北市敦化北路120巷50號
電話◎02-27168888
郵撥帳號◎15261516號
皇冠出版社（香港）有限公司
香港銅鑼灣道180號百樂商業中心
19字樓1903室
電話◎2529-1778　傳真◎2527-0904
總編輯—許婷婷
責任編輯—謝恩臨
內頁設計—李偉涵
著作完成日期—2019年
初版一刷日期—2021年5月

法律顧問—王惠光律師

讀者服務傳真專線◎02-27150507
電腦編號◎375343
ISBN◎978-957-33-3712-6
Printed in Taiwan
本書特價◎新台幣399元／港幣133元